LA FORZA DI SIERRA

Team Delta Due, Libro 8

SUSAN STOKER

Titolo originale: *Shielding Sierra*

Traduzione dall'inglese di Patrizia Zecchin per One More Chapter Translations

Editing di Mimma Maio

Trovare Kenna
Trovare Monica
Trovare Carly
Trovare Ashlyn
Trovare Jodelle

Armi & Amori: verso il futuro

Soccorrere Caite
Soccorrere Brenae
Soccorrere Sidney
Soccorrere Piper
Soccorrere Zoey
Soccorrere Avery
Soccorrere Kalee
Soccorrere Jane

Delta Force Heroes

Salvare Rayne
Salvare Emily
Salvare Harley
Il Matrimonio di Emily
Salvare Kassie
Salvare Bryn
Salvare Casey
Salvare Sadie
Salvare Wendy
Salvare Mary
Salvare Macie
Salvare Annie

Armi e Amori

Proteggere Caroline
Proteggere Alabama
Proteggere Fiona

Il Matrimonio di Caroline
Proteggere Summer
Proteggere Cheyenne
Proteggere Jessyka
Proteggere Julie
Proteggere Melody
Proteggere il Futuro
Proteggere Kiera
Proteggere i figli di Alabama
Proteggere Dakota

Mercenari di Montagna

Difendere Allye
Difendere Chloe
Difendere Morgan
Difendere Harlow
Difendere Everly
Difendere Zara
Difendere Raven

Ace Security

Il riscatto di Grace
Il riscatto di Alexis
Il riscatto di Bailey
Il riscatto di Felicity
Il riscatto di Sarah

Una raccolta di storie brevi

Un momento nel tempo

CAPITOLO UNO

FRED "GROVER" Groves era sdraiato a terra nella cella improvvisata in cui Shahzada e i suoi compagni lo avevano gettato, dopo aver provato un grande piacere a picchiarlo. Il naso e la bocca gli sanguinavano, e sapeva che probabilmente aveva un aspetto orribile, ma aveva subito pestaggi peggiori nella sua vita. Come operatore della Delta Force, aveva preso la sua buona dose di pugni in faccia. In tutta onestà, quello che Shahzada aveva dispensato era piuttosto blando in confronto.

Grover era arrivato in Afghanistan senza un vero e proprio piano. Sapeva solo che doveva fare qualcosa di più che starsene con le mani in mano nella base in Texas, ad aspettare che qualcun altro trovasse le informazioni che gli servivano.

Era stato ansioso e inquieto fin da quando aveva ricevuto la lettera di Sierra Clarkson.

Dopo averla incontrata più di un anno prima, proprio lì in Afghanistan, si era sentito attratto dalla piccola rossa. Lavorava nella mensa e qualcosa in lei lo aveva affascinato. Era spumeggiante e allegra, un raggio di sole in quell'atmosfera altrimenti cupa. La maggior parte dei militari non voleva essere dislocata, e il caldo, la sabbia e il tempo lontano dai propri cari erano un peso anche per il soldato più esperto.

Sierra aveva regalato un sorriso a tutti quelli che avevano percorso la fila per il pasto. Era sembrato non pesarle nemmeno di dover stare su uno sgabello per servire il cibo, a causa della sua altezza. Aveva sempre salutato tutti – soldati, lavoratori a contratto, traduttori – con lo stesso entusiasmo. Nonostante si fosse preoccupato un po' della sua ingenuità, Grover era rimasto affascinato da quella rossa estroversa e aveva voluto conoscerla meglio, riuscendo anche a convincerla a tenersi in contatto dopo la fine della sua missione. E lei aveva accettato.

Ma non l'aveva più sentita.

Non una mail.

Non una lettera.

Aveva pensato che l'avesse scaricato. Il che era spiacevole, ma Grover non era il tipo d'uomo che costringeva qualcuno a essere suo amico se non voleva. Tuttavia, mentre i mesi passavano e la sua squadra Delta riceveva rapporti continui di lavoratori scomparsi nella zona, era diventato sempre più inquieto. Soprattutto dopo che la stessa Sierra era scomparsa all'improvviso. Proprio come per gli altri collaboratori, tutti i suoi effetti personali erano spariti con lei. Era stato proprio quello a far procedere lentamente le autorità, che avevano supposto che molti ne avessero semplicemente avuto abbastanza delle dure condizioni di lavoro e se ne fossero andati.

Quella spiegazione non aveva mai convinto Grover e la sua squadra. Era altamente improbabile che *tutti* i lavoratori a contratto scomparsi se ne fossero andati senza dire nulla ai loro capi o agli amici della base militare. Ma senza avere le prove di un rapimento, le autorità avevano le mani legate.

Poi, un mese prima, Grover aveva ricevuto una lettera da Sierra. Portava la data di circa una settimana dopo che lui aveva lasciato l'Afghanistan. Gli *aveva* scritto. *Aveva* voluto conoscerlo. Quella dannata lettera si era persa nella posta per quasi un anno.

A quel punto, non aveva più avuto alcun dubbio sul fatto che fosse successo qualcosa di brutto.

Nonostante ciò, il suo istinto non era stato sufficiente a convincere gli ufficiali in carica che era necessario organizzare una vera e propria missione di salvataggio. Nella zona c'era già stata una squadra di SEAL incaricata di indagare sulle sparizioni, ma era stata riassegnata poco dopo l'arrivo, inviata in un'altra missione che i loro superiori avevano ritenuto più importante.

Per quanto lo riguardava, non c'era niente di più importante di una mezza dozzina di cittadini americani scomparsi.

Le sporadiche informazioni provenienti dall'Afghanistan erano lente e vecchie di giorni quando giungevano alla base in Texas, e i Delta si erano preparati per andare a investigare loro stessi. Ma la missione aveva subito un ulteriore ritardo quando Ember, la donna di Doc, era stata quasi uccisa da una stalker. Così Grover aveva convinto il loro comandante a lasciarlo andare in Afghanistan prima della squadra, per vedere se riusciva a scovare qualcosa.

Non aveva pianificato di fare qualcosa di avventato.

Non aveva pianificato di infrangere ogni procedura operativa standard che gli era stata inculcata in testa dal giorno in cui era entrato nell'esercito.

Ma eccolo lì. Prigioniero.

Grover sapeva che Trigger si sarebbe arrabbiato, come il resto dei ragazzi del team, ma a lui non importava. Aveva fatto esattamente ciò che sperava.

Aveva trovato Sierra.

La maggior parte delle persone aveva dato per scontato che la donna fosse morta da tempo. Shahzada aveva la reputazione di essere spietato. Non teneva per mesi un prigioniero di guerra, figuriamoci per un anno. Otteneva tutte le informazioni possibili dai suoi ostaggi e poi li uccideva.

Ma lei era lì. Grover non poteva vederla dalla sua cella nel profondo delle montagne, ma la voce della donna nella grotta accanto alla sua era inconfondibile.

Gli pulsava il viso, ma lo sentiva appena. L'adrenalina gli scorreva nelle vene e sorrise di sollievo.

«Come fai ad essere qui?» chiese Sierra, sconvolta.

Grover avrebbe voluto vederla, ma quei buchi scavati in modo grossolano all'interno della montagna non gli permettevano quel lusso. Desiderava anche poterla toccare, per rassicurarla che l'avrebbe portata via da lì, anche se fosse stata l'ultima cosa che avrebbe fatto in vita sua. Dato che dubitava di poterla raggiungere, le avrebbe dato tutto il conforto possibile con le parole.

«È una lunga storia» rispose.

Lei sbuffò e Grover non poté fare a meno di sorridere di nuovo; sembrava che non avesse perso completamente la sua grinta.

«Hai qualcos'altro da fare?» domandò con sarcasmo.

«Be', avrei dovuto giocare a poker con un gruppo di gente del posto, ma immagino che sia fuori questione» rispose lui con lo stesso tono.

«E il mio appuntamento per la manicure è stato cancellato, il che significa che posso stare qui a chiacchierare un po' con te» replicò Sierra.

Grover chiuse gli occhi mentre l'emozione minacciava di sopraffarlo. Non era stato sicuro di riuscire a trovarla, ma in ogni caso si era aspettato che sarebbe stata a malapena l'ombra della persona che conosceva. Per miracolo, sembrava... a posto. La sua voce era roca per non averla usata, ma non piangeva in modo isterico, non sembrava spaventata a morte. Non aveva idea di cosa avesse passato nell'ultimo anno, ma era ovvio che non l'avesse distrutta.

Aveva conosciuto soldati esperti che non avrebbero retto così bene come lei.

Nella sua mente risuonarono le parole del generale della base. Lo aveva incontrato appena giunto nel Paese. *Dobbiamo accettare il fatto che probabilmente non è più viva. E se lo fosse, quasi certamente sta lavorando con Shahzada.*

Grover si era rifiutato di crederci. Non conosceva bene Sierra, ma praticamente tutto della sua personalità urlava "bontà". Non si sarebbe mai unita volontariamente a un gruppo terroristico, nemmeno per rimanere viva. Ci avrebbe scommesso la vita.

E lo aveva proprio fatto.

«Sono venuto qui per cercarti» le disse senza mezzi termini.

La sua dichiarazione incontrò solo silenzio, così attese.

«Come facevi a sapere dov'ero? Accidenti, non so nemmeno *io* dove sono.»

«Non lo sapevo» ammise Grover. «La scomparsa dei lavoratori dalla base non è stata una coincidenza, ma nessuno riusciva a trovare prove concrete su dove tu e gli altri foste finiti. Tutti gli effetti personali erano spariti, e molti hanno pensato che ve n'eravate andati volontariamente. Dopotutto, quale rapitore si assicura di impacchettare la roba della sua vittima?»

«Shahzada» mormorò Sierra.

«Esatto. Quando io e la mia squadra non abbiamo ottenuto le risposte che ci servivano, mi sono stancato di aspettare.»

«Quindi sei venuto da solo? *Puoi* farlo?»

Grover ridacchiò. Quel movimento gli fece male al petto dove era stato colpito, ma ignorò la fitta. «Più o meno. Il mio comandante lo ha approvato e la mia squadra dovrebbe essere qui entro una settimana. Probabilmente prima, una volta che il video che quegli stronzi hanno girato sarà mandato in onda.»

«Sembri quasi... felice di essere qui.»

«Lo sono» ammise senza esitazione.

«Sei pazzo.»

«In realtà il mio piano ha funzionato meglio di quanto potessi sperare.»

«Il tuo piano?»

«Sì. Farmi catturare nella speranza di parlare con altri ostaggi per scoprire se qualcuno ti aveva vista. Se sapeva qualcosa di te» rispose.

«Aspetta, ti sei fatto prendere di *proposito*?»

«Sì.»

«Questo è... *folle*!»

«Ma ha funzionato. Ti ho trovata.»

«Ok, ma ora cosa? Mi hai trovata, ma adesso siamo entrambi prigionieri.»

«Aspettiamo.»

«Aspettiamo cosa?»

«Che la mia squadra faccia ciò che sa fare meglio... prendere il controllo della situazione e fare il culo ai terroristi» rispose, senza esitazione e con totale fiducia.

«Giusto...»

Grover sentì l'incredulità e il dubbio nel suo tono, ma la cosa non lo turbò. Non la biasimava per non essere fiduciosa dopo tutto quel tempo, ed era anche d'accordo sul fatto di aver agito in modo sconsiderato ed esagerato... ma aveva funzionato visto che stava proprio parlando con la donna che non era riuscito a togliersi dalla testa. «Arriveranno» insistette. «Dobbiamo solo essere furbi e mantenere un profilo basso finché non succederà.»

Sierra sbuffò di nuovo.

«Che c'è?» le chiese.

«Vuoi sapere come andranno i prossimi giorni?»

Si irrigidì, ma lei non gli diede il tempo di rispondere.

«Verranno a picchiarti a turno, per dare ai nuovi membri del gruppo la possibilità di praticare le loro tecniche di tortura. All'inizio farai il duro e non risponderai a nessuna delle loro domande, ma poi smetteranno di girarci intorno e passeranno a torture più estreme. Annegamento simulato. Bastonate alle piante dei piedi, così che tu non riesca a camminare per giorni. Fustigazione. Ti inzupperanno di benzina minacciando di darti fuoco.»

Grover strinse i pugni. Non aveva paura delle torture. Ci era già passato e aveva una soglia del dolore molto alta. Sapeva anche che Trigger e il resto della sua squadra lo avrebbero trovato e tirato fuori da lì il prima possibile.

Ma non riusciva a smettere di pensare al motivo più probabile per cui *lei* conoscesse così bene le tecniche di tortura di Shahzada...

«È successo anche a te?» chiese con voce bassa, quasi in un ringhio.

«Sì.»

Fu tutto ciò che disse, con un tono calmo e rassegnato.

Quell'unica parola gli fece montare la rabbia così in fretta che fu quasi spaventoso. Avrebbe ucciso tutti gli uomini che l'avevano toccata. Sarebbero periti di una morte lenta e dolorosa.

Non sapeva cosa dire per confortarla, ma lei continuò.

«Ma non succede da un po'. Credo di essere stata la loro prima prigioniera. Hanno fatto pratica su di me e ho imparato abbastanza rapidamente che prima avessi ceduto, prima si sarebbero fermati. Non pensavo che la mia laurea in psicologia mi sarebbe servita a qualcosa qui, ma mi sbagliavo.»

Ridacchiò piano, ma Grover non percepì alcun divertimento.

«Le lacrime sorprendentemente sortiscono un effetto su di loro. Almeno le mie. Amano vedere i loro prigionieri indifesi e piangenti. Così ho imparato in fretta a piangere a comando. Ma la cosa più utile da ricordare è di non far sapere loro che tieni a qualcosa. Si concentreranno su quello e faranno del loro meglio per usarlo contro di te. Per esempio, se la nudità ti turba, non lamentarti quando ti tolgono i vestiti, altrimenti non te li restituiranno più. Si divertono a tormentare i loro prigionieri.»

Non rimase sorpreso da nessuna delle sue informazioni. Era qualcosa che avevano insegnato alla squadra fin dall'inizio dell'addestramento. «Cos'hanno usato contro di te?» chiese con calma.

«Appena catturata, quando non sapevo ancora come comportarmi, li ho pregati di lasciarmi tenere un anello che mi aveva regalato mia nonna. È morta quando avevo quindici anni e ho ereditato la sua fede. Ci tenevo molto. Ma quando hanno saputo quanto non volessi privarmene, mi hanno tormentato per mesi, promettendo di restituirlo se avessi dato loro informazioni sulla base. All'inizio ci avevo creduto, ho detto tutto quello che potevo, che non era molto visto che lavoravo nella maledetta tenda della mensa. Ma ovviamente non avevano alcuna intenzione di restituirmelo. Lo stavano solo usando come un modo per farmi soffrire ulteriormente.»

«Mi dispiace» le disse.

«Non fa niente. Non possono rubarmi i ricordi di mia nonna, quindi che si fottano.»

Grover rifletté sulle sue parole. Si era sbagliato, almeno in parte. Anche se Sierra non si era spezzata, la donna dolce e tenera che aveva conosciuto se n'era andata, forse per sempre, sostituita da una più dura e più forte, che avrebbe fatto qualsiasi cosa per sopravvivere.

Nonostante detestasse il modo in cui era avvenuto quel cambiamento, non lo odiava di per sé. Ironicamente, ciò li rendeva più simili. Lui stesso aveva visto e sperimentato cose che lo avevano reso più duro, più forte... e alla fine, ciò che contava era quello che *facevi* con quei cambiamenti. La sua prigionia l'aveva chiaramente trasformata in una sopravvissuta; ecco perché non si era spezzata.

Aveva preso la cosa peggiore che un umano potesse sopportare, rigirandola a suo vantaggio nell'unico modo possibile: lasciando che la *rendesse* più forte.

Il legame che sentiva con quella donna era già potente. Ora sembrava diventare più intenso a ogni minuto che passava.

Era assurdo. Si trovavano in una situazione precaria. Non poteva nemmeno vederla, per l'amor di Dio, ma non poteva negare di essere impressionato. Anche se, allo stesso tempo, il suo cuore soffriva per lei. Non riusciva minimamente a immaginare l'inferno in cui era stata nell'ultimo anno. Era stato necessario per lei diventare dura per non impazzire.

«Il mio consiglio è concedere loro ciò che vogliono. Non sto dicendo di dare informazioni che potrebbero aiutarli a fare del male, rapire o uccidere qualcun altro, ma più in fretta cederai, prima finirà la tortura.»

«Ok» concordò Grover. Niente di ciò che aveva detto era una sorpresa. Il suo unico obiettivo era tranquillizzarla.

«E se dovessero usare me per farti reagire, devi rimanere impassibile» continuò.

Le sue parole sembrarono rimbombare sulle pareti rocciose.

«Cosa?» le chiese, non essendo sicuro di averla sentita bene.

«Mi trascineranno davanti alla tua cella e mi picchieranno per cercare di farti innervosire. Se mostri qualche tipo di reazione, lo faranno più a lungo. La cosa migliore che tu possa fare è ignorarli.»

«Figli di puttana!» imprecò Grover. Era una tattica abbastanza comune per i rapitori, usare un prigioniero contro un altro. Ma il pensiero che la torturassero proprio davanti a lui e che non potesse fare un accidente, gli fece montare di nuovo la rabbia.

«Dico sul serio» disse Sierra. «Più protesti, più mi faranno del male. E se non reagirò quando faranno del male a *te*, per favore, non prenderla sul personale. È la cosa migliore. Se non dirò o farò qualcosa per cercare di fermarli, si annoieranno e smetteranno.»

«Ascoltami, Sierra. Mi stai ascoltando?»

Grover aspettò la sua risposta prima di continuare. Ci volle un po', ma alla fine lei disse sommessamente: «Sì.»

«Posso sopportare qualsiasi cosa, ma non che ti facciano del male a causa mia. Ti prometto che non farò nulla che possa peggiorare la tua situazione.»

«Non promettere qualcosa che non puoi mantenere» replicò lei senza emozione.

«Non vengo mai meno a una promessa» ribatté con fermezza.

La sentì sospirare. «È quello che dicevano anche gli altri, ma alla fine non riuscivano a capire perché non cercassi di aiutarli. Perché "lasciavo" che quegli stronzi li picchiassero.»

«Io non sono loro» disse semplicemente. Capiva. Lo capiva davvero. Gli altri lavoratori che erano stati catturati erano uomini a cui mancava l'esperienza e l'addestramento che aveva lui, e dato che Sierra era laureata in psicologia, comprendeva i loro rapitori meglio di tante altre persone. Nell'ultimo anno aveva chiaramente imparato come comportarsi per rimanere viva. Era intelligente, resiliente, determinata... e la sua ammirazione salì di un altro livello.

Grover si spostò per sdraiarsi sul lato della cella che confinava con la sua, in modo da sentirsi più vicino a lei. Aveva così tante domande, ma quello non era il momento né il luogo adatto. Sperava di avere la possibilità di conoscerla una volta liberi. Per il momento aveva bisogno di riposare. Non c'erano dubbi che i suoi carcerieri sarebbero tornati presto per continuare le percosse.

«Stai bene?» gli domandò Sierra.

Il fatto che glielo stesse chiedendo, quando era lei quella che era prigioniera da tanto tempo, gli fece capire tutto ciò che doveva sapere su Sierra Clarkson.

E avrebbe fatto qualsiasi cosa per tirarla fuori da lì.

CAPITOLO DUE

SIERRA TRATTENNE il respiro mentre aspettava la risposta di Grover. L'aveva sentito muoversi e si chiese cosa stesse facendo. Erano passati mesi da quando aveva avuto qualcuno con cui parlare, e mentre una parte di lei odiava che i suoi rapitori ne avessero preso un altro... egoisticamente, era davvero sollevata di avere compagnia.

Aveva deciso molto tempo prima di non permettere ai suoi aguzzini di spezzarle lo spirito, e fino a quel momento non ci erano riusciti, ma nelle lunghe notti nell'oscurità di quella caverna, la solitudine la divorava. Aveva ancora momenti di terrore, ma per fortuna la rabbia aveva prevalso sulla maggior parte delle sue paure ormai da mesi.

Sapeva che la presenza di Grover avrebbe reso la sua vita un inferno per un po'. L'avrebbero usata per cercare di estorcergli informazioni, e se lui avesse ignorato il suo avvertimento, la sua sofferenza sarebbe durata molto più del necessario.

L'ultimo lavoratore che avevano catturato, un uomo di nome Guy, li aveva implorati di smettere di picchiarla, il che li aveva solo fatti continuare con più piacere. Avevano amato vederlo soffrire. A essere completamente sincera, si era resa conto che non la picchiavano più molto forte. Appena rapita, l'avevano *davvero* massacrata, ma ormai aveva imparato a recitare bene la sua parte, e il più delle volte funzionava. I pestaggi erano meno violenti e si limitavano a strapazzarla un po'. Si divertivano di più a far soffrire gli uomini che catturavano.

«Sto bene» rispose Grover. La sua voce era bassa e tonante, e Sierra evocò l'immagine dell'aspetto che aveva l'ultima volta che lo aveva visto. Capelli biondo scuro − forse più verso il castano che il biondo − e occhi castani gentili. Era almeno trenta centimetri più alto di lei... e quando lo aveva guardato, aveva provato la strana sensazione che lui potesse uccidere tutti i suoi demoni.

Sierra ricordava ancora come si era sentita quando gli aveva scritto la sola e unica lettera che era riuscita a spedire: su di giri, eccitata all'idea di conoscerlo meglio. Cosa che ovviamente non era successa.

E ora lui era lì. Si era fatto *catturare di proposito* per trovarla. Chi *faceva* una cosa simile?

A quanto pareva, degli implacabili operatori delle forze speciali, ecco chi.

Sapeva che era un Delta. Non aveva capito bene cosa significasse finché non aveva fatto qualche ricerca dopo che lui aveva lasciato l'Afghanistan. Era uno dei reparti più segreti delle forze speciali. C'erano molte speculazioni riguardo alle missioni a cui avevano partecipato, ma quasi niente di concreto. Le era sembrato strano quando l'aveva scoperto, perché non avrebbe mai pensato che Grover e i suoi amici facessero parte di una sorta di gruppo militare d'élite super segreto, visto che aveva dato per scontato che i membri dovessero essere degli stronzi arroganti e maschilisti. Ma loro non lo erano. Quelli che aveva incontrato erano divertenti, amichevoli, chiaramente protettivi, ma alla mano.

«Parlami, Sierra» disse Grover, dopo che il silenzio si era protratto troppo a lungo.

«Di cosa?» gli chiese.

Le sembrò di sentirlo sbuffare. «Di tutto. Sei ferita? Quando arriverà la mia squadra sarai in grado di correre? Se non ce la fai, posso trasportarti io. Se ricordo bene, non sei più grande di un insetto.»

«Un insetto? Accidenti, Grover. Certo che sei bravo a uccidere l'autostima di una donna.»

«Scusa. Volevo solo dire che mi ricordo che sei minuta.»

Minuta. Quello un po' le piaceva. Era stata chiamata bassa, tozza, piccola... persino nana. Minuta suonava molto meglio. «Ce la faccio a correre» gli disse con sicurezza.

Lui non replicò, ma lo sentì sospirare.

«Ce la faccio» insistette. «Però non ho le scarpe.»

«Non fa niente. I miei ragazzi avranno un paio di scarponi per te.»

«Davvero? Come fanno a sapere che sono qui?»

«Credimi, lo sanno.»

«A questo proposito, non riesco ancora a capacitarmi di come *tu* potessi sapere che sarei stata qui.»

«In realtà non lo sapevo, ma avevo un presentimento.»

«Un presentimento? Sai che è assurdo, vero?» chiese stancamente.

«Sì, lo so. Ma in ogni caso, non riuscivo a scrollarmi di dosso la sensazione che tu fossi ancora viva. E avevo ragione.»

Disse le ultime tre parole con un certo compiacimento e Sierra poté solo scuotere la testa. «Sì, avevi ragione.»

«Bene, quindi la mia squadra ci troverà e avrà un cambio di vestiti e degli scarponcini per te. Però non indorare la pillola, puoi davvero camminare e correre?»

«Sì» gli rispose con sicurezza.

«Maledizione... vorrei poterti vedere.»

A quelle parole la sicurezza di Sierra svanì. Si passò nervosamente una mano sulla testa. Sapeva di essere orribile, anche senza vedersi allo specchio. Aveva perso molto peso durante quei lunghi mesi e non faceva una vera doccia da quando era stata portata via dalla sua tenda alla base. Venire lavata con una canna non contava, anche se era sempre bellissimo sentirsi l'acqua scorrere addosso. «Probabilmente è meglio che tu non possa farlo» ribatté.

«Sierra?»

«Sì?» sussurrò lei.

«Il fatto che tu non sia morta è un miracolo. Un cazzo di *miracolo*. Non mi aspetto che tu sembri uscita da un maledetto salone di bellezza. Hai attraversato l'inferno, eppure ne sei uscita. Non me ne frega un cazzo del tuo aspetto. Sei qui, sei viva, e da ciò che ho sentito, sembra che tu abbia fatto un lavoro eccezionale per rimanere sana di mente. Ti porterò fuori di qui. Giuro su Dio che lo farò.»

Sierra sentì un pizzicore in gola. Avrebbe voluto piangere, ma le lacrime non volevano uscire. Ci riusciva solo quando cercava di manipolare i suoi rapitori. Le avevano già portato via tutte le lacrime vere. Forse per sempre. «Magari sarò io a tirarti fuori di qui» scherzò dopo un momento.

«Ci sto» replicò lui senza esitare. «Lascerò che sia tu a salvarmi.»

«Sono sicura che la tua squadra Delta cazzuta ne sarebbe felice. Non ti darebbero più pace.»

«In realtà, lo *apprezzerebbero* molto. È probabile che siano tutti super incazzati con me in questo momento, per essermi fatto catturare.»

«Non riesco ancora a capacitarmi» disse Sierra. «Come ci sei riuscito?»

«È stato sorprendentemente facile.»

Stare lì al buio ad ascoltare la sua voce profonda e tranquilla era la cosa migliore che le fosse capitata nell'ultimo anno. Aveva parlato con gli altri prigionieri, ma era stato spesso un dialogo a senso unico. Avevano solo voluto disperatamente farle delle domande. Dove si trovavano? Cosa volevano i rapitori? Cosa avevano intenzione di fare loro? Di sicuro nessuno era stato così apparentemente rilassato come Grover, e nemmeno era sembrato così sicuro di sé. Certo, lui era un soldato delle forze speciali e gli altri uomini erano dei civili, ma comunque...

«Quando sono arrivato alla base, ho sparso velocemente la voce che pensavo che le storie sui rapimenti fossero tutte stronzate. Ho fatto finta di ubriacarmi le prime due sere e ho detto un sacco di assurdità su quanto fosse stupida la gente del posto, che non sarebbero mai stati capaci di portare via qualcuno dalla base senza che nessuno se ne accorgesse. In generale mi sono comportato da stronzo, facendo in modo di offendere praticamente tutti alla base, dai soldati semplici al generale stesso. Poi, le due notti successive, sono uscito dai cancelli e ho fatto la stessa cosa. Ho trovato uomini che parlavano inglese e insultato tutti e tutto... dal Paese, all'esercito americano, ai terroristi, *ogni cazzo di persona*.

La terza sera ho finto di essere ubriaco fradicio e ho accettato un passaggio da un tizio del posto. Doveva riportarmi alla base, ma come speravo, non è stata quella la sua destinazione.»

Sierra ascoltò con stupore e allo stesso tempo orrore. «Tutto questo non danneggerà la tua reputazione? Avrai problemi con l'esercito?»

«Non me ne frega un cazzo» rispose con veemenza. «Nessuno stava facendo nulla per indagare sulle sparizioni. Come se non fosse importante o non fossero preoccupati per un gruppo di lavoratori a contratto.»

Sierra deglutì a fatica. «Stavo dormendo» gli spiegò. «Non ho sentito gli uomini entrare nella mia tenda, e mi hanno messo una mano sulla bocca prima ancora che mi svegliassi. Mi hanno infilato con la forza uno zaino sulle spalle, dicendomi che era una bomba e che avrebbero fatto saltare in aria l'intera base se non fossi andata con loro in silenzio. Così l'ho fatto.»

«Bastardi.»

Il suo fu un sussurro, ma Sierra lo sentì lo stesso. «Mi hanno portata in una casa in città, informandomi che ero stata presa perché gli uomini di Shahzada avevano bisogno di far pratica con le loro tecniche di tortura. I primi due mesi sono stati... brutti» disse, minimizzando drasticamente la sofferenza provata in quel primo periodo. «Hanno impacchettato tutta la mia roba dalla base per far sembrare che avessi disertato. Sapevano ciò che facevano. A quanto pare avevi ragione, non importava a nessuno della scomparsa di qualche civile. Se si fosse trattato di soldati, sono sicura che gli Stati Uniti ne avrebbero fatto un affare di stato.»

«A *me* importava» disse Grover sommessamente.

Deglutì a fatica. «Ho perso il conto dei giorni, e alla fine... credo che si siano stancati di tormentarmi e mi hanno tenuta con loro. Non che si facessero problemi a uccidere una donna, più che altro pensavano che si sarebbe presentata l'opportunità di usarmi come leva o qualcosa del genere. E l'hanno fatto, più di una volta. Eppure... sono stata fortunata.»

Invece di fare un verso incredulo, come forse lei si aspettava, Grover concordò. «Sì, è così.»

Sierra sapeva che molte persone avrebbero pensato che fosse pazza a credere di essere stata fortunata dopo tutto ciò che aveva passato, ma era viva mentre gli altri lavoratori che erano stati catturati no. Finché avrebbe avuto fiato in corpo, avrebbe lottato per vivere.

Cambiò argomento per non rischiare di deprimersi. «Come farà la tua squadra a sapere dove cercarti?»

«Sono i migliori nel loro lavoro. Ci troveranno.»

Sembrava così sicuro di sé che voleva credergli, ma le sue speranze si erano infrante troppe volte. Un giorno aveva sentito dei soldati parlare in inglese proprio fuori dalla casa in cui era stata nascosta nella piccola città. Non aveva potuto urlare per non allertare la guardia fuori dalla sua stanza, ma comunque... era stata *certa* che stavano per salvarla.

Invece erano passati oltre, non avevano nemmeno bussato alla porta. Ci erano volute settimane per superare quella delusione, la disperazione di sentire quelle voci allontanarsi e poi scomparire.

Ora era molto meno propensa a essere ottimista sul fatto di essere salvata.

«Scopriremo chi è Shahzada e uccideremo anche lui» dichiarò Grover. «Quello stronzo dev'essere fermato. Ci assicureremo che non possa più rapire nessuno.»

Sierra sbatté le palpebre sorpresa. «Cosa vuoi dire?»

«In che senso cosa voglio dire?»

Avrebbe voluto ridere, ma era troppo scioccata dal fatto che lui non fosse a conoscenza dell'identità di Shahzada. «Shahzada era qui prima. Era uno degli uomini che ti hanno picchiato.»

In risposta alla sua affermazione sentì solo silenzio.

«Grover?»

«Qual era?» ringhiò.

«Be', voglio dire... non ho visto chi ti ha picchiato, ma lui l'ho sentito.»

«Lo riconosceresti se lo vedessi in faccia?»

«Certo. E lo faresti anche tu. L'hai incontrato, Grover.»

«Quando?»

«Un anno fa. Alla base. Lì si fa chiamare Muhammad Qahhar. È uno dei traduttori assunti dall'esercito.»

«Cazzo! Lo sapevo!» imprecò.

Sierra sentì dei forti colpi provenire dalla nicchia accanto alla sua, e trasalì. Quando ci fu di nuovo silenzio, disse: «Pensavo lo sapessi.»

«No. In realtà non ho riconosciuto nessuno degli uomini

che mi picchiavano, almeno in quel momento, e mai nessuno è stato in grado di descriverlo. È sempre stato un fantasma. Ho avuto la sensazione che chiunque stesse rapendo i lavoratori dovesse avere una connessione con la base. Aveva senso. Immagino che anche alcuni degli altri traduttori facciano parte della sua fazione.»

Sierra non disse nulla. Lo aveva sospettato, ma non ne aveva riconosciuto nessun altro in quelli con cui era entrata in contatto durante la prigionia.

«Lo ucciderò.»

Le parole di Grover furono ancora più potenti a causa della mancanza di emozioni nell'esprimerle.

«Ok.»

«Lo farò» promise. «Ora dimmi se hanno una routine, degli orari prestabiliti. Verranno a picchiarci nel cuore della notte?»

Stranamente, il suo cambio di argomento sembrò rilassarla un po'. Gli raccontò tutto quello che aveva imparato negli ultimi mesi. Descrisse quale degli uomini sembrava essere meno entusiasta di torturare i prigionieri e chi picchiava più forte o godeva di più nel farlo. Spiegò che quando c'era solo lei nella grotta, c'erano giorni in cui non vedeva o parlava con nessuno. Descrisse i pasti che le portavano – quando si preoccupavano di darle da mangiare – e fece del suo meglio per condividere tutto ciò che aveva notato e considerato pecche nella sicurezza.

In cambio, Grover le disse esattamente dove si trovavano le grotte. Quanto distava la montagna dalla base dell'esercito e quanti uomini aveva visto di guardia all'entrata mentre veniva portato dentro.

Si scambiarono informazioni per circa un'ora e Sierra non si era mai sentita così apprezzata. Lui non la trattava come se fosse debole o da compatire. Elogiava ogni briciola di informazione che lei offriva... e dopo un po' sentì nascere nel profondo una flebile speranza. Era pericoloso per la sua psiche sperare, ma non poté farne a meno.

Grover era così sicuro che la sua squadra stesse arrivando, che presto sarebbero stati entrambi liberi.

Libera.

Aveva sognato di uscire da quella caverna più volte di quante ne potesse contare. Di sedersi sul portico della casa dei suoi genitori in Colorado. Di rivedere la neve. Di avere freddo, invece che caldo tutto il tempo. Però erano sempre stati solo sogni. Aveva troppa paura di credere che la libertà fosse dietro l'angolo.

«Te lo giuro» disse Grover come se potesse leggerle la mente. «Usciremo da qui. Inoltre, probabilmente dovrei avvertirti... voglio continuare a conoscerti quando torneremo negli Stati Uniti.»

Sierra sbatté le palpebre. Aveva detto...? «Mi stai chiedendo di frequentarti?» sbottò.

Lui ridacchiò. Aveva un suono un po' roco, ma le fece comunque venire la pelle d'oca sulle braccia. «Sì.»

«Ehm... senza offesa... ma... non sono sicura che sia una buona idea.»

«Il fatto è questo» replicò lui con calma. «Mi hai affascinato fin dalla prima volta che ti ho incontrata, Sierra. Ora che ti ho ritrovata e mi sono reso conto esattamente di quanto sei dannatamente forte, e devi esserlo per essere sopravvissuta a ciò che hai passato, sono ancora più interessato. Non ho idea di cosa succederà quando saremo di nuovo a casa. Diavolo, non so nemmeno dove vivi. Sto solo dicendo che voglio continuare da dove abbiamo lasciato un anno fa. Siamo stati privati della possibilità di conoscerci, e questo mi fa incazzare.»

Il cuore le martellava nel petto. Grover sembrava troppo bello per essere vero. Poi ripensò alla propria reazione quando lo aveva conosciuto e si rese conto che non era poi così sorpresa dalla sua sicurezza e determinazione.

«Va bene» affermò, cercando di mostrarsi forte come lui pensava fosse. «Se usciamo da qui, ti permetterò di portarmi fuori per i soliti tre appuntamenti che do a qualsiasi ragazzo prima di decidere se siamo compatibili. Ma se faranno schifo, salta tutto.»

«Ci sto» ribatté subito.

Per un secondo, Sierra si chiese a cosa avesse appena acconsentito, ma lui parlò di nuovo prima che potesse ripensarci.

«Ed è *quando* usciremo da qui, non se. Da dove vieni, Bean?»

Sierra si accigliò. L'aveva chiamata *fagiolo*? «Come mi hai chiamata?»

«Merda.... ehm... niente. Scusa.»

Sentirlo così imbarazzato era piuttosto adorabile. «Sul serio. Cos'hai detto?»

«Bean» borbottò. «È solo che... avevo considerato Flame, una fiamma, per via della tua vivacità e dei capelli rossi, ma Bean è saltato fuori dal nulla. È perché... Dio. È perché sei piccola e carina. Merda! Ignorami.»

Scosse la testa divertita. Non aveva mai avuto un soprannome, e anche se Bean suonava un po' infantile, non poteva negare di preferire quello a Flame. «Va bene» disse. «So che voi militari non riuscite a resistere ai soprannomi, *Grover*.»

«Almeno io ho avuto il mio per via del cognome, non perché assomiglio al pupazzo dei Muppets.»

«Ne sei sicuro?» lo prese in giro.

«Merda, me la sono cercata, vero?»

Sierra ridacchiò e si rese conto che era passato molto tempo da quando aveva riso per qualcosa. Anche se nei prossimi giorni fosse accaduto il peggio, sarebbe sempre stata grata a Grover per aver portato un po' di leggerezza nella sua vita in quel momento. «I miei genitori vivono in Colorado. Nelle montagne. Hanno una grande casa con una vista incredibile. Giuro che si può vedere per chilometri e chilometri. Però mi è sempre sembrato un posto troppo remoto. Non mi piaceva essere così lontana dal trambusto della città, e gli inverni... Dio, sono lunghi e freddi. Ma ora a pensarci, mi sembra un paradiso assoluto.»

«Ci tornerai» le promise.

«Mi chiedo sempre come se la passino i miei genitori. A volte penso che stiano peggio di me. Non riesco a immaginare come si sentano a non sapere cosa sia successo alla figlia. Dev'essere straziante.»

«Solo tu puoi pensare che per i tuoi genitori sia più dura di quanto lo sia essere un prigioniero di guerra. Ma devi solo resistere ancora un po', poi potrai vederlo con i tuoi occhi. E... tanto perché tu lo sappia, odierai avere freddo.»

«Davvero?»

«Sì. Dopo essere stata qui nel deserto per così tanto tempo, anche le temperature miti ti faranno sembrare come se stessi congelando. Il Texas ha gli stessi spazi aperti, ed è più caldo» disse, quasi con nonchalance. «Non ci sono tante montagne, a meno che tu non viva nell'estrema parte occidentale dello Stato, ma è bello a modo suo.»

Sierra sbatté le palpebre. Certo, l'oscurità intorno a lei non era cambiata, ma doveva aver frainteso quello che stava insinuando... vero?

«È difficile portarti agli appuntamenti se io sono a Killeen e tu in cima a una montagna del Colorado» continuò.

Non aveva idea di cosa rispondere.

«Ti ricordi di Aspen? Era il soccorritore militare assegnato alla squadra dei Ranger quando siamo stati qui. Ha mangiato con me e la mia squadra.»

Ci mise un attimo a elaborare quel cambio di argomento. «Oh, sì, mi ricordo di lei. Perché? Sta bene?»

«Sì, sta bene. Ha sposato Brain. Hanno avuto un bambino un paio di mesi fa.»

«Porca miseria, davvero?»

«Sì. È uscita dall'esercito e lavora come paramedico per una compagnia di ambulanze a Killeen. Anche gli altri ragazzi sono tutti sistemati. In effetti, Lucky ha sposato mia sorella.»

Non sapeva cosa dire. «Ehm... congratulazioni?»

Grover ridacchiò. «Grazie. Tutte le donne sono molto legate. Si aiutano a vicenda, a prescindere da cosa succede nella squadra. Avresti dovuto vederle quando i nipoti di Oz sono scomparsi. Si sono unite come non avevo mai visto prima... a parte nel mio team, ovviamente. E quando sono partito per venire qui, stavano organizzando i pasti per Ember, la donna di un altro compagno, dopo che le avevano sparato. Sono davvero incredibili.»

Comprese cosa stava cercando di fare. Era... bello, anche se piuttosto irrealistico. «Sono sicura di non avere nulla in comune con loro» disse.

«Non direi. Conosci già Aspen. E penso che ne saresti sorpresa. Diavolo, Ember Maxwell è una delle donne più famose del Paese... se si è inserita bene lei, *so* che puoi farlo anche tu.»

«Aspetta, Ember Maxwell? *Quella* Ember Maxwell?»

Grover ridacchiò. «Sì. Lei e Doc sono una coppia ora. Si è trasferita a Killeen e ha aperto una palestra per insegnare ai bambini gli sport del pentathlon moderno.»

«Oh, merda. Mi ero dimenticata che mentre ero qui ci sono state le Olimpiadi. È riuscita a entrare in squadra?»

«Sì. Ma c'è stato un attacco terroristico la sera prima che gareggiasse e si è lussata la spalla.»

«Oh no!»

«Già. Però è riuscita ad arrivare quindicesima.»

«È incredibile» disse Sierra.

«Mi ricorda te.»

«*Certo.*»

«È vero. È dolce e amichevole. E tosta. Sa anche di te, ed è abbastanza preoccupata da aver postato la tua foto sul suo profilo social, chiedendo che se qualcuno ti aveva visto lo segnalasse.»

Sierra sussultò. «È stata *lei*?»

«Che vuoi dire?»

«Non molto tempo fa, i miei rapitori erano in agitazione perché la mia foto era improvvisamente apparsa su internet. Avevano paura che qualcuno potesse dire qualcosa.»

«Dannazione! Ha funzionato» disse Grover, ridendo sommessamente.

«Non posso credere che Ember Maxwell abbia pubblicato la mia foto. Che sappia chi sono.»

«Tutti sanno chi sei, Bean. Almeno nella mia cerchia. Sono stati preoccupati per te quanto lo sono stato io. Ok, probabilmente non è del tutto vero... ma sanno chi sei. E si preoccupano. E farebbero qualsiasi cosa per farti sentire a tuo agio in Texas... se tu decidessi di farne la tua casa per un po'.»

«Ti ha mai detto nessuno che non sei molto discreto?» gli chiese.

«Non cerco di esserlo.»

Un rumore proveniente da qualche parte nel sistema di caverne attirò la loro attenzione, e quando Grover parlò di nuovo, il suo tono tornò serio. «Posso sopportare qualsiasi cosa mi faranno. Il nostro unico compito è quello di resistere fino all'arrivo della mia squadra.»

«Ok.»

«Cerca di dormire un po'» le ordinò.

Sierra annuì, anche se ovviamente non poteva vederla. Il solo sapere che lui era dall'altra parte della parete di roccia la fece sentire molto meglio. Non aveva idea se i suoi compagni li avrebbero trovati o se sarebbero stati in grado di tirarli fuori, ma per la prima volta da secoli pensò che, forse, quella volta sarebbe stato diverso.

CAPITOLO TRE

GROVER RIUSCÌ A TRATTENERE il gemito un attimo prima che lasciasse le sue labbra. Gli faceva male ogni singolo muscolo, ma lo ignorò. Lui e la squadra avevano affrontato l'addestramento di Sopravvivenza Evasione Resistenza e Fuga diverse volte. Non che gli piacesse farlo, proprio per niente, ma era necessario. La sezione della tortura era particolarmente brutale, ma in confronto a quello che gli avevano fatto quei terroristi, l'addestramento sembrava una passeggiata.

Quando si era fatto catturare di proposito sapeva a cosa sarebbe andato incontro, ma l'avrebbe rifatto altre cento volte se avesse significato trovare Sierra. Era ancora un po' stupito di *avercela fatta* e di essere riuscito a farsi catturare dai talebani.

Scoprire che Shahzada era uno dei traduttori che lavoravano nella base era stata una sorpresa, ma soprattutto una cosa inaccettabile. Quell'uomo era spietato, aveva il controllo sulla gente del posto. Grover giurò che l'avrebbe ucciso prima di lasciare la zona.

Quanto a Sierra... era stato prematuro chiederle di uscire, e ancora di più cercare di convincerla a trasferirsi in Texas, ma non era riuscito a trattenersi. Tutto ciò che aveva imparato su di lei da quando era arrivato in quella caverna gliel'aveva fatta solo ammirare di più. Il fatto che fosse ancora viva era già di per sé notevole, ma che sembrasse tutto sommato equilibrata psicologicamente, dimostrava solo quanto fosse incredibilmente resiliente.

Grover non poteva fare a meno di essere attratto da lei. Già più di un anno prima aveva pensato che fosse bellissima. Gli era già piaciuto il suo coraggio, il suo sorriso luminoso, e la sua bassa statura non lo aveva scoraggiato. Sapere che era stata in grado di superare in astuzia i suoi rapitori e di usare la laurea in psicologia contro di loro lo affascinava ancora di più. Inoltre, sembrava disponibile a conoscerlo meglio.

Però era troppo presto per supporre che uno dei due sarebbe uscito da quell'inferno senza gravi conseguenze, e anche se lei sembrava stesse affrontando decentemente tutto ciò che le era successo, Grover si ripromise comunque di mettersi in contatto con un gruppo di uomini che conosceva e che gestivano un ritiro nel New Mexico, nello specifico per persone che soffrivano di disturbo post-traumatico da stress; veterani, donne e bambini che erano scappati da situazioni di violenza domestica, praticamente chiunque avesse bisogno di uno spazio tranquillo per rilassarsi e ritrovare se stesso.

Non sapeva se Sierra avrebbe avuto bisogno dei loro servizi, ma se fosse stato necessario, si sarebbe assicurato che avesse l'aiuto che le serviva.

Nonostante il suo desiderio di aiutare, però... scosse la testa per la sua arroganza.

Cosa stava facendo? Sierra avrebbe potuto *non* volere avere ricordi di ciò che le era successo, e lui sarebbe stato sicuramente un gran brutto ricordo.

Probabilmente era la prima persona con cui comunicava da un po' ed era alla disperata ricerca di un contatto umano di qualsiasi tipo. *Ovvio* che sarebbe stata disponibile.

L'avrebbe portata fuori da lì o sarebbe morto nel tentativo, ma ciò non significava che lei gli dovesse qualcosa. Non aveva scherzato sul fatto di volerla frequentare, ma se lei avesse mostrato la benché minima esitazione, decise a malincuore che avrebbe fatto marcia indietro.

Non aveva più l'orologio, perché i suoi rapitori lo avevano spogliato di quello e di tutto ciò che aveva avuto addosso, tranne i pantaloni, ma il suo orologio interno gli diceva che doveva essere già mattina. Si costrinse a camminare nella piccola cella per sgranchirsi il corpo ricoperto di lividi.

Nessuna luce penetrava l'oscurità di quel sistema di caverne, perciò quando qualcuno si avvicinò con una torcia, Grover si irrigidì.

Avrebbe preferito di gran lunga che i terroristi li lasciassero in pace, ma sembrava che quel giorno non sarebbe stato così. Maledizione.

Avrebbe voluto anche rassicurarla, dirle che sarebbe andato tutto bene, ma non ne ebbe la possibilità.

«È passato un po' di tempo» disse uno degli uomini, andando direttamente alla cella di Sierra. Grover avrebbe voluto inveire contro di loro, chiedere di lasciarla in pace, ma ricordò ciò che le aveva promesso, così nascose ogni emozione dal viso e tenne la bocca chiusa. Che fosse dannato se avrebbe fatto o detto *qualcosa* che li avrebbe portati a farle più male.

Un uomo sistemò una sedia fuori dalla cella di Grover, così che avesse una chiara visione di qualsiasi cosa avessero deciso di farle. Altri due uomini la trascinarono fuori dalla sua prigione costringendola a sedersi.

«Cosa avete intenzione di fare?» chiese lei, con una voce diversa da quella della notte precedente. Era tremante e acuta, e non sembrava affatto la donna forte e capace con cui aveva parlato.

Tuttavia, non si soffermò a pensare alla sua voce, troppo occupato a osservare il suo aspetto fisico.

I suoi splendidi capelli rossi erano stati rasati, sulla testa erano rimaste solo piccole chiazze irregolari. Era magra, supponeva circa quindici chili in meno di quanto ricordasse, e già prima era una donna minuta. Dava l'impressione che una forte folata di vento avrebbe potuto spazzarla via. Indossava solo delle mutandine e una maglietta logora e strappata in più punti. Era molto sporca, la pelle e le mutandine erano imbrattate della terra che ricopriva ogni centimetro della caverna in cui erano tenuti prigionieri.

Grover si sentì fisicamente male, voleva vomitare. Odiava vederla così. Sierra curvò le spalle e continuò a piagnucolare e a supplicare i suoi rapitori di lasciarla in pace. Di non toccarla.

Proprio quando Grover pensò che potesse aver avuto un crollo mentale durante la notte, che non potesse essere così brava a recitare, lei sollevò lo sguardo e incontrò il suo per una frazione di secondo.

Quello che vide nei suoi occhi gli fece irrigidire ogni muscolo del corpo.

Rabbia. Determinazione. Odio per i suoi rapitori. E una forza che persino *lui* aveva sottovalutato.

Quella donna si stava mostrando soggiogata e sconfitta, ma era tutt'altro. Ogni parola che usciva dalla sua bocca era a beneficio dei suoi aguzzini. *Stava* recitando, ed era assolutamente magnifica.

Vide una breve espressione di vergogna nei suoi occhi e la odiò, ma se pensava che fosse disgustato dalla sua condizione, si sbagliava di grosso. Nessuno lo aveva mai impressionato più di quanto stava facendo Sierra in quel momento. La prima volta che si erano incontrati aveva pensato che fosse troppo fiduciosa e innocente, era in Afghanistan da poco e molto entusiasta di servire il suo Paese, anche solo come aiuto nella mensa dell'esercito.

La donna di fronte a lui aveva perso quel manto di ingenuità e al suo posto ce n'era uno d'acciaio.

Era un po' scioccante, ma si sentiva molto più attratto da *quella* donna rispetto a quella quasi troppo credulona che aveva conosciuto inizialmente. Il che la diceva lunga, perché era stato molto interessato anche a *quella* Sierra.

Vide i suoi occhi riempirsi di lacrime mentre continuava a supplicare gli uomini di lasciarla in pace. Di lasciarla tornare nella sua cella. Di non farle del male.

Prima che i bastardi iniziassero la tortura, una quarta persona si avvicinò camminando lungo il sentiero stretto e irregolare.

Shahzada.

Ora che Sierra gli aveva detto chi era, lo riconobbe subito.

Il labbro di Grover si arricciò involontariamente per il disgusto.

Quando più di anno prima lo aveva visto nella sala mensa era stato arrogante e insopportabile, e sembrava non essere cambiato.

Il capo dell'organizzazione talebana di quella parte del Paese si fermò davanti alla sua cella, ignorando completamente Sierra.

«Bentornato nel mio Paese» disse il bastardo.

«Non è un granché come benvenuto.»

L'uomo fece un sorrisetto.

«Inoltre... è bello *rivederti*» aggiunse Grover.

«Così l'hai capito.»

«Che tu sei Muhammad, uno dei traduttori che l'esercito ha assunto e di cui si è fidato? Che hai quasi carta bianca nella base militare e che da un anno a questa parte rapisci i lavoratori a contratto? Sì, l'ho capito.» Grover non gli diede la possibilità di parlare. «Ho anche capito che sei un codardo del cazzo. Non hai rapito dei soldati perché sapevi di non essere alla nostra altezza. Potevi gestire solo uomini e donne non addestrati. Sei *patetico*» sogghignò, volendo spostare l'ira dell'uomo su di lui e lontano da Sierra, se possibile.

Come sperava, il volto di Shahzada diventò rosso fuoco. «Ti pentirai di queste parole» lo minacciò con un tono letale.

Gli rispose fingendo un enorme sbadiglio. «Se lo dici tu» replicò dopo un momento, facendo del suo meglio per sembrare annoiato.

Shahzada ringhiò e gli voltò le spalle. Senza esitare, afferrò un bastone lungo e spesso dall'uomo più vicino a Sierra e la colpì sulle cosce.

Grover avrebbe voluto balzare in piedi dal terreno polveroso dove si era seduto per mostrare indifferenza quando lo stronzo era arrivato. Ma si trattenne. A malapena.

Sierra urlò e si lamentò così forte da fargli dolere le orecchie, ma lui continuò a mantenere un'espressione impassibile e stoica.

A ogni bastonata, Sierra chiedeva pietà gridando sempre di più. Se non l'avesse avvertito la sera prima, Grover avrebbe aggiunto le proprie suppliche per farli smettere. Dovette sforzarsi con tutto se stesso per non muoversi.

Obiettivamente, si vedeva che Shahzada non stava facendo molto di più che provocare dei lividi superficiali. Non le stava lacerando la pelle e ciò gli fece capire il livello di dolore che stava sopportando, e nessuno dei colpi era destinato a uccidere. Sierra aveva ragione, quello era uno spettacolo a suo beneficio, ma ciò non significava che volesse assistere a quegli abusi.

Dopo pochi minuti, il bastardo gettò il bastone e la guardò accigliato. Le lacrime le rigavano il viso e non aveva smesso di implorare.

«Che patetica» sogghignò. «Sono stanco di questa roba.» Poi si voltò a guardarlo. «Voglio *lui*.»

Sapeva cosa significava quello sguardo. Lo aspettava un'altra lunga e dolorosa sessione per mano sua, ma se ciò avesse fatto terminare il pestaggio di Sierra, l'avrebbe accettato volentieri.

Due degli uomini la tirarono in piedi – lei non aveva ancora smesso di piagnucolare – e la gettarono nella sua cella, e Grover fece un sospiro di sollievo quando sentì la serratura scattare.

Le botte per lei erano finite, ora era il suo turno di soffrire.

Shahzada sogghignò mentre i suoi scagnozzi aprivano il lucchetto che teneva chiusa la cella. «Ho fatto pratica su tutti quegli "uomini e donne non addestrati". Ho imparato molto su ciò che il corpo umano può sopportare prima di spezzarsi. Non vedo l'ora di farlo con te.»

Grover fece un respiro profondo. Poteva sopportare qualsiasi cosa quello stronzo e i suoi compari gli avessero inflitto. Trigger e il resto della squadra sarebbero arrivati presto. Doveva solo mantenere l'attenzione di Shahzada su di sé e non su Sierra, e nel frattempo rimanere vivo.

Invece di metterlo sulla sedia come lei, lo trascinarono lungo il sentiero buio, lontano dalle celle. Sapeva che non era un buon segno. Poteva sopportare un pestaggio, ma se avevano in mente di usare l'elettricità o altre misure estreme, le cose potevano essere molto più complicate.

Prima di svuotare la mente, pensò che era contento che Sierra non avrebbe dovuto assistere alla sua tortura. Ne aveva già passate abbastanza. L'ultima cosa che voleva era aggiungersi al suo trauma.

Forza, Trigger. Porta qui il tuo culo e trovaci.

————

Le lacrime di Sierra cessarono nell'istante in cui i suoi aguzzini le voltarono le spalle. Era diventata molto brava a piangere a comando. Le facevano male le cosce, ma non era niente che non avesse già sopportato. Proprio come aveva detto a Grover, più piangeva e implorava, prima finivano le botte. Shahzada e i suoi seguaci erano prevedibilissimi. Si era perversamente divertita a manipolarli in passato, prendendosi le vittorie dove poteva, provando la sensazione di averli fregati. Ma quel giorno provava solo terrore.

Grover non aveva detto una parola quando Shahzada l'aveva colpita, e gliene era stata grata. Aveva l'impressione che per un uomo come lui, stare a guardare e non fare nulla mentre una donna veniva picchiata fosse di per sé una forma di tortura, ma per fortuna aveva preso sul serio le sue parole, e lo apprezzava.

Però avrebbe preferito che non l'avesse vista; sapeva di avere un aspetto orribile.

Sì... era un eufemismo. Non poteva più indossare i pantaloni perché non le stavano su, e non aveva una cintura o altro per tenerli legati. Aveva perso così tanto peso da essere l'ombra di se stessa. Le mestruazioni erano cessate da molto tempo, e per quanto cercasse di mantenere il tono muscolare facendo stretching e camminando su e giù per la cella, sapeva di avere poca forza.

Poi c'erano i capelli.

Una volta era così orgogliosa delle sue lunghe ciocche ramate, di certo la sua caratteristica migliore. Dopo settimane di prigionia, erano diventati più un peso che altro. Aveva sentito gli insetti strisciarvi in mezzo nel cuore della notte, ed erano stati così sudici da farla rabbrividire ogni volta che una ciocca le aveva toccato il viso. Per non parlare del fatto che i suoi rapitori li avevano usati spesso per trascinarla in giro.

Così aveva escogitato un piano. A ogni tortura, li aveva pregati di non toccarle i capelli, agitandosi e piangendo quando lo facevano. C'erano volute alcune settimane, ma alla fine li avevano usati come mezzo di tortura, rasandoli. L'avevano tenuta bloccata, e lei aveva lottato come una pazza mentre glieli tagliavano prima con un coltello e poi con un vecchio rasoio elettrico malfunzionante.

Aveva pianto in modo isterico e messo su uno spettacolo che probabilmente non avrebbero mai dimenticato. I suoi carcerieri avevano riso e scherzato per tutto il tempo e poi, mentre lei piagnucolava mettendosi lentamente in ginocchio per singhiozzare sopra il mucchio di ciocche, se n'erano andati. Avevano fatto esattamente ciò che lei aveva sperato. Sierra si sentiva molto meglio senza i capelli sporchi, dato che i riccioli erano diventati così pesanti da tirarle il cuoio capelluto. Si sentiva più leggera. Più pulita. In realtà quello no, visto che l'ultima vera doccia l'aveva fatta alla base la notte in cui era stata rapita. Ma comunque il sollievo era stato immenso, e l'incidente aveva confermato quanto facilmente potessero essere influenzati i suoi rapitori.

Da allora, l'avevano legata due volte per raderle la testa, e in entrambe le occasioni aveva ripetuto la sua performance... scalciando, lottando e implorandoli di lasciarla in pace. E che Dio l'aiutasse, la faceva sentire *bene* manipolare i suoi carcerieri, anche solo in quei piccoli modi e nonostante sapesse che non glieli avevano rasati in modo uniforme. Le avevano lasciato chiazze di varie lunghezze e poteva solo immaginare quanto fosse orribile. Anche se si sentiva molto meglio così, sapeva che doveva sembrare un mostro.

E per quanto fosse una cosa vanitosa e sciocca, *odiava* che Grover l'avesse vista in quel modo.

Sapeva che sarebbe stato inevitabile, che se lui aveva ragione e la sua squadra fosse arrivata, prima o poi l'avrebbe vista, ma la cosa la deprimeva comunque.

I minuti passavano, anche se in realtà non aveva idea di quanto tempo fosse rimasta seduta nella cella ad aspettare con impazienza il suo ritorno. A pregare che *tornasse*. Shahzada di solito teneva in vita gli ostaggi per un po', torturandoli spesso prima di farli sparire. Poteva solo sperare che facesse lo stesso con lui.

Appena sentì delle voci si irrigidì. Sapeva di non poter balzare in piedi e aggrapparsi alle sbarre della cella, ma avrebbe davvero voluto farlo. Le torce dei carcerieri non erano molto potenti, ma emettevano un bagliore sufficiente per permetterle di vedere Grover.

Anche con gli uomini che lo tenevano per le braccia, riusciva a malapena a camminare, trascinava i piedi e inciampava. Shahzada non si vedeva da nessuna parte, ma i bastardi sorridevano come se si fossero appena divertiti un mondo.

Ora indossava solo un paio di boxer, e intravide zone più scure sulle gambe e sul busto. Sangue. Anche il suo viso era tutto insanguinato. Era chiaro che lo avessero colpito ripetutamente, e ciò la fece ribollire di rabbia, ma rimase zitta e tranquilla mentre gli uomini aprivano la cella e lo gettavano dentro.

Se ne andarono senza dire niente, e solo quando furono di nuovo soli, nel buio pesto, lasciò il suo posto contro il muro più lontano della cella, si trascinò fino all'altro lato e si sdraiò a terra. Allungò il braccio tra le sbarre, piegando il gomito. La posizione era scomoda, ma se Grover si fosse avvicinato, sarebbe stata in grado di toccarlo. E ne aveva bisogno più di quanto avesse mai avuto bisogno di qualsiasi altra cosa.

«Grover?»

Lui grugnì.

«Trascinati qui. Verso la mia voce. La mia mano è tra le sbarre, dovrei riuscire a toccarti se ti avvicini abbastanza.»

Udì dei movimenti lenti nella cella accanto e trattenne il respiro. Sussultò al primo tocco delle sue dita, poi gli afferrò la mano quando lui sfiorò la sua una seconda volta. Era bagnata, probabilmente di sangue, e sentì lo sporco del pavimento penetrarle nella pelle. Ma niente di tutto ciò aveva importanza. Era vivo, e caldo, e poteva sentire il battito nel suo polso.

Non aveva idea di cosa dire. Non voleva chiedere cosa fosse successo, sapeva già che era qualcosa di orribile. Ripensò a tutto ciò che aveva passato nell'ultimo anno, e sapeva che lui aveva subito altrettanto... o anche di più.

«Sto bene» disse Grover sommessamente.

Le sue parole erano leggermente distorte, e Sierra gli strinse la mano. «In questo momento sembri un po' il tuo omonimo.»

Lui ridacchiò piano, e quel suono scivolò lungo la sua spina dorsale e poi si avvolse intorno al cuore. Si scervellò per pensare a qualcosa di cui parlare, qualsiasi cosa che potesse distogliergli la mente dal dolore. «I miei capelli erano così brutti come me li sento?»

«No.»

Pensò che fosse una bugia. In ogni caso, per i successivi quindici minuti gli raccontò la storia di come aveva manipolato i terroristi fino a convincerli che tagliarli fosse stata una *loro* idea. «So che sono orribili, che devo essere inguardabile, ma mi sento molto meglio così.»

«Intelligente» mormorò Grover.

«Se può far sentire meglio *te*, è probabile che ora ti lasceranno in pace per qualche giorno. Vogliono che siamo relativamente sani e forti prima di cercare di spezzarci di nuovo.»

Lui grugnì.

«Così la tua squadra avrà più tempo per arrivare qui.»

Lo sentì borbottare qualcosa sottovoce.

«Cosa posso fare per aiutarti?» Si sentiva inutile a stare solo sdraiata lì. Tenergli la mano non le sembrava sufficiente.

«Lo stai facendo» rispose, poi le chiese: «Hanno fatto anche a te tutto questo?»

«No» disse, sentendosi in colpa. «Quando mi hanno presa,

alcuni dei seguaci di Shahzada non avevano mai torturato nessuno prima. Mi hanno usata per far pratica. Almeno è quello che mi hanno detto. Facevano cose davvero terribili, soprattutto l'annegamento simulato, ma solitamente nulla che mi facesse sanguinare. Forse perché sono una donna o perché non sono un soldato e non avevo informazioni veramente utili. Non lo so. Ma mi sento in colpa perché sembra che ci siano andati più leggeri con me.»

«Non pensarlo nemmeno. Ti hanno tolto la libertà. Solo questo è già abbastanza grave.»

«Immagino di sì. Hai fatto ciò che ti ho detto?» non poté fare a meno di chiedere. «Hai detto loro quello che volevano sapere?»

«Non mi hanno chiesto niente, si sono limitati a picchiarmi. Soprattutto Shahzada.»

«Stronzi» mormorò lei, con odio evidente nella voce. «È geloso di te. Probabilmente si ricorda quanto fosse rispettata la tua squadra. Da quel poco che ho sentito nell'ultimo anno, è incazzato per non essere riuscito a prendere più piede nella rete talebana e si sfoga con i suoi prigionieri. Penso che vorrebbe far carriera più velocemente, ma sta rapendo le persone sbagliate per farlo succedere.»

Grover grugnì.

«Non dico che i suoi seguaci siano bravi uomini, ma non sono assetati di sangue come lui. Hanno delle famiglie. Mogli e figli. Ho l'impressione che a loro piaccia l'idea di scalare i ranghi, ma che non siano disposti a essere violenti come Shahzada per arrivarci.»

«Moriranno comunque.»

Sierra annuì. «Lo so. E non mi dispiace. Per niente. Il loro destino è stato segnato quando si sono schierati con lui.»

Grover non rispose, e dopo alcuni secondi Sierra sentì la sua mano rilassarsi.

Non la lasciò andare. Sapeva che le si sarebbe addormentato il braccio in quella posizione scomoda, ma non le importava. Aveva bisogno di mantenere quella connessione. Si sentiva in colpa perché lui era stato ferito così gravemente. Nell'ultimo anno non era mai stata torturata in modo così pesante.

Fece scorrere il pollice sul dorso della sua mano. Alla fine avrebbe dovuto lasciarlo andare. Tornare dall'altra parte della cella, in modo che quando i loro rapitori fossero arrivati con del cibo al mattino, non avrebbero saputo che lei e Grover avevano legato. Altrimenti Shahzada avrebbe certamente usato quella cosa contro di loro.

Per il momento, rimase rannicchiata contro il muro della cella e gli tenne la mano mentre lui dormiva. Almeno sperava che stesse dormendo e che non fosse svenuto. C'era sempre la possibilità che il bastardo l'avesse colpito abbastanza forte da rompergli qualcosa.

Spostò un dito verso il polso per sentire la pulsazione e sospirò di sollievo al battito costante.

Aveva avuto paura di credergli quando le aveva detto che la sua squadra li avrebbe trovati, ma ora pregò più intensamente di quanto avesse mai fatto nell'ultimo anno.

Trovateci. Grover ha bisogno di voi.

CAPITOLO QUATTRO

Trigger, Lefty, Brain, Oz, Lucky e Doc sedevano impazienti intorno al tavolo delle conferenze nella base militare in Afghanistan. Il generale al comando stava esaminando le misure che erano state adottate per cercare di trovare i lavoratori a contratto, oltre a ciò che le altre squadre delle forze speciali avevano scoperto nelle loro perlustrazioni.

Apparentemente Trigger stava ascoltando, ma dentro di sé stava ripassando le informazioni che lui e il resto della squadra avevano trovato insieme agli effetti personali di Grover. Aveva criptato un file sul suo portatile e spiegato nel dettaglio di aver pianificato di creare problemi nel villaggio vicino alla base.

Ma era stato il breve biglietto che aveva lasciato poco prima di essere catturato ad aver attirato maggiormente la loro attenzione.

Non ho prove, ma penso che si tratti di un lavoro dall'interno. Qualcuno in questa base sta lavorando con Shahzada, oppure è qui lui stesso.

Il team ne aveva parlato e tutti si erano trovati d'accordo con il loro compagno scomparso. La mancanza di progressi nella ricerca di Shahzada, o dei lavoratori rapiti, doveva significare che il leader talebano riusciva a ottenere informazioni prima dei raid e delle missioni per cercarlo.

«Giusto, Trigger?» chiese il generale.

Lui sbatté le palpebre e guardò Lefty. Vide il suo amico abbassare leggermente la testa. «Giusto» rispose all'ufficiale, non avendo idea di cosa stesse approvando.

«Mi dispiace molto per il vostro compagno di squadra, ma i rapporti dicono che era fuori controllo quando era qui. Si comportava in modo molto insolito, beveva troppo ed era aggressivo.»

Trigger avrebbe voluto inveire contro l'altro uomo. Chiedergli se pensava che le azioni di Grover rendessero accettabile il fatto che fosse stato rapito.

Chiaramente non era così. Proprio come una donna che indossava abiti provocanti non meritava di essere aggredita. Era offensivo che il generale non avesse nemmeno considerato la possibilità che Grover si fosse comportato in modo anomalo per un motivo preciso.

Ma nessuno lo conosceva come la sua squadra. Tutti loro sapevano quanto fosse disperato di trovare informazioni su Sierra Clarkson.

Tuttavia, non si aspettavano che arrivasse a misure così estreme.

«Siamo consapevoli che ci sono delle regole da seguire» disse Trigger al generale. «Ma faremo ciò che deve essere fatto, non solo per trovare il nostro compagno di squadra, ma anche per porre fine alla scomparsa dei lavoratori. Shahzada e la sua banda di terroristi devono essere fermati. Vorrei chiederle di chiudere la base finché non avremo trovato il nostro uomo. Nessuno deve entrare o uscire. Ciò significa niente traduttori, nessuno dell'esercito afghano, niente coniugi o figli del posto.»

L'ufficiale sembrò sorpreso. «È più facile a dirsi che a farsi.»

Trigger si chinò in avanti. «Abbiamo ragione di credere, e anche Grover, che ci sia un traditore all'interno della base. Non sappiamo se sia del posto o uno dei nostri, ma se nessuna informazione entrerà né uscirà da qui, ci darà un vantaggio. Metterà Shahzada a disagio e sotto pressione l'organizzazione. *Troveremo* il nostro compagno di squadra e speriamo anche i lavoratori scomparsi che sono ancora vivi.»

Capì che il generale era scettico, anche se annuì. «Per quanto tempo?»

«Per tutto il tempo necessario» rispose Oz.

Tutti i membri del team sapevano che non sarebbe successo. Probabilmente avrebbero avuto una settimana al massimo, dopodiché il generale sarebbe stato costretto a far tornare tutto alla normalità. Ma non sarebbe servita una settimana, niente li avrebbe trattenuti dal trovare Grover.

Dopo altri venti minuti, la riunione terminò e Trigger e i suoi compagni si diressero verso la tenda che avevano assegnato loro. Mentre controllavano l'attrezzatura, delineò il piano. «Credo che la cosa migliore sia fare come Grover... andare nei bar. Brain, tu devi metterti a origliare e se senti che qualcuno parla di lui, seguiamo quella persona in coppia. Nessuno va da nessuna parte da solo, capito?»

Tutti mormorarono in accordo.

«E ci portiamo dietro i localizzatori, ok?»

Annuirono di nuovo. Trigger aveva saputo da Ghost, il leader di un'altra squadra Delta, che Tex, un amico comune, aveva fornito loro quei pratici dispositivi. Non era mai stato un fan dei localizzatori, ma non era disposto a perdere un altro dei suoi amici mentre cercavano Grover. Si era pentito di non averlo costretto a prenderne uno prima che lasciasse gli Stati Uniti.

Si rimproverava anche per averlo lasciato andare in Afghanistan da solo. Sapeva quanto era stato disperato di scoprire il motivo della scomparsa di Sierra nell'ultimo anno. Da quando aveva ricevuto la lettera che era andata persa nella posta, la sua preoccupazione era solo aumentata. Doveva sapere che avrebbe fatto qualcosa di drastico. Ma farsi catturare di proposito era ancora più folle di qualsiasi cosa avesse mai potuto immaginare. Non sapeva se la donna fosse ancora viva, ma non aveva dubbi che se lo fosse stata, Grover avrebbe fatto di tutto per tenerla in vita fino all'arrivo dei soccorsi.

«Lo troveremo» disse Lucky, interrompendo i suoi pensieri.

«Lo so.»

«Abbiamo una lista di tutta la gente del posto che lavora alla base?» chiese Oz.

«Il generale dovrebbe farcela avere.»

«Bene. Anche le foto?»

«Sì.»

«Possiamo mostrarle agli abitanti per vedere se riconoscono qualcuno e cosa possono dirci di loro.»

«Pensi davvero che Shahzada stia lavorando alla base?» domandò Lefty.

«Sì» rispose Trigger. «È la cosa più sensata. Gli rende più facile impacchettare la roba dei lavoratori e farla sparire, insieme ai lavoratori stessi.»

«E di sicuro stava lavorando anche con altri» aggiunse Doc.

«Cazzo. Non mi stupisce che i SEAL non abbiano avuto fortuna a rintracciarli. Shahzada probabilmente sapeva che erano qui, e anche quali fossero i loro piani» disse Brain disgustato.

«Se Grover è stato rapito perché si comportava da ubriaco, qualcuno sa qualcosa. È grande e grosso, non

possono essersi dileguati nella notte senza essere visti»
sostenne Lucky.

«Esatto» concordò Trigger. «Prendetevi le prossime due
ore per parlare con le vostre mogli e i vostri figli, poi fatevi
trovare pronti a partire alle sette di stasera. Vediamo se
riusciamo a trovare qualcuno che ammette di averlo visto e
con chi. Non torneremo qui finché non lo avremo recuperato... e speriamo che con lui ci sia anche Sierra.»

Trigger aveva bisogno di parlare con la moglie. Aveva
bisogno di sentire la voce di Gillian. Non gli piaceva pensare
di non riuscire a tornare da lei, ma aveva giurato a se stesso
che non avrebbe lasciato il Paese finché Grover non fosse
tornato con *loro*.

———

Grover aveva perso la cognizione del tempo. Sierra aveva
ragione, dopo il primo pestaggio lo avevano lasciato in pace
per un paio di giorni, ma la terza sessione con Shahzada era
stata ancor peggio della seconda. Quell'uomo era un sadico e
si deliziava a torturarlo solo per il gusto di farlo. Ancora una
volta, non gli aveva chiesto nulla. Non aveva cercato di ottenere informazioni. Si era solo divertito a farlo sanguinare.

Il bastardo gli aveva fatto sapere che non era contento che
la base militare fosse stata chiusa. Nessuno era in grado di
entrare o uscire, e ciò l'aveva fatto incazzare. Passava regolarmente informazioni a qualche pezzo grosso dei talebani, cosa
che ora non gli era possibile dato che non aveva il permesso di
entrare.

Grover si rese conto che lo stronzo aveva ingannato *tutti*.
L'esercito americano pensava che fosse qualcuno di importante, che avesse molto più potere di quanto in realtà ne
aveva. Sierra aveva detto un'altra cosa corretta: Shahzada era
semplicemente uno dei tantissimi uomini che volevano fare

carriera nell'organizzazione. Aveva fatto circolare le voci sul suo potere per incutere timore nella città e negli occidentali di stanza alla base.

Mentre lo stava picchiando si era vantato di tutte le volte che aveva trasmesso informazioni sbagliate durante il suo lavoro di traduttore. Invece di dire agli abitanti del villaggio che i militari avrebbero aiutato a riparare i sistemi fognari e a purificare l'acqua, aveva fatto credere loro che gli americani non avevano intenzione di muovere un dito per aiutarli. Che avrebbero dovuto cavarsela da soli. Aveva fatto tutto il possibile per seminare zizzania tra i soldati e la gente del posto. Aveva usato la sua posizione per minacciare quelli più deboli di lui, avvertendoli che se avessero collaborato con i militari, le loro famiglie avrebbero pagato.

In definitiva, era un bullo a tutti gli effetti, un pesce grosso in uno stagno piccolo, che sognava di fare carriera nella gerarchia talebana. E stava cercando di farlo gettando fumo negli occhi.

Sì, aveva rapito una mezza dozzina di lavoratori dalla base, ma non aveva avuto le palle di prendere un vero soldato. Fino a lui.

E Grover sarebbe stato la sua rovina. Doveva solo resistere.

Inspirò bruscamente quando si mosse troppo in fretta e le costole gli fecero un male cane. Doveva averne qualcuna incrinata. I reni erano ammaccati di sicuro. Nella sessione di tortura di quel giorno gli avevano bloccato le braccia dietro alla schiena per poi appenderlo al soffitto per mezzo delle mani legate. Il dolore alle spalle era stato atroce e si erano dislocate durante il pestaggio. Quando finalmente lo avevano tirato giù, gli uomini di Shahzada gli avevano fatto un favore calpestandogliele; era stata una sofferenza indicibile quando erano state forzate a rientrate in sede, ma alla fine era stato meglio così.

Ora era sdraiato sulla schiena nella sua cella buia. Aveva un braccio sopra la testa e infilato tra le sbarre, mentre Sierra gli teneva ancora una volta la mano. Incredibilmente, sentire il suo palmo contro il proprio aiutava ad alleviare il dolore.

«Li *odio*» disse lei, dopo che il silenzio si era protratto per diversi minuti. «Voglio dire, già odiavo che mi tenessero qui senza nemmeno avere un piano su cosa farsene di me, ma ora vorrei ucciderli tutti. Lentamente. Farli soffrire come stanno facendo soffrire te.»

«È soprattutto Shahzada» si sentì in dovere di precisare Grover.

«Non. Mi. Interessa. Sono tutti profondamente coinvolti in questa storia. Mi hanno tenuta qui contro la mia volontà. Mi hanno picchiata quando Shahzada diceva loro di farlo. Non mi importa se mi colpiscono più piano di quanto potrebbero, lo fanno comunque. Ridono quando fingo di piangere per i capelli, si *divertono* a vedermi implorare. Sono tutti colpevoli e spero che muoiano di una morte lenta, orribile e dolorosa!»

Grover non riuscì a trattenere il sorriso. Era inopportuno, ma era così sollevato che quei bastardi non avessero spento del tutto il suo fuoco che non gli importava. «Succederà» le disse.

La sentì sbuffare e agitarsi.

«Qual è la prima cosa che vuoi mangiare quando torni a casa?» le chiese, cercando di distoglierle la mente dagli stronzi che li tenevano prigionieri.

«Sul serio?»

«Certo, perché no?»

«Perché sono mesi che non mangio altro che roba insapore tipo la farina d'avena» si lamentò.

Grover si rese conto che la sua domanda era stata un po' priva di tatto. «Mi dispiace. Fai finta che non te l'abbia chiesto.»

«Non ho mai pensato molto al cibo. Cioè, cercavo di stare attenta a ciò che mangiavo, perché con la mia altezza anche prendere solo un paio di chili mi faceva sembrare molto più grossa, ma non avevo un cibo preferito. Ora che non mangio niente di buono da mesi, mi rendo conto di quanto mi manchi assaporare qualcosa di diverso dalle schifezze che mi danno qui.»

«C'è una pizzeria a nord di Austin che ha la mia pizza preferita in assoluto. Il locale si chiama Pizzeria Napoletana DeSano. Il nome ha un che di molto sofisticato e giuro che non ho mai assaggiato niente di meglio. Ti verrebbe da pensare che sia tutto prodotto in Italia invece che in Texas.»

«Le patatine fritte di McDonald's» disse Sierra. «Il sale sulle dita mi dava fastidio, ma anche il solo pensarlo in questo momento mi fa venire l'acquolina in bocca.»

«Potresti avere qualsiasi cosa al mondo e scegli le patatine fritte del fast food?» la prese in giro.

«Ehi, non giudicare» si lamentò lei.

«Scusa. Che altro?»

«Verdura fresca. Un pomodoro colto direttamente dalla pianta. Un'insalata enorme con verdure tagliate e formaggio. E inondata di salsa ranch.»

«Mi sembra ottima. Che altro?»

«Una ciambella ripiena di crema.»

Grover ridacchiò e ignorò la fitta di dolore alle costole. «Sei golosa, eh?»

«Sì» rispose senza esitazione. «Comunque, in questo momento qualsiasi cosa sarebbe fantastica. Ho... perso molto peso.»

Odiò percepire un senso di vergogna nella sua voce. «Lo riprenderai. Ti aiuterò.»

Gli strinse un attimo la mano prima di rilassarsi di nuovo.

Grover continuò a parlare. «Al nostro primo appuntamento, ordinerò una pizza da DeSano e ti preparerò un'insalata enorme con verdure fresche che prenderò al mercato agricolo. Cetrioli, pomodori, peperoni, formaggio... ci metterò tutto quello che vorrai. Andremo in cima al fienile che abbiamo recentemente completato nella mia proprietà – da lassù si può vedere per chilometri – e mangeremo finché non saremo sazi, ci prenderemo una pausa per parlare e poi mangeremo ancora. Saremo così pieni che non riusciremo a scendere per andarcene e dovremo dormire lì.»

Sierra ridacchiò. «Quindi ora il nostro primo appuntamento si è trasformato in un pigiama party?»

«Certo, perché no? Abbiamo già dormito insieme qui, perché non farlo anche quando torneremo a casa?»

Ci fu un momento di silenzio, poi Grover sentì il suono più bello di *sempre*: la risata di Sierra.

«Stai dando per scontato che io voglia venire in Texas a trovarti» disse lei una volta ripreso il controllo.

«Sì» concordò.

Passò circa un altro minuto di silenzio prima che lei parlasse di nuovo. «Non sei come gli altri uomini che ho conosciuto. Sei autoritario e troppo sicuro di te. Pensi di poter ottenere qualsiasi cosa solo perché la vuoi.»

Quando non disse altro, Grover chiese: «Ma?»

«Ma cosa?»

«Ho percepito un ma da qualche parte.»

«Già. Ma... per qualche motivo non riesco ad arrabbiarmi con te per questa cosa.»

«Sono un tipo schietto» le disse in tono serio, odiando il fatto di non poterla guardare negli occhi mentre parlava. Le strinse più forte la mano. «Quando ti ho vista un anno fa, sono stato immediatamente attratto da te. Eri come un raggio di sole in un mondo altrimenti buio. Quando non ho avuto tue notizie devo ammettere che... ero arrabbiato e deluso. Ma mentre passavano i mesi e continuavo a non riceverne, non riuscivo comunque a scacciarti dalla mente. Quando poi ho scoperto che invece mi *avevi* scritto, è cambiato tutto e ho deciso che non avrei permesso a uno stronzo di terrorista di rubarmi la possibilità di conoscerti.»

«Quindi sei venuto fino a qui e ti sei fatto catturare per avere un appuntamento?» chiese.

Grover sbuffò. «Ehi, sono l'unico nella mia squadra a non aver ancora trovato una donna, e sto invecchiando.»

«Ma per favore. Sono sicura che le donne fanno i salti mortali per farsi notare da te. Nel caso ti sia sfuggito, sei piuttosto bello.»

«Ho trentatré anni, non venti, Bean. Mi piace pensare di non essere superficiale come quelli che si portano a casa ogni donna che decide di volere andare a letto con un soldato. Non nego di aver attraversato quella fase quando sono entrato nell'esercito, ma non è più ciò che voglio. Da molto tempo. E, a differenza di quello che pensi, non ci sono poi così tante donne che vogliono trovarsi coinvolte con un soldato di carriera come me. Uno che deve partire all'improvviso e non può dire dove sta andando o quando tornerà.»

«Allora sono stupide» affermò Sierra con dolcezza. «Non dico che sia facile essere sposati con un militare, ma per quanto mi riguarda, sarei orgogliosa di ciò che il mio fidanzato o marito sta facendo. Ho imparato in prima persona quanto sia importante impedire ai tiranni di conquistare il mondo.»

Grover rimase in silenzio a rimuginare. Non sapeva nulla di lei, come per esempio se era una persona mattiniera, se sparpagliava la sua roba sul ripiano del lavandino in bagno o se la teneva ordinatamente allineata dal suo lato. Quali erano i suoi film o libri preferiti. Però le cose che *già* sapeva erano molto più importanti e gli piacevano tutte. Era pratica, intelligente, con i piedi per terra, compassionevole e leale. E un po' assetata di sangue.

Sapeva che l'ultima non era una caratteristica ritenuta

positiva dalla maggior parte delle persone, ma lui voleva una compagna che capisse che uccidere faceva parte del suo lavoro. I Delta non uccidevano in ogni missione, naturalmente, ma quando lo facevano significava che era *assolutamente* necessario.

Grover provò a spostarsi e sussultò di nuovo. Dannazione, faceva male. Shahzada era un feroce figlio di puttana e non gli sarebbe dispiaciuto vederlo morto.

Come se potesse leggergli nella mente, Sierra gli chiese: «Pensi davvero che la tua squadra ci troverà? Voglio dire, cosa faranno di diverso da tutti quelli che ci hanno provato in passato?»

«Ci troveranno» la rassicurò. «E lo so perché se fosse scomparso uno di loro, non mi sarei fermato finché non avessi scoperto dov'è tenuto prigioniero, e avrei scatenato l'inferno su chiunque avesse osato tenermi lontano da lui. Inoltre, ho lasciato loro degli appunti riguardo a tutto ciò che ho fatto quando ero alla base e su ciò che avevo pianificato di fare la notte in cui sono stato catturato. Li sfrutteranno e verranno a tirarci fuori da qui.»

«Non capisco perché Shahzada sia stato così... duro con te» rifletté Sierra.

«Probabilmente perché ha il pene piccolo» replicò.

Ci fu un attimo di silenzio, poi lei scoppiò a ridere. Ancora una volta, Grover non poté fare a meno di sorridere a quel bellissimo suono.

«Be', ok allora» disse quando si calmò.

«In tutta onestà, non lo so nemmeno io» sostenne in tono più serio. «So che è arrabbiato perché la base è chiusa, e come hai detto tu è frustrato perché non gli hanno proposto di salire di rango. È ancora bloccato in questa città. Vuole di più. E dato che ha trascorso così tanto tempo alla base, probabilmente è geloso o risentito verso uomini come me.»

«Uomini delle forze speciali?» chiese.

Grover scrollò le spalle, dimenticando il danno provocato dallo stare appeso. Trattenne un gemito e fece un respiro profondo prima di continuare. «Di uomini più forti, più grossi e che non hanno bisogno di affidarsi alla paura e all'intimidazione per essere potenti.»

«Ti va di parlarmi dei tuoi amici?»

Qualcuno avrebbe potuto pensare che la sua domanda fosse un brusco cambio di argomento, ma comprese la sua logica. Gli piaceva che ritenesse lui e il resto del team l'opposto di Shahzada: uomini d'onore.

Così le disse tutto della squadra. Parlò di alcune delle loro missioni, senza includere dettagli sui luoghi o sui loro compiti. Accennò ad alcuni incidenti in cui avevano rischiato grosso e spiegò quanto facessero affidamento l'uno sull'altro.

Le raccontò la storia di come Trigger e Gillian si erano conosciuti quando l'aereo su cui lei viaggiava era stato dirottato. Di quanto Lefty fosse rimasto sconvolto quando Kinley era entrata nel programma di protezione testimoni, senza però mai perdere la speranza di rivederla. Dell'incredibile capacità di Brain di parlare e leggere tante lingue e quanto ciò fosse stato utile nel corso degli anni. Descrisse la storia del sergente Spence, che aveva cercato di uccidere Brain e Aspen, e di quanto lei fosse sollevata di non far più parte dell'esercito, e parlò a lungo di Logan e Bria, i nipoti di Oz.

Spiegò anche il rapporto non proprio buono che aveva con Spencer, il fratello, dopo che le sue azioni avevano quasi fatto uccidere Devyn, la loro sorella. Le disse dei loro compiti di sorveglianza alle Olimpiadi e dell'incontro con Ember, che all'inizio non era così sicuro di lei, ma ora le voleva bene come a una sorella.

Dopo aver parlato per ore dei suoi amici, Grover aveva la gola secca, ma non riusciva a smettere. Si ritrovò a raccontarle di casa sua. Del fatto che aveva abbattuto il fienile fatiscente della proprietà, riciclandone le bellissime porte che aveva installato dentro casa, e di averne costruito uno nuovo con l'aiuto della squadra. Di quanto amasse svegliarsi, uscire sul terrazzo sul retro e sedersi nella quiete a osservare il mattino. Scherzò sulla sala multimediale che Devyn lo aveva convinto ad allestire; c'era una strana stanza senza finestre a un'estremità della casa, così lei aveva deciso che sarebbe stata perfetta per quell'uso. Ci aveva messo delle file di poltrone comodissime, un proiettore e un telo enorme, in modo da poter guardare la TV su uno schermo grande come quello del cinema.

Alla fine Grover si rese conto di aver parlato ininterrottamente senza permettere a Sierra di dire una parola e si accigliò. «Mi dispiace. Non era mia intenzione blaterare senza sosta» disse, un po' imbarazzato.

«Non dispiacerti. Io... credo di amare i tuoi amici e non li conosco nemmeno.»

«Sono tutte brave persone. Non sono assolutamente perfette, ma insieme sembra proprio che siamo un gruppo che funziona alla grande. Ci piace che le donne vadano tutte d'accordo, ci fa sentire meglio quando veniamo inviati in missione perché sappiamo che ci saranno l'una per l'altra, qualunque cosa accada.»

«Sembra proprio così. Dicevi che Aspen ha avuto un bambino, giusto?»

«Sì. Chance. E Riley ha avuto una bambina da poco. Amalia.»

«Wow. Da quello che hai detto lei e Oz non stanno insieme da molto, vero?»

Grover ridacchiò. «Esatto. Ma quando ha sperimentato le gioie della paternità con i nipoti, ha deciso di volere altri figli. Subito.»

«Meno male che Riley era d'accordo» disse Sierra con ironia.

«Vuoi dei figli?» le chiese, poi si rimproverò per la domanda troppo personale. «Scusa... sono stato inopportuno.»

«No, non c'è problema. Non è una situazione normale. Se fossimo negli Stati Uniti, al nostro primo appuntamento e tu me lo chiedessi, probabilmente manderei a un'amica un messaggio di SOS in cui le chiederei di dare inizio all'operazione "tirami fuori di qui".»

«Dovrei sapere cosa significa?» le domandò. «Cioè, posso indovinare dal nome, ma comunque...»

«Non posso credere che tu non lo sappia. E sì, è esattamente ciò che sembra: la donna che ha un appuntamento organizza con un'amica una "fuga" d'emergenza. L'amica chiama o manda un messaggio con scritto che c'è un finto imprevisto, permettendo alla donna di andarsene prima se le cose non vanno bene.»

«Davvero?»

Sierra fece uno sbuffo divertito. «Immagino che non ti sia mai successo.»

«In realtà *è* successo, ma in quel momento non mi ero reso conto di ciò che stava accadendo» disse Grover.

«Oh mio Dio, sul serio? Cos'è successo? Perché qualcuno avrebbe voluto scaricarti?» chiese.

«Be', innanzitutto grazie per la fiducia, ma l'idea che hai sul fatto che le donne mi saltino addosso ogni volta che vado da qualche parte è totalmente sbagliata. Sono goffo e dico sempre cose imbarazzanti... come dimostra la mia domanda poco elegante di un attimo fa. Eravamo a cena – l'avevo portata in una steakhouse – e mentre guardavamo il menu ho scoperto che era vegana.»

«Ahia» disse Sierra ridendo.

«Già. Siamo stati "incastrati" dall'amico di un amico di un amico. A quanto pare, lei non sapeva che ero nell'esercito ed era fermamente contraria a qualsiasi tipo di violenza. Era una pacifista.»

«Secondo strike» commentò Sierra.

«Sì. Però credevo di poter salvare l'appuntamento. Era carina e simpatica. Mi sembrava che con le altre cose andassimo abbastanza d'accordo. Il terzo strike è stato di mia sorella.»

«Devyn? Si chiama così, giusto?»

«In realtà ne ho tre di sorelle, ma quella sera è stata Devyn a farmi fuori. Era in un bar con le sue amiche, all'epoca viveva ancora nel Missouri e c'era un tizio che si faceva passare per un veterano. Lei conosceva abbastanza l'esercito da sapere che stava mentendo. Così continuava a mandarmi messaggi con le cose che lui diceva a una delle sue amiche per cercare di rimorchiarla. Era ridicolo ed esagerato, ma ogni volta che il mio telefono vibrava per un messaggio, la ragazza si accigliava. Forse pensava che avessi una donna, o più donne, e che fossi un playboy. Comunque, non molto tempo dopo, è andata in bagno. Una volta tornata al tavolo, le è squillato il telefono. Era la vicina che le diceva di aver portato fuori il suo cane, come promesso, ma era scappato. Mi sono offerto di andare con lei a cercarlo, ma ha rifiutato e se n'è andata.»

Sierra quasi si strozzò ridendo e Grover avrebbe dato qualsiasi cosa per poterla vedere. «Immagino che non ci sia mai stato un secondo appuntamento.»

«Esatto.»

«Wow. Ok, quindi sì, eri piuttosto sprovveduto. Avresti fatto qualcosa in modo diverso se la situazione si fosse ripetuta?» gli chiese.

«Sì, una volta scoperto che era vegana l'avrei portata da un'altra parte.»

«Probabilmente sarebbe stata una mossa intelligente.»

«Non avrei potuto fare nulla per il mio lavoro, ma avrei dovuto tenere il maledetto telefono in tasca invece che sul tavolo.»

«Un uomo che impara dai suoi errori. Incredibile» scherzò Sierra.

«Però continuo a dire sempre cose imbarazzanti.»

«Penso che la nostra situazione trascenda le regole della società su ciò che è giusto o meno dire quando si incontra qualcuno per la prima volta. Inoltre, tecnicamente, ci conosciamo da un anno.»

Grover fece scorrere il pollice su e giù sulla sua mano. Tenere il braccio sopra la testa gli faceva male alla spalla, ma si rifiutò di muoversi. Aveva bisogno di quel contatto, così come pensava ne avesse bisogno anche lei. «Voglio sapere tutto di te» ammise.

«La risposta alla tua domanda precedente sui figli è... non lo so. Non ci ho pensato molto. Voglio dire, so che ho quasi trent'anni e i miei genitori continuano a ricordarmi che sto invecchiando, ma onestamente mi piace stare per conto mio. Ho potuto accettare il lavoro qui in Afghanistan senza dovermi preoccupare dei bambini, e ora che l'ho detto ad alta voce mi sembra un'idea davvero egoistica.»

«Non è affatto così. Solo perché sei una donna non significa che devi avere per forza dei figli» la rassicurò.

«Immagino di sì. Magari la penserò diversamente una volta che mi sarò innamorata.»

«Forse, o forse no. Ma non credo che non volere figli ti renda egoista.»

«E tu?» gli chiese, ribaltando la situazione.

«Sono come te, non lo so. Mi piace stare con Logan e Bria, ma non sono troppo piccoli. Logan ha undici anni con la maturità di un venticinquenne e Bria ne ha quasi sette. Non sono dei neonati e ciò mi rende più piacevole passare del tempo con loro.»

«La maggior parte delle persone non ammetterebbe mai una cosa del genere.»

«Forse no. Sei già pronta a telefonare all'amica per porre fine a questo appuntamento?» scherzò Grover.

Lei rise, come aveva sperato.

«Pensi che funzionerebbe? Perché lo farei subito. Questo appuntamento fa un po' schifo. Il cibo è terribile, il ristorante è sporchissimo e l'illuminazione è praticamente inesistente.»

Grover scoppiò a ridere senza pensarci, poi gemette quando quel movimento risvegliò i suoi dolori.

«Tutto bene?» gli chiese con dolcezza.

«Sì. Per un attimo mi sono dimenticato delle carezze amorevoli di Shahzada.»

Gli strinse forte la mano. «Quando verrà di nuovo, vedrò di spostare la sua attenzione su di me, per darti una pausa.»

«No!» sbottò, più duramente di quanto avesse inteso. Prese fiato e disse con più calma: «No. Sto bene. So cosa può sopportare il mio corpo. Se il bastardo segue il suo schema, domani ci lascerà in pace. Così la mia squadra avrà un altro giorno per trovarci. Ma se non arrivano prima che lo stronzo decida di giocare ancora un po', dovrai comportarti come sempre, fingi che io non esista. Mi hai capito?»

«È che mi pare sia colpa mia se sei ferito» ammise a bassa voce.

«Non è così. Sono ferito perché Shahzada è un bullo. Un bastardo assetato di potere. Un uomo che vuole disperatamente far credere alla gente di essere un duro, mentre in realtà è solo un altro codardo che è coraggioso solo quando è lui a tenere il bastone» sostenne Grover, ripromettendosi di non lasciarsi sfuggire un altro gemito o lamento che lei potesse sentire. L'ultima cosa che voleva era aggravare la sua sofferenza. Ne aveva già passate abbastanza nell'ultimo anno, non avrebbe aggiunto dell'altro peso alla sua psiche.

«Hai ragione» ammise Sierra dopo qualche istante.

«Lo so.»

«Giusto. Ecco di nuovo quella sicurezza in te stesso» lo prese in giro.

«Preferiresti che fossi indeciso?»

«No!» esclamò subito. «Era solo un'osservazione.»

Rimasero in silenzio per un paio di minuti, poi Grover disse: «È tardi. Dovremmo dormire un po'.»

«Lo so.»

Quando nessuno dei due si spostò, lui ridacchiò. «Qualcuno deve fare la prima mossa e lasciare andare l'altro.»

Sierra gli strinse ancora una volta la mano. «Non io.»

«Stanno arrivando» ribadì Grover. «E te lo dico con la mia solita sicurezza. È così. So che i miei amici vorranno cazziarmi per il fatto che sono venuto qui per farmi catturare. Non lasceranno perdere. Quindi arriveranno.»

La sentì ridacchiare sommessamente. «Ti credo. Se vuoi mi metterò anche tra te e i tuoi compagni per proteggerti dalla loro ira.»

«Oh, *questo* sì che vorrei vederlo» disse, immaginandosi la scena.

«Grazie per non esserti dimenticato di me. Mentre ero qui al buio, giorno dopo giorno per così tanto tempo, ho cominciato a pensare di non meritare che qualcuno cercasse di liberarmi.»

«Non mi sono mai dimenticato di te, Sierra Clarkson. *Mai.*»

«Nemmeno io mi sono dimenticata di te» ribatté lei, con una voce così bassa che quasi non la sentì. Poi gli strinse ancora una volta la mano e lo lasciò andare.

Fu spaventoso il vuoto che provò quando perse il contatto della sua pelle.

Muovendosi piano, fece scivolare il braccio attraverso le sbarre e lo riportò giù, e strinse i denti per il dolore che gli provocò quel movimento. Invece di girarsi e dormire, si alzò in piedi lentamente.

Aveva bisogno di sgranchirsi, di mettere alla prova il suo corpo, perché doveva essere pronto quando la sua squadra sarebbe arrivata. Doveva riuscire a muoversi bene.

Grover non poteva sentire Sierra spostarsi nella cella accanto a lui, ma solo sapere che era lì gli diede la motivazione necessaria per spingere il suo corpo ammaccato e martoriato al limite. Non sarebbe stato felice fino a quando non fossero stati entrambi fuori da quel posto, non avessero ucciso Shahzada e non fossero in viaggio per uscire da quel Paese.

CAPITOLO CINQUE

Tre giorni più tardi, Sierra si raddrizzò a sedere di scatto e sbatté le palpebre, cercando di vedere attraverso l'oscurità che la circondava ventiquattr'ore su ventiquattro... tranne quando i suoi carcerieri le portavano del cibo o volevano picchiarla e quindi avevano con loro una torcia. Non era sicura di cosa l'avesse svegliata, ma poi li sentì di nuovo.

Degli spari.

Riecheggiarono intorno a lei nella grotta, così si affrettò a mettersi in piedi. Si premette contro la parete in fondo alla cella, come le aveva spiegato di fare Grover quando ne avevano parlato – be', come le aveva ordinato di fare – poi si accovacciò e si fece il più piccola possibile.

«Sierra?» La voce di Grover era tesa quando la chiamò.

«Sono giù!» esclamò lei.

«Qualunque cosa succeda, non muoverti!» le ordinò.

Avrebbe voluto dire anche a lui di stare giù, ma sapeva che sarebbe stato inutile.

Shahzada era andato di nuovo a torturarlo il giorno precedente, ma non lo aveva portato via dalla cella, così Sierra aveva sentito ogni colpo sferrato e i grugniti e i gemiti che non era riuscito a trattenere. Le ci era voluta tutta la sua forza di volontà per stare lì seduta e non urlare loro di smettere, ma aveva giurato di non fare nulla per peggiorare la situazione.

Il bastardo aveva ordinato ai suoi uomini di picchiare anche lei. Non appena si erano avvicinati, si era messa a piangere e aveva iniziato a implorare. La sua patetica recita aveva ottenuto per lo più l'effetto sperato. Disgustati dalla sua presunta debolezza o forse solo annoiati, avevano rinunciato a torturarla più rapidamente di quanto non avessero fatto in passato.

Dopo che se n'erano andati, Grover aveva ipotizzato con lei diversi scenari su come sarebbe potuto andare il loro salvataggio. Non aveva mai avuto alcun dubbio che i suoi amici sarebbero arrivati. Presto. Le aveva detto di rimanere in fondo alla cella, facendosi il più piccola possibile, nel caso in cui gli uomini di Shahzada avessero provato a ucciderli per impedire che venissero salvati.

Quel pensiero l'aveva spaventata a morte. Da quando l'avevano rapita aveva avuto ogni giorno il terrore che la ammazzassero. Ma con il passare dei mesi, aveva capito di essere una sorta di piano di riserva per il gruppo. Oltre a usarla contro gli altri, sembrava che la volessero tenere come merce di scambio, se necessario. All'inizio era stata il loro "manichino" per le tecniche di tortura, ma alla fine l'avevano quasi dimenticata.

Non poteva immaginare di essere sopravvissuta a ciò che aveva subito per così tanto tempo, per poi morire pochi secondi prima di essere liberata. Così aveva accettato di fare esattamente ciò che Grover le aveva chiesto.

Ora sembrava che il salvataggio fosse imminente.

Sierra stava respirando rumorosamente e troppo in fretta, ma non poteva farci nulla. Il cuore le batteva a mille e pensò che stesse per svenire. Posò il mento sulle ginocchia e strinse gli occhi quando sentì delle voci alterate avvicinarsi alle celle.

Le ci volle un attimo per rendersi conto che parlavano in inglese e non nella lingua dei suoi rapitori.

Sollevò la testa e guardò dritto verso un potente fascio di luce.

«Merda!» esclamò, alzando un braccio per bloccare il bagliore.

«Accidenti, scusa!» disse un uomo. «Mi stavo solo assicurando che fossi fuori portata. Tieni duro, Sierra, tra poco ti tireremo fuori da lì. Rimani dove sei.»

Annuì e chiuse gli occhi. Riusciva solo a vedere puntini luminosi e fluttuanti. Poi sentì dei forti botti e un fracasso tremendo. Non poté più tenerli chiusi e alzò la testa.

Sbatté le palpebre sorpresa. Le sbarre della sua cella erano state divelte dalla roccia e un'ampia sezione ora era per terra. Sollevò di più lo sguardo e vide tre uomini appena fuori. Uno le tese la mano.

«A meno che tu non voglia prolungare la tua permanenza, è ora di andare.»

Sierra si alzò così velocemente da perdere l'equilibrio. Appoggiò una mano alla parete per evitare di cadere e barcollò. Uno di loro teneva una torcia molto potente puntata verso l'alto, in modo che il suo raggio rimbalzasse sulle rocce del soffitto illuminando l'intera area. Il terzo uomo si scrollò lo zaino dalle spalle e cominciò a rovistarvi dentro mentre lei avanzava.

«Sono Trigger. Loro sono Oz e Doc» disse quello con la luce. «Non abbiamo molto tempo, ma non puoi andare in giro per il deserto in questo modo.»

Era da un po' che non pensava al suo aspetto. Sporca, con indosso solo una maglietta strappata e la biancheria intima, non riusciva a immaginare cosa stessero pensando quegli uomini.

«Sierra?» la chiamò Grover. E poi fu lì.

Anche lui aveva un brutto aspetto. Chiaramente uno dei

suoi compagni di squadra gli aveva già dato un paio di pantaloni, ma il suo petto era ancora nudo e coperto di tagli e lividi. Aveva la barba lunga di una settimana e la sua povera faccia era messa peggio del resto del corpo. Sierra fece in tempo a vedere i suoi occhi castani spalancati e allarmati fissi su di lei, prima che il suo viso venisse schiacciato proprio contro il petto che aveva guardato con preoccupazione.

«Grover, dobbiamo muoverci, amico. Non c'è tempo per questo» lo avvertì Trigger dietro di loro.

Per una frazione di secondo strinse le braccia intorno a lei come se non volesse lasciarla andare, poi annuì e fece un passo indietro, tenendola però per i bicipiti.

«Ecco» disse Doc, porgendo loro della roba. Grover si girò e la prese, poi si mise in ginocchio davanti a lei e le diede un colpetto sul piede. «Sollevalo.»

Confusa, fece come richiesto, e in men che non si dica si ritrovò con indosso il primo paio di pantaloni dopo mesi. Non la stupì che fossero troppo grandi, ma Grover infilò rapidamente una corda nei passanti della cintura legandola sul davanti. Un paio di anfibi caddero a terra accanto a lui e senza alzare lo sguardo le disse: «Aggrappati a me e solleva il piede destro.»

Avrebbe voluto dirgli che poteva vestirsi da sola, ma era così sorpresa dalla velocità con cui tutto stava accadendo che obbedì. Appoggiò una mano sulla sua spalla calda e si concentrò sui suoi movimenti rapidi ed efficienti, mentre le infilava prima il calzino e poi lo stivale. Incredibilmente, le calzava quasi a pennello. La aiutò a indossare anche quelli sull'altro piede, dopo prese la maglietta che Trigger gli stava porgendo, se la infilò e poi indossò lui stesso i calzini e le scarpe.

Si sentì quasi travolgere dal sollievo e dall'eccitazione... finché non fece un passo. Le sembrò che i suoi piedi soffocassero negli stivali ed era davvero scomodo camminare. Non che fossero della misura sbagliata o che le sfregassero la pelle, era solo che non calzava niente da più di un anno. Era difficile riabituarsi.

«Andrà meglio» disse Oz, a cui non era sfuggito il suo disagio.

Lei annuì. «Lo so.» Non era vero, ma decise che in quel momento fingere era meglio che ammettere una debolezza. L'ultima cosa che voleva era essere un peso.

Grover si alzò e Sierra lo guardò in tutta la sua altezza. Nell'ultima settimana non aveva pensato alla differenza tra di loro. Stare sdraiata sul pavimento tenendogli la mano attraverso le sbarre aveva compensato, ma ora, fissandolo negli occhi, non poté fare a meno di sentirsi minuscola.

«Tieni» disse un uomo che non aveva ancora conosciuto porgendole qualcosa. Lo prese automaticamente e vide che si trattava di un berretto da baseball marrone.

Guardò il soldato confusa.

«Sono Brain. Ho pensato che ti avrebbe impedito di bruciarti il cuoio capelluto.»

«Grazie» replicò con voce un po' tremante. Pensò che forse il vero motivo per cui avevano portato un berretto fosse per nascondere i lunghi capelli rossi che ricordavano avesse, ma dato che glieli avevano rasati di nuovo di recente, fu grata di averlo per coprire il disastro che probabilmente avevano fatto.

«È bello vederti, Sierra. *Sei* Sierra Clarkson, vero?» le chiese un altro.

«Sì» confermò.

«Possiamo smettere di perderci in chiacchiere?» brontolò un altro ancora. «Non mi piace molto stare dentro questa montagna. Dobbiamo andarcene.»

«Quelli sono Lefty e Lucky» le disse Grover, indicando prima quello che le aveva chiesto se era Sierra e poi l'altro. Le mise un braccio intorno alla vita, posandole la grande mano sul fianco, e non poté fare a meno di appoggiarsi a lui.

Non appena iniziarono a camminare, lo sentì zoppicare. Si ricordò delle possibili fratture alle costole che aveva ammesso di poter avere dopo il secondo pestaggio di Shahzada. Si comportava come se non sentisse dolore, ma in realtà doveva essere lancinante.

Gli passò un braccio intorno alla vita e si afferrò alla sua cintura. Fece il possibile per prendere un po' del suo peso, ma sapeva che probabilmente non stava facendo un bel niente per aiutarlo.

Incredibilmente, lui la guardò e sorrise. «Il fagiolo più duro del barattolo.»

Sierra alzò gli occhi al cielo. «Quel nome è ridicolo.»

«Lo so» disse lui senza scusarsi.

Fu felice di vedere Trigger mettersi all'altro fianco di Grover. Se avesse avuto bisogno di sostegno lei non sarebbe stata molto utile, ma il suo amico sì.

Percorsero con cautela il lungo tunnel scavato nella montagna, oltrepassando alcuni corpi, ma Sierra notò che nessuno era quello di Shahzada.

Proprio quando pensava che sarebbero usciti da quell'inferno in cui era stata nascosta per mesi, risuonarono altri spari.

Grover la afferrò, la sollevò da terra e la premette con la schiena contro la parete, proteggendola con il proprio corpo. Gli uomini intorno a lei risposero al fuoco, e le fischiarono le orecchie per il rumore che riecheggiò nella grotta.

«A quanto pare non sono felici che stiamo cercando di portare via dalla festa i loro ospiti!» urlò Oz.

Sierra sbirciò da dietro Grover e vide che l'altro uomo stava sorridendo.

«Facciamoli fuori! Facciamoli fuori tutti!» gridò Trigger.

I dieci minuti successivi per Sierra furono i più lunghi della sua vita.

Grover la portò più all'interno nella grotta e la fece sedere a terra, poi tornò dai suoi compagni che stavano sparando dall'ingresso e si unì a loro. Sapeva di non dover fare nulla che avrebbe potuto disturbare la loro concentrazione. Per quanto lo odiasse, in quel momento era un peso, e se avesse distratto anche solo uno di loro, avrebbero potuto essere feriti. Così rimase esattamente dove l'aveva messa, avvolse le braccia intorno alle ginocchia e pregò che nessuno venisse colpito.

Ci fu un momento di pausa nella sparatoria e Brain urlò: «Basta. È ora di andare!»

Grover fu lì in un attimo, la tirò in piedi e le tenne stretto il braccio mentre la trascinava verso l'ingresso.

Era terrorizzata. Voleva chiedergli se era certo che fosse sicuro uscire, ma non ne ebbe la possibilità perché all'improvviso si ritrovò all'aperto.

Aveva sognato quel momento, di uscire dalla grotta da donna libera. Non era esattamente il modo in cui aveva pensato sarebbe successo, ma a caval donato non si guardava in bocca.

Intorno a loro c'erano corpi immobili e insanguinati. Si sarebbe dispiaciuta per la loro morte, se non fosse stato che lavoravano con Shahzada e che nell'ultima settimana avevano provato un grande piacere nel fare del male a lei e a Grover.

«Qualcuno ha visto Shahzada?» chiese lui.

Trigger rise mentre si dirigevano verso destra, lasciando la montagna alle loro spalle. «Come se quel vigliacco si metterebbe a combattere al fianco dei suoi uomini.»

Sierra non riconobbe la loro posizione, dato che era bendata quando l'avevano portata alla grotta, ma non importava. Era fuori. Libera. Be'... quasi.

«La prossima parte non sarà facile, Bean.»

Lo guardò «Vuoi dire che l'ultimo anno lo *è* stato?» disse in tono sarcastico.

Anche se si trovavano in una situazione rischiosa, vide le labbra di Grover guizzare. «Giusto. Ok, allora la prossima parte sarà terribile. Andremo giù.»

«Giù?» chiese, aggrottando la fronte. «Giù dove?»

«Lì» rispose Trigger, indicando oltre il bordo dell'altopiano su cui stavano camminando.

Abbassò lo sguardo confusa.

«Dobbiamo scendere dal bordo» confermò Lucky. «Gli uomini di Shahzada non possono seguirci da quella parte. Be', potrebbero, ma dubito che lo faranno.»

«Giusto, perché sarebbero dei pazzi! Quella discesa è praticamente a strapiombo!» esclamò Sierra.

«Già.» Doc sembrava quasi eccitato.

«Siete fuori di testa» mormorò lei.

Proprio in quel momento si udirono delle grida provenire dalla loro sinistra.

«Eccoli. Uccidete gli uomini e portatemi la donna» tradusse Brain, quando le parole raggiunsero il punto in cui si trovavano, accanto alla parete rocciosa della montagna.

«Fanculo» mormorò Grover.

Sierra guardò in direzione delle voci e vide Shahzada con un altro gruppo di uomini. Ovviamente, invece di guidare l'assalto, stava *dietro* di loro, a dare ordini.

«Quello è Shahzada!» disse Sierra, prima di strillare sorpresa quando Grover la strattonò per farla accovacciare di fianco alla montagna. Guardandosi intorno, si rese conto che erano dei bersagli facili. Non c'era molto riparo in quel punto, ed effettivamente l'unica via d'uscita era quella di oltrepassare il bordo, come aveva indicato Trigger.

Shahzada aveva un vantaggio. Poteva continuare a portare rinforzi dal sentiero stretto alle sue spalle e, alla fine, uno o più membri della squadra Delta sarebbero stati feriti o uccisi.

Erano venuti per *lei*, doveva fare qualcosa per aiutare. Non era uno spietato soldato delle forze speciali, ma nemmeno una codarda.

Afferrò il bicipite di Grover. «Io andrò verso di loro e farò finta di arrendermi. Voi potete sparargli.»

Era un suggerimento assurdo, lo sapeva anche lei, ma doveva fare *qualcosa*.

«No.»

Una sola parola. Non offrì altro e ciò la irritò. «Posso fare da diversivo» insistette.

«Ho detto di no» ripeté lui.

«Non possiamo stare semplicemente seduti qui!»

«Abbi un po' di fede» le disse con calma, mentre gli spari ricominciavano.

Sierra non riusciva a capire come potesse stare così tranquillo. Stavano per essere presi d'assalto da Shahzada e i suoi seguaci. Se pensava che fosse brutto quello che gli avevano già fatto, si sbagliava. Quell'uomo non avrebbe preso alla leggera il loro tentativo di fuga e si sarebbe sfogato con Grover e i suoi amici. E poi con lei.

«Respira, Bean» le ordinò. «Entro un minuto sarà tutto finito.»

Aprì la bocca per dirgli che era una follia, ma poi si rese conto che il numero di spari provenienti dai combattenti talebani stava diminuendo.

Sbirciò dietro di lui e rimase sorpresa. C'erano quasi una dozzina di corpi sdraiati a terra, e mentre guardava un altro uomo cadde in ginocchio e poi di faccia.

«Non sono ben addestrati. Sparano alla cieca e senza precisione. Noi invece stiamo facendo in modo che ogni colpo vada a segno» le disse.

Lui non stava sparando, ma la sua squadra sì. Anche se erano svantaggiati dietro la dubbia copertura del fianco della montagna, sembrava davvero che ogni colpo sparato da Trigger, da Doc o da uno qualsiasi dei ragazzi andasse a segno.

«Non uccidete Shahzada» intimò Grover. «Lui è mio.»

«Ci muoviamo tra dieci secondi» avvisò Trigger.

Sierra lo sentì irrigidirsi contro di lei.

«Ci muoviamo? Dove?» chiese.

«Per occuparci del bastardo una volta per tutte» si limitò a dirle.

L'adrenalina era già fuori controllo, ma sentirglielo dire le fece tremare tutto il corpo.

«Tranquilla, Bean. Va tutto bene.»

Non tremava per la paura, ma non riusciva a rilassare la mascella abbastanza a lungo per dirglielo. Era arrabbiata. *Furiosa*. Così tremendamente incazzata che non riusciva a controllare i muscoli.

«Vado con loro. Torno tra un minuto. Tu resta qui con Doc» le disse.

«No. Devo sapere che è morto.»

Era pronta a lottare se si fosse rifiutato, ma Grover incontrò il suo sguardo e ciò che vi vide lo spinse ad acconsentire. «Ok, ma rimani sempre dietro a Doc. Capito?»

Annuì, più grata di quanto potesse esprimere a parole che lui non l'avesse costretta a rimanere indietro. Ne aveva bisogno. Doveva sapere che l'uomo che l'aveva rapita era davvero morto. Aveva bisogno di vedere che non avrebbe mai più potuto dare la caccia né a lei né a nessun altro.

Non era un'idiota. Sapeva che ci sarebbero stati altri uomini come lui. Altre persone che avevano l'odio nel cuore e lo avrebbero sfogato sugli altri. Ma sapere che Shahzada era crepato le avrebbe permesso di lasciarsi alle spalle quell'incubo una volta a casa.

Per un attimo il pensiero di fare ritorno negli Stati Uniti le sembrò opprimente.

Sarebbe riuscita a tornare alla sua vita normale? Qual *era* la sua vita normale? Aveva accettato quel lavoro in Afghanistan perché voleva un cambiamento. Be', quello era successo di sicuro. Aveva ventotto anni, non voleva tornare a vivere con i suoi genitori, ma non aveva idea di dove andare, di cosa fare.

«Muoviamoci» disse Trigger in tono basso.

Sierra non ebbe più tempo per pensare al suo futuro. Rimase dietro a Doc, aggrappata allo zaino sulla sua schiena, mentre andavano verso il luogo in cui avevano visto Shahzada l'ultima volta.

Mentre passavano accanto ai terroristi morti e morenti, lui raccoglieva le armi e le gettava oltre il ciglio della strada di montagna. Qualcuno le avrebbe sicuramente recuperate a un certo punto, ma almeno nessuno avrebbe sparato loro alle spalle.

«Eccolo» sentì dire a Grover.

Guardò oltre Doc e vide il bastardo strisciare a terra nel tentativo di allontanarsi dalla squadra della Delta Force che avanzava. Trigger si avvicinò all'uomo e gli mise lo stivale sulla gamba, sopra la ferita di un proiettile. Lo stronzo urlò di dolore.

Lefty si chinò e gli strappò l'AK-47 dalle mani.

Brain, Oz e Lucky circondarono gli uomini stesi nel fango, assicurandosi che nessuno di loro riprendesse conoscenza e cercasse di interferire.

«Non abbiamo molto tempo. Finiscilo, Grover. In fretta» gli ordinò il suo leader.

Doc le impedì di avvicinarsi a meno di una distanza di cinque, sei metri da ciò che stava per accadere, e lei non poté distogliere lo sguardo.

Grover tirò fuori un coltello da una piccola fondina sulla coscia che lei non aveva notato. Suppose che glielo avesse dato la sua squadra quando lo avevano liberato. Senza dire una parola, si chinò e aprì la camicia di Shahzada. Disse qualcosa che non riuscì a sentire, ma che fece agitare violentemente l'uomo che sollevò un braccio cercando di dargli un pugno. Lui si limitò a fare una risata amara, scacciandogli via la mano.

Poi gli colpì il petto con un movimento così rapido che se non fosse stata lì a osservare con attenzione se lo sarebbe perso.

«Forse non dovresti guardare» mormorò Doc, spostandosi come se volesse allontanarla dalla scena.

«Se mi tocchi sei morto» sibilò Sierra.

Lui si bloccò e fu grata che avesse ascoltato il suo avvertimento. Sapeva di non poterlo sopraffare e non avrebbe mai tentato di fargli del male, ma aveva *bisogno* di vedere Shahzada morire. Se ciò la rendeva assetata di sangue, pazienza.

Guardò Grover sferrargli qualche altro colpo al petto. Lo stava torturando, gli stava restituendo un po' di quello che aveva fatto lui per tanto tempo. Poi gli parlò di nuovo, parole che ancora una volta non riuscì a sentire.

Il tempo sembrava essersi fermato. Sierra non riusciva a distogliere lo sguardo. Avrebbe dovuto essere disgustata. Inorridita. Spaventata a morte.

Ma non lo era. Era morbosamente catartico vedere l'uomo che le aveva causato tanto dolore, terrore e sofferenza, provare le stesse emozioni che aveva provato lei.

Ucciderlo non avrebbe cancellato ciò che aveva fatto. Non avrebbe riportato in vita gli altri lavoratori che erano morti durante la prigionia. Non le avrebbe fatto ricrescere i capelli più velocemente, né le avrebbe restituito l'anno che le aveva rubato. Ma l'avrebbe comunque fatta sentire meglio.

Molto meglio.

«Sta arrivando compagnia» sentì dire a Brain.

Grover non aveva bisogno di essere avvertito. Aveva ovviamente sentito il frastuono dei rinforzi che salivano dalla strada. Si abbassò e mise una mano dietro al collo di Shahzada, costringendolo a guardarlo negli occhi, poi gli conficcò il coltello nel petto, proprio sul cuore.

Il famigerato terrorista – o meglio, il bullo che avrebbe desiderato diventare famoso per le sue malefatte – sussultò, poi si afflosciò nella sua presa.

Senza tanto clamore, estrasse la lama dal petto dello stronzo, la pulì sui pantaloni dell'uomo e infilò di nuovo il coltello nella fondina. Fece un cenno a Trigger e tutti e sei si voltarono all'unisono e si diressero verso di lei e Doc.

Sierra tenne gli occhi puntati su Grover. Quando si avvicinò, le disse ciò che non si era nemmeno resa conto di aspettare con ansia di sentire. «È morto e non può più fare del male né a te né a nessun altro.»

«Grazie.» Quella parola sembrò inadeguata per tutto ciò che aveva fatto per lei. Era andato a cercarla. Si era fatto rapire apposta, nella speranza di essere portato dove la tenevano prigioniera. Non sapeva nemmeno che fosse viva. Non sapeva nulla di lei in realtà, eppure aveva mosso cielo e terra per ritrovarla. Da quello che aveva capito, lo aveva fatto nel giro di un mese dalla ricezione della lettera che gli aveva inviato e che era andata persa. Una volta avuta la conferma che non era sparita di sua spontanea volontà ma che era stata davvero rapita, aveva agito.

Anche se sapeva che Grover aveva avuto un conto in sospeso con Shahzada – dopo tutto, era stato torturato ferocemente nell'ultima settimana – non l'aveva ucciso per quello. Lo capì istintivamente.

No. Si era assicurato che quell'uomo non fosse più una minaccia per *lei*.

Grover annuì, poi fece un cenno con il mento a Doc e il gruppo tornò indietro per il sentiero che avevano percorso prima, verso il bordo della montagna da cui, a quanto pareva, sarebbero scesi.

«Il piano non è cambiato, eh?» chiese Sierra nervosamente.

«Sarà un gioco da ragazzi» disse Lucky, che sembrava quasi elettrizzato dalla prospettiva della loro imminente avventura.

«Niente corde?» domandò.

«Non ce n'è bisogno» rispose Lefty. «Basta che ti tieni aggrappata a Grover.»

«E *lui* a chi si aggrapperà?» mormorò lei.

Camminarono per un po' lungo il ciglio del sentiero e Sierra non capiva cosa Trigger e gli altri stessero cercando, ma evidentemente lo trovarono quando Oz disse: «Qui.»

Prima di rendersene conto, si ritrovò seduta per terra con le gambe a penzoloni sul bordo del dirupo. Non era così brutto come era apparso vicino all'ingresso della grotta, ma comunque non sembrava sarebbe stato facile scendere da lì. Il terreno aveva una pendenza estrema e disseminati qua e là c'erano dei cespugli incolti. Non aveva idea di quanto fosse lunga la discesa, ma gli alberi in basso sembravano essere lontani chilometri.

«Laggiù c'è un piccolo fiume» la informò Trigger. «E gli alberi ci daranno copertura. Il tuo compito è quello di scivolare sul sedere lentamente e con costanza. Noi ci preoccuperemo di tutto il resto.»

Sierra annuì. Non era sicura di volerlo fare, ma voleva ancor meno essere ricatturata.

«Non ci seguiranno» sostenne Grover in tono rassicurante accanto a lei. «Con Shahzada morto, non hanno più nessuno che dica loro cosa fare. Alcuni potrebbero fare un debole tentativo per fermarci, ma è più probabile che si disperderanno e cercheranno di nascondere la loro associazione con lui e i talebani.»

«Finché qualcun altro non prenderà il suo posto» mormorò Brain.

«È ora di andare» disse Trigger, mentre delle grida risuonavano lungo il sentiero.

«Piano e in modo costante» la esortò Grover. «Io sarò qui.»

Sierra annuì e fece un respiro profondo. Senza aspettare che qualcun altro partisse per primo o di avere altre rassicurazioni, scese dal bordo con il sedere e cominciò a scivolare giù.

Sorprendentemente, non era come essere su uno scivolo. Non perse il controllo e le sue visioni di rotolare giù dalla montagna, come il Pirata Roberts ne *La storia fantastica,* non si verificarono. Il sedere le faceva male a causa delle rocce e dei rami rotti, ma i cespugli le davano molti appigli per controllare la discesa.

Il tempo non aveva alcun significato mentre Sierra era concentrata a scendere quel pendio. Era consapevole di avere Grover accanto in alcuni punti e dietro in altri. In un tratto particolarmente ripido, si spostò davanti a lei, proteggendola da scivolate fuori controllo. Anche i suoi compagni di squadra erano nelle vicinanze, incoraggiandola in silenzio e assicurandosi che nessuno li seguisse.

«Sei stata bravissima, Bean. Pensi di poter camminare adesso?»

Sierra alzò lo sguardo e vide Grover in piedi che le tendeva una mano. Sorpresa, si rese conto di essersi concentrata così tanto sul movimento da non accorgersi che il terreno sotto di lei non era più ripido. Gli alberi che aveva guardato di tanto in tanto per stimare la distanza erano molto vicini, e il suolo su cui era seduta non era più così irregolare.

Prese la mano di Grover lasciandosi tirare in piedi. Barcollò un attimo, ma lui si assicurò che non cadesse. Fece per prenderla tra le braccia, ma si fermò, così lo guardò con un'espressione interrogativa.

«Mi dispiace» le disse.

Lei aggrottò la fronte. «Di cosa?»

«Che tu mi abbia visto perdere il controllo lassù.»

Non aveva idea di cosa stesse parlando. «Perdere il controllo?»

«Dopo tutto ciò che hai passato, non avevi bisogno di vedermi torturare Shahzada in quel modo. Avrei dovuto lasciare che Trigger gli sparasse in testa e basta.»

Sierra scosse la testa. «No. Sarebbe stato troppo veloce per lui. Mi dispiace che tu non abbia avuto più tempo per dargli esattamente ciò che si meritava.»

Fu il turno di Grover di guardarla sorpreso. «Non sei disgustata?»

Sierra si avvicinò e gli toccò un taglio sulla fronte. Sanguinava ancora un po' ed era ovvio che avrebbe lasciato una cicatrice. Era stato Shahzada a farglielo. O uno degli uomini a cui aveva ordinato di picchiarlo. «Non sono disgustata.»

Le prese la mano, se la portò al petto e la strinse con forza. Il suo sguardo era intenso mentre la studiava. «Sei diversa da chiunque abbia mai conosciuto, Sierra Clarkson.»

Non sapeva cosa intendesse esattamente, così ridacchiò nervosamente. «Sì, non mi faccio la doccia da un anno, sono calva, inutile, e probabilmente puzzo come un cadavere che sta marcendo nel bosco da mesi.»

Lui non accennò nemmeno un sorriso. «Mi aspettavo che se fossi *riuscito* a trovarti, saresti stata l'ombra della donna che avevo conosciuto in quella mensa alla base. Che saresti stata distrutta e forse anche un po' pazza dopo essere stata trattenuta contro la tua volontà per così tanto tempo. Invece ho trovato una donna che ha fatto il possibile per confortare *me*. Eri lì da mesi, eppure hai cercato di farmi sentire meglio. Mi hai tenuto la mano e mi hai parlato. Quando hanno iniziato a volare i proiettili, non ti sei fatta prendere dal panico. Non ti sei messa in mezzo. Ma ciò non significa che sei una persona mite e debole. Sei intelligente. Sei coraggiosa. Capisci quando una situazione è fuori dalla tua portata... ma non sei inutile. Assolutamente.

Essere sporchi e puzzare sono cose a cui si può rimediare, Sierra, e i tuoi capelli ricresceranno, ma è più difficile cambiare ciò che siamo dentro. Quello che gli altri ci *fanno* diventare. E tu sei al cento per cento, completamente e assolutamente fantastica. Non permettere a nessuno di dirti il contrario... nemmeno a te stessa.»

Lo fissò e deglutì a fatica. Non stava per mettersi a piangere, non sapeva nemmeno se sarebbe *riuscita* a farlo normalmente, ma le sue parole significavano per lei più di quanto avrebbe mai potuto esprimere. Si era sentita persa e sola per così tanto tempo, senza sapere se avrebbe mai rivisto la luce del giorno. E invece eccola lì, all'aria aperta, indolenzita, stanca e ancora molto incerta su ciò che le avrebbe riservato il futuro. Ma libera. Le parole di Grover le diedero la fiducia necessaria per andare avanti. Annuì, poi si appoggiò piano a lui.

Le sue braccia la avvolsero, mentre la teneva con dolcezza contro di sé. Non la fece sentire in trappola. Avrebbe potuto fare un passo indietro in qualsiasi momento e sapeva che l'avrebbe lasciata andare. «Purè di patate, bistecca al sangue e pane caldo all'aglio, appena sfornato» mormorò.

A dimostrazione del fatto che erano in sintonia a un livello profondo, sentì la sua risata rimbombare sotto la guancia. «Salmone alla griglia, fagiolini conditi con il burro e pane di mais.» Non le aveva chiesto di cosa diavolo stesse parlando, lo aveva ricordato ed era stato al gioco. E gliene fu grata.

A Sierra venne l'acquolina in bocca. Sollevò la testa e gli sorrise. «Con un'enorme fetta di torta al cioccolato per dessert.»

«Torta di pesche calda con gelato» ribatté lui.

«Ehi, datevi una mossa!» gridò Lucky davanti a loro.

Sierra trasalì, non avendo visto l'uomo oltrepassarli. Grover la sostenne e le prese la mano, stringendola piano. «Lui e Brain sono andati avanti per fare un sopralluogo.»

Si rese conto che probabilmente l'aveva distratta di proposito mentre i suoi compagni di squadra si assicuravano che la situazione davanti a loro fosse sicura, e ancora una volta gliene fu grata. «Quanto siamo lontani dalla base militare?» chiese.

«Non lo so, ma so che Trigger sarà già in contatto con loro. Una volta arrivati in fondo a questa collina, decideremo i passi successivi.»

«Collina. Sì, certo» borbottò Sierra alzando gli occhi al cielo.

Grover sorrise. «Ce la farai, Bean. Ce la farai.»

Era strano quanto potessero significare solo poche parole. Sierra aveva fame e sete, era spaventata e non si sentiva assolutamente all'altezza, ma in qualche modo, con lui al suo fianco, sentiva di poter superare qualsiasi cosa.

CAPITOLO SEI

GROVER NON ERA CONTENTO. Sperava che una volta scesi dalla montagna avrebbero potuto andare direttamente alla base così da far visitare Sierra. Pensava che fossero nel raggio di quindici chilometri dalla città, ma non era sicuro della distanza esatta. Camminare così tanto dopo essere stata ferma tutto quel tempo sarebbe stata una sfida per lei, ma i suoi compagni di squadra l'avrebbero aiutata, trasportandola se necessario.

Lo avrebbe fatto volentieri lui stesso, ma sapeva di non essere al cento per cento e ciò lo faceva arrabbiare. Le costole gli facevano male, ma le aveva incrinate e rotte così tante volte che non era difficile ignorare il dolore e fare ciò che andava fatto.

Sierra non poteva pesare più di quarantacinque chili, ma non voleva rischiare di farle del male se il suo corpo lo avesse abbandonato. Le aveva sentito la spina dorsale quando l'aveva abbracciata e odiava quanto fosse diventata fragile. Ma anche se era debole fisicamente, la sua determinazione era forte come sempre.

Il suo aspetto era ancor più sconvolgente di quanto non lo

fosse stato nella grotta. Durante la discesa dalla montagna aveva perso il berretto e ciuffi di capelli ramati le spuntavano qua e là su tutto il cuoio capelluto. Era ricoperta di sporco, e aveva ragione... non aveva un buon odore, ma nemmeno lui. Erano entrambi vivi, e quella era l'unica cosa che gli interessava.

A quanto pareva, arrivare alla base quella sera era fuori questione. Trigger aveva contattato il comandante, il quale gli aveva comunicato che gli abitanti della città erano nervosi dopo aver saputo ciò che era successo sulle montagne. Molti avevano familiari che erano stati uccisi nel raid, e anche se i morti avevano lavorato con Shahzada e i talebani, erano comunque fratelli, figli e mariti di qualcuno. I pochi sostenitori rimasti avevano messo tutti in agitazione e c'erano state proteste e rivolte fuori dai cancelli della base. Il generale aveva continuato a tenerla chiusa per la sicurezza di tutti e raccomandato loro di restare nascosti per la notte e di rientrare quando la situazione si fosse calmata.

Grover aveva sperato che un elicottero potesse andare a prenderli, ma con i talebani che avevano accesso ai lanciarazzi, l'ultima cosa che volevano era essere abbattuti prima di poter portare Sierra al sicuro.

Quindi, per quella notte, si sarebbero rifugiati da qualche parte, in attesa che le acque si calmassero. L'indomani mattina avrebbero fatto rapporto e si sarebbero informati sulla situazione, prima di decidere la mossa successiva.

«Non c'è problema» disse Sierra, mettendogli la mano sull'avambraccio.

Lui sussultò, rimproverandosi per essersi distratto anche solo per un secondo. Non avrebbe dovuto riuscire ad avvicinarsi senza che se ne accorgesse.

«Accidenti, passare la notte all'aria aperta è cento volte meglio che stare in quella grotta.»

Il fatto che stesse cercando di *rassicurarlo* era solo un'ulteriore prova di quanto fosse unica.

Anche se erano abbastanza sicuri di non essere stati seguiti, nessuno volle rischiare di accendere un fuoco. Quando il sole finalmente tramontò, fu subito buio pesto, anche se Sierra non si lamentò. Nessun brontolamento o protesta lasciò le sue labbra. Senza dire una parola, mangiò quello che poté della razione MRE che le aveva offerto Oz, bevve l'acqua trattata chimicamente e permise persino a Doc di darle un'occhiata ai piedi.

Se Grover non avesse saputo che la situazione era diversa, avrebbe pensato di essere in campeggio con gli amici. Ma Lefty e Brain seduti un po' distanti dal resto del gruppo e con le armi pronte, erano un promemoria che da un momento all'altro sarebbe potuto scoppiare il caos.

Sierra era seduta accanto a lui. Aveva le gambe incrociate e un ginocchio gli toccava la coscia. Quando la sentì rabbrividire, si voltò a guardarla. Erano avvolti dall'oscurità, ma stavano usando tre bastoncini luminosi per vederci.

«Hai freddo?» le chiese.

«Un po'.»

Grover frugò per un attimo nello zaino di Doc. Era strano non avere il proprio, ma era grato che i suoi compagni di squadra fossero arrivati ben preparati. Tirò fuori la giacca di un'uniforme mimetica. Sarebbe stata enorme su di lei, ma l'avrebbe tenuta un po' più al caldo.

«Tieni. Ti sarà grande, ma è meglio di niente.»

Si riproverò mentalmente per non averci pensato prima quando Sierra spalancò gli occhi e la prese con impazienza, ma non poté fare a meno di sorridere quando lei se la avvolse intorno al corpo e sospirò soddisfatta.

«Non fa nemmeno tanto freddo qui fuori. I miei genitori saranno così disgustati da quanto mi sono rammollita» disse.

Lucky fece un verso dall'altra parte della strada. «Credo

che i tuoi genitori, o chiunque ascolterà la tua storia, non penseranno che sei rammollita.»

«Tu non li conosci» borbottò.

Grover sentì una sfumatura di... felicità che non aveva mai sentito prima. Supponeva che essere liberi facesse quell'effetto. Anche se aveva voluto credergli quando le aveva detto che la sua squadra sarebbe andata a salvarli, sapeva che per lei era stato quasi impossibile farlo finché non era successo davvero.

Ancora una volta, faticò a immaginare che quella donna era stata prigioniera per un anno. Solo pochi mesi avrebbero distrutto praticamente chiunque. Sierra, invece, ogni tanto faceva dei piccoli sorrisi e si comportava in modo relativamente normale. Era sollevato che non fosse isterica, anche se aveva la sensazione che ci sarebbe voluto molto tempo prima che superasse davvero il calvario che aveva subito, se mai l'avesse superato.

«Ti va di parlarci di loro?» le chiese Trigger.

Grover era contento che ci fossero i suoi amici. Non era molto bravo con le chiacchiere. Voleva sapere tutto il possibile su di lei, ma era grato di non dover fare le domande.

«Sono cresciuti entrambi a Leadville, in Colorado... conoscete la città?»

«Si trova in alta montagna, giusto?» domandò Lucky.

«Sì. A tremilanovantaquattro metri, per l'esattezza. Le temperature medie estive si aggirano intorno ai quindici, venti gradi. Le minime medie invernali sono di meno dieci circa. Ci vivono più o meno tremila persone tutto l'anno.»

Trigger fece un fischio basso. «Accidenti, fa freddo!»

«Già.»

«Sei cresciuta lì?» chiese Grover.

«Sì. E mi piaceva molto. Sciare era la mia passione. Dalla città si possono vedere numerose vette che superano i quattromila metri. La vista dalla terrazza sul retro dei miei genitori è incredibile. Da cartolina» spiegò.

«Ma te ne sei andata» fece notare Oz.

«Sì. Li amo e loro amano me, ma avevo bisogno di... di più. Volevo fare qualcosa nella vita. Ho frequentato l'università a Denver e ho trovato lavoro lì quando mi sono laureata, ma non era appagante. Ho ascoltato un podcast della società che alla fine mi ha assunta e mi ha incuriosita. Dopo molta titubanza, ho deciso di accettare il lavoro qui in Afghanistan. La paga era ottima, non posso mentire... ma soprattutto mi era sembrato di poter fare qualcosa di buono per il mio Paese.»

Sierra smise di parlare e Grover non poté fare a meno di prenderle la mano. Nel momento in cui chiuse le dita intorno alle sue, lei si rilassò e sollevò la testa, incontrando il suo sguardo. Amò che il suo tocco sembrasse aiutare anche lei.

«Comunque sì, ero abituata al freddo. Quando sono venuta qui ho pensato che sarei morta. Era così caldo. Non fraintendetemi, nonostante Denver sia conosciuta come la Mile High City per via della sua altitudine sul livello del mare, in estate diventa calda, ma non come qui. Ora non riesco a immaginare di andare a sciare con temperature sotto lo zero. Mi sono acclimatata al caldo e ho la sensazione che avrò sempre freddo con meno di ventisette gradi.»

«Ti abituerai» le disse Trigger. «Vi ricordate l'addestramento nell'artico?» chiese ai suoi amici. «Dio, eravamo così impreparati. Doc si è congelato le dita dei piedi e Lucky ha quasi perso la punta delle orecchie. Abbiamo imparato molto su come affrontare il freddo, ma accidenti, è stato terribile. Preferisco mille volte il caldo.»

«Non so, la missione che abbiamo fatto in Africa non è stata esattamente piacevole» ribatté Oz. «Era estate, eravamo proprio sull'equatore e l'umidità era così densa che era difficile persino respirare. I nostri indumenti sono stati fradici per tutta la missione. È stato un miracolo che Lucky sia stato l'unico a soffrire di piede da trincea, perché i nostri calzini erano costantemente bagnati dal sudore e dall'umidità.»

Tutti gemettero, ricordando quella particolare missione.

«Che piani hai per quando tornerai a casa?» le domandò Doc un attimo dopo. «Andrai a Leadville per stare con i tuoi genitori?»

Grover si irrigidì, ansioso di sentire cosa avrebbe risposto.

«No. Cioè, sì, voglio vederli. Sono sicura che vogliano assicurarsi di persona che sto bene, ma ho quasi trent'anni. Non voglio tornare a vivere a casa. E Leadville non è esattamente il luogo in cui mi vedo trascorrere il resto della vita.»

Sierra gli lanciò un'occhiata e Grover non poté fare a meno di dire ai suoi amici: «L'ho invitata a venire a Killeen.»

«Fantastico.»

«Lì non fa sicuramente freddo.»

«Gillian sarebbe felice di conoscerti.»

«Anche Ember. Sarà così sollevata che tu stia bene.»

Tutti i suoi compagni di squadra diedero immediatamente il loro appoggio all'idea, cosa che Grover apprezzò più di quanto potesse esprimere. «Pensavo di portarla al Rifugio» aggiunse.

«È un'ottima idea» concordò Trigger. «Probabilmente si ritroverà ad avere a che fare con molte richieste di interviste. Brick e i suoi amici possono aiutarla.»

«Anche Ember può farlo» disse Doc. «Ha avuto più di una volta a che fare con giornalisti, paparazzi e interviste.»

«So che Riley aiuterà di sicuro con le richieste di un'autobiografia» aggiunse Oz.

«Il Rifugio? Brick?» domandò Sierra quando riuscì a intromettersi.

Grover temette per un'istante che la stessero travolgendo con il loro entusiasmo, ma lei non sembrava nervosa, così le spiegò. «Credo di avertene parlato quando eravamo nelle grotte, o almeno era mia intenzione. Il Rifugio è un luogo di ritiro gestito da un gruppo di ex operatori delle forze speciali, guidati da Brick. Tutti hanno sofferto di una forma di disturbo post-traumatico da stress quando si sono ritirati o sono stati congedati. Erano SEAL, Delta, Night Stalkers, DSF, ovvero forze speciali schierabili della Guardia Costiera, Berretti Verdi e SAS, l'equivalente britannico di ciò che facciamo noi. Hanno comprato qualche centinaio di ettari di terreno vicino a Los Alamos, nel New Mexico. Da quello che ho sentito è un posto incredibile, per uomini e donne di tutto il mondo che cercano di ritrovare un equilibrio nella loro vita dopo aver vissuto un'esperienza traumatica. E non solo durante il servizio militare. Ci sono molti eventi che possono causare disagio mentale, e Brick e i suoi amici hanno voluto offrire un rifugio sicuro a chiunque ne abbia bisogno.»

«Sembra fantastico» disse Sierra. «Sinceramente mi sento un po' persa. Non fraintendetemi, sono molto felice di essere seduta qui con voi e non in quella dannata grotta, ma in questo momento non so cosa voglio fare della mia vita.»

«Cosa facevi prima di venire qui?» le chiese Trigger.

«Lavoravo in un centro logistico di Amazon. Non è esattamente il genere di cosa che cambia il mondo.»

«Ehi, non ti devi vergognare del tuo lavoro. Immagino che avessi una casa tua, che ti comprassi il cibo, pagassi le bollette... tutto ciò fa parte dell'essere adulti» le disse Lucky.

«Sì, ma è per questo che ho accettato il lavoro con quel fornitore, perché volevo fare la differenza. E lavorare in un magazzino non era quello che avevo in mente.»

«Perché non hai cercato qualcosa nel campo della psicologia?» le domandò Grover.

Sierra scrollò le spalle. «Mi sono resa conto che pur piacendomi la psicologia in sé, non volevo entrare nel campo della medicina, e la maggior parte dei lavori, almeno quelli che pagano bene, richiedono altri anni di studio. E sì, probabilmente avrei dovuto documentarmi un po' di più prima di decidere di specializzarmi in quella materia» ammise un po' imbarazzata.

«Non devi decidere in questo momento cosa vuoi fare per il resto della vita» sostenne Trigger. «Prima devi prenderti cura di te stessa. Hai gestito tutto in modo straordinario, ma sappiamo per esperienza che a volte i traumi scatenano una reazione dal nulla. Vai avanti con la tua vita, poi qualcosa risveglia un ricordo e ti risucchia nella sua spirale. Gillian ogni tanto ha ancora degli incubi a distanza di più di due anni. Si sveglia nel cuore della notte e non riesce a riaddormentarsi.»

«Sia io sia Riley ci svegliamo a orari a caso e dobbiamo andare a controllare i bambini, per assicurarci che siano nei loro letti a dormire» aggiunse Oz.

«Per Devyn sono gli uccelli. È migliorata molto, ma a volte sentire il cinguettio la riporta nel mezzo della foresta dove l'avevano lasciata a morire» disse Lucky.

«Assistente esecutiva, assistente veterinaria part-time, correttrice di bozze, organizzatrice di eventi, paramedico ed ex atleta olimpica diventata piccola imprenditrice» elencò Grover. «È ciò che fanno le altre donne. Puoi essere chi vuoi, fare tutto ciò che ti piace, ma non devi decidere adesso. Prenditi un momento per respirare, Sierra. Guardati intorno. Mangia del buon cibo, festeggia il fatto di non aver lasciato vincere Shahzada.»

La sentì sospirare. «Hai ragione.»

«Lo so» ribatté subito.

I ragazzi ridacchiarono e Grover fu felice di vederla sorridere. «Nessuno di voi ha un problema di mancanza di fiducia in se stesso, vero?»

«Perché dovremmo? Siamo i migliori nel nostro lavoro e abbiamo delle donne che ci amano per qualche folle motivo» rispose Doc con un sorriso.

«E per la cronaca, Grover mi ha parlato delle vostre mogli. Sembrano tutte...» La sua voce si affievolì.

«Incredibili?»

«Bellissime?»

«Fortissime?»

Sierra sorrise. «Intimidatorie» disse dopo un attimo.

Doc rise. «Non lo sono, giuro.»

Sierra scosse la testa. «Dice l'uomo che sta con la donna più famosa di internet.»

«Sul serio» insistette. «Ammetto che quando ho incontrato Ember non volevo che mi piacesse. Sono molto riservato e lei era tutt'altro, o almeno così pensavo. Pensavo anche che sarebbe stata viziata e una diva. Ma non è affatto così.»

«A proposito, Shahzada non è stato contento quando ha pubblicato la mia foto sul suo profilo.»

A Grover non dispiacque essere escluso dalla conversazione. Era contento di stare in disparte, tenerle la mano e farle conoscere i migliori amici che avesse mai avuto in vita sua. Non si trattava nemmeno di chiedersi se lei sarebbe piaciuta ai ragazzi, ma solo di capire quanto tempo ci avrebbe messo a conquistarli.

«A Ember piacerà un sacco sentire che il suo post ha funzionato. Sperava che qualcuno contattasse le autorità per dire che sapevano dov'eri, ma se vedere la tua foto ha messo a disagio i tuoi rapitori è già qualcosa» replicò Doc soddisfatto.

«Non riesco ancora a credere che Ember Maxwell sappia chi sono» disse Sierra scuotendo la testa. «Voglio dire, non sono nessuno.»

«Non è vero che non sei nessuno» affermò Grover.

Lei scrollò le spalle. «Non è un problema. Non mi dispiace. Ma ho avuto molto tempo per pensare nell'ultimo anno. Se fossi stata più... non sono sicura della parola... importante? Carismatica? Appariscente? Non lo so. Ma non posso fare a meno di pensare che se fossi stata più... *interessante*, forse qualcuno ci avrebbe provato di più a cercarmi.»

Grover si sentì travolgere dalla vergogna e dal rimpianto.

«Avrei dovuto impegnarmi di più per scoprire cosa ti era successo. Non avrei dovuto aspettare la consegna di quella dannata lettera.»

«Oh, non stavo parlando di te» ribatté subito.

Ma lui scosse la testa. «È vero. Un mese» disse. «È quello il tempo che ci è voluto da quando ho ricevuto la lettera a quando ti ho trovata. Avrei potuto risparmiarti undici mesi di inferno, e non l'ho fatto.»

«Non puoi biasimarti.»

«Ma lo faccio.»

«È una cosa assolutamente assurda. Stupida. Ridicola!» esclamò. «Grover, non mi *conoscevi* nemmeno. Non puoi prenderti la responsabilità di ogni persona che incroci per strada. Se incontri qualcuno e la settimana dopo inciampa e cade di faccia, ti prenderai la responsabilità anche di quello?»

La fissò. Il suo viso era in ombra, solo il lieve bagliore verde dei bastoncini illuminava l'area circostante. Le ciocche sparse sulla sua testa spiccavano mentre lo guardava con ferocia.

Non aveva mai visto una donna più bella in vita sua.

Sierra lanciò un'occhiata agli uomini intorno a loro. «Ditegli che è ridicolo.»

Trigger scrollò le spalle. «Ti ha *trovata* mentre gli altri hanno fallito.»

«E ti *avevo* trovata interessante» le disse Grover. «Con la retina per i capelli e tutto il resto.»

Sierra si spostò e si mise in ginocchio accanto a lui. La giacca dell'uniforme inghiottiva la sua piccola figura e, anche in quella posizione, gli arrivava solo agli occhi. Agitò un dito contro di lui. «No! Non ti è permesso sentirti in colpa, altrimenti farai sentire in colpa *me* per non essere stata più attenta come mi avevi detto quando ci siamo conosciuti, così non riuscirò a superare la cosa con la facilità che vorrei. Avrò incubi per anni e probabilmente dovrò prendere farmaci che mi trasformeranno in una zombie. Non sarò in grado di tenermi un lavoro, dovrò andare a vivere nel seminterrato dei miei genitori e morirò di freddo perché non riuscirò più a sopportare le temperature sotto lo zero!»

Aveva alzato la voce e quando finì la sua sfuriata stava ansimando, e tutto ciò che Grover riuscì a fare fu ridere. Non di lei, *mai* di lei, ma della situazione.

«Ok, Bean» disse, afferrandole il dito che gli aveva puntato in faccia.

«Ok *cosa?*» gli chiese.

Accidenti, era più intelligente di quanto le avesse dato credito. Fece una smorfia. «Cercherò di non sentirmi in colpa.»

«No. Non è abbastanza.» Si girò verso i ragazzi. «Diteglielo» ordinò.

Lucky, Oz, Doc e Trigger sembrarono persi.

«Dirgli cosa?» chiese infine Oz.

«Che non deve sentirsi in colpa per il fatto che sono stata fatta prigioniera.»

«Non devi sentirti in colpa perché è stata fatta prigioniera» ripeté il suo amico diligentemente.

Quello poteva accettarlo. Rimpiangeva di non aver preso più seriamente la sua scomparsa. Di non aver fatto il possibile per cercarla prima. E rimpiangeva di non aver avuto il tempo di torturare Shahzada quanto avrebbe voluto. «Non mi sentirò in colpa perché sei stata fatta prigioniera» le disse con sincerità.

Sierra lo guardò con sospetto. «Perché ho la sensazione che tu abbia ceduto troppo facilmente?»

Grover non aveva intenzione di dirle che aveva ragione. «Magari non ho una ragazza da un po' di tempo, ma so benissimo che non bisogna discutere con una donna quando tira fuori il dito» le rispose.

«È vero» concordò Lucky. «L'unica volta che Devyn mi ha fatto una cosa del genere, mi sono spaventato a morte.»

«Siediti» la incitò Grover, tirandole delicatamente la mano. «E dovresti mangiare di nuovo qualcosa. Piccoli spuntini frequenti ti forniranno energia più in fretta di tre pasti abbondanti al giorno.»

«So che stai volutamente cambiando argomento» brontolò, ma annuì.

Doc e Lucky si alzarono per dare il cambio a Lefty e Brain nel turno di guardia.

«Cosa mi sono perso?» chiese Brain sedendosi.

«Che voi siete pieni di voi stessi, giustamente, avete delle mogli e dei figli fantastici, e che a Grover non è permesso sentirsi in colpa per la mia cattura» riassunse Sierra, con la bocca piena di banana bread della razione che avevano aperto prima.

Lefty ridacchiò. «Bene, allora. Mi pare che tu non abbia tralasciato nulla.»

«Pensi di riuscire a dormire, Sierra?» le chiese Trigger. «Non sappiamo cosa accadrà domani. Potremmo dover camminare per quindici chilometri o essere prelevati da un elicottero, chi lo sa, ma dobbiamo essere pronti a tutto.»

«Penso di sì» rispose annuendo.

Rimasero tutti in silenzio per diversi minuti, Sierra fissò il suolo pensierosa mentre mangiava. Quando finì, Grover la sentì rabbrividire. Stava per dirle che le avrebbe preso una delle coperte di emergenza che portavano sempre con loro, quando si voltò verso di lui.

«Pensi che...» Il suo sguardo si abbassò di nuovo.

Le portò un dito sotto il mento per inclinare il viso verso il suo. «Cosa, Bean? Non devi aver paura di chiedermi nulla.»

«Mi chiedevo... tu sei grande e io no... e sei caldo. Riesco a sentire il calore del tuo corpo anche stando seduta qui accanto a te. Non è un grosso problema e puoi rifiutare se ti sembra troppo strano... accidenti, non importa. *È* strano.»

«Cosa, Sierra? Non costringermi a rimangiarmi la parola sul fatto di sentirmi in colpa» la minacciò.

Socchiuse gli occhi. «Tirerai fuori questa storia ogni volta che vorrai ottenere qualcosa, vero?»

«È probabile» ammise. «Ora sputa il rospo.»

Lei si guardò intorno e sembrò sorpresa di vedere che gli altri ragazzi si erano allontanati e si stavano preparando a coricarsi, usando gli zaini come cuscini e riponendo i bastoncini luminosi. L'unico bagliore rimasto era quello del bastoncino davanti a loro due. Era sollevato che i suoi compagni di squadra avessero dato loro un'illusione di privacy. Sapeva che potevano comunque sentire tutto ciò che accadeva intorno, ma probabilmente Sierra non se ne sarebbe resa conto.

«Mi chiedevo solo se potevo sedermi sulle tue ginocchia» confessò senza guardarlo, chiaramente imbarazzata dalla richiesta. «Sai, per condividere il calore del tuo corpo.»

Grover si bloccò. Per tutta la sera aveva faticato a tenere le mani lontane da lei. La prima volta che aveva rabbrividito, avrebbe voluto attirarla a sé per scaldarla, ma aveva pensato che sarebbe stato un po' troppo per lei. Non avevano parlato di tutte le cose che aveva subito per mano di Shahzada e dei suoi seguaci. Non aveva idea se avesse subito abusi sessuali oltre che fisici, quindi non aveva voluto fare nulla che potesse far riaffiorare brutti ricordi.

«Sì, te l'avevo detto che era una cosa strana» disse, allontanandosi da lui.

Merda. Grover si era perso nei suoi pensieri troppo a lungo e lei aveva scambiato il suo silenzio per un rifiuto. La afferrò rapidamente e la attirò a sé, poi se la sistemò sulle ginocchia.

Lei si dimenò, cercando di scendere. «Non c'è problema,

Grover. Starò bene laggiù.» Indicò un punto relativamente libero alla sua destra.

«E qui starai ancora meglio.» La circondò con le braccia, sorpreso da quanto perfettamente si adattasse, e si spostò un po' più indietro, fino ad appoggiarsi a un tronco d'albero. I sassi gli scavarono il sedere, le costole protestavano e aveva la sensazione che le gambe si sarebbero addormentate in meno di dieci minuti, ma non gli importava. Non si sarebbe mosso. Proprio per niente.

Ci vollero un paio di minuti, ma alla fine Sierra si rilassò e si lasciò andare contro di lui. Aveva la schiena contro il suo petto, ma si girò per posarvi invece la guancia, piegando le gambe in modo da trovarsi quasi di traverso.

«Avevo ragione. *Sei* caldo» mormorò.

Grover sentì il suo respiro sul collo nudo e capì di essere spacciato. Quella donna lo teneva in pugno e non ne aveva idea. Non aveva molto senso, ma non aveva intenzione di metterlo in discussione. Aveva tenuto tra le braccia altre donne, ma non si era mai sentito *così*. Come se avrebbe perso qualcosa di profondamente importante se lei fosse scomparsa di nuovo dalla sua vita.

«Se divento troppo pesante, spostami» gli disse.

«Non sei troppo pesante» ribatté subito.

«Dimmelo dopo che avrò recuperato tutto il peso perso e comprato comunque una dozzina di ciambelle.»

Si ripromise di portare alla sua Bean delle ciambelle. Presto.

Dio... la *sua* Bean.

Merda.

«Grazie per avermi trovata» sussurrò, e le parole penetrarono nelle sue ossa come il calore di una sera d'estate.

«Prego» sussurrò lui a sua volta, una risposta del tutto inadeguata rispetto a ciò che provava dentro di sé.

Grover si rifiutò di opprimerla. Com'era stato accennato

quella sera, aveva tutta la vita davanti e l'ultima cosa che voleva era farle pressione perché stesse con lui, se non era ciò che voleva. Era appena stata liberata dalla prigionia dopo un anno di abusi, non poteva approfittare della sua vulnerabilità e della sua gratitudine. Doveva darle spazio per lasciarle capire cosa voleva, con i suoi tempi.

Sarebbe stato un tormento per lui, ma se Sierra avesse accettato subito di andare in Texas per poi decidere che era stato un errore, sarebbe stato ancora peggio.

Strinse le braccia intorno al suo corpo mentre lei si sistemava meglio, e si meravigliò ancora una volta di quanto si adattavano bene l'uno all'altra. Appoggiò la testa sul tronco dell'albero e chiuse gli occhi. Non avrebbe dormito, era troppo eccitato e troppo in sintonia con la donna tra le sue braccia, ma avrebbe riposato. Le costole gli facevano male e i tagli sul viso gli bruciavano, ma non era mai stato così soddisfatto come in quel momento.

Non aveva idea di cosa gli riservasse il futuro, oltre a sapere che avrebbe fatto tutto il necessario per far star bene Sierra, per farla sentire al sicuro. Si sarebbe anche tenuto in contatto con lei una volta tornati negli Stati Uniti, assicurandosi che sapesse che non aveva scherzato quando l'aveva invitata ad andare a Killeen.

Si era innamorato velocemente, proprio come i suoi compagni di squadra, e se loro erano riusciti a far funzionare le cose, poteva farlo anche lui. Sarebbe stato solo un po' più impegnativo corteggiarla a distanza, ma lei valeva lo sforzo. Grover non aveva dubbi al riguardo.

CAPITOLO SETTE

LA MENTE di Sierra era un turbinio di pensieri. Sapeva che le squadre della Delta Force erano trattate in modo diverso rispetto ai normali soldati, ma non si era aspettata di tornare negli Stati Uniti così presto. Aveva pensato che ci sarebbero state delle lungaggini burocratiche, interrogatori sulla sua esperienza, ore di riunioni per fare il rapporto della situazione, e *poi* che avrebbe dovuto contattare il suo datore di lavoro e vedere quanto sarebbe stato complicato raggiungere un aeroporto e lasciare l'Afghanistan. Senza contare che il suo passaporto era sparito da tempo insieme ai suoi effetti personali.

Ma dal momento in cui si era svegliata quella mattina, più riposata di quanto non lo fosse stata da un anno a quella parte, le cose si erano mosse a una velocità vertiginosa.

Pensava di aver sentito le labbra di Grover sulla fronte, ma quando aveva aperto gli occhi lui si era limitato a sorriderle. Si erano alzati, avevano mangiato e poi iniziato a camminare lungo la riva del fiume. Avevano percorso solo un chilometro e mezzo, il che era stata una buona cosa, perché Sierra aveva cominciato a pensare che non ce l'avrebbe fatta ad andare più avanti di così. Aveva perso troppa massa muscolare ed era senza energie. Se ne era un po' vergognata, ma Grover e tutti gli altri ragazzi l'avevano rassicurata costantemente che stava andando benissimo. Se avesse passato molto tempo con loro si sarebbe sicuramente montata la testa.

Poi era arrivato un enorme e rumoroso elicottero. Era stata tirata su tramite una scala di corda, poi aveva guardato salire anche i sette uomini che l'avevano salvata. Pochi minuti più tardi erano atterrati nel mezzo della base militare che aveva pensato di non rivedere mai più. Era stata accolta come se fosse stata una parente che non vedevano da tempo. Era stato sconcertante vedere quanta gente sconosciuta si era detta felice del suo ritorno.

L'avevano portata a una tenda per permetterle di fare la doccia. Da lì le cose erano un po' rallentate. Sapeva di averci messo troppo tempo a lavarsi, di aver usato molto più della giusta dose di acqua calda, ma non si era mai sentita meglio in vita sua. Avrebbe voluto rimanere sotto il getto a strofinarsi per almeno un'altra mezz'ora, ma a malincuore era uscita.

Grover le aveva regalato una BDU dell'esercito, l'uniforme da battaglia che portavano tutti i soldati. Non sapeva dove l'avesse presa, né come avesse fatto a sapere la taglia giusta, ma la accettò con gratitudine. Per qualche motivo, non riusciva ancora a liberarsi della maglia che aveva indossato ogni giorno nell'ultimo anno; aveva passato l'inferno proprio come lei e le sembrava sbagliato buttarla via. Così l'aveva messa nella borsa che le avevano procurato, insieme ai pantaloni che le aveva portato il team e ai prodotti da bagno che qualcuno le aveva offerto.

Quando era uscita dopo la doccia, Grover la stava aspettando. Aveva preso la sua borsa, le aveva afferrato la mano e si era diretto verso quella che Sierra sapeva essere la tenda del generale della base. Per un attimo si era chiesta se si fosse sentito obbligato a tenerle la mano. Lì non aveva mai visto molte persone impegnate in manifestazioni di affetto pubbliche, ma non aveva avuto molto tempo per rifletterci.

Aveva passato le due ore successive a raccontare al generale tutto il possibile su Shahzada e sulla sua operazione. Dov'era stata tenuta prigioniera, quanti erano i rapitori, quali nomi riusciva a ricordare e tutto ciò che riguardava le armi che aveva visto.

Sebbene avesse espresso solidarietà per l'accaduto, era stato evidente che fosse più interessato a scoprire informazioni sull'influenza dei talebani in città, in modo da poter sfruttare la morte di Shahzada. Inoltre, non era contento del fatto che l'uomo si fosse infiltrato nella base militare come traduttore. I soldati che lavoravano lì facevano affidamento su quelle persone assunte per comunicare con i cittadini. Sapere che qualcuno aveva raccolto informazioni da usare contro di loro e seminato il malcontento tra la gente del posto era un boccone amaro da digerire. La base avrebbe subito molti cambiamenti e Sierra non invidiava il generale per lo sconvolgimento che il tradimento di Shahzada, alias Muhammad Qahhar, avrebbe continuato a causare.

Una volta finito di parlare con l'ufficiale era emotivamente distrutta. Si era sentita sollevata che non l'avesse trattata come un oggetto di cristallo, ma almeno per un po' non voleva pensare alla sua prigionia.

Grover l'aveva capito e così l'aveva portata nella tenda della mensa. Era stato strano tornare lì e trovarsi dalla parte opposta del banco. Non era stata nemmeno sicura se avrebbe potuto mangiare con lui e i suoi amici, ma allo stesso tempo si era sentita sollevata di non dover pensare a cosa fare del suo tempo. Non aveva idea di dove avrebbe dormito o di cosa sarebbe successo in seguito, ma avrebbe affrontato le cose un giorno alla volta.

Finito di mangiare, mentre le sembrava letteralmente di scoppiare – il suo stomaco si era evidentemente ridotto molto nell'ultimo anno – Grover l'aveva presa di nuovo per mano e condotta fuori. Non si era nemmeno chiesta dove fossero diretti, finché lui non era andato verso un altro elicottero ai margini della base.

«Dove stiamo andando?» gli aveva chiesto.

«A casa.»

A casa.

Dio, aveva suonato così bene. Sierra non sapeva più dove fosse casa sua, ma il pensiero di andarsene dall'Afghanistan e dal suo incubo peggiore era stato un enorme sollievo.

Così, aveva lasciato che Grover la sistemasse sul sedile, osservando divertita il resto dei ragazzi che salivano a bordo. Non era rimasto molto spazio dopo che tutti si erano seduti, ma invece di sentirsi claustrofobica o a disagio stretta in mezzo a Grover e Trigger, con i borsoni ai piedi e i fucili imbracciati davanti al petto, si era sentita confortata.

Ora si trovava su un aereo militare e stava tornando negli Stati Uniti. Era quasi difficile da credere. Non aveva detto molto mentre passavano dall'elicottero all'altro velivolo, ma solo perché era così sollevata da non riuscire a esprimere a parole ciò che provava.

Non aveva mai pensato a quello che passavano le truppe militari all'estero. Dal momento che non c'era una guerra "attiva" in corso, aveva semplicemente pensato che la vita nelle basi militari in Afghanistan fosse una semplice routine. L'imprenditore con cui aveva firmato il contratto le aveva fatto credere che fosse una base come tutte le altre negli Stati Uniti, ma in realtà la minaccia era ancora molto alta per i soldati dispiegati.

Studiando i compagni di squadra di Grover, li vide sotto una nuova luce. Si mettevano regolarmente in pericolo... per cosa? Per la soddisfazione di rendere il mondo più sicuro? Per essere ringraziati? Per l'orgoglio di servire il proprio Paese? Non lo sapeva, ma era comunque grata a quegli uomini.

«Stai bene?» le chiese lui in tono calmo e gentile.

Sierra lo guardò. Le era seduto accanto e le teneva la mano da quando erano partiti. Non avevano parlato molto, ma quel contatto le aveva ricordato quanto si era sentita vicina a lui mentre erano nelle grotte. Annuì. «Credo di essere un po' sopraffatta» rispose con sincerità.

«C'era da aspettarselo. Il tuo mondo è cambiato radicalmente. È difficile credere che meno di quarantotto ore fa eravamo sdraiati per terra al buio, eh?»

Sierra sbuffò. «È l'eufemismo del secolo. Cosa succederà adesso?»

«Cosa intendi?»

«Solo che... quando atterreremo a Washington, voi andrete in Texas, giusto?»

«Sì. Faremo rapporto dall'aereo, così quando arriveremo a casa i ragazzi potranno tornare direttamente dalle loro famiglie. Faremo un'analisi più approfondita post operazione nei prossimi giorni. Io andrò all'ospedale della base per farmi controllare. Non si può fare molto per le costole incrinate, ma sarà tutto documentato per il mio fascicolo militare.»

Sierra gli strinse la mano. «Mi dispiace che tu sia stato ferito.»

Lui scrollò le spalle. «Sapevo in cosa mi stavo cacciando.»

Non riusciva ancora a credere che quell'uomo, qualcuno che non conosceva, che non *la* conosceva, si fosse fatto catturare di proposito. Era una cosa che succedeva solo nei film, eppure eccola lì. Le si chiuse la gola, ma non si formarono lacrime. «E che ne sarà di me?»

Grover non chiese cosa intendesse. Lo sapeva. Era il motivo numero quattrocentotré per cui si sentiva così attratta da lui. «Ti verrà assegnata una scorta militare, quasi certamente un'ufficiale donna. Sono certo che sarai portata in un ospedale di Washington per fare un controllo completo e probabilmente passerai la notte lì. Dovrai parlare con almeno uno psicologo e raccontare la tua storia a qualche altro generale prima che tu e la tua scorta possiate andare a Denver. I tuoi genitori sono stati informati del salvataggio e ti aspetteranno lì. Dopo di che... starà a te decidere.»

Sierra annuì. Niente di ciò che aveva detto era una sorpresa. Tutto sommato si sentiva incredibilmente bene, ma avrebbe gradito un esame medico completo. Sapeva di essere troppo magra e di aver perso molto tono muscolare, le mestruazioni a un certo punto si erano bloccate e immaginava che le sue analisi del sangue sarebbero state un disastro. Ma era viva. Non poteva lamentarsi.

Aveva pensato di chiedere in prestito un telefono per chiamare i suoi genitori, ma onestamente non avrebbe saputo cosa dire. Aveva così tante cose in testa che aveva deciso che sarebbe stato meglio chiedere a qualcun altro di informarli che era viva, per poi raccontare tutto quando li avrebbe visti di persona.

Nonostante conoscesse il suo immediato futuro, si sentiva ancora un po' persa. Fuori dal suo elemento. E lo odiava. Era sempre stata indipendente e non aveva paura di fare nuove esperienze. Ma ora era opprimente dover pensare a cosa fare dopo aver visto i suoi genitori.

«Per la cronaca, non stavo scherzando sull'invito a venire in Texas» disse Grover.

Sierra si morse il labbro e lo guardò. «Non lo so... come potrebbe funzionare?»

«Come potrebbe funzionare cosa?»

«Dove potrei alloggiare? Ho dei soldi da parte, ma non sono sicura di quanto durerebbero se vivessi in un albergo e mangiassi sempre fuori.»

Lui scosse la testa con aria quasi divertita. «Non devi preoccuparti dei soldi. Hai diverse possibilità di scelta su dove alloggiare. Non ho il minimo dubbio che una qualsiasi delle donne sarebbe felice di ospitarti. Gillian probabilmente ti convincerebbe ad aiutarla con gli eventi che organizza. Kinley ti troverebbe un lavoro nel giro di una settimana. Aspen sarà entusiasta di sapere che stai bene e sia lei sia Riley sarebbero felici di avere un altro adulto con cui parlare dopo essere state tutto il giorno con i bambini. Devyn cercherebbe di convincerti ad adottare tre cani e quattro gatti ed Ember sarebbe felicissima se venissi in Texas. Le sembra già di conoscerti. Erano tutte preoccupate per te.»

«Ma... non mi conoscono nemmeno.»

Grover scrollò le spalle. «Sì, ma erano comunque preoccupate. E sono più che consapevoli dei sentimenti che provo per te. Questo è un motivo sufficiente per farti entrare nel gruppo.»

Sierra lo fissò. Voleva chiedere esattamente quali fossero quei sentimenti... ma aveva troppa paura che dicesse qualcosa sul fatto di sentirsi responsabile per lei, o ancora in colpa perché era stata rapita. Ma non le diede la possibilità di replicare.

«Fidati, non saresti d'intralcio a nessuno. Gli altri ragazzi della squadra sarebbero felici di averti con loro. Riley e Oz sono quelli con la casa più grande, ma hanno anche tre figli, quindi sarebbe piuttosto caotico. Se non vuoi stare con nessuno dei miei amici... puoi sempre stare da me. Con me sei al sicuro, Bean. Te lo giuro. Ho comprato una vecchia fattoria con diversi ettari di terreno. È un posto tranquillo e ho delle camere per gli ospiti. Ho anche una sala multimediale al piano di sotto con uno schermo enorme in cui potrai perderti. Non so se sei amante della televisione, ma se così fosse, puoi recuperare tutti i programmi che ti sei persa nell'ultimo anno. L'ultima stagione di *Stranger Things* è stata fantastica, anche se continuo a pensare che la prima sia la migliore. Se non ti va di stare a casa mia, posso affittare un camper o qualcosa del genere e parcheggiarlo accanto al fienile. Anche se non sarebbe la mia prima scelta, visto che saresti molto più al sicuro dentro casa...»

Sierra si rese conto che Grover stava quasi farfugliando, parlando velocemente. Era evidente che ci avesse pensato a lungo, e il fatto che le stesse illustrando tutte le opzioni per farla sentire al sicuro la tranquillizzò fin nel profondo.

Gli posò la mano sul braccio e lui smise di parlare per un attimo.

«Scusa. Non voglio farti pressioni, ma se decidi di venire in Texas, ti prometto che non ti costerà nulla. Mi assicurerò che tu abbia un posto dove stare e cibo. Può essere difficile acclimatarsi alla vita dopo essere stati prigionieri e voglio solo darti un posto dove tu possa farlo senza preoccuparti di un lavoro, dei soldi o di quello che pensa la gente. Nella nostra cerchia nessuno giudica, te lo posso assicurare.»

«Grazie. La tua offerta significa più di quanto possa esprimere. Però... in questo momento non sono pronta a prendere una decisione.»

«Capisco. E... per tua informazione, l'offerta di andare al Rifugio è ancora valida. Sai, quel posto nel New Mexico? Quando ho cercato informazioni, ho visto che permettono ai prigionieri di guerra di soggiornare gratuitamente, senza chiedere nulla, per tutto il tempo necessario o che si vuole. Hanno una psicologa e fanno attività quotidiane a cui poter partecipare. Sembra davvero fantastico e se ne hai bisogno sei libera di andarci.»

«Anche tu sei stato un prigioniero di guerra.»

Grover la fissò. «Sì, forse. Anche se non sono sicuro di potermi qualificare in quel modo, visto che mi sono messo di proposito in quella situazione, e lo rifarei se si trattasse di tirarti fuori da lì.»

Sierra si sentiva sopraffatta, ma sapere di averlo al suo fianco faceva sembrare tutto un po' meno... spaventoso.

Come se sapesse quanto le fosse difficile pensare al suo

futuro, cambiò argomento. Non parlarono di nulla di importante e si assicurò che lei mangiasse più volte durante il lungo volo. A un certo punto, Sierra si svegliò con la testa sulla sua spalla. Si era addormentata e lui l'aveva attirata a sé, permettendole di usarlo come cuscino.

Era premuroso, gentile, protettivo… e sapeva di essersi già innamorata di lui. Non aveva idea se fosse a causa della situazione, per il fatto che lui avesse viaggiato per mezzo mondo e si fosse messo in pericolo per trovarla. Probabilmente un'esperienza del genere avrebbe fatto innamorare *chiunque*, ma l'ultima cosa che voleva era attaccarsi a lui solo perché l'aveva salvata. Non sarebbe stato giusto per nessuno dei due.

Quando finalmente atterrarono, Sierra era un miscuglio di emozioni. Era entusiasta di essere finalmente tornata negli Stati Uniti, triste per il fatto che il suo tempo con Grover stava per finire, nervosa per ciò che avrebbero detto i medici sulla sua salute e incerta sul suo futuro.

Scesero tutti dall'aereo e lei rabbrividì non appena fu avvolta dall'aria fresca di Washington. Il suo cervello sapeva che non faceva così freddo, ma il suo corpo si era acclimatato al caldo estremo del deserto afghano.

Si sentì mettere una giacca sulle spalle. Alzò lo sguardo e vide Grover sorriderle.

«Ho pensato che avresti avuto freddo, così l'avevo già tirata fuori» spiegò.

Era uscita con diversi uomini prima di accettare il lavoro in Afghanistan. Aveva avuto anche qualche relazione a lungo termine, ma nessuno era *mai* stato così in sintonia con le sue esigenze come Grover, e conosceva quell'uomo solo da pochi giorni. Le faceva quasi paura.

Non le prese la mano mentre si dirigevano verso il piccolo edificio vicino a dove erano atterrati, ovviamente non il terminal principale, il che le andava benissimo, ma *sentì* la leggera pressione del palmo di Grover sulla schiena, e fu estremamente rassicurante.

Poco prima che entrassero uscì un uomo. Non l'aveva mai visto, ma tutti i ragazzi intorno a lei ovviamente lo conoscevano.

«Tex! Che ci fai qui?» chiese Trigger.

«È bello vederti, amico!» disse Lefty.

«Non ci posso credere. Tex in carne e ossa!» lo prese in giro Brain.

Tutti gli strinsero la mano, poi lui rivolse la sua attenzione a lei. Si mise a osservarlo. C'era qualcosa in quell'uomo che incuteva rispetto. Le si avvicinò e Sierra notò che zoppicava leggermente. Le tese la mano e lei automaticamente gliela strinse.

«Bentornata a casa» le disse con un tono calmo.

«Grazie.»

«D'ora in poi le cose si muoveranno piuttosto velocemente. Ti consiglio di seguire la corrente. Non rimuginare troppo e non parlare con la stampa finché non sarai pronta. Possono aspettare, la tua salute mentale è più importante che dare loro una storia. E se non vuoi parlare con loro, va bene lo stesso. Sarò felice di occuparmene al posto tuo, ma puoi farmelo sapere più avanti. Per ora, ho qualcosa per te.»

A Sierra girava la testa. Non voleva avere a che fare con la stampa. Assolutamente. Avrebbe potuto accettare l'offerta di quell'uomo. Non lo conosceva, ma se Grover e la sua squadra si fidavano e lo rispettavano, lo avrebbe fatto anche lei. Accettò automaticamente l'oggetto che le porse.

Abbassò lo sguardo e si rese conto che si trattava di un cellulare. Un modello top di gamma, nuovo di zecca. «Non credo di poterlo accettare.»

Sentì Lucky sbuffare accanto a lei. «Guarda com'è carina a cercare di rifiutare un regalo di Tex.»

Sorrise anche lui e continuò come se lei non avesse

parlato. «Ha un piano dati illimitato. È collegato a un account di mia proprietà, ma non lasciarti spaventare. Quando ti rimetterai in piedi e sarai pronta a pensare a cose banali come i piani telefonici, potrai passare al tuo account. Non ci sono vincoli. I telefoni sono pagati tramite donazioni a gruppi di veterani, così come gli account stessi. Non c'è nemmeno un limite di tempo per usarlo, quindi non sentirti in colpa perché ce l'hai, ok?»

«Ma io non sono un veterano.»

«Col cavolo che non lo sei» ribatté Tex senza esitazione. «Magari non fai parte dell'esercito, ma di sicuro hai passato l'inferno per aver voluto servire in altro modo il tuo Paese. Ho già programmato i numeri di tutti questi ragazzi, oltre a quelli delle loro donne. C'è anche il mio, e quello di Brick, il tizio del Rifugio. Mi sono preso la libertà di fare una prenotazione per te.»

Sierra aprì la bocca per spiegare che non pensava di dover andare in nessun tipo di campeggio, ranch o ritiro per il disturbo post-traumatico da stress, ma Tex alzò la mano, fermandola.

La sua voce si addolcì. «Sei libera da due secondi, Bean. Fidati di me quando ti dico che i demoni hanno la brutta abitudine di arrivare di soppiatto quando meno te lo aspetti. Ho anche programmato che Grover ti raggiunga a Los Alamos.»

«Tex» ringhiò Grover.

«Non cominciare anche tu» gli disse l'uomo. «So cos'hai combinato e perché, ma questo non cancella il fatto che sei stato trattenuto contro la tua volontà, e torturato. Visitare il Rifugio e parlare con Brick, Tonka, Spike e gli altri vi farà bene.»

Sierra guardò Grover e lo vide fissare Tex, ma poi, come se sentisse il suo sguardo, abbassò la testa per incontrare i suoi occhi e vide l'irritazione svanire.

«Un mese» continuò l'uomo rivolgendosi a Sierra. «Torna a casa dalla tua famiglia, rilassati, guarisci, mangia qualche piatto fatto in casa, poi vai nel New Mexico. Ti prometto che sarà positivo. Per entrambi.»

Sierra poté solo annuire. Come poteva rifiutare un'offerta così generosa? Non poteva proprio. Non aveva idea di cosa le avrebbe riservato il mese successivo ma, d'altra parte, non sapeva cosa le avrebbe riservato l'*indomani*. Doveva affrontare le cose un giorno alla volta, e la faceva sentire bene sapere che quell'uomo ci teneva così tanto da cercare di aiutarla.

«Oh, e un'altra cosa. Melody, mia moglie, mi ha detto che dovevo dirti questa parte perché non sarebbe stato giusto non farlo, che era una violazione della privacy o qualche altra stronzata del genere: il telefono ha un localizzatore. Saprò sempre dove sei quando lo avrai con te. Negli anni ho imparato che prevenire è meglio che curare. Non sono uno psicopatico, non seguirò ogni tua mossa, ma se sparisci e hai con te quel telefono, sarò in grado di trovarti. Va bene?»

Sierra fissò gli occhi castani di Tex e deglutì a fatica. Sapeva che *avrebbe* dovuto arrabbiarsi per quell'invasione della sua privacy, ma non poteva proprio. Era scomparsa una volta e c'era voluto un anno perché qualcuno la trovasse. Se fosse successo di nuovo, lui avrebbe saputo dove si trovava. Quel pensiero le procurò un conforto di cui non si era nemmeno resa conto di aver bisogno. «Va bene» rispose sommessamente.

«Ok, allora. Devo andare, e anche voi. Sono molto felice di averti conosciuta, Sierra. Abbi cura di te. E non aver paura di aprirti con Grover e la sua cerchia. Ti cureranno se permetterai loro di farlo.»

Tex salutò tutti con un cenno della testa, poi si voltò e si diresse verso la fine dell'edificio.

«Allora... quello era Tex» affermò Doc ridacchiando.

«È...»

«Enigmatico? Un po' spaventoso? Entrambe le cose?» chiese Lucky. Poi scrollò le spalle. «Ci si abitua a lui.»

«Se non vuoi quel telefono, posso procurartene uno nuovo» si offrì Grover.

Sierra strinse la presa sul cellulare. «No. Va bene questo.»

«È in buona fede» disse Trigger. «Ha aiutato più persone di quante abbia il tempo di raccontarti. Sa praticamente tutto ciò che c'è da sapere su tutti.»

«Come il soprannome che mi ha dato Grover?» chiese ironicamente. «Come faceva a saperlo?»

Oz sorrise. «Abbiamo imparato a non fare domande a cui sappiamo non avremo risposta.»

«Per la cronaca» aggiunse Trigger, «penso che il Rifugio sia una buona idea. Per tutti e due. E anche se non ti sembra di averne bisogno, ho sentito dire che lassù è bellissimo. Brick e i suoi amici hanno fatto un lavoro straordinario. Se ne avete bisogno, potete tenervi occupati con qualcosa a tutte le ore del giorno con le escursioni, la pesca, i giri a cavallo, oppure potete stare sdraiati su un'amaca senza fare nulla.»

Sierra annuì. Più sentiva parlare di quel posto, più era curiosa. E sapere che Grover avrebbe potuto raggiungerla… sì, era piuttosto eccitata anche per quello. *Se* lui fosse andato. Sapeva che aveva molti impegni e un mese le sembrava un periodo terribilmente lungo. Stare separati, entrambi presi ad affrontare gli strascichi della loro prigionia, avrebbe potuto far svanire il legame che sentivano ora.

«Mi date un secondo con Sierra, ragazzi?» chiese Grover.

Tutti annuirono.

Prima di andarsene, Trigger si avvicinò a lei. «Posso abbracciarti?»

Rimase colpita dalla sua richiesta, ma supponeva che non avrebbe dovuto esserlo. Lui e tutti i ragazzi sembravano molto in sintonia con le emozioni che stava provando. «Mi piacerebbe» rispose.

Si fece avanti e le diede un breve ma sentito abbraccio. «Sono felice che tu stia bene.»

Poi Lefty prese il suo posto, seguito da Brain. La abbracciarono uno dopo l'altro, dicendole quanto fossero felici che lui l'avesse trovata, quanto pensavano che fosse forte, quanto erano sicuri che alle loro mogli sarebbe piaciuto conoscerla.

Avrebbe dovuto essere imbarazzante, invece si sentì come se conoscesse quegli uomini da sempre. Alla fine andarono tutti dentro l'edificio, lasciando lei e Grover da soli.

Lo guardò, non sapendo cosa le avrebbe detto... e all'improvviso si sentì molto nervosa.

Ma lui non disse una parola, si limitò a prenderla tra le braccia.

Sierra appoggiò la guancia contro il suo petto e si strinse a lui, ascoltando il battito del suo cuore sotto l'uniforme.

«Non so se posso farcela» le disse con voce tesa.

«A fare cosa?» gli domandò, inclinando la testa all'indietro senza staccarsi dal suo abbraccio.

«A lasciarti andare.»

Lo fissò.

«So che sembra ridicolo, ci conosciamo appena. I tuoi genitori ti stanno aspettando. Hai una vita a cui tornare. Eppure... non posso fare a meno di volerti tenere al mio fianco.»

Sierra deglutì a fatica. «Lo so» sussurrò.

Grover sospirò, poi le mise la mano sulla nuca e si riportò la sua testa sul petto. Lei lo strinse più forte. «Non sapevo che Tex sarebbe stato qui oggi, o che ti avrebbe regalato quel cellulare. Ovviamente avevo intenzione di darti il mio numero, e anche quello di tutti gli altri.»

«È tutto a posto» gli disse.

«Se invece di Tex fosse stato qualcun altro, gli avrei tirato il telefono in faccia e gli avrei detto che potevo prendermi cura di te anche senza il suo aiuto.»

Non sapeva come rispondere. Prendersi cura di lei? Che cosa *intendeva*?

«Ma lui *è* Tex, e quell'uomo tiene ai suoi team più di chiunque altro abbia mai conosciuto. Quindi lascerò correre. Ora che hai il mio numero, mi aspetto che lo usi, Bean.»

«Lo farò.»

«Non importa se è notte fonda o se è l'una del pomeriggio. Se non riesci a dormire, se ti viene in mente qualcosa che vuoi dirmi... mandami un messaggio o chiamami. Risponderò sempre quando ne avrò la possibilità. Potrei essere in riunione o in allenamento, e se così fosse, mi farò sentire il prima possibile. Ok?»

Avrebbe voluto chiedergli cosa stavano facendo, dove stavano andando a parare, da dove veniva quell'intensa connessione... quella che aveva sentito anche prima di essere rapita.

Invece si limitò ad annuire.

«Ci vediamo tra un mese nel New Mexico, ma se hai bisogno di qualcosa prima di allora, fammelo sapere.»

Sierra fece un respiro profondo e si scostò. Nessuno dei due si staccò dall'altro. Grover spostò le mani sulle sue braccia mentre lei gli appiattì le sue sul petto.

Era ora che cominciasse a cercare di recuperare la sua spavalderia. Era stanca di essere una vittima. Avrebbe voluto essere la donna estroversa e spensierata di un tempo. Quella che non aveva avuto paura di accettare un lavoro in Afghanistan perché le era sembrato utile e allo stesso tempo l'avventura della vita.

«E se *tu* hai bisogno di qualcosa, *fammelo* sapere» gli disse con un po' di prepotenza.

Lui sorrise. «Lo farò, Bean.»

Sierra cercò di non sorridere. «Questo soprannome è ridicolo.»

«Già.»

«Non smetterai di chiamarmi così, vero?»

«No. Ti si addice.»

«Come vuoi» borbottò, alzando gli occhi al cielo.

Grover fece scorrere lo sguardo sul suo viso, poi sui capelli e lungo il corpo. Sierra si aspettava di sentirsi in imbarazzo o a disagio, come lo era stata nella grotta. Sapeva che avrebbe dovuto trovare qualcuno che le sistemasse i capelli, rasandoli o altro, e anche di avere ancora qualche livido sul viso e un corpo che non era niente che valesse la pena guardare. Era dimagrita ovunque, compreso il petto. Ma in qualche modo, vedere il desiderio nei suoi occhi la fece sentire quasi normale.

«Mi mancherai» le sussurrò.

«Anche tu.»

«La prima volta che mi hai tenuto la mano in quella grotta, dopo che ero stato torturato da Shahzada... l'ho capito» dichiarò.

Quando non continuò, gli chiese: «Capito cosa?»

«Che eri quella giusta per me.»

Non poté che fissarlo sorpresa.

«Eri stata appena picchiata anche tu. Non avevi motivo di fidarti di me. Eri prigioniera da un anno. Eppure hai cercato di confortarmi. Nessuno mi ha impressionato quanto hai fatto tu dal momento in cui ci siamo conosciuti. Non ho mai provato così tante emozioni per qualcuno come per te. Dalla delusione per il fatto che non mi hai contattato dopo che ho lasciato l'Afghanistan, alla preoccupazione quando abbiamo saputo che eri sparita, alla disperazione quando ci hanno detto che i lavoratori stavano scomparendo, al terrore quando ho ricevuto la tua lettera.»

Sierra avrebbe dovuto essere scioccata. Avrebbe dovuto chiedersi cosa diavolo ci fosse di sbagliato in quell'uomo. Ma non poteva. Perché anche lei provava le stesse cose. «Mi hai fatta arrabbiare quando ci siamo conosciuti» ammise. «Mi hai accusata di essere ingenua. Ora, guardandomi indietro, *so* di esserlo stata. Ero così entusiasta di servire il mio Paese in ogni modo possibile e di fare la differenza, anche solo servendo del cibo ai soldati che si mettono in gioco ogni giorno, che non ho nemmeno considerato il fatto che avrei potuto essere in pericolo. È stato davvero stupido. Ma dovevo pensare che c'era una ragione per cui ero ancora viva dopo un anno. Dovevo credere che un giorno qualcuno si sarebbe imbattuto in me e mi avrebbe aiutato a uscire da lì. Poi... sei arrivato tu. E hai ammesso di esserti fatto catturare di proposito. È stato assurdo. Folle. Ma nel momento in cui ho tenuto la tua mano... non ho più avuto paura.»

«Sarà uno schifo vederti andartene, ma so che starai bene. Non hai bisogno che ti tenga la mano o che ti soffochi con il mio atteggiamento protettivo. Devi rimetterti in sesto e ritrovare te stessa, senza di me.»

La fiducia che aveva in lei era travolgente.

«Ci vediamo tra un mese» ripeté, come se cercasse una conferma sul fatto che sarebbe andata al Rifugio.

«Ok.»

Il sollievo nei suoi occhi fu immediato. Si chinò verso di lei e Sierra trattenne il respiro, aspettando il suo bacio. Ma si limitò a sfiorarle la fronte con le labbra, con un gesto così delicato che le si chiuse ancora una volta la gola. Ma come al solito, dai suoi occhi non scesero lacrime.

«Sono orgoglioso di te» le disse contro la pelle. «Ti ammiro tantissimo. Non permettere a nessuno di abbatterti. Se qualcuno dovesse provarci mandalo a fanculo, digli di provare a vivere in una grotta e a farsi picchiare.»

Sierra non poté fare a meno di ridacchiare. «Lo farò.»

Grover le accarezzò la testa e lei trasalì quando le toccò le chiazze irregolari di capelli. «Questo è il tuo distintivo d'onore. Non vergognarti di niente di ciò che hai fatto per sopravvivere, Bean. Capito?»

Lei annuì.

«Ok. Potrei inventarmi un milione di altre cose da dire per prolungare questo momento, ma hai degli appuntamenti a cui andare e sono sicuro che i ragazzi sono ansiosi di tornare in Texas e vedere le loro famiglie.»

Annuì di nuovo, ma non si allontanò.

«Non sei d'aiuto.»

Gli sorrise.

«Cazzo» mormorò, poi si chinò e le diede un leggero bacio sulle labbra. Quando lui sollevò la testa, le formicolavano ancora. «Vieni, dentro farà più caldo ed è ora che mangi qualcosa.»

Sierra annuì di nuovo perché non riusciva a parlare. Grover si prendeva sempre cura di lei. Sembrava avere a cuore solo i suoi interessi. Era un bel cambiamento rispetto all'ultimo anno, quando i suoi rapitori si dimenticavano di darle da mangiare e non si preoccupavano dei suoi bisogni primari.

Le mise la mano sulla parte bassa della schiena mentre la conduceva verso la porta. Sierra avrebbe voluto fermarsi, per continuare ad accoccolarsi nel suo abbraccio, ma aveva ragione. Entrambi avevano delle vite a cui tornare, e lei voleva tanto ritrovare la donna che era un tempo.

Un mese. Non era poi così tanto. Soprattutto dopo essere sopravvissuta per un anno nelle mani dei terroristi talebani. Strinse più forte il telefono. Non era che non avrebbe potuto parlare con Grover.

Un mese? Sarebbe stato un gioco da ragazzi.

CAPITOLO OTTO

G ROVER CAMMINAVA su e giù nel suo salotto.

Avanti e indietro.

Avanti e indietro.

Non riusciva a stare seduto. Non riusciva a mangiare. Stare nel portico non gli portava pace. Non aveva nemmeno notato il tramonto dipingere il cielo un paio d'ore prima.

Tre giorni.

Era il tempo passato dall'ultima volta che aveva parlato con Sierra. Le aveva mandato un messaggio per chiederle se era tornata a casa senza problemi e aveva ricevuto una breve risposta, ma niente di più.

Stava impazzendo chiedendosi come stesse. Voleva sapere com'era andato il ricongiungimento con i suoi genitori. Se era riuscita a dormire. Se la stampa la perseguitava. Se aveva fissato un appuntamento per parlare con uno psicologo. Se stava mangiando bene.

C'erano così tante cose che avrebbe voluto sapere, ma non voleva disturbarla, né rischiare di far riaffiorare brutti ricordi mettendosi in contatto con lei se non era ciò che voleva.

«Merda!» imprecò agitato, passandosi una mano tra i capelli.

Lui e il resto della sua squadra una volta arrivati in Texas avevano fatto rapporto. Il Comandante Robinson gli aveva dato una lavata di capo e anche se Grover aveva detto tutte le cose giuste, scusandosi e giurando di essere pentito delle sue azioni... non era così. Proprio per niente.

Aveva fatto esattamente ciò che si era prefissato: trovare Sierra. Era anche contento che avessero scoperto l'inganno di Shahzada e ucciso l'uomo prima che potesse fare del male ad altri, ma quella era solo la ciliegina sulla torta per quanto lo riguardava.

Sierra era stata il suo obiettivo. Smaniava per chiamarla, ma sapeva di essere un ricordo del periodo peggiore della sua vita. Chi *non avrebbe* voluto lasciarsi tutto alle spalle e andare avanti? Anche se sapeva per esperienza che non era così facile.

Le costole gli facevano male mentre camminava, ma ignorò il dolore. Era stato ferito in modo molto peggiore in passato. Non era ancora stato autorizzato dal medico a fare esercizio, ma aveva bisogno di fare qualcosa perché stava impazzendo. Proprio quando decise di andare a fare una corsa serale, squillò il telefono.

Irritato dal fatto che uno della sua squadra lo stesse *di nuovo* controllando, fu un po' più brusco del necessario quando rispose senza guardare lo schermo. «Che c'è?»

«Ehm... c'è Grover?»

«Sierra?» Il suo cuore smise quasi di battere. Si fermò al centro della stanza e trattenne il respiro in attesa della sua risposta.

«Sì, sono io. Ho interrotto qualcosa?»

«No! Assolutamente no. In questo momento sto consumando il pavimento, letteralmente, cercando di vincere la noia.»

Lei ridacchiò e quel suono gli fece chiudere gli occhi, mentre l'emozione minacciava di sopraffarlo. Era così bello sentire la sua voce. E sentirla *ridere* era il paradiso.

«Immagino che il tuo appuntamento con il dottore non sia andato come volevi» disse, tornando seria. «Stai bene?»

«Sì, Bean. Il dottore non vuole che corra con le costole incrinate, più che altro per precauzione.»

«Ti fanno molto male?»

«No. E *tu* come stai?»

«Bene.»

Non dava l'impressione che fosse così. «Non prendermi per il culo, Sierra. Sono quello che ti ha tenuto la mano per ore al buio, ricordi?»

Lei sospirò. «Sono molto felice di essere a casa, non fraintendermi.»

«Ma?»

«È che... un attimo prima sono felice, un attimo dopo sono arrabbiata e quello dopo ancora sono così depressa che mi chiedo perché diavolo sono sopravvissuta.»

Le sue parole non lo sorpresero minimamente. «È normale» le disse.

Lei sbuffò. «Be', normale fa schifo.»

«È così. Come stanno i tuoi genitori?»

«Benissimo. Alla grande. È stato così bello vederli all'aeroporto di Denver. Hanno pianto entrambi... e non avevo *mai* visto mio padre piangere. Quella prima sera siamo rimasti svegli tutta la notte a parlare. Ho raccontato loro un po' di ciò che ho passato - non tutto, solo le cose essenziali – e loro mi hanno detto tutto quello che mi sono persa nell'ultimo anno.»

«Tutto?» scherzò Grover.

«Sì, be', tutte le cose importanti che sono successe qui a Leadville, almeno. La notizia più interessante nella nostra piccola città riguarda una zitella... lo so, non è carino definirla così. Si chiama Betty, ha settantadue anni e non si è mai sposata. In ogni caso... ora l'ha fatto! Credo che abbia incontrato un uomo che era venuto a Leadville in vacanza con i figli e le loro famiglie. Si sono incontrati in un ristorante del centro, vicino a dove alloggiava lui. Sua moglie è morta una decina di anni fa e lui e Betty sono andati subito d'accordo. Ha solo cinquantanove anni, ma ha prolungato le sue vacanze e poi, due settimane dopo, è tornato. Tre mesi più tardi le ha chiesto di sposarlo e ora vive in città con lei.»

Grover sorrise. Gli piaceva sentire il suo tono allegro. «È fantastico.»

«Lo è davvero.» Ci fu un attimo di silenzio, poi Sierra disse: «Grover?»

«Sì, Bean?»

«Mi manchi.»

Il suo cuore ebbe un sussulto. «Dio, anche tu mi manchi» sussurrò.

«Mi sento così destabilizzata. Un attimo prima sono felice di essere qui con i miei genitori e quello dopo vorrei solo stare da sola. Ma appena sono sola do di matto. Il che è stupido, visto che nelle grotte sono stata quasi sempre sola.»

«Non è stupido» ribatté Grover. «Non sono uno psicologo e non sono sicuro di avere le parole giuste per aiutarti, ma come ho detto, è abbastanza normale. Da un lato, il tuo cervello sa che sei al sicuro e libera, ma ti eri abituata alle condizioni in cui ti trovavi. Hai dovuto compensare per quello che ti stava accadendo e hai fatto della solitudine la tua nuova normalità. Ci vorrà tempo per acclimatarsi, Sierra. Vacci piano con te stessa.»

«Ci sto provando. Sinceramente non pensavo di aver bisogno di andare in quel Rifugio, pensavo che tutti stessero solo cercando di coccolarmi. Ora non ne sono più così sicura.»

«Penso che potrebbe essere una buona idea anticipare il periodo in cui andremo» le disse.

«Oh, ma... non stavo alludendo a questo» protestò. «Sul

serio. Sono sicura che sia perché sono passati solo pochi giorni. Starò bene.»

«Ho avuto degli incubi» ammise Grover. Non aveva raccontato a nessun altro dei suoi orribili sogni, nemmeno ai compagni di squadra con cui condivideva praticamente tutto.

«Davvero?»

«Sì.»

«Ti va... riesci a parlarne?»

«Riguardano te» rispose.

«Me?»

«Mm-mm. Siamo di nuovo in quelle grotte e Shahzada mi trascina fuori dalla cella per torturarmi. Dopo avermi legato, fa uscire te e inizia a picchiarti, e io non posso fare niente. Non si ferma. Tu sei sanguinante e lo implori di avere pietà, ma non smette. Non posso liberarmi per aiutarti, non posso fare altro che guardare.»

«Merda. È tutto ok. Sto bene.»

Lui continuò. «E proprio quando sto per liberarmi dalle corde con cui mi hanno legato, tu alzi lo sguardo e mi chiedi perché ci ho messo così tanto a trovarti. E lì mi sveglio.»

«Oh, Grover...» sussurrò con un tono triste.

Si pentì di averglielo raccontato. Avrebbe dovuto inventarsi qualcos'altro, ma non stava pensando lucidamente. «È solo che... non mi dispiacerebbe passare un po' di tempo con te al Rifugio, senza dovermi preoccupare dei talebani o di chi viene a prenderci nel cuore della notte per torturarci.»

«Non credo che mia madre capirebbe se partissi troppo presto» confessò.

«Tra due settimane?» domandò Grover. Avrebbe dovuto parlare con Brick e vedere se c'era posto per loro prima di quanto avevano programmato, ma in qualche modo avrebbe fatto sì che succedesse.

«Be'... credo che si possa fare» ammise sommessamente. «Non capisco come faccio a essere così incostante. Sono al sicuro, sono a casa con i miei genitori, che mi amano, eppure mi sento... inquieta.»

«È tutto normale» ripeté.

«Davvero?»

«Sì.»

«Mi sento terribilmente in colpa» sussurrò, «perché ogni tanto ho il fugace pensiero di voler essere ancora lì. È assurdo. Voglio dire, perché mai dovrei *pensare* una cosa del genere?»

Grover non aveva mai desiderato abbracciare qualcuno quanto avrebbe voluto stringere Sierra in quel momento. «Perché per tanto tempo hai conosciuto solo quello. Sapevi cosa aspettarti quando eri lì. Non c'erano troppe sorprese. Ora, ogni giorno è qualcosa di nuovo, nonostante l'ambiente familiare. Parli con persone che non vedi da anni, che probabilmente ti fanno domande che ti mettono a disagio, e cerchi di fingere di stare bene, quando dentro di te non ne sei così sicura.»

«Ieri mia madre ha fatto venire la sua parrucchiera a casa, mentre io volevo solo che mio padre mi rasasse la testa in modo uniforme, così i capelli sarebbero ricresciuti allo stesso modo e avrei potuto decidere cosa farne in seguito. Ma la mamma ha insistito che la ragazza poteva "sistemarmi". Mi ha fatto male sentirglielo dire. So che non lo intendeva con cattiveria, ma ha fatto male lo stesso. Poi ho visto l'orrore e la pietà negli occhi della parrucchiera. È stato terribile. *Tu* non mi hai mai guardato così. Pensavo che l'avresti fatto, ma tu e tutti i tuoi amici avete semplicemente ignorato il fatto che i miei capelli sembravano tagliati da un bambino di tre anni.»

«Tu. Sei. Meravigliosa» disse Grover, scandendo ogni parola. «Eri coperta di sporco e sei stata prigioniera per un cazzo di *anno*, ma hai comunque cercato di confortarmi, nonostante sapessi che se Shahzada lo avesse scoperto, avresti subito delle conseguenze. Se vuoi sapere la verità, ti ho trovata molto più in forma di quanto pensassi. Mi aspettavo di vederti raggomitolata in un angolo a dondolarti.»

«Quello li avrebbe resi dannatamente felici» mormorò Sierra.

«Esatto. Vorrei poterti dire che gli sguardi di pietà si fermeranno, ma probabilmente non sarà così. La gente non sa mai cosa dire o come trattare le persone come noi, che hanno attraversato l'inferno ma ne sono usciti. Con il tempo quegli sguardi smetteranno di infastidirti, ma per ora l'unica cosa che puoi fare è ignorarli. *Tu* sai quanto sei forte. *Sai* che hai convinto quegli stronzi a rasarti la testa. È stata la mossa giusta e lo sappiamo entrambi. Un giorno alla volta, Bean. Ce ne saranno di brutti e di belli, devi solo mettere un piede davanti all'altro e affrontare le cose giorno per giorno. Va bene?»

«È più facile a dirsi che a farsi» mormorò. Poi fece un respiro profondo. «Come stanno gli altri? Ed Ember? Mi hai detto che Doc non era entusiasta di doverla lasciare così presto dopo che le hanno sparato.»

«Sta bene. Le altre donne praticamente le stanno col fiato sul collo per far sì che si comporti bene e segua gli ordini del dottore di prendere le cose con calma.»

Sierra ridacchiò e i muscoli di Grover iniziarono a rilassarsi. Non gli piaceva che lei avesse difficoltà a tornare alla sua vita, ma non ne era sorpreso.

«Ho visitato il suo profilo Instagram. Ha postato davvero la mia foto!» disse con un tono stupito.

«Già.»

«È piuttosto sorprendente che alcune persone abbiano detto che si ricordavano di me. I soldati che erano di stanza alla base, intendo. Non ero lì da molto quando mi hanno rapita.»

«Sei indimenticabile, Bean.»

«Non ti stai prendendo gioco della mia statura, vero?» lo minacciò.

«Io? Ti sembro uno che farebbe una cosa del genere?»

«Be', visto che sei un gigante, potresti.»

Gli piaceva molto il fatto che si prendessero in giro, che facessero battute. «Ucci ucci...» scherzò.

Lei ridacchiò. «Ma sul serio, la sua palestra sembra straordinaria. Mi piace che voglia fare qualcosa di buono per i bambini della zona. È per questo che ho accettato il lavoro in Afghanistan, perché volevo restituire qualcosa al mio Paese.»

Nella mente di Grover si formò un'idea. Probabilmente avrebbe dovuto parlarne prima con Ember, ma era abbastanza sicuro che non avrebbe avuto problemi con ciò che stava per proporre. «Sai, Ember potrebbe avere bisogno di aiuto.»

«Aiuto? Per cosa?» chiese.

«Con la palestra, i bambini.»

Sierra rise. «Sì, certo. Non sono un'olimpionica. Neanche lontanamente.»

«Non è necessario esserlo. Nemmeno i bambini lo sono. Ha davvero bisogno di aiuto. Ovviamente non devi prendere una decisione adesso, ma... potrebbe essere un motivo in più per venire in Texas.»

«Pensavo che a questo punto ti fossi pentito di avermi invitata.»

Grover non percepì umorismo nella sua voce. «Impossibile. Se non mi avesse fatto sembrare opprimente, avrei insistito perché venissi subito a Killeen con noi invece di tornare in Colorado.»

«Avevo bisogno di vedere i miei genitori.»

«Lo so.» Ed era così.

«Ma ho la sensazione che trascorrere qui due settimane sarà più che sufficiente per me. Se puoi, mi piacerebbe incontrarti nel New Mexico.»

«Ci sarò» confermò Grover, sentendosi il cuore più leggero.

«Ma probabilmente non mi riconoscerai» disse lei con una piccola risata. «Credo che mio padre si sia assunto la responsabilità di fare in modo che io riprenda tutto il peso che ho perso. Giuro che in questa casa ci sono più ciambelle e biscotti di quanti ne abbia mai visti. E mia madre vuole comprarmi un intero armadio di vestiti. Ma ovviamente in questo momento non voglio prendere nulla, perché se ingrasserò come mio padre ha programmato, non mi andranno più bene.»

«Ti riconoscerò» la rassicurò, senza il minimo dubbio nella voce. «Assicurati solo di ingrassare nel modo giusto, mangiare cibi grassi *non* è il modo giusto, nel caso te lo stessi chiedendo.»

«Lo so. Sono andata da una nutrizionista dopo che il medico mi ha visitata e mi ha detto più o meno la stessa cosa. Mangiare spesso e poco, introdurre molte proteine, pochi cibi grassi e i carboidrati vanno bene.»

«Cosa ti ha detto il dottore?»

«Che tutto sommato sto bene. Dice che quando aumenterò di peso dovrebbero ricominciare le mestruazioni. La mia pressione sanguigna è un po' bassa, ma non ne è rimasto sorpreso. Sono un po' anemica e ho anche l'asma per aver respirato tutta quella sporcizia e quella polvere. Ho alcune lesioni cutanee strane che dovrebbero sparire con gli antibiotici e mi ha raccomandato di evitare i grandi raduni finché il mio sistema immunitario non si sarà rinforzato. Ma per il resto sto bene.»

Grover sospirò. Non gli piacevano la maggior parte delle cose che aveva detto, ma non era poi così sorpreso. «Ottimo, Bean.»

«E tu? A parte le costole, come stai? Quel taglio sulla testa?»

«Sto bene. Giuro.»

«Ti ho ringraziato per essere venuto a cercarmi?» gli chiese.

«Sì.»

Lei fece un borbottio. «Non credo. Nessuno aveva mai fatto un simile sacrificio per me.»

«Non è stato un sacrificio» protestò.

«Sì, invece» insistette. «Avresti potuto morire.»

«Ma non è successo. Il punto è questo, Sierra. Tu mi piaci. Molto. E l'ultima cosa che voglio è che provi *gratitudine* per me. Avevi bisogno di aiuto e io ero nella posizione di poterlo offrire. Ora è finito tutto, dobbiamo solo andare avanti.»

Si preoccupò di aver esagerato quando non replicò subito. Di averle fatto troppa pressione.

«Anche tu mi piaci» gli disse. «Ma non posso dimenticare ciò che hai fatto. Non è che mi hai tenuta aperta una porta o mi hai comprato dei fiori, ti sei fatto *rapire* senza nemmeno sapere se mi avresti trovata. Potevo essere in Iraq, in Iran o sepolta tre metri sotto il deserto. Non avevi modo di sapere se fossi viva, eppure hai voluto fare qualcosa di inimmaginabile per trovarmi.»

«Sapevo che eri viva» ribatté Grover. «Non chiedermi come fosse possibile, ma è così. Era una sensazione che sentivo nel profondo. La maggior parte delle persone direbbe che non potevo assolutamente saperlo, ma ero così sicuro del mio presentimento da rischiare. Io e te avremo sempre un legame speciale, Sierra. Un legame forgiato nelle notti buie in quella grotta, quando ci tenevamo per mano e parlavamo. Non nego che mi piacerebbe vedere se possiamo avere qualcosa di più, ma se tra noi ci sarà solo amicizia, lo accetterò.»

Ancora una volta, non rispose subito. Si stava abituando al fatto che riflettesse prima di parlare. Gli piaceva, anche se lo innervosiva.

«Io... vorrei cominciare con l'amicizia. È solo che mi sento così *strana* che non riesco nemmeno a immaginare di tentare qualcosa di più in questo momento.»

«E non ti chiederei di farlo» la rassicurò. «Prenditi tutto il tempo che ti serve, Bean. Io sarò qui per te.»

«Non sto dicendo che non succederà mai, solo... non in questo momento. Inoltre, io sono qui e tu sei lì.»

«Sì, ma l'invito a venire in Texas è sempre valido, ricordi? Puoi lavorare con Ember, vivere dove vuoi, e comunque voglio portarti a quell'appuntamento che ti ho promesso.»

«Nel tuo fienile, giusto?» chiese lei con una risata.

«Sì.»

«Oh, che seduttore!»

Grover ridacchiò. «Aspetta di vedere il panorama. Ti prometto che rimarrai impressionata.»

«Non ho dubbi. Però ho una domanda.»

«Spara.»

«Quel Tex... ci si può fidare?»

«Assolutamente sì. È un Navy SEAL congedato per ragioni mediche che ha aiutato a uscire da situazioni disastrose più persone di quante ne possa contare.»

«E il mio telefono ha davvero un localizzatore?»

«Credo proprio di sì. Ha degli amici in California, un team SEAL, che anni fa hanno avuto problemi legati alla sparizione delle loro donne. Quindi ora ha amplificato questa cosa della localizzazione. Ho la sensazione che lo schermo del computer nel suo ufficio assomigli al radar di un aereo, con ogni sorta di luce lampeggiante che indica la posizione dei suoi uomini.» Poi fece una pausa per riflettere. «Perché me l'hai chiesto? C'è qualcosa che non va? Non ti senti al sicuro?»

«Non è questo» lo tranquillizzò subito. «Ma ho guardato la lista dei contatti e ci sono un sacco di altre persone oltre alla tua squadra e alle loro mogli.»

«Tipo chi?»

«Ghost, Fletch, Truck, Wolf, Abe, Cookie, Rocco, Phantom, Logan, Rex, Bull... solo per citarne alcuni. Oh, e mi ha mandato una mail proprio ieri, ricordandomi che ha aggiunto Brick, Tonka, Spike, Pipe, Owl, Stone e Tiny, i ragazzi che gestiscono il Rifugio, nel caso avessi qualche domanda per loro prima di andare nel New Mexico.»

Grover non poté fare a meno di ridere. «A quanto pare ha pensato proprio a ogni evenienza.»

«Ma *non* conosco tutta quella gente. Perché dovrei mettermi in contatto con loro?»

«Ecco una cosa che devi sapere di Tex... quando dico che conosce molte persone, significa che ne conosce *tantissime,* e nessuno di loro esiterebbe a mollare tutto per venire in tuo aiuto se ne avessi bisogno.»

«Li conosci tutti?»

«No. Solo alcuni. Ma se Tex si fida abbastanza di loro da metterli tra i tuoi contatti, se fossi in te non esiterei a chiamarli se avessi bisogno di aiuto.»

«Mi sento un po' sopraffatta.»

«Adeguati» le suggerì.

«Siete tutti molto protettivi, vero?»

«Sì» rispose, senza provare un briciolo di rammarico. «Passiamo la vita a fare ciò che possiamo per aiutare gli altri, che si tratti di una persona che è stata rapita contro la sua volontà o, in senso più astratto, di rintracciare i terroristi che un giorno potrebbero pianificare un attacco che si tradurrebbe in centinaia o migliaia di morti.»

«Be', devo dire che sono felice di essere inclusa tra coloro che avete aiutato.»

«Anch'io. Cos'hai in programma per domani?»

Chiacchierarono per un'altra ora e mezza, e per essere un uomo che non amava particolarmente parlare al telefono, Grover non si rese nemmeno conto di quanto tempo fosse trascorso. Quando sentì Sierra sbadigliare e guardò l'orologio, vide che a Killeen era passata la mezzanotte. Dove viveva lei erano un'ora indietro, ma doveva comunque assicurarsi che dormisse a sufficienza.

«Ti lascio andare, Bean.»

Sospirò. «Ok. Riuscirai a dormire?»

«Certo.» Era una piccola bugia, non aveva idea se si sarebbe svegliato ricoperto di sudore e gridando il nome di Sierra, ma non aveva intenzione di dirglielo. Aveva già abbastanza cose di cui preoccuparsi. «Domani parlerò con Brick e vedrò di anticipare la nostra visita» le disse.

«Sei sicuro che non ci saranno problemi?»

«Sì.»

«Ok. Allora ne parlerò con i miei genitori. Grover?»

«Sì?»

«È stato bello parlare con te stasera. Mi sento come se potessi dirti tutto. Parlarti al telefono seduta nella stanza buia... è un po' come quando eravamo in quella grotta.»

«Solo che allora potevo toccarti.»

«Mi piaceva.»

«Anche a me. E puoi chiamare quando vuoi.»

«Va bene.»

«Fammi sapere come va la chiacchierata di domani con il giornalista del *Denver Post*.»

«Ok. Non avevo intenzione di rilasciare interviste, ma ho pensato che se mi fossi tolta il pensiero, forse si sarebbero calmati un po' tutti.»

«Probabile» concordò Grover. «Inoltre, domani qualcuno di famoso potrebbe fare qualcosa di stupido e tu diventerai storia vecchia.»

«Speriamo.»

«Dormi bene, Bean. Grazie per aver chiamato. Avevo bisogno di sentirti, di sapere che stavi bene.»

«Vale lo stesso anche per me. Ci sentiamo presto.»

«A presto.»

«Ciao.»

Grover chiuse la chiamata e fissò il buio. Poteva sentire i grilli anche attraverso le finestre scorrevoli. Erano rumorosi lì, nel mezzo del nulla. Iniziò a rimuginare sul fatto di aver lavorato sodo e risparmiato a lungo per potersi permettere quella casa. Era troppo grande per una persona sola, ma gli piaceva avere tanto spazio. La cucina aveva elettrodomestici top di gamma, c'erano un open space, cinque camere da letto, uno studio e un'enorme sala multimediale. Il fienile era per lo più inutilizzato, non aveva intenzione di prendere cavalli o bestiame, ma aveva il suo fascino, e il ricordo di quando i suoi amici lo avevano aiutato a ricostruirlo sarebbe durato per tutta la vita.

Però, osservando la casa, si rese conto di sentirsi solo. Aveva trentatré anni. Non era proprio vecchio, ma pensare a quanto erano contenti e felici i suoi amici, rafforzò la sensazione di quanto fosse *davvero* solo. Sorrise ripensando alla storia che gli aveva raccontato Sierra su Betty, che aveva trovato l'amore a settantadue anni, ma gli fece anche capire che non voleva finire come lei. Voleva trovare una donna da amare e da adorare. Voleva ridere con lei e *vivere* la vita.

Era Sierra quella donna? Grover era abbastanza sicuro che lo fosse. Se gli avesse dato una mezza possibilità, avrebbe fatto del suo meglio per dimostrarle che poteva renderla felice. Che potevano stare bene insieme. Rispettava e ammirava il fatto che lei non volesse buttarsi in una relazione in quel momento. Aveva vissuto un periodo traumatico e aveva bisogno di concentrarsi sulla sua salute mentale. Ma ciò non significava che non potesse essere suo amico, che non potesse mostrarle il tipo di vita che avrebbe potuto avere al suo fianco.

Forse il legame che avevano era dovuto solo alle circostanze. Magari quando avrebbero trascorso del tempo insieme in condizioni più normali, dove lui non era il soccorritore e lei quella salvata, si sarebbero resi conto di non essere in sintonia come in Afghanistan.

Oppure, avrebbero potuto scoprire di avere un legame ancora più profondo di quello che lui sentiva crescere.

L'avrebbe detto il tempo e doveva essere paziente. Ma non era molto bravo in quel senso. Si alzò in piedi sospirando e si diresse verso le scale. Non era autorizzato a partecipare alla seduta di allenamento, ma avrebbe comunque incontrato la squadra mentre si esercitava. Le quattro e mezza sarebbero arrivate presto, ma Grover sperava che, essendo così tardi, si sarebbe addormentato in fretta e non avrebbe avuto incubi. Non avrebbe dovuto aver problemi ora che aveva parlato con Sierra e saputo come se la stava passando.

E da lì a due settimane l'avrebbe rivista. Il comandante Robinson aveva già approvato il suo congedo, doveva solo farlo spostare. Non pensava avrebbe fatto problemi. Il loro comandante era un brav'uomo che teneva alla salute mentale dei suoi soldati tanto quanto a quella fisica.

Grover avrebbe parlato anche con Doc ed Ember della possibilità di far lavorare Sierra nella palestra The Modern Kid. Era vero che non aveva alcuna conoscenza del pentathlon moderno, ma era certo che sarebbe servito un aiuto con i bambini. L'atteggiamento e l'entusiasmo erano più importanti delle conoscenze tecniche.

Sorrise pensando a Sierra che frequentava Ember, Kinley, Aspen e le altre donne. Non aveva dubbi che sarebbero andate d'accordo. Tutte avevano passato il loro inferno personale e l'avrebbero accolta a braccia aperte.

Non aveva idea di cosa sarebbe successo dopo il viaggio nel New Mexico, ma per il momento riusciva solo a pensare di rivederla. Parlarle al telefono era bello. Fantastico. Ma vederla di persona sarebbe stato ancora meglio. Avrebbe fatto il possibile per essere l'amico di cui aveva bisogno, certo che il legame che sentivano non sarebbe svanito. Anzi, aveva la sensazione che si sarebbe rafforzato man mano che avessero continuato a conoscersi.

Due settimane.

Sembravano un'eternità, ma le cose belle arrivavano a chi sapeva attendere, e Grover era disposto ad aspettare tutto il tempo necessario affinché Sierra lo vedesse come una persona con cui avrebbe voluto passare il resto della vita.

CAPITOLO NOVE

Grover si trovava sul portico del grande edificio della reception del Rifugio. Era arrivato da due ore e aveva parlato a lungo con Brick e Tonka, due dei sette uomini che possedevano e gestivano quel resort per il benessere psicologico. Era un luogo adatto a chiunque avesse bisogno di una pausa dalla vita e di rilassarsi. Ci andavano spesso uomini e donne che facevano o avevano fatto parte di uno dei reparti delle forze armate, ma c'erano anche agenti di polizia, vigili del fuoco, infermieri, medici, insegnanti, e altre persone con lavori ad alto livello di stress che cercavano sollievo.

Sierra sarebbe dovuta arrivare con i suoi genitori da un momento all'altro. I signori Clarkson si erano offerti di accompagnare la figlia dal Colorado e Grover non vedeva l'ora di incontrarli, ma era ancora più ansioso di vedere lei.

Nelle ultime due settimane si erano sentiti al telefono ogni sera. Avevano parlato a lungo di tutto, dalla politica ai pro e contro dell'uso dei calzini a letto. A volte avevano affrontato argomenti seri come il terrorismo e i gruppi d'odio, altre volte si erano scambiati battute per tutta la durata della telefonata.

Grover aveva saputo che Sierra era diventata una specie di celebrità nella sua città natale e che lo odiava. Lei voleva solo mescolarsi tra la gente e tornare a una vita normale. Avrebbe voluto dirle che le probabilità che ciò accadesse erano basse, soprattutto in una città con meno di tremila abitanti, ma non voleva stressarla più di quanto già non fosse.

Vide apparire dalla salita una monovolume e si raddrizzò. Era quasi spaventoso quanto fosse emozionato di vederla. Sentì qualcuno uscire dall'edificio dietro di lui, ma non si voltò per vedere chi fosse.

Quando il veicolo parcheggiò, Grover si godette la vista di Sierra che scendeva dal sedile posteriore. Non riuscì a distogliere lo sguardo. Sapeva che avrebbe dovuto andare a salutarli, ma era come paralizzato.

Sembrava stare bene. *Molto* bene. Le due settimane a casa avevano fatto meraviglie per il suo aspetto esteriore. I capelli erano corti, quasi rasati, ma ora erano tagliati in modo uniforme, cosa di cui sapeva era contenta. Indossava dei jeans e una maglietta a maniche lunghe, ma anche se era completamente coperta, si vedeva che aveva messo su un po' di peso. Non aveva mentito sul fatto che i suoi genitori avevano cercato di farla ingrassare. Le sue guance erano più piene, non aveva più il viso scavato come in Afghanistan.

«Benvenuti al Rifugio!» disse Tiny, scendendo i gradini del portico per andare a salutare la nuova ospite. L'uomo era alto *solo* un metro e ottanta, ma era molto muscoloso. Grover supponeva che gli avessero dato quel soprannome per via della sua "bassa" statura.

Si costrinse a scendere lentamente le scale. All'improvviso era nervoso. Anche se aveva parlato con lei ogni giorno, vederla di persona era molto diverso. Seguì Tiny e si avvicinò alla coppia che aveva accompagnato la figlia nel New Mexico.

«È un piacere conoscervi. Sono Fred. Fred Groves. Ma

tutti mi chiamano Grover.» Tese la mano e il signor Clarkson la strinse con entusiasmo.

«Abbiamo sentito parlare molto di te. Io sono Ben. E lei è Jody. È un piacere conoscerti!»

Grover strinse la mano alla donna. Poi, mentre Tiny dava loro il benvenuto, si voltò verso Sierra. Era rimasta un po' in disparte, con un'aria insicura.

Mise in dubbio per la prima volta il fatto di essere lì. Forse vederlo le riportava alla mente troppi brutti ricordi di ciò che aveva passato. Torreggiava su di lei e odiava che la sua stazza potesse provocarle anche un solo secondo di paura.

Si infilò le mani nelle tasche dei jeans e la salutò con un tranquillo e titubante: «Ehi.»

Sierra non sapeva cosa dire a Grover, il che era stupido perché avevano parlato per ore e ore al telefono. Non si era mai sentita a disagio con lui, ma all'improvviso vederlo di persona la rese molto nervosa. Aveva notato che era un po' ingrassata? Stava intimamente ridendo per il fatto che indossava dei jeans e una maglietta a maniche lunghe quando non faceva affatto freddo? Cosa pensava dei suoi capelli? Erano ancora fastidiosamente corti, ma era molto più felice ora che non sembravano tagliati da un bambino con un paio di forbici spuntate.

Lo osservò mentre salutava educatamente i suoi genitori e si accigliò quando si rese conto di quanto sembrasse rigido. Non era il Grover che aveva conosciuto in Afghanistan. Lì era stato sicuro di sé, anche dopo ogni brutale pestaggio di Shahzada. Ma in quel momento le sue spalle erano un po' curvate in avanti e aveva nascosto le mani in tasca.

Quando i loro sguardi si incontrarono, lei si morse il labbro scoraggiata. Vide tanta emozione nei suoi occhi, ma non riuscì a capire cosa stesse provando. Si era pentito di essere andato lì?

«Ehi» le disse, con un tono che non gli aveva mai sentito prima.

Allora Sierra comprese.

Anche lui era nervoso e insicuro.

La cosa le fece... tenerezza.

Senza pensarci due volte, fece ciò che aveva desiderato fare da quando lo aveva visto da dietro il finestrino della monovolume dei suoi genitori: gli si avvicinò e lo abbracciò. Appoggiò la guancia sul suo petto e lo strinse forte.

Quando lui ricambiò, avvolgendo le braccia intorno a lei e stringendola forte a sé, sospirò soddisfatta e chiuse gli occhi. Quello era ciò di cui aveva bisogno. La sensazione di essere al sicuro. Protetta.

Era stupido, non era che in giro per gli Stati Uniti ci fossero bande di simpatizzanti talebani che la stavano cercando per vendicarsi, ma non riusciva a liberarsi da quella sensazione di essere una prigioniera. Ci stava mettendo più tempo di quanto avrebbe voluto a ficcarsi in testa che non doveva più fare ciò che gli altri le ordinavano, che poteva andare e venire a suo piacimento. Mangiare ciò che voleva. Dormire quando voleva. Usare il bagno ogni volta che ne aveva bisogno, senza preoccuparsi che qualcuno stesse guardando.

«Ciao» lo salutò con dolcezza, senza alzare la testa.

Lui strinse un po' di più la presa, ma non parlò.

Non sapeva quanto rimasero così, ma quando finalmente alzò la testa, notò che i suoi genitori e l'uomo del Rifugio non erano più lì vicino. Non si era nemmeno accorta che se n'erano andati.

Grover alzò una mano verso la sua testa, poi si fermò. «Posso?» le chiese.

«Toccarmi? Sì.»

Le venne quasi voglia di fare le fusa quando le posò la grande mano sulla testa, e rabbrividì mentre la faceva scorrere sui capelli cortissimi.

«Sono così morbidi» disse, sembrando sorpreso.

Sierra ridacchiò. «Già. Sto pensando di lasciarli corti. Non come adesso, ma forse mi farò fare un bel taglio pixie o qualcosa del genere quando saranno di una lunghezza sufficiente. Non so se mi sentirò ancora a mio agio con i capelli lunghi. Temo che se si dovessero sporcare mi ricorderebbero... be', lo sai.»

«Corti ti donano» affermò, incontrando finalmente i suoi occhi. Spostò la mano sulla nuca e la tenne solo ferma lì, ma la fece sentire completamente circondata da lui. Le piaceva.

«Grazie.»

«Come stai?» le chiese.

«Bene. E tu? Hai dormito stanotte?» Sapeva che faticava ancora a dormire. Le aveva confessato che si svegliava spesso a causa degli incubi.

Grover scrollò le spalle. «Un po'. Quanto si fermano i tuoi genitori?»

«Non molto. Mentre tornano vogliono fare una deviazione verso Pagosa Springs e passare la notte lì. Penso siano ansiosi quanto me di fare una piccola vacanza. So che il mio ritorno a casa è stato un miracolo per loro, ma credo che sia stato anche stressante.»

«È comprensibile. Sono preoccupati per te e può essere estenuante.»

Sierra annuì. «Esatto.» Le piaceva il fatto che non ci andasse piano con lei. Diceva ciò che pensava. Una volta aveva affermato che spesso diceva cose inappropriate, ma lei aveva capito che non lo faceva con cattiveria. Diceva la verità, sempre. Qualcuno avrebbe potuto offendersi per la sua osservazione, ma non lei, perché era vero al cento per cento. I suoi genitori si preoccupavano davvero tanto per la sua salute e per come si stava riadattando alla vita normale, e sapeva che dovevano essere esausti.

«Dai, entriamo così ti presento tutti i ragazzi. Sono sicuro che i tuoi genitori prima di partire vorranno vedere dove alloggerai.»

Anche quello era un gesto premuroso. Non molte persone avrebbero pensato di assicurarsi che i suoi genitori fossero tranquilli e soddisfatti della sistemazione della figlia prima di andarsene. Grover non li conosceva nemmeno, eppure sapeva di cosa avevano bisogno.

«Grover?»

«Sì?» le chiese, senza lasciarla andare.

«È davvero bello vederti.»

Il sorriso che le rivolse trasformò il suo volto. L'aria insicura e preoccupata lasciò spazio a un'espressione di sollievo. «È bello anche per me. Non ne hai idea. Mi è piaciuto molto parlare con te, ma vedere il tuo bellissimo viso mentre lo facciamo è molto meglio.»

Sentì le farfalle nella pancia mentre sollevava lo sguardo verso l'uomo a cui non riusciva a smettere di pensare. Due settimane prima gli aveva detto che non era pronta per avere una relazione e continuava a pensarlo, nonostante ciò, Grover la faceva sentire completamente rilassata e protetta. Supponeva che fosse perché l'aveva salvata. Tuttavia, non voleva essere *quel* tipo di donna. Quella che si innamorava di un ragazzo solo per una sorta di complesso del salvatore.

«Stai pensando troppo» le disse.

«Come fai a dirlo?» gli chiese curiosa.

Le passò un dito sulla fronte. «Perché hai una ruga proprio qui.»

«Immagino sia meglio che non giochi a poker con te, eh?» ribatté, cercando di scrollarsi di dosso quello strano stato d'animo.

«Probabilmente no. Vieni, andiamo dai tuoi genitori.»

Si incamminarono verso il grande chalet che ospitava la reception. Si tennero per mano e Sierra non pensò minimamente di liberarsi da quel contatto. Le sembrava così giusto, così naturale.

Quando entrarono nell'edificio, non poté fare a meno di rimanere impressionata. Non si trattava di una sorta di ranch campato in aria. Gli interni erano arredati in modo professionale e anche al suo occhio inesperto, capì che dovevano aver sostenuto un bel costo. I proprietari di quel posto non avevano badato a spese per rendere tutto accogliente e allo stesso tempo familiare. C'erano dei grandi divani e delle poltrone in pelle disposti intorno a un enorme camino. Tappeti dai colori vivaci ricoprivano i pavimenti in legno e le travi lasciate a vista facevano sembrare la stanza più ampia. C'era persino profumo di biscotti appena sfornati. Non sapeva se ciò fosse dovuto a un deodorante per ambienti o se avessero davvero appena cucinato dei biscotti.

Sierra aveva dato una rapida occhiata al sito web del Rifugio prima di partire, ma dato che Grover aveva detto che non vedeva l'ora di visitarlo e le era sembrato impressionato dai proprietari, non ci aveva fatto molta attenzione. Era stata troppo emozionata di vederlo.

La condusse dai suoi genitori che stavano parlando con un gruppo di uomini. Erano tutti alti e muscolosi. Era chiaro che avessero continuato a tenersi in forma anche dopo essere usciti dalle forze armate.

Senza lasciarla andare, Grover li salutò con un cenno della testa.

Un uomo fece un passo verso di loro porgendole la mano e Sierra gliela strinse mentre lui si presentava.

«Sono Drake, altrimenti noto come Brick. Questi sono i miei compagni d'avventura: Tonka, Spike, Pipe, Owl, Stone e Tiny. Ti direi i loro veri nomi, ma li dimenticheresti in fretta e probabilmente non ti risponderebbero nemmeno» scherzò.

«Benvenuta al Rifugio. Abbiamo creato questo posto perché avevamo bisogno di un luogo dove andare quando abbiamo lasciato la vita militare e non riuscivamo a sentirci a nostro agio da nessuna parte. Quassù sulle montagne, lontano da occhi che giudicano e dai vincoli della civiltà, siamo riusciti a ritrovare noi stessi. Ci siamo conosciuti grazie a un amico comune e siamo venuti qui a campeggiare. Due notti sono diventate tre. Poi una settimana. E infine ci siamo incontrati con un agente immobiliare per comprare il terreno. Ed eccoci qui.»

Sierra gli sorrise. «Fammi indovinare, quell'amico era Tex?»

«Lo conosci?» chiese Pipe, il suo accento britannico appena percettibile.

Grover ridacchiò. «L'ha incontrato all'aeroporto di Washington. È apparso dal nulla, le ha dato un telefono con un localizzatore, le ha detto che aveva preso accordi per farla venire qui e se n'è andato.»

«È proprio da Tex» disse Stone con una risatina.

«Comunque, questo è il lodge, l'edificio principale. Abbiamo una grande cucina sul retro che è sempre aperta. Serviamo tre pasti al giorno, ma se hai fame in qualsiasi altro momento o preferisci mangiare da sola, sei libera di saccheggiare il frigorifero. Ti daremo il codice per accedere alla porta sul retro, in modo da poter entrare e uscire a tuo piacimento. Ogni ospite ha il proprio e quando si fa il check-out quel codice non verrà più utilizzato» spiegò Tiny.

«Ci sono una dozzina di chalet, che vanno dai monolocali alle suite con tre camere da letto. Ognuno è dotato di un bagno con doccia, nonché di un frigorifero e di un forno a microonde. Se lo desideri, offriamo il servizio di pulizia ogni due o tre giorni, ma se vuoi arrangiarti va bene lo stesso, e puoi sempre richiedere asciugamani e altro quando vuoi» aggiunse Spike.

Sierra voltava la testa da un uomo all'altro mentre parlavano. Era chiaro che avessero ripetuto quella tiritera moltissime volte.

«Puoi fare letteralmente tutto ciò che vuoi mentre sei qui. Dietro a questo edificio, giù dalla collina, c'è una stalla in cui ospitiamo dei cavalli, una mucca e due capre. Sono tutti molto amichevoli e addomesticati. Melba, la nostra mucca, ti seguirà per tutto il giorno se la accarezzerai e se glielo permetterai. Ci sono anche diversi gatti e io ho un cane a tre zampe» le disse Brick.

«Abbiamo una psicologa che viene da Los Alamos tre volte alla settimana e le sedute con lei sono incluse nel soggiorno. Fa sia sessioni di gruppo sia individuali, se preferisci. Ma se non vuoi fare altro che stare seduta sul terrazzo a goderti il silenzio e la bellezza della natura, sei libera di farlo. Vogliamo che questo sia un luogo in cui ognuno possa rilassarsi e ritrovare il proprio equilibrio nel modo che ritiene migliore. Se hai bisogno di qualcosa o vuoi fare qualcosa, fallo sapere a uno di noi e ci assicureremo di accontentarti. Va bene?» dichiarò Tonka.

Sierra annuì. Sembrava tutto straordinario. Aveva avuto vita facile da quando era tornata. I suoi genitori avevano cucinato per lei, le avevano fatto il bucato, l'avevano portata a fare la spesa. Li amava ed era estremamente grata di tutto... ma si era comunque sentita un po' soffocata, e ciò la faceva sentire in colpa.

Essere lì, respirare quell'aria pulita e secca – simile, eppure diversa da quella del deserto dall'altra parte del mondo – la faceva già sentire molto meglio.

«Mi sembra tutto molto bello» disse la madre di Sierra.

«Ci proviamo, signora» replicò Spike.

«Posso prendere io i bagagli, se volete andare con Tiny a fare un giro veloce della proprietà e a vedere dove alloggerai» si offrì Brick.

Suo padre gli consegnò le chiavi dell'auto e tutti seguirono l'altro uomo mentre mostrava loro la tenuta.

Quarantacinque minuti dopo, Sierra abbracciò i suoi genitori che si preparavano a tornare in Colorado.

«Ti vogliamo bene» disse la madre.

«Lo so.»

«Vogliamo solo vederti felice. So che stai avendo delle difficoltà e per quanto ci addolori, sappiamo che non possiamo migliorare le cose» aggiunse il padre.

«Lo avete fatto» li rassicurò. «Anch'io vi voglio bene, e siete stati meravigliosi.»

«Non dirò che voglio che le cose tornino come prima, perché è impossibile, ma spero che questo posto ti aiuti a guarire» continuò la madre, con gli occhi pieni di lacrime.

«Sono sicura che sarà così» replicò lei, e si rammaricò di non riuscire a mostrarsi più emotiva per il bene dei suoi genitori, ma dopo tutte quelle settimane passate a casa non era ancora riuscita a piangere.

Sua madre tirò su con il naso e si asciugò le lacrime mentre Sierra abbracciava il padre. «Guida con prudenza e fatemi sapere quando arrivate a Pagosa Springs e poi a casa.»

«Lo faremo» la rassicurò. Poi si rivolse a Grover che si era allontanato un po' per dare loro un minimo di privacy. «Prenditi cura di lei.»

Lui annuì.

«È tutto il nostro mondo» disse la madre ancora in lacrime.

Sierra fece un piccolo sorriso. «Ok, mamma, basta così. Sto bene. Questo posto è bellissimo e perfetto. Nessuno deve prendersi cura di me e qui non succederà nulla. Mangerò, dormirò e mi rilasserò. Tutto qui.»

Vide che sua madre avrebbe voluto dire di più, ma si limitò ad annuire e a tirare su con il naso. «Ti voglio bene. Scrivimi per farmi sapere come vanno le cose.»

«Certo» la rassicurò Sierra.

«Sentiti libera anche di chiamare il tuo vecchio» borbottò suo padre in modo un po' burbero.

Ci vollero altri cinque minuti prima che salissero sulla monovolume e partissero, e quando lei e Grover furono finalmente soli, sospirò di sollievo.

«Li amo, ma accidenti... sono piuttosto emotivi» disse con una piccola risatina.

«L'ultima volta che vi siete salutati le cose sono andate un po' diversamente da come avevate previsto» replicò lui serio.

Quello la calmò subito. «Lo so. E sono molto grata per tutto quello che hanno fatto per me da quando sono tornata. È solo che...» La sua voce si incrinò.

«Non ne sei abituata. Hai bisogno di spazio» concluse Grover.

«Esatto.»

«Cosa vuoi fare come prima cosa?» le chiese.

Sierra non esitò. «Voglio rintracciare quei biscotti di cui ho sentito il profumo e mangiarne una mezza dozzina.»

Le mancò il respiro e deglutì a fatica quando le sue labbra si curvarono in un enorme sorriso. Accidenti, il suo piano di essere solo amici era seriamente a rischio se lui avesse continuato a sorridere in quel modo. Rispettava e si fidava del soldato della Delta Force che l'aveva salvata dall'inferno, ma sarebbe stato dannatamente difficile resistere a quell'uomo così alla mano, affascinante e bellissimo.

Grover le porse il braccio. «Mia signora, sarò felice di accompagnarti.»

Sierra lo prese a braccetto. «Prego, fai strada. E non perdere tempo. Se i biscotti saranno freddi quando arriviamo, sarà colpa tua.»

Era bello scambiare battute sciocche. Era passato così tanto dall'ultima volta che aveva avuto l'opportunità di divertirsi. La maggior parte delle persone con cui aveva passato il tempo a Leadville erano state cupe e impietosite, quasi timorose di scherzare in sua presenza. Come se il senso dell'umorismo le fosse stato strappato via mentre era prigioniera.

Per la prima volta da quando era tornata negli Stati Uniti, Sierra si sentì davvero rilassata. Non sapeva se era per il fatto di essere lì, in quel posto incredibilmente bello, o grazie a Grover, ma aveva la sensazione che fosse tutto merito dell'uomo al suo fianco.

CAPITOLO DIECI

GROVER ERA SDRAIATO a letto con un braccio sotto la testa a fissare il soffitto. Era buio e gli unici rumori che si sentivano erano quelli delle cicale e del vento che soffiava. Avrebbe dovuto essere addormentato da almeno un'ora.

Ma non riusciva a riposare. Nella sua mente vorticavano un'infinità di pensieri su Sierra. Su quanto fosse bella, quanto sembrasse essere più rilassata dopo solo mezza giornata passata lì. Evidentemente aveva bisogno di quel posto. Più ore passavano dalla partenza dei genitori, più sembrava che la sua personalità emergesse. Al momento c'erano altre sei persone che alloggiavano al Rifugio e osservarla interagire con loro durante la cena era stato estremamente illuminante.

Quell'entusiasmo che aveva catturato la sua attenzione quando serviva il cibo nella mensa in Afghanistan era tornato. Era affascinante e amichevole, e dopo pochi minuti in sua compagnia, gli altri uomini e la donna che mangiavano con loro si erano trovati completamente a loro agio con lei.

Era minuta, ma la sua personalità e la sua presenza di spirito erano straordinarie. Dopo aver cenato, si erano seduti sulla terrazza sul retro del piccolo chalet monolocale in cui alloggiava Sierra. Alle undici circa, Grover aveva capito che era stanca, così le aveva dato la buonanotte e si era diretto verso il proprio.

Dove non riusciva a dormire, perché i cambiamenti di Sierra pur essendo meravigliosi non erano del tutto veritieri. Non per lui.

In apparenza si comportava come se stesse benissimo, ma nelle settimane precedenti avevano passato ore al telefono e aveva la sensazione che non stesse così bene come cercava di far credere a tutti. Accidenti, persino *lui* stava ancora provando a superare il periodo di prigionia, e rispetto a lei era stato lì pochissimo.

Se voleva fare finta di niente, era una sua scelta. Nel frattempo, Grover avrebbe osservato e aspettato, e sarebbe stato lì se ne avesse avuto bisogno.

Stava ancora cercando di costringere il suo cervello a spegnersi, per dormire almeno un paio d'ore prima di svegliarsi inevitabilmente coperto di sudore a causa di un altro incubo, quando sentì un rumore all'esterno. All'inizio pensò che si trattasse di un animale. Pipe a cena aveva detto agli ospiti che nei dintorni degli chalet spesso si facevano vedere orsi, cervi e volpi.

Ma capì subito che non era un animale. Era un operatore delle forze speciali da abbastanza tempo da riconoscere i ramoscelli che scricchiolavano sotto dei passi lenti e cauti. Era l'andatura guardinga di una persona che non voleva farsi sentire, ma che stava facendo un pessimo lavoro nell'essere furtiva.

Grover fu in piedi e agì prima ancora di pensarci. Gli ci vollero pochi secondi per uscire silenziosamente dalla stanza, anche se avrebbe voluto avere la sua pistola. Al Rifugio era vietato portare armi di qualsiasi tipo, cosa che approvava. Il disturbo post-traumatico da stress non era qualcosa con cui scherzare, e avere armi vicino a qualcuno che aveva difficoltà ad affrontare i propri demoni non era una buona idea.

Guardando attraverso una finestra laterale, non riuscì a scorgere nessuno in agguato tra gli alberi che separavano il suo chalet da quello di Sierra, ma non riuscì nemmeno a vedere il piccolo portico d'ingresso da dove proveniva il rumore. Era sicuro al novantanove per cento che fuori dalla porta ci fosse uno dei proprietari che stava facendo un controllo di sicurezza, oppure Sierra. Era il restante uno per cento che lo preoccupava.

Assicurandosi l'elemento sorpresa, si avvicinò silenziosamente alla porta e la spalancò di colpo, e vide Sierra sussultare spaventata e quasi inciampare sul gradino più alto della breve scala.

Grover agì con rapidità, afferrandola per il braccio e impedendole di cadere per terra di schiena. «Sierra? Stai bene?»

«Oh, mio Dio, mi hai spaventata a morte! Scusami tanto, ti ho svegliato?»

Notò che non aveva risposto alla sua domanda.

Si guardò intorno per assicurarsi che non avessero disturbato nessun altro − il che era improbabile, dato che gli chalet erano ragionevolmente distanziati tra loro e con molti alberi in mezzo − e la tirò all'interno. Una volta chiusa la porta, la lasciò andare e accese la luce. Fecero entrambi una smorfia mentre gli occhi si adattavano all'improvvisa luminosità. Poi tornò a guardarla e le mise le mani sulle spalle. «Stai bene?» ripeté.

«Sì.»

«Cos'è successo?»

«Ehm, be'... io... cavoli.»

Attese pazientemente mentre lei si sforzava a elaborare ciò che stava cercando di dire.

«È una cosa stupida» concluse dopo un minuto.

«Non lo è.»

Le sue labbra ebbero un guizzo. «Non sai nemmeno cosa sto per dire. Come fai a sapere che non è stupida?»

«Perché è notte fonda e sei alla mia porta. Ecco come. Dimmi che c'è, Bean.»

Sospirò. «Quando mi sono sdraiata per dormire, mi sono resa conto di essere sola per la prima volta da quando sei comparso nella cella accanto alla mia in quella grotta. Da allora, ogni notte, ho avuto sempre qualcuno con me, o almeno nelle vicinanze. Ho iniziato a sentire dei rumori all'esterno... e il mio cervello non smetteva di dirmi che era Shahzada. È ridicolo perché ti ho visto ucciderlo, quindi so che è morto, ma non ho potuto fare a meno di pensare... che forse non lo era *davvero*. Che forse aveva trovato un modo per seguirmi qui e aspettato il momento giusto per rapirmi di nuovo. *Poi* ho iniziato a immaginarlo mentre mi trascinava nella foresta e mi nascondeva in qualche grotta buia nelle montagne del New Mexico.»

Quando Grover non disse nulla, lei scrollò le spalle e mormorò: «Te l'avevo detto che era una cosa stupida.»

Non parlò, ma le prese la mano e la condusse al suo letto. Era un king-size e aveva molto spazio per entrambi. Tirò indietro le coperte dal lato in cui non si era rigirato e le fece cenno di infilarsi sotto.

Sierra non esitò minimamente. Si tolse le infradito e salì sul materasso. Prima di coprirla con il lenzuolo e il copriletto, Grover notò che indossava un paio di pantaloni della tuta e una maglietta larga, nonostante il caldo. Si avvicinò alla parete e spense la luce, poi si diresse verso il suo lato del letto.

Si sistemò sotto le coperte, e nell'oscurità, con il canto delle cicale all'esterno, cercò la sua mano.

Nel momento in cui le dita di Sierra si strinsero intorno alle sue, Grover provò una sensazione strana nel profondo di sé. «Non è una cosa stupida» le disse con dolcezza. «In realtà ha senso. L'unione fa la forza e il tuo subconscio lo sa. Ma posso rassicurarti su un punto: Shahzada *è* morto. Non avrei lasciato quella montagna se non ne fossi stato certo al cento per cento. Non solo per proteggere te, ma per tenere al sicuro tutti coloro che vivono e lavorano in quell'area, compreso il popolo afghano. Sono gli estremisti come lui a dare una cattiva reputazione all'intero Paese. La maggior parte dei cittadini che ho incontrato sono persone laboriose e pacifiche.»

«Non ho avuto modo di conoscere nessuno al di fuori della gente alla base» replicò lei con tristezza.

Grover non sapeva come confortarla, così si limitò a stringerle la mano.

Rimasero in silenzio per un po', poi lei disse: «È una bella sensazione. Familiare.»

«Sì. Anche se devo ammettere che è molto più comodo tenerti la mano sdraiato in un letto, che non per terra e piegato in un'angolazione scomoda con il braccio tra le sbarre.»

Sierra rise sommessamente. «Infatti.» Fece una pausa e poi continuò. «Sto davvero bene, Grover. Non è stato divertente essere prigioniera per tutto quel tempo, ma dopo un po' non mi hanno più malmenata veramente. Non so perché. La cosa più difficile è stata affrontare la noia e la solitudine. Non avevo niente da fare, nessuno con cui parlare. Credo che la psicologa che ho visto a casa si sia sorpresa che non avessi la testa più incasinata.»

«Non devi paragonarti a nessuno» la ammonì. «Ti consiglio di incontrare la psicologa che c'è qui, ma non puoi iniziare a sentirti in colpa perché non sei stata costantemente aggredita, picchiata o qualsiasi altra cosa. Ok?»

«Ci proverò. E tu?»

«E io, cosa?»

«Verresti con me a parlare con la psicologa?»

«Sì, se vuoi che lo faccia.»

Fece uno sbuffo spazientito.

«Che c'è? Che cosa ho detto?»

«Voglio che tu vada per *te*. Stai avendo degli incubi. Non stai bene.»

Grover sospirò. «Non ho incubi di quello che mi ha fatto quello stronzo. Ho ricevuto di peggio in passato e probabilmente mi capiterà di nuovo in futuro.» Non volle approfondire, ma non era necessario. Lei lo sapeva. Aveva commesso l'errore di dirglielo durante la loro prima telefonata, dopo che era tornata a casa.

«Li hai a causa mia. Pensavo fossimo d'accordo che non ti saresti sentito in colpa.»

«Ci sto provando. Ma non è facile.»

«Solo questo è già un motivo per andare da uno psicologo.»

La sentì muoversi accanto a lui. Non gli lasciò la mano, ma si girò su un fianco e si avvicinò.

«Sei così caldo» gli disse.

Grover sorrise. «Hai freddo?»

«Non proprio. Voglio dire, ho sempre un po' di freddo, ma sto cercando di imparare a ignorarlo. So che è solo la mia mente che mi gioca brutti scherzi. Va bene se resto qui stanotte? Non volevo disturbarti, avevo intenzione di sedermi sul tuo portico per un po', solo per essere più vicina a te finché non avessi trovato il coraggio di tornare al mio chalet.»

«Va più che bene. È una bella sensazione stare così.»

«Sì» concordò lei.

Non parlarono più e Grover sentì il corpo di Sierra rilassarsi completamente mentre si addormentava. Non poté fare a meno di provare un piccolo fremito d'emozione pensando che era andata da *lui* quando si era sentita a disagio. Che il solo fatto di essergli accanto l'avesse fatta rilassare tanto da addormentarsi.

Era un po' nervoso all'idea di prendere sonno. L'ultima

cosa che voleva era che lei assistesse a uno dei suoi incubi. Di solito gli ci voleva un po' per svegliarsi completamente e non voleva rischiare di ferirla o spaventarla.

Ma non aveva nemmeno intenzione di spostarsi. Sierra era rannicchiata addosso a lui, con la fronte appoggiata alla sua spalla e le ginocchia contro la sua coscia. La mano era ancora nella sua e dovette ammettere che quel contatto sembrava calmarlo tanto quanto aveva fatto con lei.

Rimase fermo lì, godendo della sua vicinanza e ascoltando i suoni della natura all'esterno. Non passò molto prima che il suo bisogno di riposare lo sconfiggesse, facendolo cadere in un sonno profondo e ristoratore.

———

Sierra si svegliò sentendosi meglio di quanto non succedeva da tempo. Non si era resa conto di non aver dormito bene a casa dei suoi genitori, ma non appena aveva aperto gli occhi quella mattina, aveva capito che il suo cervello si era finalmente concesso di spegnersi completamente e di rilassarsi.

Era certa che fosse merito dell'uomo che russava piano accanto a lei. Non si era mossa molto durante la notte, era ancora appiccicata al fianco di Grover e, sorprendentemente, le loro mani erano ancora unite. Sollevandosi su un gomito, si prese il tempo di studiarlo. I suoi capelli erano arruffati e i lineamenti del suo viso erano rilassati, facendolo sembrare più giovane dei suoi trentatré anni. Aveva un'ombra di barba piuttosto fitta che le fece pensare che probabilmente doveva radersi ogni mattina per tenerla a bada. Ricordò quanto fosse diventata folta nella settimana in cui era stato nelle grotte.

Le sembrò intimo sapere un particolare del genere su di lui, una cosa che solo un'amante avrebbe potuto sapere.

Il suo naso era leggermente storto, e pensò che fosse a causa di Shahzada. O forse era già così prima che lo catturassero. Non riusciva a ricordare com'era quando l'aveva incontrato un anno prima. Il taglio sulla fronte era per lo più guarito e anche se probabilmente avrebbe sempre avuto una piccola cicatrice, sarebbe svanita un po' con il tempo. Notò alcune striature di grigio nelle sopracciglia, il che la fece sorridere. Aveva la sensazione che entro qualche anno sarebbe diventato quello che le donne amavano definire un affascinante uomo brizzolato. E, a differenza delle donne, probabilmente non gli sarebbe importato di avere i capelli grigi prima dei quarant'anni.

Come se percepisse il suo sguardo intenso, Grover si mosse.

Sierra capì il momento in cui lui si ricordò di non essere solo. Girò la testa e quello sguardo assonnato e tenero la fece quasi sciogliere. «Buongiorno. Che ore sono?»

«Non ne ho idea» sussurrò. Non sapeva perché stesse bisbigliando dato che non c'era il rischio di svegliare nessuno, ma le sembrò la cosa giusta da fare.

Grover sollevò la mano libera per guardare l'orologio. Non poté fare a meno di essere felice che non avesse lasciato la sua quando si era accorto che erano ancora unite.

«Porca miseria, sono le sette e mezza» disse un po' stupito.

«Hai perso un appuntamento importante stamattina?» lo prese in giro. «Voglio dire, non è che qui abbiamo molto da fare, no?»

«No, ma non dormivo fino a così tardi da... tantissimo.» Si voltò di nuovo a guardarla e Sierra non riuscì a interpretare l'emozione che vide nei suoi occhi castani. «E ho *davvero* dormito, senza sogni.»

Lei deglutì a fatica. «È una cosa positiva, vero?»

«Positiva? È un miracolo» rispose, scuotendo leggermente la testa. «Ho avuto incubi ogni notte da quando siamo tornati a casa. Dormivo circa tre ore, mi svegliavo e poi non riuscivo più a riaddormentarmi.»

«Sono felice che tu sia riuscito a riposare un po'.»

«Sei tu» disse senza esitazione.

Sierra si accigliò. «Io cosa?»

«Sei qui, che mi tieni la mano. È come se il mio cervello sapesse che finalmente sei al sicuro. Non c'è stato bisogno di sognare Shahzada che ti faceva del male perché eri *qui*. Con me. Che mi toccavi. Grazie.»

La sua voce si incrinò e Sierra chiuse gli occhi mentre l'emozione minacciava di travolgerla.

Sentì le sue dita sfiorarle la guancia.

Riuscendo a tenere a bada i propri sentimenti, portò la mano libera sopra la sua, premendosi il suo palmo caldo contro il viso. «Ne sono felice» ripeté.

«Anch'io. Tu hai dormito bene?»

«Come un sasso.»

«Ottimo. Allora, cosa vuoi fare oggi?»

Quella era un'altra cosa che le piaceva di Grover. Aveva accettato che la sera prima avessero chiaramente avuto bisogno l'uno dell'altra, ma non insisteva sull'argomento, non lo rendeva imbarazzante. Scrollò le spalle. «Tu cosa vuoi fare?»

«La doccia, mangiare, dare un'occhiata alla mucca a cui piace essere grattata sotto il muso, magari fare un'escursione. Poi tornare, pranzare, chiacchierare con altre persone che alloggiano qui, fare un pisolino su una delle amache che ho visto dietro il tuo chalet, cenare, poi sedermi e parlare ancora un po' con te.»

«Wow, ehm... sembra proprio che tu abbia programmato la giornata alla perfezione. Non sono sicura che fosse il caso di pensare a tutte queste attività con così largo anticipo.» Lo stava prendendo in giro, ma vide la preoccupazione trasparire dai suoi occhi e non ebbe il coraggio di farlo impensierire un secondo di più. «Sto scherzando. Mi pare tutto fantastico.»

«Non è obbligatorio fare tutte quelle cose» disse Grover, facendo marcia indietro.

«Non c'è altro modo in cui preferirei passare la giornata. Sul serio» insistette lei.

«Ok, credo che la psicologa dovrebbe venire domani. Probabilmente dovremmo riservare un po' di tempo nel nostro programma per parlarle.»

Annuì, amando che avesse detto "dovremmo".

«Brick a che ora aveva detto che c'è la colazione?» chiese Grover.

«Alle otto, mi pare. Però è a buffet e si può andare fino alle nove e mezza.»

«Bene, allora non ce la siamo persa. Ci vediamo davanti al tuo chalet tra un quarto d'ora?»

Sierra si accigliò e scosse la testa. «No. Mi dispiace. Una volta ero il tipo di donna che poteva farsi la doccia ed essere pronta per andare da qualche parte in dieci, quindici minuti, ma ora non più.» Si rifiutò di sentirsi imbarazzata per quello. Sapeva che avrebbe capito. «Non riesco a strapparmi via dall'acqua calda per almeno venti minuti. Minimo. Non posso fare a meno di ricordare a quanto mi sentivo orribile con un anno di sporcizia e sudiciume sul corpo.» Scrollò le spalle, un po' a disagio.

«Non c'è problema. E per la cronaca... ho fatto installare uno scaldabagno molto grande in casa mia, quindi potrai fare tutte le docce e i bagni lunghi che vuoi. Allora... quaranta minuti? Davanti al tuo chalet?»

Continuava a dire quelle cose, come se fosse scontato che sarebbe tornata in Texas con lui. Non solo, ma anche che sarebbe stata a casa sua. Voleva dirgli che stava facendo supposizioni su cose che non era sicura di poter accettare, ma un'altra parte di lei avrebbe voluto accoccolarsi a lui ogni volta che parlava in quel modo. Era come se il suo cuore stesse combattendo contro il suo cervello. E il bello era che non era più sicura di quale dei due voleva che vincesse. «Quaranta minuti vanno bene» disse, dopo una lunga pausa.

«Dico cose inappropriate, ricordi?» borbottò. «Ignorami quando supero il limite. Non voglio obbligarti a fare qualcosa che non vuoi. Sono un bastardo insistente e lo so. Sentiti libera di rispondermi per le rime, Bean. Non la prenderò sul personale. Te lo prometto.»

«Ok. Io... voglio vedere la tua casa. Voglio conoscere le donne dei tuoi compagni di squadra. Accidenti, mi mandano anche dei messaggi e mi sembra già di conoscerle, ma...»

«Aspetta. Ti mandano messaggi? Che cosa ti dicono? Ti stanno dando fastidio? Io voglio bene a tutte, ma tendono a essere un po'... travolgenti.»

«E tu non lo sei?» ribatté Sierra ridendo.

«Ok, lo sono decisamente. Ma loro sono imprevedibili. Si farebbero in quattro per aiutarti, soprattutto Ember. Quando ha saputo che ti avevo trovata e che eri libera, io e Doc abbiamo dovuto trattenerla dal saltare su un aereo e volare a Leadville per incontrarti. E naturalmente si è presa il merito del tuo salvataggio, dicendo a tutti che è stato il suo post a farti ritrovare.» Grover alzò gli occhi al cielo e sorrise. «È un'illusa ma carina, quindi non la contraddiciamo. Ma sul serio, cosa ti hanno detto?»

Sierra rise e lasciò a malincuore la mano di Grover. Le sembrava quasi strano *non* toccarlo, ma si costrinse a scendere dal materasso. Si infilò le infradito e resistette all'impulso di passarsi una mano sulla testa. Non aveva capelli da lisciare, ma era un'abitudine difficile da abbandonare, soprattutto quando lui la fissava così intensamente. «Niente di brutto. Possiamo parlarne più tardi. Se devo fare la doccia e dobbiamo andare a colazione, devo sbrigarmi.»

Grover si alzò dal letto e si stiracchiò. Indossava un paio di pantaloncini e una maglietta, ed era allettante. Se aveva quell'aspetto quando era per lo più coperto, aveva quasi paura di vederlo senza maglia... o altro.

Poi si rimproverò. Non doveva pensare a lui senza vestiti. Erano amici. *Solo* amici. Almeno per il momento.

Merda... era proprio nei guai.

Ignaro dei suoi pensieri carnali, Grover le si avvicinò, si chinò e la baciò sulla testa. «Ok, Bean. Vai a fare la doccia, ci vediamo tra poco. Fai con calma, non c'è problema se saltiamo la colazione, scroccheremo qualcosa in cucina. Non moriremo certo di fame. Probabilmente lo farò comunque, prenderò qualche snack in modo che tu abbia qualcosa da sgranocchiare mentre andiamo in giro.»

Ecco che ricominciava a fare il dolce e il protettivo. Non che si lamentasse. «Ok, grazie. Cercherò di non metterci troppo.»

«Come ho detto, prenditi tutto il tempo che vuoi. Ti sei guadagnata tutta l'acqua calda del mondo. E Bean...»

«Sì?»

«Grazie per avermi aiutato a dormire.»

Ed ecco di nuovo quel pizzicore alla gola. «Idem.»

Le sorrise. «Ok, basta così. Sciò, donna. Vai a fare le tue cose.»

Lei ricambiò il sorriso e si diresse verso la porta.

«Oh, hai una felpa, vero? Portala con te. Non ho idea di che tempo farà oggi, ma non voglio che tu abbia freddo.»

Sierra annuì, non essendo sicura di riuscire a parlare. Avrebbe potuto abituarsi alla sua preoccupazione, al suo bisogno di prendersi cura di lei. Lo salutò titubante con la mano, poi se ne andò.

Sentì la risatina di Grover seguirla mentre si dirigeva verso il suo chalet, e per la prima volta dopo tanto tempo, si rese conto di essere felice. Contenta. Era davvero una sensazione inebriante.

CAPITOLO UNDICI

LA COLAZIONE ERA STATA DIVERTENTE. Tutti erano sembrati di buon umore e anche il cibo delizioso non aveva guastato. In seguito, tuttavia, non erano andati a fare un'escursione, ma avevano trascorso tutta la mattinata con gli animali nella stalla. La mucca Melba era adorabile, doveva ammetterlo anche Grover. Amava strusciare la testa su qualsiasi persona le si avvicinasse. Era anche molto curiosa. Voleva sempre sapere cosa stavano facendo.

Le capre erano un po' più antipatiche, ma dato che Sierra sembrava amarle, aveva sopportato il fatto che avessero cercato di masticare la sua maglia. Lei aveva voluto coccolare alcuni gatti, e anche se i cavalli la intimorivano per la loro stazza, aveva trascorso comunque un bel po' di tempo con loro.

Avevano anche fatto una lunga chiacchierata con Tonka. Era un ex membro della Guardia Costiera, ma non parlava molto di quel periodo. Grover aveva avuto l'impressione che fosse successo qualcosa di molto grave quando si era congedato, ma non gliel'aveva chiesto. L'uomo ora passava il tempo a lavorare con gli animali del ranch, cosa che sembrava calmarlo visibilmente.

Quando lasciarono la stalla era ormai ora di pranzo.

«Che ne dici di prendere qualcosa e fare un picnic?» le chiese.

«Mi sembra un'idea meravigliosa.»

Andarono in cucina e prepararono dei panini, e anche quello fu divertente. Lo prese in giro per aver fatto un panino così grande che sarebbe bastato per tre persone e lui la stuzzicò per aver messo la salsa ranch sul suo, invece della solita maionese o senape. I proprietari del Rifugio avevano pensato a tutto e nella dispensa avevano trovato degli zaini da picnic che oltre al cibo potevano contenere posate e bicchieri.

Si misero in cammino non molto tempo dopo, seguendo un sentiero che Spike aveva consigliato loro dicendo che aveva i panorami più belli e non era troppo faticoso. Grover passò a Sierra una barretta di cereali per aiutarla a tirare avanti fino a quando non avessero trovato un buon posto dove fermarsi a mangiare.

Era bello non avere un ordine del giorno, non avere assolutamente dei programmi. Amava essere nell'esercito e non avrebbe scambiato i suoi fratelli Delta per nulla al mondo, ma fare quel lavoro lo portava ad avere una vita molto regolamentata. L'allenamento, le riunioni, il rispetto di un programma erano ciò che faceva funzionare quell'enorme burocrazia. Essere lì fuori all'aria aperta e senza orari era liberatorio.

Mentre camminava dietro a Sierra, fece del suo meglio per tenere lo sguardo lontano dal suo fondoschiena. Era difficile, perché anche dopo tutto ciò che aveva passato, aveva ancora un sedere che doveva essere ammirato. Per cercare di distogliere la mente da quanto la trovasse attraente, le chiese: «Allora... le ragazze ti mandano dei messaggi?»

Lei rise. «Domanda posta in modo astuto.»

«Non era mia intenzione. Non ti sto chiedendo di rompere nessuna confidenza, sono solo curioso.»

«È buffo. La prima volta che ho ricevuto un messaggio da una di loro, mi aspettavo che fossi tu. Mi sono confusa per un attimo perché non aveva senso che qualcun altro mi mandasse un messaggio. Era Gillian. Mi ha scritto che era contenta che stessi bene e "Benvenuta tra i pazzi". Mi ha confusa ancora di più.»

Grover ridacchiò. «Le cose possono essere piuttosto folli, questo è certo. Soprattutto quando ci troviamo tutti insieme. Una volta eravamo solo un gruppo di fratelli che uscivano, bevevano e sparavano cazzate. Ora cuciniamo, cambiamo pannolini, parliamo di principesse con Bria, ci facciamo in quattro per far "vincere" Logan a pallone e discutiamo delle cose che i medici non dicono sul parto, prima che una donna vada all'ospedale per far nascere il bambino.»

Sierra rise. «E ti piace.»

«Sì. La dinamica della nostra squadra è cambiata, ma in meglio onestamente. Ed è tutto merito delle donne. Cos'altro hanno detto?»

«Hai paura?» scherzò.

«Un po' sì» ammise Grover.

«Sono state tutte molto gentili. Mi lascia perplessa il fatto che siano state aperte e accoglienti.»

«Sono fatte così.»

«Già. Devyn è stata esilarante. E forse dovrei avvertirti che è in piena modalità "devo sistemare mio fratello".»

«Merda. Le parlerò per dirle di smetterla.»

«Non c'è problema. È stato piuttosto illuminante ascoltare tutte le sue storie su di te.»

«La ucciderò» mormorò.

Sierra ridacchiò e fu un suono spensierato e felice che a Grover piacque da morire.

«Sono tutte cose belle» lo rassicurò. «Tipo di quella volta che è stata molestata sullo scuolabus e tu l'hai difesa. Sei stato sospeso, ma quei bulli non le hanno più detto niente. O di quando era ammalata e in ospedale e tu hai partecipato a una caccia alle uova di Pasqua e le hai portato tutte le uova di plastica che hai trovato. Ha detto che avete passato un'ora ad aprirle sul suo letto. E, naturalmente, delle cose che hai fatto per aiutare tuo fratello dopo il suo problema con il gioco d'azzardo.»

«Già... il gioco d'azzardo» disse con disgusto. Sapeva che alla fine avrebbe perdonato Spencer per tutto ciò che aveva fatto passare alla loro sorella, ma ancora non ce la faceva.

Sierra si fermò, si girò verso di lui e gli mise una mano sul braccio. «Ti vuole bene.»

«Lo so. E anch'io le voglio bene, ma non ho bisogno del suo aiuto con le donne» si lamentò.

Sierra sollevò un sopracciglio, poi si voltò e proseguì lungo il sentiero. «E che mi dici di Sally Jensen?» chiese.

Grover gemette. «Oh Signore, ti prego, dimmi che non te ne ha parlato.»

«Come potrei sapere il suo nome se non l'avesse fatto?»

«In mia difesa, ero un diciottenne all'ultimo anno di liceo. Giovane e stupido.»

«Ho visto la foto» gli disse, voltandosi a guardarlo con un sorriso.

Si fermò in mezzo al sentiero e abbassò la testa. «La ucciderò *davvero*.»

Sierra ridacchiò di nuovo e non poté fare a meno di ammirarla. Sembrava così rilassata e felice e lui desiderò fare il possibile per mantenerla in quel modo per il resto della vita.

Lei tornò indietro al punto in cui Grover si era fermato e lo guardò. «Se ti fa sentire meglio, non è stato carino ciò che ti ha fatto Sally. E... eri molto bello anche a diciotto anni.»

«Sì, certo. Allora, l'antefatto è che mi aveva detto di essere attratta dai ragazzi che avevano senso dell'umorismo. Stavo *cercando* di essere divertente.»

«Tingendoti di blu i peli del pube e del petto?» gli domandò, facendo il possibile per non scoppiare a ridere.

Grover sospirò. «Già. Però ha riso. Vorrei sottolineare che i miei ehm... ritocchi... non l'hanno resa meno desiderosa di fare sesso con me. È stato solo quando mi sono addormentato che ha scattato quelle foto e le ha mostrate a tutti i suoi amici. Per fortuna, quando ha affisso per tutta la scuola l'immagine del mio petto nudo ha lasciato fuori l'uccello. Il mio soprannome ha assunto un significato del tutto nuovo per il resto dell'anno scolastico.»

Sierra non riuscì più a trattenersi e si piegò letteralmente in due dalle risate. A Grover non importava che ridesse della sua umiliazione, si limitò ad assorbirne il suono, perché in quel momento lei non aveva alcuna preoccupazione al mondo.

Quando vide che aveva ripreso il controllo, le chiese: «Quindi... avrei dovuto scegliere il rosa?»

Quello la fece di nuovo scoppiare a ridere.

Dovette afferrarle il braccio per tenerla in piedi.

«Oh mio Dio, mi fa male la pancia» si lamentò, continuando a ridacchiare.

«Sei davvero bellissima» mormorò Grover, le parole uscirono dalle sue labbra senza che se ne rendesse conto.

Sierra arrossì, scuotendo la testa incredula.

«È vero» insistette lui.

«Certo» ribatté, passandosi a disagio una mano sulla testa.

Grover gliela afferrò e ne baciò il dorso. «I tuoi capelli non ti rendono più o meno bella. E nemmeno i vestiti che indossi o quanto pesi. Per me sei bellissima per come sei dentro. Perché quando ridi lo fai spontaneamente e senza riserve. Per il tuo sorriso. Perché non hai chiesto a mia sorella il motivo per cui stesse mandando dei messaggi a una perfetta sconosciuta.»

«Non lo avrei mai fatto.»

«Lo so. Il che fa parte del motivo per cui sei così stupenda.»

Sierra alzò gli occhi al cielo, ma Grover notò che non aveva tolto la mano dalla sua. Guardò il sentiero e si rese conto che era abbastanza largo da poter camminare fianco a fianco. Così ripartirono in quel modo. «A parte le storie imbarazzanti su di me, cos'altro hanno detto le ragazze?»

«Riley mi ha mandato circa quattromila foto di Logan, Bria e Amalia. Mi ha detto che Logan vuole diventare un giocatore di baseball professionista e Bria una principessa. In qualche modo mi ha convinta ad accettare di fare da baby-sitter quando e se verrò in Texas. È un po' subdola, vero?»

Lui ridacchiò. «Già. Sembra tanto innocente e tranquilla, ma un attimo dopo lei e Oz se la svignano per darci dentro, mentre tu tieni in braccio una bambina e guardi gli altri due adorabili figli.»

«Ha detto che Oz ne vuole ancora.»

«Oh sì, non ne ha mai fatto mistero. Ha comprato una casa enorme che è determinato a riempire» disse sorridendo.

«Aspen mi ha dato dei consigli medici e nutrizionali» proseguì. «Mi ha detto cosa posso fare per aiutare il mio corpo a riadattarsi al cibo normale e all'attività regolare. Kinley non ha messaggiato molto, ma è stata comunque molto dolce, dicendomi che è felice che tu mi abbia trovata e che non vede l'ora di conoscermi. Mi ha avvertita che Gillian avrebbe cercato di organizzarmi una grande festa di benvenuto in Texas.»

Grover sospirò. «Non ho nascosto ai miei amici che mi piacerebbe molto se tu venissi a trovarmi e magari anche che facessi diventare tua casa mia. O il fatto che voglio vedere dove ci può portare la nostra amicizia. So che hai detto di non essere pronta per una relazione, e mi sta bene, ma finché non mi dirai in modo inequivocabile che *non* potrà mai succedere, sarò paziente, nella speranza che forse un giorno sarai pronta. Tuttavia, non voglio che ti senta mai obbligata da me *o* dai miei amici a fare qualcosa che non vuoi. E questo include venire in Texas o frequentarmi.»

«Non lo farò» lo rassicurò. «In realtà è bello essere desiderati.»

«Oh, sei desiderata» replicò in tono sarcastico.

Lei gli rivolse un piccolo sorriso. «Sono un po' sopraffatta, lo ammetto, ma in senso positivo. Ho parlato soprattutto con Ember. Il che, diciamolo pure, è strano. Voglio dire, lei è *Ember Maxwell* e io ho il suo numero di telefono. È così surreale. Comunque, sai che hai detto che probabilmente mi avrebbe fatto lavorare con lei?»

«Sì?» chiese speranzoso.

«Be', ne ha già parlato. E ha detto che l'appartamento che ha affittato per la sua amica, quella che ha cercato di *ucciderla*, è ancora disponibile. Ha pagato la caparra e poi ha aggiunto qualche mese di affitto perché sperava di trovare qualcun altro che la aiutasse con la palestra.»

«È un'ottima idea.»

«Tu credi?»

«Oh, sì. Anche se, devo ammettere, mi piaceva di più quella di ospitarti a casa mia.»

«Sto seriamente considerando la sua offerta» disse.

«Bene.»

Sospirò. «Ok, è una bugia... praticamente le ho già detto che accettavo.»

Grover si fermò di nuovo in mezzo al sentiero. Era un bene che non stessero camminando per fare esercizio, perché si erano fermati almeno un centinaio di volte da quando erano partiti. «Davvero?»

Sierra non incontrò il suo sguardo.

Le sollevò delicatamente il mento in modo che lei non avesse altra scelta che guardarlo. «Sono elettrizzato per te. Qualunque cosa accadrà tra noi, con amiche come Ember, Gillian e le altre, sei a posto.»

«Temevo che pensassi che stessi... non so, sconfinando o qualcosa del genere.»

«Non è così. Sono stato io il primo a proporti di trasferirti in Texas, ricordi? E da allora non ho più smesso di farlo.»

Gli sorrise. «Lo so. Anche con il discorso dell'appuntamento nel fienile.»

Grover sorrise a sua volta. «Esatto. Ma sul serio, Sierra. Sì, sono attratto da te, sempre di più a ogni minuto che passiamo insieme, ma se le cose tra noi non andranno mai oltre questa profonda amicizia... andrà bene lo stesso.»

Lo fissò per un lungo momento. «Sembri davvero troppo bello per essere vero.»

«Non lo sono. Credo di averti già detto che ho più della mia buona parte di difetti.»

«E per la cronaca...»

«Sì?»

«Non credo che sarà difficile convincermi a venire a quell'appuntamento con te.»

Grover si illuminò. «Bene. Ma per ora, mentre siamo qui, siamo solo due amici che passano del tempo insieme.»

«Amici che si tengono per mano?» chiese, sollevando un sopracciglio.

«Sì.»

«Amici che dormono insieme?»

Grover quasi gemette, ma riuscì ad annuire. «Non ho avuto incubi la scorsa notte» le ricordò. «So che è stato perché la mia psiche sapeva che eri accanto a me. Al sicuro. E tu sei venuta da me perché non volevi stare da sola. Quindi sì, nel nostro caso... amici che dormono insieme.»

«Non ho mai incontrato nessuno come te» gli disse.

«Posso dire la stessa cosa per quanto ti riguarda.»

Proprio in quel momento, a Sierra brontolò la pancia e Grover ridacchiò. Le lasciò la mano abbastanza a lungo per posare a terra lo zaino e tirare fuori un'altra barretta di cereali e dei cracker al burro di arachidi. Poi se lo infilò di nuovo sulle spalle e le aprì la barretta. Gliela porse, indicando il sentiero. «Proseguiamo per trovare quel bel posto di cui ci ha parlato Tonka?»

Lei annuì e ripresero a camminare fianco a fianco.

Trenta minuti più tardi, dove il sentiero faceva una curva di novanta gradi verso sinistra, trovarono sul bordo un'enorme roccia piatta. Decisero che sarebbe stato un tavolo perfetto e vi salirono sopra.

Una volta seduti, il resto del mondo sembrò scomparire. Erano circondati da alberi e uccelli cinguettanti. Il clima non era né troppo caldo né troppo freddo. Tirarono fuori i panini che avevano preparato e il sacchetto di patatine preso dalla dispensa, poi mangiarono e chiacchierarono. E Grover non ricordava di essere mai stato così contento.

———

Nella mente di Sierra stavano passando mille pensieri. Erano due settimane che lottava con se stessa tra ciò che avrebbe dovuto fare e ciò che desiderava fare. *Voleva* trasferirsi in Texas, frequentare Grover e accettare l'amicizia che quelle donne le offrivano, ma aveva la sensazione che *avrebbe dovuto* essere più cauta. Non muoversi così in fretta. Acclimatarsi prima di prendere delle decisioni importanti per la sua vita.

Ma stare seduta lì con Grover, nella pace del bosco, le rese la decisione più facile. Lui le piaceva. E non solo perché aveva fatto un sacrificio così grande per trovarla. Era un brav'uomo, lo vedeva in ogni interazione che aveva con gli altri. Erano attratti da lui, proprio come lo era lei. Forse perché li faceva sentire importanti, come se quello che dicevano fosse la cosa più interessante che avesse sentito in tutta la giornata. O forse semplicemente perché era molto gentile.

Alcune persone pensavano davvero che chiamare un uomo "gentile" fosse un insulto. Ma non lei. Sierra aveva avuto a che fare con un sacco di uomini "poco gentili" e preferiva di gran lunga qualcuno come Grover, senza il minimo dubbio.

Più tempo passavano insieme, più si sentiva a suo agio. Parlargli ogni sera al telefono era stato illuminante e aveva imparato a conoscerlo piuttosto bene, ma stare con lui di persona era... tutto.

Pensò al modo in cui si era messo tra lei e Melba finché non era stato sicuro che l'enorme mucca non l'avrebbe fatta cadere. A come prestava attenzione a ciò che le piaceva e a ciò che non le piaceva... per esempio, le aveva preparato dei cracker al burro di arachidi invece di quelli al formaggio. Al fatto che le preparasse il caffè esattamente come lo preferiva.

Alla sensazione della mano nella sua e sapere di potersi infilare nel suo letto senza temere che lui potesse pensare che ci stava provando o gli stesse permettendo di approfittarne.

Sierra era consapevole di essere fisicamente in svantaggio rispetto a Grover, che avrebbe potuto sopraffarla con facilità e farle del male se ne avesse avuto l'intenzione. Invece, era stato estremamente gentile, lasciandole spazio e assicurandosi che nessuno la opprimesse.

Il pensiero di essere in intimità con lui era... eccitante. Non la spaventava affatto.

«Non mi hanno violentata» sbottò all'improvviso, poi fece una smorfia per quanto quelle parole fossero suonate dure.

Come sempre, lui non la fece sentire a disagio. «Grazie a Dio.»

«Voglio dire, per un paio di mesi ho avuto il terrore ogni giorno che lo facessero, ma erano più interessati a vedere quanto potevano torturarmi prima che crollassi. Quando ho capito che prima piangevo prima si fermavano, hanno perso interesse, a meno che non ci fosse un altro ostaggio. Ero come un vecchio giocattolo che non era più divertente, e mi lasciavano in pace finché qualcuno non ricordava loro che ero lì.»

«È una buona analogia» disse Grover con dolcezza. «Sono contento che abbiano perso interesse, ma questo non cancella il fatto che ti abbiano tolto la libertà. Che ti abbiano toccata.»

«Lo so.»

«Vuoi dirmi perché stavi pensando a loro?»

Sierra sospirò. «No. Ma lo farò lo stesso. Stavo pensando stupita a quanto sono felice. Con te. Al fatto che tu mi conosca bene dopo così poco tempo. Che essendo molto più grande e forte di me avresti potuto farmi del male, ma non l'hai fatto, e ciò mi ha portata a pensare al motivo per cui mi sono sentita sicura a venire da te ieri sera e a infilarmi nel tuo letto. E di conseguenza *ciò* mi ha fatto immaginare noi due... insieme... se capisci cosa intendo. Non mi spaventa. Credo... volevo solo che lo sapessi. Ho pensato che forse ti *eri* chiesto se sono stata violentata mentre ero prigioniera, e che magari non volessi fare nulla che *potesse* spaventarmi.»

Dopo un attimo, Grover ridacchiò sommessamente. «Non sto ridendo per ciò che hai detto, ma per il tuo modo di pensare» la rassicurò. «E sono contento che l'idea di noi due che facciamo l'amore non ti mandi nel panico.»

Sierra arrossì, nonostante fosse già abituata al suo modo schietto di parlare.

Le si avvicinò di più, ma non cercò un contatto. Le loro cosce si sfiorarono, come se non potesse sopportare di *non* toccarla in qualche modo. Le piaceva davvero molto.

«Ammetto che sono sollevato da quello che mi hai detto.

Il pensiero che qualcuno possa usarti violenza mi rende assolutamente furioso. Mi fa venire il voltastomaco. Con me sarai sempre al sicuro, Bean. Te lo prometto.»

«Grazie» sussurrò. Poi appoggiò la testa sul suo braccio. Lui non si mosse, ma lo sentì sospirare come se fosse rincuorato dal fatto che lo toccasse a sua volta. «Posso confessarti una cosa?»

«Puoi dirmi tutto. Tra noi due non si giudica» la rassicurò.

«Non riesco a piangere» disse, prima di ripensarci. «Ho parlato con una psicologa in Colorado e ha detto che è normale, ma a me non *sembra* poi così normale.»

«Però ha senso. Hai usato le lacrime per manipolare i tuoi rapitori. Quindi, emotivamente, il tuo cervello le associa al dolore. Per evitare di *provare* dolore, fisico o emotivo, il tuo corpo probabilmente ti impedisce di piangere. È un meccanismo di difesa.»

«Quando ho accettato il lavoro in Afghanistan, ho deciso di tenere il mio appartamento. Era in un'ottima zona e l'affitto molto ragionevole. Non ero sicura di quanto sarei rimasta e volevo un posto dove tornare. Però i miei genitori hanno impacchettato tutte le mie cose dopo che ero scomparsa da diversi mesi e le hanno conservate nel loro seminterrato. La mamma ha ammesso di aver venduto i mobili perché non ci stavano tutti nella loro casa. Quando ho visto che i miei averi erano ridotti a una pila di scatole, *avrei voluto* piangere. Era così triste e deprimente. Ma non ci sono riuscita. Neanche una lacrima. Mi ha totalmente confusa, perché ho provato una sofferenza davvero intensa.»

Sierra sentì Grover spostarsi accanto a lei, poi circondarle le spalle con il braccio. «Non è passato molto da quando sei stata liberata. Datti un po' di tregua. E anche se non mi piace l'idea che tu *pianga*, sono sicuro che prima o poi lo farai. Lacrime vere, non quelle finte che riuscivi a versare a comando.»

Lei scrollò le spalle. Non era sicura se sarebbe mai successo, ma Grover aveva ragione. Se per certi versi le sembrava di essere a casa da mesi e che l'Afghanistan fosse un ricordo lontano e surreale, in realtà erano passate solo poche settimane. C'erano molte cose con cui stava ancora facendo i conti. Doveva solo avere pazienza.

Si raddrizzò e gli lanciò un'occhiata timida.

«Tutto bene?» le chiese.

«Sì. Sono sicura che hai ragione.»

«Ho sempre ragione. Puoi chiedere a chiunque.»

Apprezzò il suo tentativo di spezzare l'intensità del momento, ma alzò gli occhi al cielo. «Forse lo chiederò a Devyn quanto hai "sempre ragione".»

«Oh, questo è un colpo basso» scherzò. «Mettermi contro mia sorella.»

Gli sorrise.

Si rese conto di sentirsi meglio. Il problema di non piangere non era stato risolto, ma ammettere quella stranezza la fece sentire libera, come se non dovesse più sopportare quel peso da sola. Grover non l'aveva guardata come se fosse una donna distrutta. Non si era nemmeno pentita di aver ammesso di non essere stata violentata. A volte, per quanto potesse sembrare assurdo, si sentiva davvero in colpa per quello. Come se la gente potesse pensare che non era una "vera" prigioniera di guerra, che non aveva sofferto veramente, perché non aveva subito abusi sessuali durante la prigionia.

All'inizio non era stata sicura che andare al Rifugio fosse una buona idea, ma evidentemente ne aveva bisogno. Era lì solo da un giorno, ma si sentiva già più calma. Più equilibrata. Forse era l'aria di montagna. Forse era la cordialità dei proprietari. Ma aveva la sensazione che non fosse nulla di tutto ciò. Era l'uomo accanto a lei a fare la differenza.

Rimasero seduti sulla roccia per un'altra mezz'ora, prima

di decidere di tornare alla tenuta. La camminata fu lenta e tranquilla e lui le tenne la mano durante tutto il tragitto. Si stava abituando a toccarlo... e dato che a Grover non sembrava dispiacere, decise che sarebbe stato così anche per lei.

CAPITOLO DODICI

Tredici giorni. Le migliori due settimane della vita di Grover. Lui e Sierra avevano trascorso insieme praticamente ogni minuto di ogni giorno.

Ed era pazzamente innamorato.

Purtroppo non sapeva cosa provasse *lei*, visto che aveva fatto del suo meglio per esserle *solo* amico.

Dormivano tutte le notti nello stesso letto tenendosi per mano. In quelle due settimane non aveva avuto un solo incubo e Sierra aveva un aspetto ancora più sano. Aveva recuperato peso e sorrideva sempre.

Avevano instaurato una routine: facevano colazione, andavano a trovare Melba e gli altri animali, poi preparavano un pranzo al sacco e partivano per fare un'escursione. Avevano percorso tutti i sentieri di montagna e si erano conosciuti meglio a ogni passo. Grover aveva raccontato a Sierra storie che non aveva mai detto a nessun altro, e gli piaceva pensare che anche lei avesse condiviso alcuni dei suoi pensieri più intimi.

Ogni giorno, dopo essere tornati al Rifugio, andavano dalla psicologa – separatamente, insieme o in gruppo – o facevano un sonnellino sulle amache dietro ai loro chalet, o semplicemente stavano al lodge a parlare con gli altri ospiti e con Brick e i suoi amici.

Ma il loro soggiorno di due settimane stava per finire. L'indomani i genitori di Sierra sarebbero tornati a prenderla e lui avrebbe fatto il lungo viaggio di ritorno a Killeen.

Grover era rimasto in contatto semi regolare con i suoi amici, ricevendo aggiornamenti sulla situazione sempre più instabile che c'era a casa. Anche se si era sforzato di tenere nascosta a Sierra la sua preoccupazione, deciso a non rovinarle la pace e la terapia, sapeva di doverle dire cosa stava succedendo, soprattutto perché pensava ancora di trasferirsi in Texas.

All'inizio, lui e il resto della squadra non si erano preoccupati troppo della Strong Foot Militia. Si trattava di un gruppo di persone di una città non troppo lontana da Killeen che inveivano contro l'ascesa di quello che consideravano un governo tirannico e che ritenevano dovesse essere affrontato con la forza armata.

Esistevano tre tipi di gruppi miliziani "ufficiali" riconosciuti dal governo degli Stati Uniti: quelli organizzati, tra cui la Guardia Nazionale, quelli non organizzati, in pratica tutte le persone abili di età compresa tra i diciassette e i sessant'anni che non facevano parte della Guardia Nazionale, e le forze di difesa statali, autorizzate dalle leggi dello Stato.

Poi c'erano i gruppi come la Strong Foot, i cui membri imbracciavano di propria iniziativa le armi contro il governo. Erano fondamentalmente estremisti paramilitari con un'ideologia antigovernativa e di teoria complottista.

Grover e il suo team Delta erano da tempo a conoscenza di quel particolare gruppo, dato che aveva la base a San Angelo, a sole tre ore a ovest di Killeen.

I componenti avevano espresso il loro disprezzo per quasi tutti gli aspetti del governo, ma di recente avevano manifestato in modo estremamente esplicito il loro disappunto verso l'esercito, in particolare per il fatto che gli Stati Uniti avessero ancora truppe all'estero.

Nel mese trascorso dal ritorno di Grover e Sierra dall'Afghanistan si erano verificati due eventi spiacevoli che riguardavano le forze armate oltreoceano. Il primo era avvenuto in Corea del Sud, dove un soldato era stato condannato per due omicidi, tre stupri e varie aggressioni. Poiché l'uomo viveva a Killeen, la Strong Foot Militia aveva usato l'attenzione dei media come piattaforma per le proprie proteste.

Il secondo incidente era avvenuto in Afghanistan, ma in una zona del Paese diversa da quella in cui Sierra lavorava quando era stata rapita. Nel tentativo di eliminare un altro leader talebano, gli Stati Uniti avevano ucciso diversi civili durante gli attacchi aerei. Grover sapeva che alla Strong Foot Militia non importava nulla di quelle persone; la loro morte era stata semplicemente una buona scusa per portare avanti un programma.

Trigger aveva detto che i miliziani stavano protestando davanti al cancello principale di Fort Hood da una settimana e che diventavano sempre più aggressivi giorno dopo giorno. C'erano diverse decine di uomini con i cartelli che urlavano minacce contro i soldati e i civili che entravano e uscivano.

La tensione stava aumentando in città e il gruppo non mostrava alcun segno di voler cessare le proteste, ma solo di aumentare le loro pagliacciate. Prosperavano sfruttando tutta l'attenzione mediatica che stavano finalmente ricevendo, trasformando rapidamente l'intera città in una polveriera pronta a esplodere.

Grover sapeva che Sierra riusciva a percepire la sua ansia crescente per la situazione, lo vedeva sul suo viso ogni volta che lui finiva di parlare al telefono con Trigger. Aveva fatto del suo meglio per nascondere la tensione, ma era chiaro che non stesse facendo un buon lavoro.

Voleva che lei si trasferisse a Killeen e aveva il terrore che qualsiasi chiacchiera che riguardava la Milizia le avrebbe dato un motivo per rimandare, magari a tempo indeterminato. Ma sapeva anche che non era giusto tacere. Aveva passato l'inferno e aveva il diritto di sapere tutto sulla città in cui stava pensando di andare a vivere. Il bello e il brutto.

Quei miliziani non sarebbero stati per sempre un problema. Sperava che prima o poi sarebbero tornati da dove erano venuti, che magari si sciogliessero. Inoltre, odiava nasconderle qualcosa.

Decise di parlargliene prima della partenza. Sperava anche di poter discutere dei suoi piani una volta tornata in Colorado. Se non si fosse spaventata per la Milizia, voleva sapere se era ancora decisa ad accettare l'offerta di Ember e, in caso affermativo, quando si sarebbe trasferita. Non vedeva l'ora di mostrarle la casa e il fienile. Di presentarle le donne con cui aveva messaggiato. Di riunirla alla squadra. Di portarla nei suoi ristoranti preferiti.

Accidenti, anche solo sapere che viveva nella sua stessa città sarebbe stato fantastico.

Averla costantemente vicina nelle ultime due settimane aveva rafforzato i suoi sentimenti, e voleva disperatamente sapere se lei provava le stesse cose.

Era il loro ultimo giorno al Rifugio e quella mattina si erano alzati intorno alle sette e mezza, come di consueto. Sierra era andata a fare la doccia nel suo chalet e poi avevano fatto una colazione abbondante e soddisfacente.

In seguito erano andati alla stalla, in modo che lei potesse fare le coccole mattutine a Melba, alle capre e ai gatti, ma prima di tornare in cucina per preparare il pranzo al sacco, gli disse: «Ti dispiacerebbe se oggi non facessimo l'escursione?»

«Certo che no. Che cos'hai in mente?»

«Pensavo che potremmo andare nel mio chalet, sederci sul terrazzo posteriore e parlare.»

Di solito quando una donna diceva di voler parlare non era positivo, ma Grover era più che disposto ad ascoltare qualsiasi cosa avesse da dire. Avrebbe anche avuto la possibilità di spiegarle dei problemi che i miliziani stavano causando e di ribadire quanto desiderasse che si trasferisse in Texas. Lei sosteneva di volerlo fare, ma doveva esserne sicuro. «Mi sembra un'ottima idea.»

Si fermarono comunque in cucina per prendere il cibo per pranzare, che Grover trasportò. Sistemarono tutto sul piccolo tavolo del terrazzo e mangiarono in un confortevole silenzio. Quella era una delle cose che apprezzava di più di lei: non era obbligato a fare sempre conversazione. Potevano stare in silenzio ed essere totalmente a loro agio.

Dopo aver finito i panini e ripulito tutto, Sierra si sedette di nuovo e disse: «Queste sono state le due settimane più belle di sempre.»

«Sono d'accordo.»

«Come sai, non ero sicura di voler venire. Voglio dire, stavo piuttosto bene psicologicamente. Mi sentivo come se avrei dovuto lasciare lo spazio a qualcuno che ne aveva un bisogno più disperato. Ma dopo aver assistito a tutte le sedute della psicologa, mi sono resa conto che anche se sono stata trattata in modo meno orribile di quanto avrebbe potuto essere, l'esperienza mi ha comunque scossa più di quanto pensassi.»

Grover annuì. «Bene.»

Sierra lo guardò. «Ma so che non mi sentirei così... tranquilla, se tu non fossi stato qui con me.»

Il suo cuore si gonfiò per l'emozione. «Provo la stessa cosa, Bean.»

«Non riesco ancora a credere a ciò che hai fatto. Cioè, è stato piuttosto esagerato. Chi si fa prendere da un gruppo terroristico nella *speranza* di trovare qualcuno che è scomparso da un anno? Avrei potuto essere morta da tempo.»

«Lo so.» Ed era così. *Era* stato un azzardo, nonostante ciò che gli aveva detto l'istinto. Una decisione presa per disperazione. «Ma non lo eri. Ed eccoti qui.»

«Eccomi qui» concordò lei. Rimase in silenzio per un momento, poi chiese: «Pensi che questo sia salutare?»

«Questo cosa?»

«Noi.»

Una sola parola. Non c'era bisogno di dire altro.

«Sì» le rispose subito.

Le sue labbra guizzarono.

«Ascolta, non sto dicendo che ciò che abbiamo è convenzionale. Accidenti, la maggior parte delle persone probabilmente direbbe che non è normale. Ma non m'importa. Penso solo a come mi sento quando sono vicino a te.»

Quando non continuò, gli chiese: «E come ti senti?»

Grover non ebbe problemi a dirle esattamente ciò che provava. Era il momento perfetto per mettere tutte le carte in tavola.

«A mio agio. Come se avessi finalmente incontrato la mia migliore amica. Quando sono con te sento di poter essere me stesso. Non devo fingere di non essere terrorizzato dai ragni, perché so che li ucciderai per me. Tu capisci quando sono irritato o rilassato. Ti ho raccontato i casini della mia famiglia e non mi hai giudicato. Nelle ultime due settimane ho riso più di quanto non abbia fatto da tempo, e stare con te mi ricorda perché mi sono arruolato nell'esercito, più precisamente nella Delta Force. Non mi interessa quello che gli altri pensano della nostra relazione, se hanno qualcosa da dire possono andare a fanculo. Loro non sono noi. Non hanno passato quello che abbiamo passato noi.»

«Il primo mese di prigionia è stato il peggiore» disse Sierra sommessamente. «Ero così spaventata, confusa e sofferente. Non sapevo cosa volesse Shahzada da me e ogni giorno credevo che sarebbe stato l'ultimo. E tra tutte le cose a cui avrei potuto pensare... pensavo a te» ammise.

Grover percepì l'emozione nella sua voce anche se, come al solito, i suoi occhi rimasero asciutti. Sapeva che aveva parlato con la psicologa della sua incapacità di piangere e la donna le aveva detto praticamente le stesse cose che aveva detto lui. Che doveva avere pazienza, che una volta che la sua mente e il suo corpo si fossero resi conto che era davvero al sicuro, avrebbe riacquistato quella capacità.

«Ripensavo a quando ci siamo conosciuti. Mi hai fatto proprio arrabbiare» gli confessò con un piccolo sorriso. «Mi irritava il fatto che mi vedessi come una bambina ingenua.»

«Non ti ho mai vista come una bambina. Mai» disse Grover con calore.

«Sai cosa intendo» protestò Sierra. «Ma ti sei riscattato quando hai chiesto se potevamo tenerci in contatto. Mi sono detta che un uomo non l'avrebbe fatto se non era interessato. Soprattutto perché io sarei rimasta in Afghanistan per un po' e tu saresti tornato negli Stati Uniti.»

«Ero decisamente interessato» replicò, anche se non era necessario.

«È solo che non voglio che ciò che è successo sia la base di qualsiasi tipo di rapporto che potremmo avere. Non voglio che tu mi veda sempre come una povera civile da salvare. Ho bisogno che tu mi veda come una donna matura e capace, in grado di prendere decisioni responsabili.»

«È così che ti vedo» ribatté senza esitazione.

«Mi piaci» continuò Sierra. «Ma mi fai anche una gran paura.»

«Non ti farei mai del male.»

«No, non di proposito, e credo assolutamente che non mi toccheresti fisicamente per rabbia o frustrazione, ma mi sento come se fossi sul bordo di un precipizio. Devo fare il salto... o no?»

«Il punto è questo. Posso vedere il futuro? No. Non ho idea di cosa accadrà domani, e di certo non so dove saremo tra un mese, un anno, cinque anni. Quello che so con la massima certezza è che farai cose straordinarie. Non so cosa, ma osservandoti nelle ultime due settimane ho capito che tutti quelli con cui entrerai in contatto cambieranno in meglio solo per averti conosciuta. Gli altri ospiti qui sembrano illuminarsi quando parli con loro. Sei premurosa e ti preoccupi sinceramente per gli altri. È una cosa rara, Bean. Egoisticamente, vorrei avere la tua bontà d'animo vicino a me tutto il tempo, mi aiuterebbe a mantenermi equilibrato. Per quanto riguarda quel precipizio... salta. Sarò lì a prenderti.»

Sierra si alzò in piedi, e per un attimo Grover pensò che forse aveva esagerato. Che se ne stesse andando. Invece lo sconvolse quando si avvicinò a lui e si sedette sulle sue gambe.

Nelle ultime due settimane l'aveva toccata spesso. Il braccio, la schiena, le aveva tenuto la mano il più possibile, e anche se avevano dormito nello stesso letto ogni notte, questo era molto più intimo.

Sierra gli si adattava perfettamente. Gli piaceva avere il suo peso su di lui. Anche se aveva recuperato gran parte di quello che aveva perso, sarebbe comunque sempre stata una donna minuta e Grover sarebbe sempre stato enorme rispetto a lei. Gli piaceva quella differenza. Soddisfaceva qualcosa di profondo e primitivo dentro di lui.

Quando gli posò la testa sulla spalla e i capelli corti gli solleticarono la mascella, la tenne saldamente a sé.

«Tornerò in Colorado con i miei genitori» disse.

A quelle parole il suo stomaco sprofondò e tutto il resto si trasformò in pietra.

«Poi mi organizzerò per trasferirmi a Killeen.»

E a quello invece, il suo mondo cambiò. «Cosa vuoi che faccia per aiutarti?» le chiese.

Sierra si scostò per guardarlo. «Sei sicuro di volerlo?»

«Assolutamente sì. E tu?»

Lei annuì e posò di nuovo la testa sulla sua spalla. «Ci ho pensato molto e ieri ne ho parlato anche con la psicologa. Lei pensa che sarà una cosa positiva. Un cambio di scenario. Voglio quello che hai tu» disse sommessamente.

«E cosa sarebbe?»

«Una tribù. Persone che sono lì per te a prescindere da tutto. Forse se avessi avuto quel tipo di amici fin dall'inizio, non mi sarei sentita così inquieta, non sarei stata così ansiosa di andare oltreoceano. Forse alla mia scomparsa uno di loro avrebbe scatenato l'inferno finché qualcuno non avesse fatto qualcosa per riportarmi a casa. Non voglio tornare a essere la persona solitaria che ero prima.»

«Non succederà» giurò Grover.

«So che ne sto approfittando per cercare di entrare nel tuo gruppo di amici...» iniziò, ma lui la interruppe.

«Non è così. Sono brave persone e tu sei già in sintonia con loro. Non ti accetterebbero se percepissero che non sei sincera.»

«Ember impazzirà» disse Sierra con una risatina. «Mi manda messaggi ogni giorno chiedendomi quando porterò il mio culo lì per darle una mano.»

«Appunto, quando?» chiese impaziente.

«Ora sembri lei.»

«Be', ti ho promesso un appuntamento nel mio fienile» ribatté.

«E un'insalata enorme.»

«Anche quella. Allora? Quando devo chiedere al mio comandante un po' di tempo libero per aiutarti a traslocare?»

«Non lo so. Ma presto direi. Sono pronta, Grover. Pronta a scrollarmi di dosso la sabbia dell'Afghanistan e a ricominciare a vivere. Questo posto è stato fantastico, ma devo *fare* qualcosa. Non posso stare qui a non fare altro che passare il tempo con Melba e gli altri animali e a camminare nel bosco ogni giorno.»

«Attenta a ciò che desideri» la avvisò, senza riuscire a trattenersi dal baciarle la testa. «Le ragazze ti terranno occupata dall'alba al tramonto se non starai attenta. Sono un gruppo esigente.»

«Sembrano meravigliose. Non vedo l'ora di conoscerle. E di esplorare Killeen. Non sono mai stata in Texas. Ho sentito un sacco di storie su quello Stato.»

«E probabilmente molte sono vere» disse Grover, sapendo che quella era l'occasione migliore per metterla a conoscenza della Strong Foot Militia. «Una cosa positiva è che fa caldo. Non dovresti patire il freddo lì. Voglio dire, gli inverni sono freddi, ma niente a che vedere con il Colorado, e certamente non con Leadville.»

«Bene. Grover?»

«Sì?»

«Hai intenzione di dirmi cosa ti preoccupa? So che stamattina hai ricevuto un'altra telefonata da Trigger e sei teso da allora. Andrete di nuovo in missione a breve? Perché se è così, non c'è problema. Posso gestire quella parte del tuo lavoro. Mi mancherai e mi preoccuperò per te quando sarai via, ma non avrò un crollo emotivo.»

«Questo significa molto per me, ma no. Non è quello.» Fece un respiro profondo. «Forse sarebbe meglio se aspettassi un po' prima di venire a Killeen.»

Quelle parole furono estremamente dolorose, quasi impossibili da esprimere, ma l'ultima cosa che voleva era mettere Sierra nel mezzo di una polveriera.

«Perché? Cosa c'è che non va?» Non sembrò turbata. Non si agitò accusandolo di non volerla lì. Rimase calma e lo apprezzò.

«C'è un gruppo di miliziani texani che sta creando problemi. Stanno manifestando davanti ai cancelli della base dell'esercito, facendo il possibile per alimentare la paura, per terrorizzare chiunque viva e lavori lì.»

«Perché?»

Grover scrollò le spalle. «Perché sono giovani e stupidi? Perché pensano che la pelle bianca li renda migliori di tutti gli altri? Perché amano ricevere attenzione? Non lo so.»

«È su questo che la tua squadra ti ha tenuto aggiornato?»

«Sì. Di solito quando sono in licenza non parlo con i miei amici tutti i giorni. Voglio dire, mi sono simpatici, ma accidenti...» le rispose con un sorriso.

Sierra ridacchiò, poi lo sorprese di nuovo quando si mise a cavalcioni per guardarlo in faccia. Grover non poté fare altro che attirarla più vicino, in modo che il suo cazzo fosse proprio tra le sue gambe, anche se sapeva che non ci stava provando con lui. Così si costrinse a rimanere completamente immobile. L'ultima cosa che voleva era spaventarla comportandosi come un adolescente arrapato.

Lei gli mise le mani ai lati del collo e lo guardò negli occhi. «Mi rifiuto di lasciare che qualcosa mi spaventi nella mia nuova vita. Sono stata tenuta prigioniera dai talebani per un maledetto *anno*. Questi idioti che si lamentano di cose di cui non sanno nulla non mi faranno tremare.»

«Sono comunque pericolosi» insistette, mettendole le mani sulla vita e tenendola ferma. «Brain ha fatto delle ricerche. Dice che hanno un sacco di esplosivi e sono armati fino ai denti. Si divertono a mostrare le loro scorte sui social per cercare di reclutare altri stronzi razzisti per la causa.»

«Ok.»

«Sono contro praticamente chiunque non sia un maschio bianco americano. Gay, ebrei, neri, ispanici. Persino le donne.»

«Va bene.»

«E stanno pianificando qualcosa. Nessuno sa cosa. Si parla

di un grande piano per mostrare al mondo quanto l'esercito sia tirannico e fuori controllo.»

«Grover, non c'è problema.»

«È solo che, in tutta coscienza, non potevo lasciarti trasferire a Killeen senza dirti esattamente a cosa vai incontro.»

«*So* a cosa vado incontro. Guadagnerò un gruppo di donne che spero diventino le mie migliori amiche. Una squadra tosta della Delta Force che mi coprirà le spalle a prescindere. E un fidanzato protettivo, onesto, fantastico, che odia profondamente i ragni, ma che so affronterebbe un'armata di quelle creature a otto zampe pur di tenermi al sicuro e felice.»

Grover osò a malapena respirare. «Fidanzato?»

«Sì» rispose, e gli piacque il modo in cui arrossì. «So di avere detto che non ero pronta per quel tipo di relazione, ma evidentemente sono un'idiota. Le ultime due settimane sono state le migliori della mia vita. E non sto esagerando. Il pensiero di andare in Colorado mi uccide perché devo separarmi da *te*. Anche se tu fossi di stanza in Alaska ti seguirei in un batter d'occhio, e sai cosa provo per il freddo.»

Grover strinse le mani sulla vita di Sierra e se possibile la attirò più vicino. Aveva bisogno di sentirla contro di sé. Era così sollevato dal fatto che lei gli avrebbe dato la possibilità di dimostrarle quanto potessero stare bene insieme, che non pensò nemmeno che avrebbe potuto sconvolgerla con la sua eccitazione.

Ma lo lasciò fare, dimenandosi per avvicinarsi ancora di più. Gli seppellì il viso nel collo e rimasero semplicemente avvinghiati l'uno all'altra.

«Farò tutto il possibile per renderti felice» le promise.

«Lo fai già» replicò lei contro la pelle, la voce attutita.

Le mise una mano sulla nuca e si meravigliò ancora una volta di quanto fosse piccola rispetto a lui, di quanto la sua mano fosse grande contro il suo collo delicato. Era sempre stato consapevole dell'altezza e del peso di Sierra, del suo fisico minuto, ma ogni volta che la stringeva a sé, quel particolare veniva enfatizzato ancora di più. Quando si erano conosciuti aveva una personalità e un'esuberanza così enormi, e che ora stavano riemergendo ogni giorno di più, che era stato difficile credere che potessero essere contenute in una cosetta così piccola.

Lei sollevò la testa e si fissarono negli occhi.

«Sono felice» le disse serio.

Gli sorrise. «Non sembra.»

«Ho paura» ammise.

«Di cosa?»

«Di te.»

Sierra fece un'espressione sorpresa. «Di me? Non faccio più paura di una pulce.»

«Non voglio combinare casini e ho il terrore di fare o dire qualcosa che possa farti cambiare idea.»

«Grover, smettila» lo rimproverò. «Non mi aspetto che tu sia perfetto, non più di quanto tu ti aspetti che lo sia io. Faremo *entrambi* degli sbagli. Diremo cose che non pensiamo e ci irriteremo a vicenda. Ma ciò non significa che mi piacerai di meno.»

«Sei una donna straordinaria, Sierra Clarkson. Non dimenticarlo mai.»

Gli sorrise timidamente. «Non sono poi così straordinaria.»

«Stai scherzando? Bean, sei sopravvissuta a dodici mesi di prigionia. Non solo, ma hai manipolato quegli stronzi facendo fare loro esattamente ciò che volevi.» Le accarezzò la testa, la prova concreta di quanto fosse intelligente. «Non hai dato di matto quando è arrivata la mia squadra, hai fatto del tuo meglio per essere una risorsa invece che un peso. Credimi se ti dico che non succede sempre. Stai certa che sceglierei di avere te al mio fianco se una situazione dovesse mettersi male.»

Sierra inclinò la testa, studiandolo per un lungo momento. «Dici sul serio, eh?»

«Assolutamente. La tua preparazione in psicologia fa sì che tu abbia la capacità di *vedere* davvero le persone, e possiedi un'abilità innata nel capire come ottenere ciò che ti serve da loro.»

«Intendi dire che sono una manipolatrice» replicò con un sorriso. «Non hai paura che usi contro di te le mie cosiddette capacità?»

«No. Perché se mai dovessi ricorrere a queste tattiche, significa che c'è qualcosa di gravemente sbagliato. Inoltre, mi farò in quattro per darti qualsiasi cosa tu voglia, non c'è bisogno di manipolarmi.»

«E se volessi una Maserati?» chiese.

Sapeva che stava scherzando, ma scelse di far capire il suo punto di vista. «Allora parleremo di ciò che dobbiamo sacrificare per potercela permettere.»

«Grover, era una battuta» sussurrò.

«Lo so. Ma voglio che tu prenda atto della mia serietà. Non potrò sempre permettermi le cose che vuoi, e potrei non essere in grado di trasferirmi all'improvviso, almeno finché non mi ritirerò dall'esercito... ma quasi tutto è negoziabile.»

«Sei troppo bello per essere vero» disse con dolcezza.

«Ho paura dei ragni, ricordi?» scherzò.

«Ti proteggerò io da loro» gli promise.

Grover non resistette più. «Visto che a quanto pare ora usciamo insieme... pensi che potrei avere un bacio?»

Lei sorrise, ma invece di rispondere si sporse, non di molto visto che erano già vicinissimi, e nell'istante in cui le loro labbra si toccarono, Grover fu come creta nelle sue mani.

Fu un bacio lento e tranquillo. Intimo e affettuoso. Sapeva che più avanti avrebbero avuto i loro momenti di passione fuori controllo, ma lì, in quell'ambiente rilassato, per il loro primo vero bacio come coppia, volle prendersi il suo tempo.

Nonostante ciò, entrambi respiravano con affanno quando Sierra si tirò indietro e si strusciò piano contro di lui facendogli capire che anche lei era eccitata. A quel punto non era più imbarazzato per l'erezione che le premeva contro, dato che non ne sembrava affatto turbata.

Leccandosi le labbra, Grover sentì il sapore del tè che lei aveva bevuto. Era una cosa intima e fu quasi sopraffatto dall'emozione. Giurò di non deludere mai quella donna. Aveva passato l'inferno e meritava il meglio che la vita aveva da offrire. Il meglio che *lui* aveva da offrire.

Sierra sospirò e fece un piccolo sorriso, poi si chinò ancora una volta appoggiandogli la guancia sulla spalla. Il suo respiro caldo gli accarezzò la pelle del collo e lui si rilassò sulla sedia. Con un piede avvicinò una piccola ottomana e vi posò sopra i piedi.

Mentre si metteva comodo, si accoccolarono meglio. Gli alberi ondeggiavano per la leggera brezza, e in lontananza potevano sentire Melba muggire, probabilmente per attirare l'attenzione o per ottenere dei dolcetti.

«Grazie per essere venuto qui con me» disse Sierra dopo un attimo.

«È stato un piacere.»

«Brick e i suoi amici hanno creato un posto fantastico. Spero che aiuti tutti gli altri come ha aiutato me.»

«Anch'io» replicò Grover.

Passarono un altro paio di minuti in silenzio, poi lei chiese: «Pensi davvero che quei miliziani creeranno problemi?»

«Sì, Bean. Ne sono sicuro. Non chiedermi quando o come, ma il mio istinto mi dice che si sono spinti troppo oltre per tirarsi indietro ora. Vorranno fare qualcosa per dimostrare al mondo che fanno sul serio con il loro piano antigovernativo. E quale modo migliore per farlo se non mettere in difficoltà la più grande base militare del Texas?»

Sierra lo abbracciò forte. «Tu e il tuo team dovrete affrontarli?»

«Non lo so. Spero di no.» Non gli piaceva l'idea di scontrarsi con dei cittadini americani, ma il punto era che se avessero intensificato le loro intimidazioni, avrebbero potuto diventare una minaccia terroristica.

Non poté fare a meno di pensare ad altri attacchi avvenuti nel Paese: Patrick Crusius, l'uomo che aveva ucciso ventitré persone in un Walmart di El Paso; i numerosi assalti a sinagoghe e moschee; l'accoltellamento di diverse persone su un treno per mano di un uomo che urlava di essere un "contribuente e di avere i diritti del primo emendamento" a Portland, nell'Oregon; la sparatoria al Pulse, un nightclub in Florida; l'attentato alla maratona di Boston; Joe Stack, che aveva fatto volare il suo aereo contro l'edificio dell'Agenzia delle Entrate ad Austin. Persino la sparatoria del 2009 nella base militare dov'era di stanza Grover, in cui un maggiore aveva ucciso tredici persone.

C'era così tanto odio nel mondo. Lo addolorava l'idea di essere chiamato a imbracciare le armi contro i suoi connazionali.

Ma in quel momento, in quel luogo, tutto era perfetto.

Onestamente, non aveva mai pensato di poter trovare una donna da amare, come i suoi amici, nemmeno quando aveva conosciuto Sierra, nonostante avesse provato subito interesse. Aveva fatto delle belle chiacchierate con la psicologa del Rifugio e stava facendo progressi per quanto riguardava l'abbandonare il senso di colpa che provava per non averla cercata prima. Pensava che nel profondo ne avrebbe sempre provato *un po'*, ma stava facendo del suo meglio per non permettergli di divorarlo.

Sierra stava andando benissimo e, per miracolo, quell'attrazione che avevano sentito all'inizio era ancora lì. E lei stava per trasferirsi in Texas.

Ignorando tutti i pensieri sui gruppi di miliziani, sulle proteste e sui sensi di colpa, Grover chiuse gli occhi e si godette quel momento con la donna che stava rapidamente diventando la persona più importante della sua vita.

E sapeva che non avrebbe cambiato un bel niente di quella vita, se ciò avesse significato finire proprio lì, con Sierra Clarkson in braccio rilassata e felice ... e tutta sua.

CAPITOLO TREDICI

Sierra era nervosa ed eccitata. Era passata una settimana e mezza da quando aveva visto Grover ed era ansiosa di stare di nuovo con lui. Parlare al telefono o su FaceTime non era la stessa cosa che poterlo toccare. Tenergli la mano.

I suoi genitori erano stati diffidenti nei confronti della sua decisione di trasferirsi, ma l'avevano comunque sostenuta. Avevano adorato Grover dal momento in cui l'avevano conosciuto, e non guastava il fatto che un paio di sere prima lui avesse fatto una lunga chiacchierata al telefono con suo padre. Nessuno dei due aveva rivelato di cosa avessero parlato, ma dato che era contenta che andassero d'accordo, non aveva insistito sulla questione.

Ignorando le sue proteste, il padre le aveva comprato un'auto all'inizio della settimana, dicendole che in tutta coscienza non poteva lasciarla andare in Texas senza un mezzo di trasporto. Avrebbe anche voluto incaricare una ditta di traslochi a trasportare la macchina insieme a tutti i suoi effetti personali mentre lei sarebbe andata ad Austin in aereo, ma Sierra aveva insistito per guidare lei stessa.

I suoi genitori si erano anche sentiti in colpa per aver venduto i mobili e li avevano sostituiti quasi tutti, e nonostante li avesse rassicurati che non era necessario, aveva smesso di cercare di dissuaderli perché era stato evidente che li facesse sentire meglio.

Le cose si stavano muovendo alla velocità della luce, ma per sua esigenza. Era pronta a ricominciare a vivere. Da quando era tornata dall'Afghanistan, le era sembrato che il mondo si muovesse intorno a lei e non si era sentita pronta a tornare nella mischia, ma con la pazienza dei suoi genitori e di Grover, e dopo due settimane idilliache nel New Mexico, finalmente lo era.

Ember le aveva mandato messaggi ininterrottamente, raccontandole tutte le idee che aveva per la sua nuova palestra. Gillian aveva creato una chat di gruppo con le altre donne, ed era esilarante leggere le loro interazioni. Il fatto di essere stata inclusa l'aveva sconvolta. Erano state tutte amichevoli e incoraggianti fin dal suo ritorno negli Stati Uniti, anche se ancora non la conoscevano. Non proprio almeno. Era bastato che sapessero che lei e Grover si stavano frequentando ufficialmente per accettarla completamente.

Anche Devyn era stata molto accogliente. In un messaggio l'aveva avvertita di non fare del male al fratello, ma per il resto era stata amichevole.

Per quanto Sierra desiderasse trasferirsi nella grande casa di Grover, sapeva di doverne avere una propria. Era sempre stata indipendente... almeno prima di essere catturata. Aveva bisogno di ritrovare quella parte di sé.

Tuttavia non poteva negare di non vedere l'ora di passare più tempo con lui nel mondo reale. Fare la spesa. Cucinare. Frequentarlo. Grover sarebbe stato occupato con il lavoro, ma andava bene così. Per quanto le fosse piaciuto passare insieme quasi ventiquattro ore al giorno nel New Mexico, aveva bisogno di un po' di equilibrio. Voleva uscire con le ragazze e che Grover passasse del tempo con la sua squadra.

Voleva essere *normale*, non solo la donna che era stata "ospite" dei talebani per un anno.

Prima di poter essere quella persona, doveva soddisfare il desiderio dei media di conoscere ogni macabro dettaglio della sua prigionia. Aveva rilasciato un paio di interviste, scelte con cura; una prima di andare nel New Mexico e una dopo, e ne aveva programmate altre. Le richieste arrivavano sempre meno di frequente, così sperava che entro breve sarebbero cessate. Sarebbe successo qualcosa che avrebbe fatto puntare i riflettori su qualcun altro, come le ricordavano costantemente Grover ed Ember, la quale lo sapeva bene, visto che dopo che una persona che credeva amica le aveva sparato, i media erano praticamente impazziti.

Sierra era rimasta in contatto con Grover per quasi tutto il viaggio. L'aveva anche convinta a mettere un'applicazione di condivisione della posizione sul suo telefono. Tex avrebbe potuto rintracciarla, ma anche lui aveva voluto quel privilegio. Dopo tutto ciò che aveva passato, Sierra non aveva alcun problema al riguardo. Inoltre, poteva vedere dove si trovava *lui* in ogni momento. Avrebbe saputo quando si allenava con la sua squadra al mattino, quando era al lavoro alla base militare e quando era a casa.

Avevano deciso di incontrarsi da lui una volta arrivata in città nel tardo pomeriggio. Aveva visto molte foto della bellissima proprietà, della casa e del fienile, ma non vedeva l'ora di vedere tutto di persona. Il piano prevedeva che passasse la notte lì, poi l'indomani lui e alcuni dei ragazzi l'avrebbero aiutata a trasferirsi nel suo appartamento. L'arrivo delle sue cose era previsto in mattinata.

Sierra seguì le indicazioni del GPS fino alla strada di Grover e poco dopo imboccò un lunghissimo vialetto sterrato che portava a casa sua. C'erano alberi qua e là, ma niente di paragonabile a ciò che era abituata a vedere nel Colorado, e nemmeno a quello che c'era nel New Mexico.

Non appena l'abitazione fu visibile, Sierra sorrise stupita. Era bellissima, anche più che in foto, e non assomigliava affatto a ciò che immaginava avrebbe comprato un soldato delle forze speciali forte e duro. Ma se aveva imparato qualcosa nell'ultimo mese o giù di lì, era che Grover era unico sotto molti aspetti.

Lo vide sui gradini dello splendido portico e quando si fermò davanti alla casa lui la stava già aspettando davanti alla portiera. La aprì e non appena lei scese dall'auto si ritrovò tra le sue braccia.

Si era chiesta se le cose sarebbero state imbarazzanti quando si fossero rivisti nel "mondo reale", ma non fu così. Aveva le farfalle nella pancia.

«Benvenuta in Texas» la salutò.

Sierra non poté fare a meno di ridacchiare. «Sono qui da circa otto ore, è uno Stato enorme» osservò.

«Già. Uno dei pochi in cui si può guidare letteralmente tutto il giorno senza mai attraversare il confine. Come ti senti? Hai fame? Sei stanca? Cosa posso fare per aiutarti?»

Oh. Che uomo. «Sono a posto» rispose, guardando con interesse la sua proprietà.

«Vuoi fare il tour della casa? È un po' presto per cenare, ma se preferisci possiamo entrare a mangiare e il giro lo facciamo dopo. Ho della taco soup nella Crockpot. Ho pensato che fosse la cosa più semplice, visto che non sapevo l'ora esatta del tuo arrivo.»

Sierra non aveva idea di che zuppa si trattasse, ma immaginava fosse deliziosa. Però, come prima cosa, voleva vedere la casa di Grover. Le foto che le aveva mandato erano bellissime, ma era chiaro che non rendevano giustizia alla proprietà e al panorama. «Facciamo il tour» gli disse.

«Ok. Andiamo.» Dopo averla abbracciata non le aveva più tolto le mani di dosso e prima di voltarsi verso il fienile intrecciò le loro dita. «Va bene?»

«Oh, sì» rispose. Avere la mano nella sua era come tornare a casa. Non si era resa conto di quanto amasse quel contatto, ma soprattutto di quanto ne avesse *bisogno*, finché non era tornata a casa in Colorado e si era sentita allo sbando. Grover era stato la sua roccia. La sua ancora. Essere lì con lui e tenergli di nuovo la mano era esattamente ciò che le era mancato.

Mentre si dirigevano verso il fienile, le spiegò che la sua squadra lo aveva aiutato ad abbattere la struttura fatiscente che c'era in precedenza. «Quello che abbiamo costruito al suo posto non è nemmeno lontanamente grande come l'altro ma è più gestibile, e dato che non ho intenzione di ospitare chissà quali animali, questo si adatta di più alle mie esigenze.»

«Non so, Melba era davvero adorabile» disse Sierra.

«È vero» concordò. «Se mi dicessi che vuoi delle capre, delle galline o altri animali da cortile, me ne occuperei subito.»

Sierra lo guardò. Non riusciva a capacitarsi del fatto di averlo incontrato da poco. Le sembrava di conoscerlo da sempre. Forse perché in Afghanistan, quando era da sola al buio, aveva pensato spesso a lui. A cosa stava facendo o pensando. Dov'era stato inviato. E un paio di volte aveva anche fantasticato che lui sarebbe arrivato per salvarla.

Accidenti se non era esattamente ciò che aveva fatto. Non nel modo che aveva sognato lei, ad armi spianate e abbattendo i suoi rapitori, ma aveva portato a termine il lavoro.

«Non credo che dovresti impegnarti ad avere animali da fattoria solo perché penso che siano adorabili» replicò in tono ironico.

Grover si limitò a scrollare le spalle. «Se li vuoi, troverò un modo per gestirli. Non saprei come prendermi cura di loro, quindi dovrei assumere qualcuno che mi aiuti, ma non dovrebbe essere difficile da queste parti. Sono sicuro che ci sono molti adolescenti a cui farebbero comodo dei soldi extra.»

Sierra si fermò di colpo e dato che si tenevano per mano si fermò anche lui.

«Che c'è?» le chiese. «Cosa c'è che non va?»

«Non puoi farlo» gli disse con fermezza.

«Fare cosa?»

«Prendere una mucca semplicemente perché penso che sia adorabile.»

«Perché?»

«Grover! Perché no! E se ci lasciamo? Mantenere una mucca costerebbe una montagna di soldi, soprattutto se devi assumere qualcuno che se ne occupi» rispose, con evidente esasperazione.

«Vorresti una mucca?»

Sierra sospirò e lo guardò accigliata. «No. Forse.»

Lui sorrise. «Se vuoi una mucca, ti darò una mucca. Vuoi un armadio pieno di vestiti? Ti darò anche quello. Cani? Nessun problema. Polli, borse, scarpe costose? Consideralo fatto. Non sono ricco, ma se desideri qualcosa farò del mio meglio per risparmiare e comprartela. Una volta ti ho detto che mi sarei fatto in quattro per darti ciò che vuoi e di cui hai bisogno, e non mentivo.»

«Non ho bisogno di *niente* di tutto quello, Grover. Ho vissuto per un anno con solo una maglietta strappata e un paio di mutandine. Non avevo letteralmente *nulla*. Non è stato divertente, ma mi ha insegnato quanto poco contino le cose materiali. Ciò che desideravo di più al mondo era la mia libertà, ma non è stata una possibilità finché non sei arrivato tu. Quindi mi hai già donato il mio più grande desiderio. Ora voglio solo il tuo rispetto e la tua considerazione, e magari una spalla su cui appoggiarmi di tanto in tanto.»

«Queste cose le hai già, e anche di più» la rassicurò.

«Ho bisogno anche di qualcos'altro.»

«Qualunque cosa.»

«Ho bisogno di non sentirmi un peso. Ho bisogno di essere trattata come una donna normale, non come Sierra Clarkson, ex prigioniera di guerra. Non voglio essere trattata come un oggetto fragile. Non mi romperò se mi dici di no. O se ti arrabbi. O se hai avuto una giornata difficile al lavoro e vuoi solo essere lasciato in pace. Voglio una relazione nella quale ognuno di noi dà e riceve, non una in cui mi proteggi dal mondo o mi metti su un piedistallo da cui un giorno inevitabilmente cadrò. Ne ho *bisogno*.»

Grover annuì serio, e Sierra si innamorò di lui ancora di più quando non minimizzò le sue preoccupazioni o non cercò di convincerla che non avrebbero mai litigato o non sarebbero mai stati in disaccordo. Faceva parte della vita di coppia.

«Capisco. E nonostante vorrò sempre proteggerti, anche se solo da me e dai miei umori, farò del mio meglio per non comportarmi da cavernicolo.»

«Lo apprezzerei.»

«Ora, hai bisogno che ti porti in braccio così i tuoi piedi non si riempiranno di polvere?»

Lo fissò accigliata, ma poi notò le sue labbra guizzare. «Ah! Molto divertente, cavernicolo» disse, scuotendo la testa.

«So che non sei indifesa. O fragile. Sarei un'idiota a pensarlo dopo tutto ciò che hai passato, ma devo avvertirti che è nella mia natura voler evitare che tu venga ferita. Fisicamente o emotivamente. Nessuno potrà mai più farti provare la sensazione di non essere al sicuro.»

Gradì molto quelle parole e annuì leggermente.

«Vieni. Non vedo l'ora di mostrarti il soppalco nel fienile.»

Ridacchiò mentre riprendevano a camminare. «Era un'allusione?»

Amò il sorriso che le rivolse. «Vuoi che lo sia?»

Questa volta rise di gusto, poi si rabbuiò un po'.

«Cosa? Che problema c'è?»

Dio, quell'uomo era davvero in sintonia con lei. «Niente. Mi sono solo resa conto che ho riso di più con te in queste settimane che nell'ultimo anno. Grazie.»

Grover si portò le loro mani unite alle labbra e baciò il dorso della sua. «Prego, Bean. Vieni, puoi dare un'occhiata al fienile e vedere se pensi che possa essere adatto a qualche animale bisognoso, perché devo ammetterlo, Melba mi è piaciuta molto.»

Sierra sorrise. Le piaceva da morire che il suo fidanzato letale delle forze speciali fosse stato domato dagli enormi occhi marroni di una tenera mucca.

Dovette lasciarle la mano per occuparsi delle larghe porte, ma non appena le aprì gliela riprese per accompagnarla all'interno.

Le aveva detto che era piccolo, ma a lei sembrava piuttosto grande. C'erano diversi box sul lato sinistro, ancora senza cancelli. Al momento, in ognuno c'erano scatole e altri oggetti. C'era una piccola stanza che poteva essere una sorta di ufficio, ma per il resto lo spazio era ampio e aperto. Alzando lo sguardo vide che le travi sul soffitto erano state lasciate a vista e davano la sensazione che l'ambiente fosse ancora più grande.

Lo ascoltò mentre le spiegava cos'era stato fatto per costruirlo e che aveva cercato di mantenerlo semplice. Quando si lanciò a illustrare la planimetria e il fatto di aver assunto un costruttore che lo aveva rinforzato in caso di tornado, Sierra lo ascoltò vagamente. La scala nell'angolo posteriore aveva già attirato la sua attenzione. Era una stretta spirale che portava a quello che supponeva fosse il famoso soppalco di cui le aveva parlato.

«Scusa» le disse. «Sto blaterando all'infinito, vero?»

Lei scrollò le spalle. «No, va bene. Quindi mi stai dicendo

che questo posto può resistere a tutto tranne che al passaggio diretto di un tornado di categoria F4 o 5, giusto?»

«Sì.»

«Bene. Possiamo andare di sopra adesso?»

Lui rise per la sua impazienza. «Certo.»

Sentendosi più libera di quanto non si sentisse da molto tempo, Sierra lasciò la sua mano e corse verso la scala. La salì, facendo attenzione a non inciampare. L'ultima cosa di cui aveva bisogno era di farsi male appena arrivata. Lo sentì alle sue spalle e si concentrò a raggiungere il soppalco.

Grover si diresse subito verso una serie di porte di legno all'estremità dello spazio. Era piuttosto spoglio e c'erano delle scatole, ma fu il divano in pelle vicino alle porte che lui stava aprendo a incuriosirla. Gli si avvicinò lentamente scuotendo la testa.

«Un divano in pelle?» chiese con scetticismo. «Non si rovinerà a restare qui?»

Grover le spalancò e Sierra si dimenticò della domanda quando intravide il panorama di fronte a lei. Quella parte del Texas non era esattamente la più pittoresca, ma in lontananza poteva vedere il paesaggio collinare, e dato che il fienile e la casa si trovavano essi stessi su un'altura, erano al di sopra del terreno che si estendeva per chilometri davanti a loro.

«Porca puttana» sussurrò.

«Non è affatto come la vista dalla casa dei tuoi genitori, ne sono certo» ribatté Grover con una piccola scrollata di spalle.

«Non lo è, ma è bellissimo a modo suo» lo rassicurò.

«E sì, so che il divano in pelle non è molto pratico. Quando Trigger, Oz e Doc mi hanno aiutato a portarlo quassù, hanno fatto un sacco di storie. Ma a me piace venire qui e godermi il panorama. Mi ricorda che c'è bellezza nel mondo, se solo ci prendiamo il tempo di fermarci a guardarla.»

Sierra si avvicinò all'apertura, ma Grover le prese la mano

mentre lo oltrepassava. «Fai attenzione, non ho ancora avuto il tempo di mettere delle barriere di sicurezza.»

Annuì e si avvicinò insieme a lui al bordo. Si trovavano a una quindicina di metri da terra, quindi nulla di terribilmente estremo, ma se fosse caduta si sarebbe sicuramente fatta male.

Non riusciva a distogliere lo sguardo dalla campagna che aveva davanti. Il Texas era molto diverso dal Colorado, quello era certo. Non aveva mentito, era bello come la sua città natale... ma in modo diverso.

L'area subito intorno alla costruzione era ben curata, ma appena oltre c'era erba alta a perdita d'occhio. I fili ondeggiavano dolcemente nella brezza e si sentiva il profumo della terra e un lieve sentore di caprifoglio nell'aria calda che attraversava il fienile.

Chiuse gli occhi, assaporando il momento. Grover si era allontanato e sentì vagamente dei rumori dietro di lei, ma non prestò molta attenzione a ciò che stava facendo.

«Siediti» le disse con dolcezza dopo un attimo.

Riaprì gli occhi e si voltò a guardarlo, e vide che aveva spostato il divano vicino al bordo del soppalco, proprio dove si trovava lei. Gli sorrise e si sedettero entrambi. Senza esitare, Sierra si accoccolò a lui. Appoggiò la testa sul suo petto e fissò il paesaggio.

Poteva sentire il suo cuore battere sotto la guancia e la sensazione del suo braccio intorno alle spalle la fece sospirare di felicità. «È perfetto» sussurrò.

«Non è esattamente il panorama che avevamo nel New Mexico» disse lui sommessamente.

«No» concordò. «È meglio, perché è casa tua.»

Lo sentì emettere un verso che rimbombò contro la sua guancia. «Hai ragione. A volte vengo qui con la speranza di vedere degli animali in mezzo all'erba. Ogni tanto sono fortunato e scorgo un cervo, ma molto più spesso vedo solo puzzole e armadilli che si aggirano là fuori.»

«Adoro l'erba alta. Non credo che mi piacerebbe camminarci in mezzo, perché mi dà l'impressione che mi arrivi sopra la testa, ma regala a questo posto un'atmosfera da prateria» rifletté.

«È vero. Avrei potuto tagliarla, ma mi piace il suo aspetto selvaggio, soprattutto quando ondeggia al vento.»

«Anche a me.»

Sierra non sapeva quanto rimasero seduti lì, ma quando sentì lo stomaco di Grover brontolare, capì che era arrivato il momento di alzarsi e andare in casa. Sollevò la testa e osservò il suo viso che era vicinissimo, e vi vide un'espressione che non riuscì a interpretare.

Non le chiese nulla, si limitò a chinarsi e a baciarla.

Si aprì subito a lui, che portò una mano sulla sua nuca per tenerla ferma mentre prendeva ciò che gli offrì liberamente. Baciarsi non era mai stato così... toccante. Loro due avevano un legame emotivo profondo che non aveva mai sperimentato con nessun altro. Per quanto potesse sembrare sdolcinato, era come se le loro anime si conoscessero.

Si erano già baciati nel New Mexico, ma questa volta fu più intenso. Forse per il fatto di essere lì, a casa di Grover. Forse perché sentiva che stava tornando a essere la donna indipendente che era stata quando aveva deciso di andare in Afghanistan. Qualunque fosse il motivo, le piaceva molto.

Si sistemò in una posizione più comoda mettendosi a cavalcioni sulle sue gambe e inclinò la testa prendendo il controllo del bacio. Lui spostò la mano dalla nuca ai fianchi per avvicinarla di più, così sentì l'erezione che non fece altro che alimentare il suo bisogno. Gli mordicchiò il labbro, poi spinse la lingua nella sua bocca, amando che le lasciasse prendere il comando.

Quando si ritrasse, si sentì un po' imbarazzata del suo atteggiamento aggressivo. Rendendosi conto di essersi praticamente strusciata contro di lui, gli fece un piccolo sorriso.

«Accidenti, donna» sussurrò Grover.

«Ehm... devo scusarmi?» gli chiese, arricciando il naso.

«Cazzo, no.»

«Hai messo questo divano qui sopra per poterci fare sesso?»

«No. Non ho frequentato nessuno da quando mi sono trasferito qui.»

Sierra stava cercando spudoratamente informazioni e non fu delusa dalla sua risposta.

«In quest'ultimo anno mi sono dedicato solo a costruire il fienile e a sistemare la casa, per distrarmi.»

Lei deglutì a fatica. «Da cosa?»

«Dal chiedermi cos'avevo fatto per farti passare la voglia di parlarmi» rispose con un'alzata di spalle. Prima che lei potesse scusarsi, continuò. «E ovviamente ora so che non mi stavi ignorando di proposito, ma erano quelli i miei pensieri.»

Sierra annuì. «Penso che mi piaccia la privacy che hai qui.»

«È piuttosto intimo, vero?»

«Sì. E immagino che dopo il tramonto la vista delle stelle da questo posto sia davvero straordinaria.»

«È così.»

Gli posò una mano sulla guancia e si fece coraggio. Si trattava di Grover, poteva dirgli qualsiasi cosa. Lo aveva più che dimostrato nelle due settimane che avevano trascorso insieme al Rifugio. Se voleva tornare a essere la donna di un tempo, doveva inseguire ciò che voleva. E voleva *lui*. «Questo divano è stata un'ottima idea. È comodissimo e posso immaginarmi seduta qui, a rilassarmi e a guardare il mondo che passa.»

«Già, ho trascorso molte ore quassù» ammise.

«Mi vengono in mente altre cose che potremmo fare

insieme, *qui*» disse in modo allusivo, dimenandosi contro di lui.

«Dannazione» sussurrò Grover, stringendole le mani sui fianchi per tenerla ferma. «Mi fai morire, Bean.»

Lei sorrise.

«E non credere che non abbia pensato di portarti qui nell'ultima settimana e mezza, perché l'ho fatto. Spesso. Ma non due o tre minuti dopo il tuo arrivo.»

«Quindi... forse sei o sette?» chiese, continuando a provocarlo.

Il suo sguardo si infiammò. «Ti voglio» le disse semplicemente. «Non sono riuscito a dormire, pensando a come sarà...»

«Non hai dormito? Hai avuto altri incubi?» lo interruppe.

«Nessun incubo, sono solo rimasto sveglio perché mi mancava averti accanto» la rassicurò. «Ma il punto è che sto cercando di prendermi cura di te. Maledizione, non ti ho ancora fatta entrare in casa.»

«Non ho mai fatto sesso all'aperto prima d'ora. Aspetta... questo conta come spazio aperto?»

«Credo che questo sia quanto di più vicino all'averti nuda e all'aperto io possa accettare» rispose.

Le sue parole la stavano eccitando. Moltissimo.

«Chi ha parlato di stare nuda?»

«Ok, qui abbiamo finito. Basta dire "nuda". Non posso sopportarlo. Che ne dici se ci alziamo e ti mostro la casa? Poi possiamo mangiare. Devi essere stanca dopo aver guidato così a lungo. Probabilmente avresti dovuto spezzare un po' di più il viaggio.»

«Ci tenevo troppo ad arrivare qui.»

Grover si alzò e la portò con sé con semplicità, poi la mise in piedi. La guidò verso il lato del divano, e si chinò per baciarle la fronte. «Resta qui un attimo mentre chiudo le porte.»

Sierra annuì e osservò con attenzione mentre le bloccava, perché voleva imparare per poi farlo da sola. Le piaceva pensare a un futuro lì con lui. Sapeva che entrambi stavano affrettando le cose, ma al momento non le importava. Per la prima volta da oltre un anno, non vedeva l'ora di sapere cosa aveva in serbo il futuro. Le sembrava di avere tutta la vita davanti.

Guardando il divano, poteva praticamente vedere lei e Grover sdraiati sopra, nudi, dopo aver fatto l'amore. La visione era così vivida che decise avrebbe fatto di tutto perché si avverasse al più presto.

Qualcuno avrebbe potuto pensare che fosse troppo traumatizzata da quello che le era successo in Afghanistan per desiderare di avere un rapporto intimo con qualcuno così presto, ma non era così. Forse, se non avesse trascorso le due settimane al Rifugio con lui, l'avrebbe pensata in modo diverso, ma dato che erano stati insieme quasi ogni secondo del giorno e della notte, la loro relazione era progredita velocemente.

Avevano parlato di cose che non avrebbe mai considerato di dire a nessuno dei suoi precedenti ragazzi, nemmeno a quelli con cui era uscita per qualche mese. Avevano vissuto un'esperienza radicalmente sconvolgente e così intensa che li aveva cambiati, e forse li aveva resi più aperti l'uno verso l'altra.

Qualunque cosa fosse, Sierra non aveva paura di Grover. Avrebbe potuto schiacciarla come un insetto, visto che era molto più alto e pesante di lei, ma sapeva con ogni fibra del suo essere che sarebbe morto prima di farle del male.

«Tieniti alla mia spalla mentre scendiamo la scala» le disse.

E ciò dimostrò la sua tesi.

Si fidava di lui. Lo rispettava. Lo apprezzava. Lo amava.

Amava...

Mentre si afferrava alle sue ampie spalle, si rese conto di non essere sconvolta dal pensiero di amarlo. Era spaventata, perché sapeva più della maggior parte delle donne quanto fosse pericoloso il lavoro di Grover, ma non avrebbe temuto di impegnarsi con lui a causa di qualcosa che *sarebbe* potuto accadere. Bastava guardare a cos'era sopravvissuta. Frequentarlo non sarebbe stata una passeggiata, ma sarebbe stato molto più facile che essere rinchiusa in una grotta nella montagna e usata come sacco da boxe da un gruppo di terroristi.

Arrivarono in fondo alla scala a chiocciola e lui la guardò. «Devo preoccuparmi del motivo per cui hai quel sorriso malizioso?»

«No» rispose con allegria, prendendolo sottobraccio.

«Mi piaci così» le disse, mentre si dirigevano verso le grandi porte che conducevano al cortile.

«Così come?»

«Felice. Sicura di te.»

«Anche a me» replicò lei. «Anche a me.»

Grover era così entusiasta che Sierra fosse lì che riusciva a malapena a contenersi. Non aveva previsto di baciarla in quel modo appena dopo il suo arrivo, ma stare su quel divano con lei ad ammirare il panorama, era stato molto meglio di quanto avesse mai sognato. Era sollevato anche che avesse visto della bellezza in quel posto. Si era un po' preoccupato che per lei fosse deludente dopo essere cresciuta in montagna e aver trascorso del tempo al Rifugio.

Prima di entrare in casa fecero una deviazione verso la sua auto per prendere la valigia. La Subaru Impreza non era un modello che lui personalmente avrebbe scelto, ma per Sierra era perfetta. Sapeva che era stata un po' nervosa per il viaggio dal Colorado al Texas, perché era da tanto tempo che non guidava, ma si era riabituata in fretta. I suoi genitori le avevano comprato quella macchina e le avevano impedito di sentirsi in colpa per quell'acquisto, ma lo aveva informato che una volta che si fosse rimessa in piedi finanziariamente li avrebbe ripagati.

Grover era orgoglioso della sua casa quanto del fienile e poteva solo sperare che Sierra la trovasse confortevole e rilassante come lui. Le aprì la porta d'ingresso e la fece accomodare. Lasciò la valigia accanto alla soglia pensando di prenderla più tardi, dopo averle fatto fare il giro. Lei posò la borsa su un tavolino ed entrò nel grande salone con la testa inclinata all'indietro.

«Wow, il soffitto è incredibile!» disse.

Grover annuì. «Sì, è stato una delle cose che mi ha convinto a comprare questo posto. Mi piace che sia così alto, mi fa sentire meno stretto.»

Rimase in disparte e la guardò esplorare la sua casa. Lei si fermò davanti alle enormi finestre in fondo alla stanza e fissò a lungo la proprietà. Il retro aveva una vista simile a quella del soppalco nel fienile, con una distesa di prato curato che andava incontro all'erba alta. Non aveva recintato nulla, amando quanto il terreno sembrasse aperto e vasto.

Alla fine Sierra si allontanò dalle finestre e continuò a osservare la stanza. C'erano altri due divani in pelle nella zona giorno, con un tavolino da caffè e altri tavolini posizionati strategicamente in modo che ovunque ci si sedesse ci fosse un posto per posare una bevanda. C'erano lampade per rendere accogliente lo spazio e la sua poltrona preferita si trovava in un angolo. Quando si sedeva lì, aveva la vista sia sulla TV sia sulle grandi finestre.

Sierra entrò in cucina e sollevò il coperchio della pentola. Si girò e gli sorrise. «Ha un profumo delizioso.»

«Sì. È una ricetta di mia madre e mi ucciderebbe se la preparassi male.»

Grover era piuttosto soddisfatto della sua cucina. Non gli era interessato avere tutti gli elettrodomestici di lusso che il venditore aveva cercato di convincerlo gli sarebbero serviti. Alla fine aveva scelto roba in acciaio inossidabile, ma niente di esagerato. Il fornello a gas a sei fuochi era più di quanto avesse bisogno, ma dato che l'ultimo proprietario della casa lo aveva avuto di quel tipo, era stato sensato prenderlo della stessa dimensione piuttosto che rifare gli armadietti.

Sierra sbirciò nella dispensa, poi si voltò e lo guardò con un sopracciglio inarcato.

«Lo so, lo so. È grande.»

«Grande? Accidenti, c'è abbastanza roba lì dentro da bastarti per almeno tre anni. Sei un survivalista o cosa?»

Grover rise. «No. Ma mi piace essere preparato. Dato che vivo fuori città, a volte manca la corrente. Così ho abbastanza acqua, carta da cucina, carta igienica, pasta, zuppa e altri prodotti per resistere a una prolungata assenza di elettricità.»

«Direi che ha senso.»

Decise di non dirle del generatore di emergenza collegato alla casa nel caso in cui *fosse* rimasto senza corrente. Era più comune vedere i generatori nel nord, dove il freddo metteva fuori uso l'elettricità più spesso che lì in Texas, ma gli piaceva il senso di sicurezza che gli dava averlo. La verità era che *era* una sorta di survivalista. Voleva sempre essere sicuro, in caso di disastro, di avere il necessario per provvedere a se stesso, alla sua famiglia – se mai ne avesse avuta una – e anche ai suoi vicini.

Dopo aver visitato la cucina, si avviarono lungo il corridoio verso la sala multimediale di cui si era vantato una volta. Lei si fermò e toccò una lampada posata su un tavolino. «È fatta a mano?»

«Sì.» Non voleva approfondire la questione, ma visto che

l'aveva notata pensò che avrebbe potuto ammettere una delle sue stranezze. «Non è solo una lampada» le spiegò. Si avvicinò e premette un piccolo pulsante vicino a dov'era avvitata la lampadina, e un lato dell'ampia e pesante base di legno si aprì, rivelando un vano nascosto.

Sierra sobbalzò leggermente quando successe, poi gli sorrise. «Forte!» Si sporse e vide la piccola pistola che aveva riposto dentro. «Perché non mi sorprende che tu abbia un'arma nascosta nella lampada?»

Lui non ricambiò il sorriso. «Perché sono un Delta. Perché ho visto troppa merda in questo mondo per non essere preparato a proteggermi.»

Inclinò la testa e gli chiese: «Ne hai altre nascoste qui intorno?»

Grover si concesse finalmente di rilassarsi. «Forse.»

«Oooh, la cosa m'intriga. Me le farai vedere?»

«Certo. Voglio che tu sia in grado di accedere a un'arma in caso di necessità. Mi piace vivere qui, ma so anche che potrebbe essere pericoloso.» Si girò e indicò un grande orologio sulla parete. «Ce n'è una anche lì dentro.»

«Nell'orologio?» chiese, andando subito a vedere. Armeggiò un po' con l'oggetto prima di voltarsi verso di lui. «Come funziona?»

«Premi sul quadrante... proprio vicino al tre.»

Lei lo fece e la chiusura che teneva il quadrante saldamente in posizione si sollevò sul lato sinistro, rivelando un altro scomparto nascosto. Dentro c'era una Glock e un coltello dall'aspetto sinistro.

Sierra si girò verso di lui con gli occhi scintillanti. «È come giocare a nascondino! La prossima dove?»

Sollevato che non lo stesse accusando di essere paranoico o pazzo per avere così tante armi nascoste in casa, le indicò il tavolino da caffè.

Lei si avvicinò e si inginocchiò, facendo un gesto impaziente. «Dai, non farmi aspettare. Dimmi il suo segreto.»

«L'intero ripiano si sposta all'indietro, così si può accedere al vano senza dover togliere ciò che c'è sopra. C'è un pulsante sul lato inferiore a destra che sblocca la chiusura interna. Bisogna spingerlo verso il basso e poi indietro.»

Dopo aver lottato con il pulsante, finalmente riuscì a sbloccare la sicura e spinse lentamente la parte superiore, rivelando un fucile da caccia riposto all'interno. C'era anche un altro coltello e alcune stelle ninja. Sembravano quasi decorative, ma erano estremamente letali se lanciate nel modo giusto.

«Avrei potuto metterle nei cassetti e cose del genere, ma non volevo che si potessero trovare per caso. Una cassaforte mi sembrava troppo ovvia, qualcuno avrebbe potuto rubarla e aprirla in seguito. Inoltre, l'ultima cosa che voglio è che qualcuno che si introduce in casa mia possa usare le mie stesse armi contro di me, o faccia del male a qualcun altro con una pistola che mi ha rubato» spiegò. «Quando i figli dei miei amici saranno qui, non voglio assolutamente che mettano le mani sui miei... giocattoli. E naturalmente, se mai dovesse capitare che qualcuno entri in casa mia senza il mio permesso, voglio essere in grado di sorprenderlo e di proteggermi se necessario.»

«Non devi giustificarti. Penso sia una cosa intelligente. E sono bei nascondigli. Voglio vederne altri.»

Grover ridacchiò.

Le mostrò il bagno appena fuori dal salone e lo studio, che non usava molto, ma aveva una bella libreria lungo una parete. Quando Riley l'aveva vista, praticamente le era venuta la bava alla bocca. La sua collezione di libri era impressionante e Oz era andato a studiare la libreria da vicino per vedere com'era stata costruita, perché voleva farle una sorpresa trasformando una delle stanze della sua gigantesca casa in un ufficio per la moglie... completo di scaffali a tutta altezza proprio come quelli di Grover.

Aprì la porta della sala cinema e fece un passo indietro quando Sierra entrò. Era più fresca del resto della casa, poiché non c'erano finestre. Aveva messo uno schermo su una parete e un proiettore sul retro. Anche per l'impianto audio non aveva badato a spese. Non la usava spesso, ma era davvero fantastico guardare i suoi film di guerra lì dentro. C'erano tre file di poltrone tra le più comode che era riuscito a trovare. Erano abbastanza grandi per far adattare il suo fisico e i cuscini erano molto... *morbidosi*. Era la parola che aveva usato Kinley la prima volta che si era seduta.

«Wow!» esclamò Sierra. «È impressionante.»

«Già. E quell'enorme bandiera di legno sul muro non è lì solo come decorazione.»

Lei sorrise e praticamente si precipitò verso la parete.

«La sezione delle stelle si apre se si preme il pulsante in alto.»

Sierra si girò con il broncio e Grover rise. Non era abbastanza alta per raggiungere la cima dell'oggetto di legno realizzato a mano, così si avvicinò, premette il pulsante al di sopra della sua testa e aprì il portello. Dentro c'era un'altra pistola. «E se premi l'interruttore in basso di lato, la metà inferiore si apre... attenta» la avvertì quando venne quasi colpita.

«Cos'è quello? Un telefono?»

«Sì, in realtà è un intero sistema di comunicazione. Un po' come le radio CB che usano i camionisti. Ci sono anche due telefoni satellitari che per funzionare non si appoggiano alle torri di comunicazione dei cellulari.»

Lo fissò. «Tu *sei* un survivalista, vero?»

Grover si limitò a scrollare le spalle.

«Non dico che sia una cosa negativa, ma non credi che tutto questo sia un po'... esagerato?»

«Probabilmente sì» concordò senza esitare. «Ma devi capire che ho passato tutta la mia vita adulta a cercare i malvagi o a salvare la gente da loro. Ho imparato quanto possano essere subdole le persone e che anche quelle più buone possono fare cose cattive quando si trovano con le spalle al muro. Preferisco di gran lunga essere troppo preparato piuttosto che il contrario.»

«Posso capirlo» disse Sierra, annuendo.

«Forse avrai notato che ho dei nascondigli posizionati in basso, all'altezza della vita – almeno per me – e in alto. Non so mai in quale situazione potrei trovarmi e sono pronto a tutto.»

«C'è qualcos'altro qui dentro?»

«Alcune poltrone hanno degli scomparti nascosti sotto. Mi sono assicurato che non fossero accessibili ai bambini. Sono dotati di serrature biometriche programmate per aprirsi solo con la mia impronta digitale. Il che mi ricorda di assicurarmi che anche tu abbia l'accesso. Possiamo farlo dopo mangiato.»

«Non so se sia necessario» protestò Sierra.

Grover faticò un po' a trovare le parole per spiegare perché fosse importante per lui. «Ho bisogno di sapere che qualunque cosa accada sarai in grado di proteggerti. Per quanto voglia dirti che ci sarò sempre quando avrai bisogno di me, sappiamo entrambi che non è possibile. Le cose succedono e se capitassero a *te*, voglio che tu sia in grado di fare ciò che è necessario per salvarti. E salvare me, se per qualche motivo dovessi essere fuori combattimento.»

«Ok» mormorò. «Ora possiamo smettere di parlare di te che sei ferito e di me che devo fare il Rambo della situazione?»

«Assolutamente sì» replicò subito. Non voleva pensare alle centinaia di circostanze orribili che gli stavano passando per la testa, dove Sierra era da sola e aveva bisogno di un'arma per proteggersi.

La vide guardarsi ancora una volta intorno e poi rabbrividire.

«Che c'è?»

«È che... questa stanza mi ricorda un po' quella grotta. Senza finestre, buia, più fredda del resto della casa.» Scrollò le spalle un po' imbarazzata. «Ma non è un grosso problema.»

Grover la prese subito per il gomito e la condusse verso la porta. Non ci aveva pensato, ma aveva ragione. Si ripromise di chiamare un muratore per bucare il muro e ricavarne una finestra. Avrebbe potuto mettere delle tende oscuranti e renderla comunque utilizzabile come cinema, ma probabilmente era più sicuro avere un altro punto di uscita.

Sierra fece uno sbuffo e una risatina. «Si vede che stai rimuginando troppo su qualcosa.»

Amava il fatto che fosse in grado di capirlo così bene. «Forse» ammise.

«La stanza è grandiosa» gli confermò.

«Ma ti mette a disagio ed è inaccettabile. Voglio che nessun angolo di questa casa ti riporti alla mente brutti ricordi» disse, mentre tornavano nel salone.

«Non è un problema» ripeté.

«Per me sì. Che ne dici se ora mangiamo e poi ti mostro il resto della casa?»

Sierra gli mise una mano sul braccio e lo fermò mentre andavano verso la cucina. «Grover?»

«Sì?»

Lo fissò per un lungo momento, ma lui non riuscì a interpretare l'emozione che vide nei suoi occhi.

«Sono felice di essere qui» gli disse infine.

«Anch'io, Bean. Anch'io. Forza, ceniamo. Preparerò un'enorme insalata proprio come avevo detto e la pizza che ti avevo promesso la ordineremo un altro giorno.»

«Fantastico. Cosa posso fare per aiutarti?»

Grover non riuscì a smettere di sorridere mentre preparavano insieme l'insalata. Amava quello scenario. Lavorare con lei, mostrarle dove si trovavano le cose in cucina, era una bella sensazione. Era intimo. Quello sarebbe stato il primo di molti – moltissimi sperava – pasti che avrebbero preparato insieme.

CAPITOLO QUATTORDICI

Sierra sospirò soddisfatta e rilassata come lo era stata quei giorni nel New Mexico. Lei e Grover si erano sistemati sul terrazzo sul retro. Le aveva versato un bicchiere di coca e lui stava bevendo una birra. Dopo aver mangiato le aveva mostrato il resto della casa, che consisteva in quattro camere da letto al secondo piano, un altro bagno e una splendida lavanderia. Le aveva detto che prima c'era una piccola camera da letto, ma l'aveva trasformata in lavanderia perché non voleva trasportare ogni volta i vestiti sporchi su e giù per le scale.

Era un po' arrossita quando le aveva mostrato la camera da letto principale e il fantastico bagno annesso, ma aveva fatto del suo meglio per comportarsi in modo disinvolto e composto. Era stato difficile dato che aveva immaginato Grover nudo nella doccia con le pareti in vetro. O nella cabina armadio a vestirsi. O nell'enorme letto a baldacchino che occupava la maggior parte della stanza; era vecchio stile e non assomigliava affatto a quello in cui aveva pensato dormisse ogni notte.

Le aveva spiegato che era appartenuto ai suoi nonni e che

quando erano morti nessun altro era stato interessato a tenerlo, così l'aveva reclamato per sé. Sentirglielo dire aveva solo rivelato un'altra sfaccettatura dell'uomo che amava. Ogni volta che imparava qualcosa di nuovo su di lui, lo ammirava e lo rispettava ancora di più. Conservare un vecchio letto non era esattamente una cosa che sarebbe interessata alla maggior parte degli uomini, ma a Grover sì.

Tutta la casa era stata una rivelazione. Era ben studiata e lui aveva fatto un lavoro di ristrutturazione straordinario. Dalle porte che aveva salvato dal vecchio fienile, ai tocchi moderni come la lavanderia al secondo piano, alla straordinaria sala multimediale. Tutto gli si addiceva perfettamente, e le piaceva ogni piccola cosa che aveva scoperto su di lui semplicemente visitando i suoi spazi.

«A cosa stai pensando così intensamente?» le chiese.

Erano seduti su due sedie separate, cosa che pensava fosse una buona idea, visto che a ogni secondo che passavano insieme lo desiderava sempre di più.

«Mi piace la tua casa» rispose semplicemente.

«Anche a me. Prima mi andava bene vivere in un appartamento, non era una vera e propria casa, era solo un posto dove passavo il tempo tra il lavoro, le uscite con la mia squadra e le missioni, ma sono arrivato a un punto in cui avevo bisogno di un rifugio, un posto dove potermi rilassare completamente e staccare. Il mio lavoro è stressante, quindi volevo avere una casa mia. So che l'esercito potrebbe trasferirmi in un'altra base in qualsiasi momento, ma alla fine tornerei qui. Ho sistemato questo posto pensando alla stabilità. Se avrò la fortuna di sposarmi, è qui che voglio vivere con la donna che amo.»

La guardò. «È questo ciò che voglio. Sedermi qui la sera, parlare della mia giornata e sentire com'è andata la sua. Voglio osservare i cervi e gli armadilli. Stare insieme e rilassarci.»

Sierra si sentì travolgere da un'ondata di desiderio, e fu

quasi dolorosa nella sua intensità. Voleva essere quella donna. Voleva sedersi lì con Grover, in quel modo, negli anni futuri.

Senza interrompere il contatto visivo, si chinò e posò il bicchiere a terra accanto alla sedia. Poi si alzò e si avvicinò a lui. Gli salì sulle ginocchia, come se ormai fosse una cosa naturale, mettendosi a cavalcioni. L'aveva già fatto qualche volta, ma in quel momento le sembrò diverso.

Grover posò la birra e le afferrò i fianchi. Le sue grandi mani erano così calde che poteva sentirne il calore attraverso i vestiti. Mantenne lo sguardo fisso su di lui e andò ai bottoni della sua camicia. Slacciò il primo. Poi quello successivo.

«Sierra?» le domandò, inclinando leggermente la testa.

Lei si fermò. Non voleva fare qualcosa per cui non fosse pronto. Respirava a fatica, sia per l'ansia sia per l'eccitazione. Per la prima volta dopo molti, molti mesi, stava provando un intenso desiderio. Non c'era stato tempo per nient'altro che la sopravvivenza quando era prigioniera, ma ora che era al sicuro negli Stati Uniti, con Grover... il suo corpo stava riprendendo vita.

«Ti voglio» confessò, non riconoscendo il suono roco della sua voce.

Lui portò le mani sulle sue. «Sei sicura?» le chiese con dolcezza.

Sierra annuì. «Sì.»

«Qualche settimana fa volevi che fossimo solo amici. Non eri pronta per qualcosa di più. Voglio solo assicurarmi che tu lo voglia davvero prima di proseguire. So che le cose tra noi sono cambiate mentre eravamo al Rifugio, ma non voglio metterti fretta se non sei veramente pronta.»

«Lo so e lo sono. Quando te l'ho detto, avevo paura. Paura di quanto tu fossi diventato importante per me in così breve tempo. Cercavo di proteggere il mio cuore. Ma dopo quelle due settimane nel New Mexico, ho capito che mi stavo prendendo in giro, e che la vita è breve. Lo so meglio di chiunque altro. Sei uno degli uomini più straordinari che abbia mai conosciuto. E non lo dico solo perché hai fatto qualcosa di incredibilmente altruista e coraggioso. Ho la sensazione che anche se ci fossimo incontrati in un posto completamente normale e sicuro, come un bar o un supermercato, avremmo provato comunque questa attrazione pazzesca. Mi fai sentire come se fossi la persona più importante del pianeta. Mi fai venire voglia di essere migliore, di essere di più. So che non mi sto spiegando bene, ma Grover... non sarei qui in Texas, a casa tua, *sulle tue ginocchia*, se non volessi qualcosa di più tra noi.»

Dopo quel discorso appassionato, per un attimo lui non si mosse. Si limitò a fissarla come se cercasse di leggerle nella mente. Poi strinse le dita sulle sue e inspirò profondamente. Le sue narici si allargarono e Sierra vide il cambiamento nei suoi occhi, ed ebbe una frazione di secondo per prepararsi prima che lui facesse la sua mossa.

Le lasciò andare le mani e la baciò con forza e intensamente.

Sapeva di birra e sebbene lei non fosse una grande fan di quella roba, su di lui era praticamente un afrodisiaco. A quel punto si rese conto che tutte le altre volte che si erano baciati si era trattenuto. Le prese la bocca quasi con disperazione. Portò una mano sulla sua nuca per tenerla ferma e con l'altra le afferrò il fianco così forte da farle quasi male... in modo piacevole.

Grover perse il suo impressionante controllo e fu una delle cose più sexy che lei avesse mai sperimentato. Non si stava trattenendo nemmeno un po', e non si era resa conto di averne bisogno. Molte persone la trattavano con circospezione, per non turbarla e per non farle tornare in mente i brutti ricordi di quando era prigioniera, ma era ovvio che l'unica cosa che lui aveva in mente era la passione. Non cercava di essere gentile o di trattarla come qualcosa di fragile.

Ciò fece aumentare ancora di più il desiderio che provava per lui.

Riprese a sbottonargli la camicia e quando l'ebbe aperta a sufficienza, appoggiò i palmi sul suo petto muscoloso, piantandogli piano le unghie nella pelle.

Lui gemette nella sua bocca ma non si tirò indietro. Dimenandosi sulle sue gambe, Sierra sentì che il suo corpo si stava preparando a prenderlo: le mutandine erano fradice e i suoi muscoli interni si contraevano.

Andò sui suoi capezzoli e glieli pizzicò lievemente, poi più forte quando spinse i fianchi verso di lei. Grover si staccò dalle sue labbra per appoggiarsi al cuscino dello schienale. Respirava a fatica, come se avesse appena corso qualche chilometro, e sapere che era stata lei a provocargli quella reazione, che era stata lei a portarlo a quel punto solo con i baci e le mani sul petto, la fece sentire molto potente.

Quello era un dono. *Lui* era un dono. Se due mesi prima qualcuno le avesse detto che sarebbe stata in quel posto, che avrebbe fatto quelle cose e che si sarebbe sentita in quel modo, avrebbe pensato che stessero praticando una nuova forma di tortura. Invece era proprio lì, con l'uomo che non aveva mai dimenticato. Quello che aveva sognato.

Sierra gli baciò la pelle morbida e vulnerabile della gola, mordicchiando e leccando. Lui non mosse la testa, ma infilò una mano sotto la sua maglietta, accarezzandole la pelle sensibile della schiena. Poi il fianco. Poi, sempre più lentamente, arrivò sul seno.

Si era sempre sentita un po' a disagio per il fatto di essere piccola. Era minuta proprio dappertutto. Prima di essere catturata era una coppa B e pur avendo ripreso il peso perso, il reggiseno era ancora un po' troppo grande. Ma nel momento in cui le dita di Grover giocarono con il pizzo di una delle coppe, dimenticò del tutto quel disagio. I suoi capezzoli si inturgidirono, come se richiedessero il suo tocco. Inarcò la schiena, premendosi contro di lui e implorando di avere di più senza esprimerlo.

E non la deluse. Infilò il pollice sotto il reggiseno e lo passò sul capezzolo. Fu il suo turno di gemere, inarcando ancora di più la schiena.

«Ti piace» ringhiò lui.

Non era una domanda e l'arroganza del suo tono avrebbe potuto infastidirla se si fosse trattato di un altro uomo. «Sì, sì» sibilò.

Le labbra di Grover si curvarono in un sorriso soddisfatto mentre rotolava il capezzolo tra il pollice e l'indice. Sierra lasciò cadere la testa all'indietro mentre i suoi fianchi sussultavano. Non poteva fare altro che stare sulle sue ginocchia e godere delle sensazioni che le attraversavano il corpo. L'eccitazione era strana, quasi aliena, ma deliziosa.

«Bellissima. Tieniti, Bean.»

Per un attimo non capì di cosa stesse parlando. Si *stava* tenendo a lui. Gli aveva messo le mani sulle spalle e inavvertitamente conficcato le unghie nei muscoli duri come la roccia.

Poi Grover si alzò e lei strinse le gambe intorno ai suoi fianchi, ma non l'avrebbe lasciata cadere. Portò una mano sotto il suo sedere e l'altra rimase sotto la maglia a stuzzicarle un capezzolo. Lo guardò e rabbrividì per il desiderio che vide nel suo sguardo mentre andava alla porta. «Devi aprirla tu, ho le mani occupate.»

Sierra arrossì, ma non poté negare che le piaceva che non volesse lasciarla andare nemmeno per un secondo. Si sporse e afferrò la maniglia, stupendosi del fatto che anche mentre si muoveva contro di lui, non smise di accarezzarle il seno.

Grover entrò in casa e si voltò. «Chiudi a chiave.»

Si stava comportando come al solito in modo autoritario, ma dato che le stava facendo provare delle sensazioni meravigliose, non lo rimproverò. Le piaceva che pensasse comunque alla loro sicurezza.

Non appena bloccò la serratura lui si raddrizzò e si diresse verso le scale. Mentre camminava, infilò la mano grande e callosa sotto il reggiseno chiudendola intorno al seno e lei gemette di nuovo.

Grover entrò in camera e andò dritto al letto. Non la lasciò andare, ma si chinò tenendola contro di sé finché non la sistemò proprio dove la voleva. Sierra sentì la schiena toccare il materasso un secondo prima che lui abbassasse la testa per prendere in bocca il capezzolo da sopra la maglietta mentre le massaggiava il seno con la mano.

«Oh merda, Grover!»

Lui non rispose, continuò a divorarla come se fosse un uomo affamato. Sierra si contorse sotto il suo corpo... aveva bisogno di qualcosa di più.

Tirandogli i capelli, riuscì a fargli sollevare la testa. Voleva quell'uomo più di quanto potesse esprimere a parole, ma era anche nervosa all'idea che la vedesse senza vestiti. Era un pensiero frivolo, ma non riuscì a trattenerlo. «Non sono molto grandi» si scusò.

Le pupille di Grover erano dilatate e gli ci volle un secondo per assimilare le sue parole. Poi strinse la mano sulla carne sotto la maglia. «Sei perfetta.»

Sierra sbuffò.

«Non mi credi?» le chiese un po' duramente.

«Le donne non spendono milioni di dollari in protesi mammarie per impressionare altre donne.»

«Agli uomini piacciono le tette» disse Grover in tono secco. «Non importa se sono grandi, piccole, flosce, sode o altro. Non so perché ne siamo tanto ossessionati, ma è così. Ciò che conta è la donna a cui sono attaccate. E quando teniamo a quella donna, per noi è perfetta a prescindere dalla taglia. Tu, Sierra, hai i seni più perfetti che abbia mai visto. Se fossero più grandi, sarebbero sproporzionati. E poi... mi piace quanto sei sensibile.» Le pizzicò ancora una volta il capezzolo e lei non poté fare a meno di ansimare per il dolore erotico che le attraversò il corpo.

«Visto?» disse con un sorrisetto.

Sierra deglutì a fatica. Dall'erezione che spingeva contro la sua coscia era evidente che Grover fosse eccitato. Doveva smetterla di pensare a quelli che considerava i suoi difetti e dedicarsi a ciò che desiderava. E desiderava quell'uomo dentro di lei, che la facesse sentire completa.

Così portò le mani tra loro e si afferrò l'orlo della maglietta. Contorcendosi, riuscì a sollevarla e a sfilarsela dalla testa. Lui non fu di grande aiuto, non con la presa salda che aveva sul suo seno. Quando gettò la maglia di lato, inarcò la schiena e portò la mano sotto per slacciarsi il reggiseno. Si sdraiò di nuovo e lo guardò. Era ancora un po' imbarazzata e respirava a fatica, ma era determinata a comportarsi da adulta.

Grover le tolse lentamente il reggiseno e la fissò a lungo, poi si leccò le labbra e abbassò la testa.

Il primo tocco della sua lingua sul capezzolo la fece sussultare per il sovraccarico di sensazioni. Non la stuzzicò nemmeno, non la leccò in modo sensuale. No, si attaccò e lo succhiò con forza.

Lei fece un verso gutturale e si afferrò al suo braccio con una mano e alla coperta con l'altra. Non poté fare altro che resistere mentre Grover faceva del suo meglio per mandarla fuori di testa.

Dopo un minuto di quella dolce tortura, lui sollevò la testa e le sue labbra fecero uno schiocco quando lasciarono andare il capezzolo che ora sporgeva dritto e inturgidito. Vi passò un dito sopra e anche quella fu una sensazione straordinaria. Era come se delle piccole correnti elettriche scorressero lungo il suo corpo fino alla fica. Era bagnata fradicia e molto eccitata.

«Li amo» le disse con voce più profonda.

«Spogliati» gli ordinò lei quasi senza fiato. Aveva bisogno di toccarlo. Aveva bisogno di sentirlo sopra di sé.

A suo merito, Grover non si fermò a chiederle se fosse sicura. Non esitò nemmeno, andò subito a slacciarle i pantaloni.

Sierra gli allontanò le mani. «Ho detto a *te* di spogliarti.»

Le sorrise. «Solo se lo fai anche tu.»

«Facciamo a chi fa prima» lo sfidò con un sorrisetto.

Dopo aver trascorso due settimane insieme, aveva imparato che Grover era più competitivo di chiunque altro avesse mai conosciuto e non si vergognò di usarlo contro di lui. In due secondi si sfilò la camicia e si sbottonò i jeans.

L'unico motivo per cui Sierra vinse fu perché lui dovette scendere dal letto per togliersi i pantaloni e i boxer, invece lei riuscì a sfilarli lungo le gambe e a scalciarli via, ed era già senza maglietta e reggiseno.

Grover esitò al lato del letto. Il suo cazzo era lungo e grosso e vide fuoriuscire una goccia di liquido preseminale. Mentre lo fissava lui cominciò ad accarezzarsi, torcendo il polso quando arrivava alla punta. Sierra non poté fare a meno di leccarsi le labbra.

Senza dire una parola, Grover si girò e con la mano libera aprì un cassetto del comodino accanto al letto. Tirò fuori un pacchetto di preservativi e lottò per aprirlo. Avrebbe potuto aiutarlo, ma era troppo impegnata a guardarlo.

Non c'erano dubbi, era un uomo bellissimo. Forse non gli piaceva quell'aggettivo, ma non c'erano altre parole per descriverlo. Aveva muscoli ovunque e quando si muoveva si contraevano sotto la pelle. Il suo addome era piatto e a quanto pareva si rasava i peli pubici, il che la fece sorridere.

«Di cosa stai sorridendo, donna?» ringhiò, quando finalmente riuscì ad aprire il pacchetto e tirò fuori un preservativo.

«Di te» rispose, facendo scivolare una mano lungo il corpo e iniziando ad accarezzarsi piano.

Grover bloccò lo sguardo tra le sue gambe mentre risaliva sul letto. Si mise a cavalcioni su di lei e Sierra sussultò quando il suo cazzo le sfiorò la pelle nuda, lasciando una scia di umori.

Mosse le dita più velocemente sul clitoride e allargò le gambe il più possibile, che non fu molto dato che le stava bloccando le cosce con le ginocchia. Mentre lei si stuzzicava, Grover srotolò il preservativo lungo l'erezione. Fu contenta che fosse preparato. Sapeva che avrebbero dovuto parlare di contraccezione e di salute sessuale, soprattutto perché lei era stata prigioniera per così tanto tempo, ma per il momento aveva solo bisogno di lui. Quella conversazione poteva aspettare.

Le piaceva che lui non riuscisse a distogliere lo sguardo dal suo sesso. Non si era mai sentita così sexy. Non aveva mai sperimentato la sensazione che un uomo sarebbe potuto morire se non fosse entrato in lei. Ma era ciò che comunicava l'espressione di Grover, che si morse il labbro e inspirò profondamente sollevando il petto. Si prese il cazzo e lo strinse alla base, come se fosse a pochi secondi dal venire, ancora prima di penetrarla.

Le passò un dito tra le pieghe, lei spostò la mano ma lui scosse la testa. «No, continua a toccarti» le ordinò.

Sierra riportò le dita sul clitoride con impazienza. La cosa peggiore al mondo era essere eccitata all'inverosimile e avere un uomo che si preoccupava più di venire che di assicurarsi che anche lei avesse un orgasmo. Fu felice di sapere che con lui non ci sarebbe stato quel problema.

«Sono grande» disse inutilmente. «Non voglio farti male. Fatti venire, preparati bella bagnata per me. Poi ti scoperò.»

Maledizione, le sue parole erano autoritarie ma così eccitanti. Si accarezzò con più frenesia e quando Grover spinse delicatamente un dito dentro il suo corpo lei strinse i muscoli interni.

«Dannazione» disse lui, buttando fuori il respiro.

Sierra fece un sorrisetto, che svanì quando Grover aggiunse un secondo dito e cominciò a spingere piano dentro e fuori il suo sesso bagnato.

A quel punto non riuscì a pensare ad altro che ad avere l'orgasmo che stava rapidamente montando dentro di lei. Si era masturbata per la prima volta dopo essere stata salvata quando era tornata dal New Mexico. Si era sdraiata sul suo letto a casa dei genitori e aveva fantasticato su Grover, immaginandolo incombere sopra di lei e sorriderle con tenerezza.

Ma accidenti se la realtà non era molto meglio delle sue fantasie. Sentì che si stava avvicinando al culmine e mosse le dita ancora più velocemente sul sensibile fascio di nervi.

«Meravigliosa» le disse in tono roco.

Sierra cercò di allargare ancora una volta le gambe e fece un gemito frustrato quando non ci riuscì. Lo sentì muoversi e un secondo dopo si ritrovò a gambe spalancate. Si era spostato tra le sue cosce, allargandogliele. Non poté impedirsi di premersi contro le sue dita che continuava a spingere pigramente dentro e fuori di lei.

«Di più» lo implorò.

«Vieni per me» disse invece lui.

Gli afferrò un bicipite con la mano libera mentre si strofinava freneticamente, e poi il suo stomaco si contrasse e le sue cosce tremarono quando finalmente raggiunse il culmine.

Non appena Grover si rese conto che stava per venire, tolse le dita e le sostituì con il suo cazzo. La penetrò mentre lei si premeva contro di lui, persa nelle pulsioni dell'orgasmo mostruoso che si era impadronito del suo corpo.

Sentì vagamente un lieve disagio mentre si adattava alle sue dimensioni e alla sua circonferenza. Poi lui le scacciò la mano e usò il pollice per accarezzarle il clitoride già sensibile e che chiedeva sollievo.

Sierra gridò e si contorse, ma non riuscì a smuoverlo. Era troppo grande. Troppo pesante. Il suo tocco la portò ancora una volta al culmine e non poté fare altro che tenere duro mentre la tortura erotica continuava.

Mentre lei si contorceva e dimenava, lui cominciò a muoversi dentro e fuori. Con forza.

Non c'era finezza nei suoi movimenti, Grover spingeva i fianchi velocemente prolungando la sua estasi, prendendosi il proprio piacere.

Non ci mise molto. Tutto il suo corpo si irrigidì, si spinse un'ultima volta dentro di lei, più in profondità di quanto chiunque fosse mai andato prima, e si bloccò. Una vampata di rossore si diffuse sul suo petto mentre gemeva forte e veniva.

Dopo aver fatto alcuni respiri profondi, abbassò lo sguardo sul suo viso... poi lo spostò sul punto in cui erano uniti e ricominciò a strofinarle il clitoride.

«Grover» si lamentò debolmente, ma lui ignorò la sua supplica.

«Vieni di nuovo» le ordinò. «Voglio sentirlo sul mio cazzo ancora una volta. Prima ero troppo concentrato a non esplodere.»

Sierra non poté fare altro che obbedire, sentì il suo corpo tremare e prepararsi a raggiungere un altro orgasmo. In passato, non era mai venuta più di una volta facendo l'amore. Il successivo fu meno intenso, ma non meno sconvolgente.

Grover gemette quando si strinse ancora una volta intorno a lui e il desiderio nei suoi occhi bastò a farla sentire bellissima. E potente. Era *riuscita* a ridurre quell'uomo così imponente in un animale fuori controllo.

Tolse le dita dal clitoride e lei sospirò soddisfatta e un po' sollevata. Poi lui si tirò indietro e gemettero entrambi alla sensazione del suo cazzo che scivolava fuori dalle pieghe bagnate. Grover si alzò e andò in bagno, tornando prima che fosse riuscita a riprendersi. Salì sul letto sdraiandosi sulla schiena e la prese tra le braccia, sistemandosi la sua gamba sulla coscia quando lei gli si stese praticamente sopra.

E inspiegabilmente... Sierra si ammutolì.

Era stato il miglior sesso della sua vita, ma si stava già pentendo di essere stata lei a iniziarlo. Soprattutto così presto, appena arrivata in Texas. Avrebbe dovuto andarci più piano? Assicurarsi che lui volesse davvero avere una relazione a lungo termine? Se lui avesse voluto solo sesso, gli aveva appena reso le cose molto facili.

Proprio mentre la sua ansia aumentava, Grover le accarezzò delicatamente il sedere e disse: «È stato fantastico.»

Annuì contro di lui.

«Devo ammettere che non ero preparato.»

«Ehm... avevi una nuova scatola di preservativi nel cassetto del comodino.»

«Sì, ma non mi aspettavo davvero che arrivassimo a questo punto stasera.»

Si irrigidì. Sì, era un'idiota. Si era mossa troppo in fretta.

Fu chiaro che Grover avesse percepito il suo disagio, perché rotolò fino a portarla sotto il proprio corpo. Si sollevò sui gomiti e le prese il viso tra le mani. Sierra si sentì circondata da lui, ma non soffocata. Non appoggiò tutto il suo peso su di lei, ma non c'era dubbio che volesse la sua completa attenzione.

«Non me lo *aspettavo*, ma ciò non significa che non sia incredibilmente soddisfatto. Per la cronaca, in caso avessi dei dubbi, quando ti ho invitata in Texas volevo che finissimo qui. E quando ho parlato di condividere la mia casa con una donna per il resto dei miei giorni, eri tu quella che avevo in mente. Non mi preoccupa la velocità con cui sono progredite le cose tra noi, perché è da più di un anno che penso a te. Dopo averti incontrata nella mensa in Afghanistan, non sono più riuscito a toglierti dalla mente, e i miei sentimenti per te non sono cambiati anche se eri scomparsa. E...» Fece una pausa, ridacchiando sommessamente. «Be', quando sentirai le storie di Doc, Oz, Brain e gli altri, capirai. Fare le cose in fretta è un po' una nostra prerogativa.»

Sierra annuì. «Quando ho deciso di trasferirmi in Texas, anch'io volevo che finissimo qui» chiarì, ribadendo quel pensiero. «Anche se, forse, saltarti addosso sul terrazzo il primo giorno non era esattamente nei miei piani.»

«È stato eccitante da morire» le disse con un sorriso, chinandosi a baciarle la fronte. Poi rotolò di nuovo riportandoli alla posizione precedente.

«Grazie per non... non so come dirlo senza sembrare una stupida.»

«Non potresti esserlo nemmeno se ci provassi.»

Sierra arricciò il naso e decise di dirlo. «Apprezzo che tu non mi abbia trattata come se fossi fragile. Sai, chiedendomi cento volte se ero sicura o mettendo in dubbio che fossi davvero pronta. So che ho ancora delle cose da risolvere riguardo alla mia prigionia, ma non sono stata violentata. Quindi la mia sessualità non è tra quelle.»

«Vorrei poter dire che l'unica cosa a cui ho pensato è stata quanto ti rispettavo e che mi fidavo che fossi certa di ciò che facevi, ma...» scrollò le spalle «sono un uomo. Un uomo che ti desidera da molto tempo. Temo che il mio cervello sia andato in cortocircuito quando finalmente ho messo le mani su di te.»

Niente avrebbe potuto farla sentire meglio. Le piaceva che lui fosse stato fuori di testa per il desiderio proprio come lei. «È stato così anche per me» sussurrò.

«Detto questo... devo chiedertelo. Non ti ho fatto male? Tu sei minuta e io... no.»

Sierra sorrise. «No. Non mi hai fatto male. Neanche lontanamente. Non ho mai... Grover, sono venuta prima che entrassi in me. Ero più bagnata che mai.» Sapeva di essere arrossita, ma per fortuna non lo stava guardando in quel momento. «Non mi hai fatto male» ripeté.

«Bene» replicò, e sentì la soddisfazione e l'orgoglio nella sua voce. «Non sono durato quanto avrei voluto. La prossima volta andrà meglio. Forse. Dobbiamo però parlare della tua salute.»

«Sono pulita» replicò subito lei. «Quando sono andata dal medico, mi hanno fatto degli esami. Penso che non mi credessero sul fatto che non avevo subito violenze sessuali.»

«Non intendevo quello. Parlavo più che altro della tua salute generale. Le mestruazioni sono ricominciate? Hai ripreso un po' di peso. Che cosa dobbiamo tenere d'occhio per far sì che il tuo corpo torni alla sua normale routine?»

Sierra si accoccolò meglio e Grover strinse il braccio intorno a lei. Avrebbe dovuto essere una conversazione imbarazzante, ma per qualche ragione con lui non lo era.

«Non ho ancora le mestruazioni, ma il medico dice che è normale. Potrebbero volerci fino a sei mesi, anche se il mio peso sta tornando quello di prima.»

Lo sentì annuire. «È quello che pensavo. Probabilmente non è intelligente introdurre un mucchio di sostanze chimiche e ormoni nel tuo corpo quando stai cercando di tornare alla normalità. Non ho problemi a usare i preservativi. Però non sono efficaci al cento per cento. Posso sempre adottare misure più durature per proteggerti, se ce ne sarà bisogno.»

Sierra sollevò la testa. «Cosa intendi?»

«Che se devo fare una vasectomia per proteggerti da una gravidanza quando il tuo corpo sta ancora guarendo, è ciò che farò.»

Lo fissò sorpresa. «Ma... poi non potresti più avere figli.»

«Chi lo dice?»

«Ehm... la *biologia*?»

Le fece un piccolo sorriso. «Probabilmente è troppo presto per parlare di queste cose. Potremo discuterne a lungo in seguito, quando e se decideremo di avere dei figli, ma le vasectomie sono reversibili. Inoltre, potrei far congelare lo sperma se per te l'adozione è fuori questione. Ci sono un sacco di bambini là fuori che hanno bisogno di una casa e potremmo sempre seguire quella strada se decidessimo di volere dei figli.»

Sierra sentì di nuovo quel pizzicore in gola, ma come al solito non uscirono lacrime. Non riusciva a credere che lui fosse disposto a spingersi così in là per lei.

«Voglio una relazione duratura» disse serio. «Ma non sono disposto a mettere a rischio la tua salute. Rimanere incinta in questo momento non sarebbe sicuro. Per quanto tu ti senta bene, il tuo organismo si sta ancora ristabilendo dal trauma che ha subito. Farò tutto il necessario per assicurarmi che tu guarisca con il tuo ritmo e senza stressare ulteriormente il tuo corpo.»

Sierra abbassò la testa e premette il naso sulla pelle calda del suo collo.

«Bean?»

«È che... non posso chiederti di farlo, Grover. È una follia.»

«Non me lo stai chiedendo. Mi sto offrendo volontariamente. Guardami, Sierra.»

Fece un respiro profondo e sollevò la testa, incontrando il suo sguardo.

«Per me questa non è un'avventura. Mi sei entrata così tanto nell'anima che non credo sopravvivrei se te ne andassi.»

Non era arrivato a dire che l'amava, ma vedeva la verità nei suoi occhi. «Non so cosa ho fatto per meritarti» sussurrò infine lei.

«Sei sopravvissuta» disse Grover con semplicità. Poi si

chinò e le baciò le labbra, prima di esortarla a sdraiarsi. «Possiamo parlarne più tardi.»

Sierra fece un respiro profondo. Aveva ragione. Non era pronta a parlare di figli, e anche se apprezzava che volesse prendersi cura di lei, non era sicura di volere che si facesse una vasectomia. Ripensò alla conversazione che avevano avuto su quell'argomento quando erano prigionieri. Gli aveva detto che le piaceva essere libera e lui aveva ammesso che gli piaceva stare con i ragazzini più grandi, come Logan e Bria. Quello le fece pensare a quanti bambini si trovavano nel sistema degli affidi.

Forse la sua idea non era così folle come sembrava. Se in futuro avesse voluto diventare madre, l'adozione era sicuramente un'opzione.

«Dormi, Bean, possiamo definire i dettagli più tardi.»

«Che ora è?» gli chiese.

«Non ne ho idea.»

«Dobbiamo mettere la sveglia. La mia roba dovrebbe essere consegnata domani mattina.»

«Sarò già in piedi» disse Grover con sicurezza. «Il mio corpo è stato addestrato a svegliarsi presto. Dopo tanti anni di allenamenti è raro che riesca a dormire oltre le sette.»

«Ok» replicò, facendo un enorme sbadiglio. Nel New Mexico aveva notato che era una persona mattiniera. Se diceva che sarebbe stato sveglio, lo sarebbe stato.

«Inoltre, so che stanotte dormirò bene, quindi mi alzerò *sicuramente* in orario» la rassicurò.

«Avevi detto che da quando sei tornato dal Rifugio hai dormito bene.»

«È così. Ma con te al mio fianco, tra le mie braccia, dormirò ancora meglio.»

Oh! Poteva anche affermare di dire sempre cose fuori luogo, ma continuava a esprimere parole dolcissime. «È così anche per me» ammise sommessamente.

Sentì le sue labbra contro la testa e si rese conto, sorpresa, di essersi dimenticata dei capelli. Era abituata a ricevere molte occhiate strane di gente che la fissava perché era praticamente calva. La parrucchiera glieli aveva sistemati, ma stavano ricrescendo così lentamente che si sentiva ancora in imbarazzo.

Ma quella sera non ci aveva proprio pensato. A Grover piaceva esattamente così com'era, con o senza capelli.

Sospirando soddisfatta, si rilassò completamente. Non sapeva a che punto sarebbero stati da lì a un mese, un anno, cinque anni, ma sperava e pregava di sentirsi sempre al sicuro e a suo agio con lui come in quel momento.

Con il battito del suo cuore sotto la guancia, Sierra cadde in un sonno profondo e senza sogni, sicura che Grover l'avrebbe protetta da qualsiasi minaccia in agguato nell'oscurità.

CAPITOLO QUINDICI

G ROVER POSÒ l'ultima scatola sul pavimento del nuovo appartamento di Sierra. Con l'aiuto di Doc, Lucky e Trigger e dei traslocatori, non c'era voluto molto per scaricare le sue cose dal camion.

«Sembra che quella sia l'ultima» affermò Lucky.

«Non potrò mai ringraziarvi abbastanza» disse Sierra. «Cosa posso fare per ripagarvi?»

Grover aprì la bocca per dirle che non l'avevano aiutata per essere pagati, ma Doc fu più veloce.

«Puoi venire a casa mia questo fine settimana. Ember muore dalla voglia di conoscerti, come il resto delle ragazze.»

«Mi piacerebbe molto!» replicò lei con entusiasmo.

«Perfetto. Che ne dici di domenica? Dopo le due o giù di lì. Faremo una grigliata di hamburger e altro, sarà una cosa assolutamente tranquilla.»

«Tranquilla. Ceeerto» ribatté Trigger ridacchiando.

Anche gli altri risero.

Vedendola un po' confusa, Grover spiegò: «Ogni volta che ci troviamo tutti insieme, c'è il caos più totale. Non è mai una cosa tranquilla. Se poi ci mettiamo anche i due bambini, Logan e Bria, è un vero pandemonio.»

«Mi sembra... bello» affermò Sierra con un sorriso.

«Scusa se gli altri ragazzi non sono potuti venire ad aiutare oggi» disse Trigger. «Con quel dannato gruppo di miliziani che continua a tormentare chiunque vada e venga dalla base, ci è stato affidato un servizio di sorveglianza extra.»

«Non c'è problema, voi siete bastati, davvero. Non ho molta roba come potete vedere. La Strong Foot Militia è pericolosa?»

Fu un brusco cambio di argomento, ma Grover notò la preoccupazione negli occhi di Sierra.

«Sono soprattutto fastidiosi» rispose Trigger. «Cercano di convincere a unirsi a loro i soldati e i membri delle loro famiglie che sono in attesa di entrare alla base. Non stanno infrangendo nessuna legge, dato che rimangono sulla proprietà pubblica, ma hanno spaventato abbastanza persone da spingere il comandante ad assegnarci questo compito, perché la prudenza non è mai troppa.»

Sierra annuì. «Per cosa sono arrabbiati esattamente?»

«Per cosa *non* sono arrabbiati vorrai dire» rispose Lucky. «Sono antigovernativi e pensano che i militari siano la fonte di tutti i mali. Credono che chiunque lavori per il governo sia un nemico.»

«Quindi, cosa sperano di ottenere molestando tutti quelli che entrano ed escono dalla base? Non è che potete semplicemente mollare tutto... no?»

«Esatto» rispose Grover. «Molti degli uomini che molestano quelle persone sono giovani. Pare abbiano tra i diciotto e i vent'anni. Penso che siano solo annoiati e che si siano alleati per una sorta di mentalità da gregge. L'unione fa la forza, e per ora ciò che fanno è divertente per loro.»

«C'è un tizio più vecchio» osservò Trigger. «Se ne sta dietro la folla e lascia che siano gli altri a importunare. Quel tipo alto circa un metro e ottanta, con la barba e i capelli lunghi.»

«Sì. L'ho visto. Sappiamo qualcosa di lui?» chiese Lucky.

«No. Ma forse sarebbe una buona idea vedere se riusciamo a scovare qualche informazione. Se è il leader del gruppo e riusciamo a eliminarlo dal gioco, forse gli uomini che sono con lui se la svigneranno a San Angelo o da dove sono venuti» rifletté il loro leader.

«Vale la pena tentare» concordò Grover. «Taglia la testa al serpente e muore.» Non appena finito di parlare guardò Sierra... e sorrise della sua espressione.

«È disgustoso» disse lei.

«Ma appropriato» ribatté Lucky. «Ti serve aiuto con qualcos'altro?»

Si guardò intorno, osservando le scatole accatastate qua e là nel piccolo appartamento. «No, sono a posto così. Grazie ancora per l'aiuto.»

«È il nostro lavoro» la rassicurò Lucky.

«Ci vediamo questo fine settimana» le ricordò Doc.

Sierra sorrise. «Non vedo l'ora.»

«Non stupirti se la festa verrà tirata in ballo nella vostra chat di gruppo» la avvertì Trigger. «Alle ragazze piace organizzare ciò che deve portare ognuno. Sai, chi procura i dolci e chi l'alcol.»

Lucky rise. «Ricordate quella volta che non è stato coordinato nulla e c'era solo carne e roba di cioccolata?»

«Ma nessuno si è arrabbiato troppo, se non ricordo male» aggiunse Grover. «Abbiamo mangiato tutti la carne e le ragazze si sono rimpinzate di dolci.»

Sierra ridacchiò.

Trigger, Lucky e Doc la salutarono con un cenno del mento prima di uscire dall'appartamento.

«Allora, da dove vuoi cominciare?» le chiese Grover.

«Non devi tornare al lavoro?»

«No. Il mio comandante mi ha dato il resto della giornata libera. Si è abituato al fatto che abbiamo bisogno di tempo per aiutare le nostre ragazze a trasferirsi. Penso che dovremmo iniziare sistemando il letto. Hai bisogno di un posto per dormire.»

Sierra lo guardò inarcando un sopracciglio.

Lui ridacchiò. «No, non stavo cercando di proporti niente, anche se... non sarebbe una cattiva idea.»

«Sei proprio un uomo» disse ridendo.

«Già» concordò, e andò verso di lei.

Sierra indietreggiò man mano che lui si avvicinava, finché andò a sbattere contro il muro.

Grover mise le mani ai lati della sua testa e si chinò. «Vorrei sottolineare che non sono stato io quello che l'ha pensato per primo, ma *tu*. Ho semplicemente fatto un commento innocente sul fatto di montare il letto, sei stata tu a renderlo sconcio.»

Gli posò le mani sui fianchi, e Grover quasi si risentì che la giacca dell'uniforme fosse infilata nella cintura impedendole di farle scivolare sotto.

«Puoi biasimarmi dopo questa mattina?»

Le sorrise. Si era svegliato presto, come al solito, e non era riuscito a resistere alla tentazione di leccarla. Svegliarla con la bocca tra le sue gambe era stato sensuale e così dannatamente eccitante che si era quasi dimenticato di mettere il preservativo prima di penetrarla.

«È che sei irresistibile» le disse. «Non è colpa mia.»

«Certo, non è colpa tua» lo stuzzicò. «La tua lingua è finita *per caso* tra le mie gambe e il tuo cazzo, in qualche modo, è magicamente sprofondato dentro di me.»

Grover scoppiò a ridere. Dio, amava quella donna. Abbassò la testa e strofinò il naso sulla pelle sensibile vicino all'orecchio. Quella mattina aveva scoperto quanto le piacesse essere toccata e leccata lì.

«Non stai giocando in modo leale» brontolò lei, inclinando però la testa di lato e dandogli l'approvazione non verbale a continuare.

Le mise le mani sulla vita e si obbligò a non sfilarle la maglietta dalla testa. Voleva davvero montare il letto. Tutto il resto poteva aspettare, ma le serviva un posto dove dormire. Pensarla lì senza di lui non era piacevole, ma spinse quel pensiero in un angolo della mente. Sierra voleva essere indipendente, ne aveva bisogno. Era sopravvissuto senza averla nella sua vita per trentatré anni, poteva sopportare una notte o due ogni tanto. Almeno sperava.

Quel tocco si trasformò rapidamente in una lunga sessione di baci. Nonostante le buone intenzioni, non riuscì a trattenersi, così una mano finì sotto la sua maglietta e l'altra tra le sue gambe. Non aveva molto spazio per muoverla nei pantaloni, quindi fu una sfida stimolarla, ma non se la cavò male, se il modo in cui si dimenava e gemeva contro di lui era un'indicazione.

La fece venire proprio lì contro il muro, e fu una cosa molto sexy.

Quando finì, sfilò le dita da sotto la cintura dei pantaloni e se le leccò. Il rossore sul viso di Sierra era qualcosa che non si sarebbe mai stancato di vedere.

«Non posso credere che tu l'abbia fatto» gli disse.

«Non dovresti essere così dannatamente seducente.»

«Quindi anche questo è stata colpa mia?»

«Sì» rispose Grover senza il minimo rimorso.

La sua espressione determinata la tradì, così lui riuscì a bloccarle la mano prima che lei potesse afferrargli l'uccello. «No, no. Dobbiamo sistemare i mobili.» Grover guardò l'orologio. «E si sta facendo tardi. Devo farti mangiare.»

Fece un verso di disapprovazione. «Ma che mi dici di... quello?» Indicò l'erezione con la testa.

«Può aspettare. Quello che abbiamo appena fatto era per

te.» Fece per prenderle la mano, ma lei scosse la testa e si allontanò.

«Non sono schizzinosa, ma devi lavarti quella mano prima di fare qualsiasi altra cosa.»

Lui ridacchiò. «Giusto. Perché non vai in camera e decidi dove sistemare il letto? Arrivo subito.»

«Ok. Grover?»

«Sì, Bean?»

«Sono felice.»

Due parole. Bastarono quelle per farlo sentire contento e soddisfatto. «Mi fa piacere. Lo sono anch'io.»

Si sorrisero, poi Sierra si girò per dirigersi verso la camera da letto. Lui andò in cucina a lavarsi le mani e pensò a quanto era cambiata la sua vita in un periodo così breve. Quando era andato in Afghanistan non aveva in mente un piano, ma una volta capito che la cosa migliore da fare per scoprire cosa le fosse successo era farsi catturare, non ci aveva pensato due volte. E lo avrebbe rifatto mille volte, se ciò avesse significato sentirla dire che era felice.

Era stato fortunato e lo sapeva. L'esito della sua cattura avrebbe potuto essere negativo. Ma Sierra era valsa tutta l'incertezza e il dolore sperimentati. Vederla fiorire, ridere, arrossire e sorridere, valeva tutte le difficoltà che aveva dovuto affrontare. Ora era libera. Ed era sua. Aveva ancora molta strada da fare per tornare alla normalità, qualunque fosse per lei, ma ci sarebbe arrivata. Su questo non aveva dubbi.

———

Quella notte, mentre era sdraiata nel letto di Grover, Sierra si chiese come fosse arrivata lì. Aveva avuto tutte le intenzioni di rimanere nel suo nuovo appartamento. L'ultima cosa che voleva era approfittare della sua ospitalità, ma dopo aver sistemato il letto, l'aveva convinta a lasciarsi aiutare a svuotare un po' di scatole. Poi avevano riarrangiato alcuni mobili prima di tornare da lui per pranzare. Ciò aveva portato a una tranquilla giornata di relax, seguita da lui che le preparava di nuovo da mangiare.

Le aveva fatto delle costolette di maiale glassate all'arancia, poi l'aveva convinta a guardare il tramonto dal soppalco. Avevano perso la cognizione del tempo mentre parlavano sul divano di pelle e a un certo punto si era ritrovata a sbadigliare e a non riuscire a tenere gli occhi aperti.

Grover l'aveva convinta che sarebbe stato troppo pericoloso per lei guidare fino all'appartamento quando era così stanca. Per non parlare del fatto che aveva dimenticato di tirare fuori le lenzuola, e comunque non aveva idea di quale fosse la scatola che le conteneva. Dato che la sua valigia era ancora lì, le era sembrato ovvio rimanere.

Nel momento in cui si erano infilati sotto le coperte, non erano riusciti a togliersi le mani di dosso e, prima di rendersene conto, si era ritrovata nuda e a cavalcioni di Grover. Lo aveva scopato a lungo e con forza, adorando stargli sopra. Ovviamente era piaciuto anche a lui, se i gemiti e il modo in cui non era riuscito a staccare gli occhi dal suo corpo erano stati un'indicazione.

Ripensò a ciò che gli aveva detto a inizio giornata del fatto di essere felice. Aveva dimenticato cosa significassero la vera soddisfazione e la gioia. Durante la prigionia, il suo obiettivo era stato sopravvivere e non impazzire per la solitudine. L'esperienza aveva avuto uno strano modo di fermare il tempo, finché i mesi senza gioia le erano sembrati anni.

Doveva ancora capire molte cose, in particolare cosa avrebbe fatto per vivere. Aveva un fidanzato fantastico che si preoccupava del suo benessere, un gruppo di donne che l'avevano accettata senza riserve, e senza nemmeno conoscerla, un tetto sopra la testa – anche se non aveva ancora dormito nell'appartamento – e cibo. Era incredibilmente fortunata.

Anche con tutto ciò che le era successo, non riusciva a sentirsi amareggiata. Come avrebbe potuto con Grover accanto?

Si accoccolò di più contro di lui e sorrise quando le strinse le dita. Era sdraiata su un fianco con le gambe piegate, e si tenevano per mano. Avevano dormito così ogni notte quando erano al Rifugio ed era ancora più intimo ora che avevano fatto l'amore.

«Dormi, Bean» le disse assonnato.

Sierra gli baciò la spalla nuda e annuì. «Anche tu.»

«Lo farò, ora che sei qui.»

Sapere che anche Grover sembrava avere bisogno di averla vicina, era una sensazione inebriante. Quella sera aveva finalmente ammesso di aver avuto qualche incubo dopo il New Mexico, quando si erano separati e lei era tornata a casa con i suoi genitori. Odiava che si sentisse ancora in colpa per la sua prigionia e sospettava che non sarebbe mai riuscita a farlo sentire diversamente. Era proprio il suo modo di essere.

Chiuse gli occhi con un senso di contentezza e si addormentò.

———

Cory Holliday pulì la sua pistola in modo quasi meccanico. Già a otto anni era stato in grado di smontare e rimontare qualsiasi tipo di arma in meno di dieci secondi. Suo padre se ne era assicurato.

Molte persone avrebbero detto che aveva avuto un'infanzia difficile, ma lui non la vedeva in quel modo.

Suo padre era stato nei Marines, aveva dato tutto se stesso per il suo Paese... e poi lo avevano cacciato senza battere ciglio. Congedato con disonore per un'accusa assurda che il governo non era mai stato in grado di provare. Quando era tornato a casa, non era più l'uomo orgoglioso che Cory ricordava. Era amareggiato, arrabbiato e vendicativo.

Da quel momento, l'obiettivo per il resto della sua vita era stato quello di mostrare al mondo quanto fossero *realmente* corrotte e scorrette le forze armate. Aveva trasmesso il suo odio al suo unico figlio, insegnandogli a disprezzare il governo.

Se suo padre fosse stato ancora vivo, sarebbe stato orgoglioso di lui, ne era certo. Orgoglioso di stare al suo fianco, di partecipare a ciò che aveva pianificato per i soldati plagiati di stanza a Fort Hood e per tutti coloro che vivevano e lavoravano nella zona.

Cory era più che pronto a passare alla parte successiva del suo piano. La Strong Foot Militia si trovava a Killeen da qualche settimana. Diverse decine di persone avevano fatto il viaggio fino a lì e turni di picchetto davanti al cancello principale della base. Amava vedere il disagio e persino la paura sui volti dei soldati, dei lavoratori a contratto e dei familiari quando entravano e uscivano.

Mentre il gruppo principale era accampato appena fuori città, aveva scelto dieci dei suoi più giovani, fedeli e ardenti seguaci per una missione più importante. Il vero motivo per cui si trovavano a Killeen.

Loro undici al momento erano nascosti in una vecchia casa abbandonata. Avevano spaventato i vicini così tanto che nessuno aveva osato chiamare la polizia. Ma quel posto non avrebbe avuto l'impatto di cui avevano bisogno. No, serviva una casa più grande. Una più elegante, preferibilmente occupata.

Una che avrebbe fatto inorridire tutti quando sarebbe esplosa.

E avevano bisogno di un'esca.

Cory sapeva che non era semplice come occupare la casa di una persona a caso. No, avevano bisogno di un motivo per far sì che i giornalisti si presentassero. Per far sì che l'*esercito* se ne accorgesse e facesse tutto ciò che era in suo potere per sistemare la situazione. Cory e il suo gruppo avrebbero potuto istigare i soldati, forzare loro la mano. Costringerli a usare la forza letale per porre fine all'assedio. Proprio come avevano fatto a Waco. Il Paese era rimasto inorridito dalle azioni del governo durante quell'assedio e lui voleva che la cosa si ripetesse.

Era pronto a morire per quella causa. Così come i suoi seguaci. In cambio del loro sacrificio, doveva assicurarsi che il Paese stesse a guardare, che ognuno vedesse quanto il loro governo era fuori controllo. Tutti avrebbero dovuto assistere al loro omicidio... allora, e solo allora, i cittadini americani si sarebbero finalmente tolti i paraocchi. Si sarebbero ribellati alla tirannia sotto la quale avevano vissuto senza nemmeno saperlo.

Ma proprio per quello, avevano bisogno di un'esca. Un soldato altamente decorato e rispettato da far penzolare davanti alla comunità militare, per sfidarla a cercare di salvare uno dei loro malvagi.

Aveva osservato e aspettato la persona giusta mentre facevano picchetto davanti ai cancelli dell'inferno, noto come Fort Hood. Doveva essere qualcuno con un grado abbastanza alto che i pezzi grossi avrebbero temuto di perdere. Un soldato semplice o qualcun altro altrettanto sacrificabile non sarebbe servito a niente. Cory e gli altri stavano seguendo da giorni i militari quando tornavano a casa e non erano ancora riusciti a trovare un'abitazione adatta al loro piano. Erano tutte troppo piccole e in quartieri affollati, troppo per riuscire a tenere sotto controllo la situazione in modo efficace.

Dovevano solo avere pazienza. Alla fine avrebbero trovato il soldato perfetto. Magari qualcuno con una famiglia. I bambini alimentavano sempre le emozioni di tutti.

«Passami un'altra canna» disse Adam.

Cory rimase seduto in fondo alla stanza, continuando a pulire il fucile e limitandosi a osservare Sam, Cameron, Rob, Adam e Zeke che fumavano erba.

Brody, Alan, Tony, Luis e Kevin erano in servizio al momento. Si trovavano fuori dalla base, a mescolarsi tra gli altri membri della Milizia e molestando chiunque entrasse o uscisse. Se con le loro proteste fossero riusciti a ottenere più seguaci sarebbe stato fantastico, ma i nuovi arrivati non sarebbero stati coinvolti nel piano generale, come nemmeno il resto del gruppo, le decine di membri che erano andati lì per unirsi alla protesta ma di cui non poteva fidarsi per la realizzazione dei suoi propositi.

I dieci uomini scelti provenivano dal quartier generale di San Angelo. Erano tutti giovani, molti avevano abbandonato le scuole superiori e la maggior parte di loro era facilmente gestibile con la promessa di droga gratis. Nemmeno *loro* conoscevano il suo piano finale, ma non era necessario. Erano dei veri seguaci, facevano ciò che ordinava semplicemente perché lo diceva lui.

Posò il fucile a terra, prese il sacchettino di erba che aveva accanto e si avvicinò ad Adam, porgendoglielo.

«Grazie, amico.»

Cory annuì e tornò al suo posto contro il muro. Riprese il fucile, continuando il suo lavoro metodico. Una volta trovato il bersaglio, sarebbero andati al magazzino che aveva affittato un paio di mesi prima e avrebbero raccolto il resto del loro arsenale. Il lanciarazzi e le altre armi avrebbero mostrato all'esercito americano che facevano sul serio... e lo avrebbe costretto a reagire con la stessa forza.

Si sedette e chiuse gli occhi sorridendo. Presto. Tutto il suo duro lavoro sarebbe arrivato a compimento e suo padre sarebbe stato vendicato. Dovevano solo darsi da fare e trovare il posto e l'esca perfetti. Poi sarebbe iniziato il divertimento.

CAPITOLO SEDICI

«Se ti senti sopraffatta, dimmelo e ce ne andiamo» disse Grover.

Sierra gli sorrise. Era domenica e stavano andando a casa di Lucky per stare con gli amici. Il piano originale prevedeva di trovarsi da Doc, ma le donne avevano cambiato luogo mentre definivano i dettagli nella loro chat di gruppo.

«D'accordo.» Non gli disse che sarebbe stata bene, sapevano entrambi che avrebbe potuto non essere così. Per quanto le piacesse stare in mezzo agli altri, in Colorado aveva capito che era più difficile di quanto pensasse. La sua psicologa l'aveva rassicurata che col tempo sarebbe diventato più facile stare in mezzo a gruppi numerosi, ma per il momento stava affrontando le cose un giorno alla volta.

Anche se la sera prima aveva programmato di tornare a casa, si era addormentata sul divano di Grover. Erano andati all'appartamento all'inizio della giornata e avevano svuotato altri scatoloni, ma a un certo punto aveva voluto respirare un po' d'aria fresca. Erano tornati alla proprietà di Grover e lo aveva aiutato a fare qualche lavoro in giardino, usando il trattorino tagliaerba – un'esperienza nuova per lei – mentre lui utilizzava il decespugliatore.

Le aveva preparato un'altra cena fantastica e poi aveva messo la docu-serie *Cheer* su Netflix, qualcosa che sosteneva non avrebbe mai guardato ma che pensava potesse piacerle. Sierra non sapeva quando si era addormentata, ma era vagamente consapevole di essere stata portata su per le scale e di essersi accoccolata al fianco di Grover. Solo la mattina, al risveglio, si era resa conto di aver dormito ancora una volta da lui invece che a casa sua.

E Trigger aveva avuto ragione. Gillian aveva scritto un sacco di messaggi nella loro chat, per sapere a che ora ognuno pensava di arrivare e cosa avrebbe potuto portare. Era bello essere inclusa. Non aveva partecipato molto alla conversazione, ma le era piaciuto sentire il suono della notifica ogni volta che arrivava un nuovo messaggio.

Grover parcheggiò la sua Jeep Grand Cherokee lungo la strada dato che il vialetto di Lucky era già tutto occupato dalle auto dei suoi compagni di squadra.

«Accidenti, siamo gli ultimi?» gli chiese. «Pensavo che le altre avessero programmato di arrivare verso le quattro. Sono solo le tre e mezza.»

Lui spense il motore e si girò a guardarla. «Sono un po' subdole» rispose semplicemente.

Lo guardò con sospetto. «Hanno pianificato di arrivare qui per prime? Perché?»

«Probabilmente perché amano trovare scuse per fare festa. Forza, andiamo a vedere cosa succede.»

Sierra scese dall'auto e raccolse la borsa che conteneva i biscotti che aveva preparato quella mattina con l'aiuto di Grover. Lui gliela prese e la tenne per mano mentre camminavano sul marciapiede verso la casa.

«Amo i miei amici, ma so che possono essere travolgenti. Soprattutto quando siamo tutti insieme. Quando c'eravamo solo noi ragazzi, potevamo fare un ritrovo rilassato in cui stavamo seduti a sparare cazzate, ma ora che tutti sono sposati e ci sono dei bambini, il nostro piccolo gruppo di sette persone è diventato di diciotto, compresa te. E se Brain e Aspen invitano la loro vicina novantenne e la nipote con il marito, siamo ancora di più. Ero serio quando ti ho detto che se hai bisogno di andartene, è ciò che faremo.»

Non poteva negare di essere nervosa all'idea di passare del tempo con tutte quelle persone, ma non si trattava di estranei a caso. Erano i migliori amici di Grover. E tutte le donne erano state così gentili con lei nell'ultimo mese che era più che pronta a conoscerle di persona. «Grazie. Vedrò come vanno le cose. Lo stesso vale per te. Se ti senti sopraffatto, sarò più che felice di tornare a casa tua e rilassarmi.»

Grover si chinò e lei inclinò la testa per incontrarlo a metà strada. La baciò con forza, poi si tirò indietro e la guardò. Non riuscì a leggere la sua espressione, ma dopo un attimo lui si limitò ad annuire e a dire: «Ok, facciamolo.»

Non si prese la briga di bussare alla porta, ma afferrò la maniglia ed entrò in casa.

Prima che si accorgessero della loro presenza, Sierra notò persone dappertutto.

«Sono arrivati!» gridò una bionda.

Furono subito circondati da donne che parlavano tutte insieme.

«È così bello conoscerti di persona!»

«Sei così minuta!»

«Stai davvero bene, Sierra!»

«Grazie a Dio sei qui!»

«Com'è l'appartamento?»

Parlavano tutte contemporaneamente e lei non poté fare a meno di ridere. «Sì, sono qui. Parlate sempre tutte insieme?»

Trigger si avvicinò e strinse un braccio intorno alla bionda, che immaginò fosse Gillian, sua moglie. «Sono un po' eccitate. Hanno lavorato sodo per farti una sorpresa.»

Indicò alle sue spalle e lei vide uno striscione scritto a mano appeso alla parete della zona pranzo. Diceva: BENTORNATA A CASA, SIERRA.

«Abbiamo pensato che avesse un doppio significato» spiegò Gillian. «Bentornata negli Stati Uniti e, speriamo, nella tua nuova casa qui a Killeen con noi.»

Quel maledetto pizzicore in fondo alla gola tornò, ma sorrise a tutti. «Grazie.»

«Forza, andiamo» disse una donna alta solo qualche centimetro più di lei, facendo un gesto verso una porta scorrevole di vetro. «I bambini stanno giocando sul retro e abbiamo allestito un'area per stare insieme. I ragazzi hanno montato due gazebi, così possiamo sederci all'ombra invece di stare sotto il portico mentre grigliano.»

«Kinley, magari vuole stare un attimo dentro a rilassarsi» disse un'altra.

«Che ne dite se ci presentiamo tutte prima di fare qualsiasi altra cosa?» aggiunse Ember.

Sapeva che era lei perché, ovvio, era una grande celebrità. Era bella come nelle foto su internet. La sua pelle era liscia e perfetta, i capelli neri e ricci erano a malapena tenuti sotto controllo da un fermaglio sulla nuca. Non era truccata, ma decise che le piaceva di più così, rilassata e casual, piuttosto che agghindata come nelle immagini sui social.

«Sono Ember» le disse.

«Lo so» rispose un po' timidamente. «Non potrò mai ringraziarti abbastanza per l'appartamento. Davvero. Non appena deciderò cosa fare della mia vita, ti ripagherò.»

Ember agitò la mano in aria e scrollò le spalle. «Non c'è problema. Era lì vuoto, quindi sono contenta che tu possa usarlo. Spero che dopo aver visto la mia palestra, deciderai di darmi una mano.»

«Non metterle fretta!» si lamentò Devyn. Sapeva che era lei perché Grover aveva le foto della sua famiglia in giro per tutta la casa. «Potrebbe decidere di venire a lavorare part-time con me alla clinica veterinaria.»

Sierra aggrottò la fronte. «Ma io non so nulla di animali.»

«Abbiamo sempre bisogno di addetti all'accettazione» replicò, apparentemente poco preoccupata di quel particolare.

«Io sono Gillian, e *apprezzerei* avere un aiuto con i miei eventi, se sei interessata a questo genere di cose.»

Grover alzò una mano. «Calma, signore. Prima di tutto... Sierra, queste sono Gillian, Ember, Devyn, Kinley, Aspen e Riley.» Indicò ognuna di loro mentre le presentava e lei pensò che fosse un bene che tre già sapesse chi erano, altrimenti aveva la sensazione che ci sarebbe voluto molto prima che riuscisse a distinguerle correttamente.

«Secondo, sono sicuro che sia felice di passare del tempo con voi e scoprire cosa fate per vivere, ma non è a disposizione della prima che la vuole, come sembrate pensare» disse Grover in modo ironico.

Sierra gli sorrise. «Non c'è problema.»

«No, ha ragione» ribatté Kinley con un sorriso. «Ci stiamo comportando come un branco di sciacalli pronti ad avventarsi sul nuovo membro della tribù. Siamo solo molto contente che sei qui e stai bene. E naturalmente vogliamo aiutarti a sistemarti. Se hai bisogno di qualcosa, non devi fare altro che chiedere.»

«Assolutamente» disse Riley con un gran sorriso. Teneva un bambino sul petto e Sierra non poté fare a meno di notare quanto sembrasse felice.

Aspen annuì. «Sei sempre la benvenuta a fare un giro con me in ambulanza, ma non è il lavoro più eccitante... finché non lo diventa.»

«E questo cosa vorrebbe dire?» chiese Devyn, aggrottando le sopracciglia.

«Solo che può essere molto noioso finché non riceviamo una chiamata per soccorrere una persona incosciente che ha bisogno di rianimazione. A quel punto diventa eccitante molto in fretta» spiegò.

«Bene, ragazze, dovete spostare questa festa lontano dall'ingresso» borbottò Brain. Teneva il figlio suo e di Aspen in un marsupio sul petto, e vedere quell'uomo con un neonato in braccio dopo che lo aveva visto uccidere dei terroristi, era un po' sorprendente.

Doveva essersi accorto che lo stava fissando, perché le fece l'occhiolino e le disse: «Quando vuoi tenere in braccio questo mostro, fammelo sapere.»

«Non è un mostro!» protestò la moglie. Si rivolse a Sierra. «È solo che quando vuole qualcosa la vuole subito, e può diventare un po' chiassoso.»

Tutti ridacchiarono, dimostrando che erano ben consapevoli dei capricci del bambino.

Le piaceva molto che tutti si conoscessero così bene e si trovassero a loro agio insieme. Anche il parlare l'uno sull'altro non la disturbava. Era... familiare.

Grover si chinò e le baciò la tempia. «Ti prendo da bere. Cosa preferisci?»

«Dell'acqua, grazie.»

«Arriva.»

«Dai, abbiamo *molto* di cui parlare» disse Gillian con un enorme sorriso.

Se fosse stata da un'altra parte, e non lì con gli uomini che le avevano letteralmente salvato la vita, avrebbe potuto essere un po' reticente a lasciare il fianco di Grover. Ma anche se aveva appena incontrato quelle donne, le *conosceva*. Era un mese che parlava con loro tramite messaggi. Erano esuberanti, amichevoli e divertenti e dato che sapeva che ognuna di loro aveva attraversato il proprio inferno, sentì un'immediata affinità.

«Porto la borsa con me» disse a Grover, tendendo la mano. «Ho l'impressione che avremo bisogno di sostentamento.»

«Dimmi che c'è qualcosa di dolce lì dentro» implorò Kinley.

«Biscotti alla menta con gocce di cioccolato» la informò.

«Oh sì, ti troverai bene con noi» replicò Riley con un sorriso.

«Ehi! È arrivata?» gridò un ragazzino entrando di corsa in casa.

«Sì, Logan, Sierra è qui» rispose Oz al nipote.

Lanciò un'occhiata al ragazzo che aveva gli stessi capelli castani e gli occhi grigi dello zio. Era anche sorprendentemente alto per essere un undicenne. «Ciao» la salutò. La studiò per un lungo momento, poi fece un passo verso di lei e sollevò il braccio. Prima che Sierra si rendesse conto di ciò che stava per fare, le passò leggermente la mano sui capelli su un lato della testa.

Oz e Grover si mossero nello stesso momento, il primo per afferrare il polso del bambino e allontanargli la mano, il secondo per circondarle la vita e tirarla indietro.

«Che c'è? Che cosa ho fatto?» chiese Logan, alzando lo sguardo confuso verso lo zio.

«Non è educato toccare le persone senza il loro permesso. Ricordi il bullo nella tua classe che ha toccato la bambina?» spiegò Riley.

«Ma... volevo solo toccarle i capelli. Non le *tette*.» Sussurrò l'ultima parola, come se pensasse fosse una parolaccia.

«Non è un problema» disse Sierra, sentendosi in colpa per la sua aria triste.

«Sì che lo è» replicò Oz con fermezza.

«Non ho mai visto una ragazza con la testa rasata. È fico!»

Tirò un sospiro di sollievo. Non aveva bisogno della sua

approvazione, ma non voleva dover spiegare perché i suoi capelli fossero così corti.

«Ne parleremo più tardi» sostenne Riley. «Torna fuori a controllare Bria. Ok?»

«Va bene. Mi dispiace se ho ferito i tuoi sentimenti» le disse Logan.

Sierra gli sorrise e annuì, poi lui si voltò e tornò fuori di corsa.

«Mi dispiace tanto» si scusò Oz.

«Non fa niente.»

«La gente faceva sempre così con mia sorella» disse Doc. «Aveva le trecce e delle acconciature afro bellissime, e gli estranei si avvicinavano per toccargliele senza chiederlo. Non ho mai capito perché i bianchi ritenessero giusto accarezzare i capelli dei neri senza permesso.»

«A volte capita anche a me» concordò Ember.

«È un po' strano» ammise Sierra. «Non farei mai una cosa del genere. E sono sicura che se lo facessi a un bambino i suoi genitori andrebbero su tutte le furie. Ma la differenza è che io sono un'adulta che sa benissimo che il consenso è importante. Non credo che Logan lo stesse considerando, e non l'ha fatto con cattiveria.»

Ember sorrise. «E su una cosa aveva ragione... è fico.»

Avrebbe voluto alzare gli occhi al cielo. Non ne era molto sicura, ma era bello sentirselo dire.

«Dovresti lasciarli corti» concordò Riley.

«In effetti ci sto pensando» replicò.

«Va bene. Ragazze, fuori. Potete parlare di capelli e trucco senza noi uomini intorno» brontolò Trigger.

Tutti risero.

«Sei sicura di stare bene?» le chiese Grover, mentre gli altri si dirigevano verso il cortile.

Lo guardò e annuì.

«Grazie per non averlo fatto sentire peggio di quanto già non si sentisse» disse Oz, interrompendoli.

«Non lo farei mai. È solo un bambino curioso.»

«Non importa, mi assicurerò che capisca perché è stato scortese» la rassicurò.

«Davvero, non è un problema» insistette. «Non è stato il primo e non sarà l'ultimo.»

«Lo sarà se avrò voce in capitolo» borbottò Grover.

Sierra scosse la testa. «Buono, ragazzo» lo rimproverò.

Oz scoppiò a ridere e le fece l'occhiolino. «Mi piace vedere qualcuno che riesce a tenere Grover in riga» sostenne, prima di dirigersi lui stesso verso il cortile.

«Ripensandoci, penso che potrei aver bisogno di un bicchiere di vino o qualcosa del genere.»

«Certo. Tanto perché tu lo sappia, ti inserisci perfettamente in questa combriccola variegata.»

«Mi piacciono. Sono... reali.»

Non appena le parole le uscirono di bocca, si rese conto che era assolutamente vero. Nessuno sembrava fingere di essere contento di vederla. Erano affettuosi e genuini, dicevano cose sciocche e scherzavano con lei e con tutti gli altri. Non temeva di dover stare attenta a ciò che rispondeva.

Da quando era tornata a casa dall'Afganistan, aveva sentito il bisogno di essere cauta con ciò che diceva, per paura di mettere a disagio qualcuno. Di certo non si era fidata di nessuno nella sua città natale tanto da spiegare quello che provava *veramente* riguardo a ciò che le era successo, se non dei suoi genitori. Aveva mantenuto un atteggiamento coraggioso e felice e per lo più aveva detto solo quello che pensava gli altri volessero sentire. Era stato estenuante... un'altra cosa che aveva capito proprio in quel momento.

Quel gruppo di persone non l'avrebbe mai giudicata per le cose che avrebbe potuto dire o fare. Lo sentiva fin nel midollo. Poteva davvero rilassarsi e godere della loro compagnia.

«Sono reali, questo è certo» disse Grover, con una punta di esasperazione. «E sono dei rompipalle» borbottò scherzosamente. «Mi tieni da parte un biscotto?»

Gli sorrise. «Sì.»

«Lo dici ora, ma aspetta di vedere tutti avventarsi su di loro come se non mangiassero da mesi. Soprattutto Bria, devi tenerla d'occhio. Se glielo permetterai, ti incanterà così tanto che riuscirà ad averne una mezza dozzina.»

«Ok. Starò attenta» replicò ridendo.

Mentre Grover continuava a fissarla, riconobbe *quello* sguardo. Si leccò le labbra e fece il possibile per trattenersi dal trascinarlo in uno sgabuzzino o in un bagno e darsi da fare con lui. Quel desiderio le piombò addosso all'improvviso, ma non si sentì in imbarazzo nemmeno per un secondo perché vide la stessa emozione nella sua espressione.

«Devi andare con le ragazze» le disse quasi con disperazione. «Vai, o penseranno che sono qui a pomiciare con te o qualcosa del genere. Non che non abbiano fatto la stessa cosa con i loro uomini.»

Sierra ridacchiò. Poteva benissimo immaginarsele sgattaiolare via per stare con i loro compagni. Era un'altra cosa che aveva già notato: nessuno aveva paura di dimostrare all'altro quanto fosse amato. Si alzò in punta di piedi per baciarlo.

Grover non esitò e si chinò.

«Sono felice» gli disse ancora una volta. Non le era sfuggito come si era intenerito il suo viso quando la sera prima gli aveva detto la stessa cosa. Se bastava quello perché fosse contento e soddisfatto, glielo avrebbe ripetuto ogni giorno per il resto della vita.

«Anch'io. Ora vai. Vai e lega con la nostra tribù.»

Sierra sorrise mentre andava verso la porta. Appena la aprì e uscì, una bambina urlò: «Biscotti!» E corse verso di lei.

Non poté far altro che continuare a sorridere, mentre il mostro dei biscotti da cui era stata appena messa in guardia si avvicinava.

———

Grover era seduto con Sierra sulle ginocchia quando il telefono di Trigger squillò. Si irrigidì, così come fecero gli altri uomini intorno a lui. Riley, Oz, Aspen e Brain erano già andati a casa con i loro figli, perché era passata l'ora in cui di solito andavano a letto. Non c'era motivo di pensare che quella chiamata fosse legata al loro lavoro, ma erano tutti portati a pensare al peggio quando ricevevano telefonate al di fuori del normale orario.

«Trigger» rispose il suo compagno di squadra, e rimase in silenzio a lungo mentre ascoltava chiunque avesse chiamato. «Capisco, Signore. Saremo lì domattina presto. Sì, Signore. Ci vediamo.» E riattaccò.

Grover si preparò a ciò che il suo leader stava per dire.

«Era il comandante Robinson. Siamo in servizio permanente al cancello principale finché quella maledetta Milizia non deciderà di andarsene.»

«Non possono cacciarli via in qualche modo?» chiese Gillian.

«Non stanno infrangendo nessuna legge. Sono su una proprietà pubblica» rispose Lefty.

«Ma stanno molestando la gente» brontolò Devyn. «Questo dev'essere contro la legge.»

«È un confine sottile» disse Doc. «E immagino che nessuno voglia irritare quel particolare gruppo. Hanno legami con altri miliziani in Texas e l'ultima cosa che vogliamo è che Fort Hood diventi l'epicentro di un raduno di massa.»

«Quindi, cosa dovrete fare? Sorvegliare i cancelli?» chiese Sierra.

«Sì, praticamente. Lo abbiamo già fatto di tanto in tanto da quando è iniziata questa storia, ma il comandante della base vuole rassicurare i lavoratori a contratto, i civili e il personale militare che sono al sicuro quando entrano ed escono dai cancelli» spiegò Trigger.

«Non è chissà cosa» sostenne Grover, cercando di tranquillizzare le donne.

«Già, e guardatela in questo modo, se stiamo in servizio permanente ai cancelli per il prossimo futuro, significa che non saremo inviati in missione» affermò Doc con un sorriso.

«Oooh, davvero? È fantastico» disse Ember. «Allora puoi aiutarmi con il mini incontro di scherma che terremo il prossimo fine settimana.»

Doc fece un finto gemito e lei gli diede uno schiaffo sul braccio.

Tutti risero e Grover sentì Sierra rilassarsi di nuovo contro di lui. Si era raddrizzata quando Trigger aveva iniziato a parlare al telefono. Fece scorrere la mano lungo il suo braccio e intrecciò le dita con le sue. Era incredibile come un gesto così semplice lo facesse sentire molto meglio.

«Cosa ne pensi del Rifugio?» chiese Doc a Sierra.

«È straordinario. Un posto bellissimo e tranquillo. Gli uomini che lo gestiscono hanno davvero pensato a tutto. Il cibo è buono come quello di un ristorante a cinque stelle, nonostante non preparino nulla di raffinato. Potevamo fare qualsiasi cosa volevamo. Anche la psicologa è molto brava. Mi ha messo subito a mio agio e anche nelle sedute di gruppo non ho avuto la sensazione che ci fosse una competizione per vedere quali esperienze fossero le peggiori... se capite cosa intendo.»

«Certo» concordò Doc.

«Com'erano gli chalet? Rustici o moderni?» chiese Gillian.

«I nostri erano moderni, ma ce n'erano anche di più spartani. A dire il vero, ne hanno per tutti i gusti. E Melba, la mucca, è il pezzo forte!» disse Sierra entusiasta.

«Hanno una mucca?» domandò Kinley.

«Sì, e anche delle capre, un cane e dei gatti. Andavamo a trovarli ogni giorno dopo colazione. Mi manca Melba.»

«Be', Grover *ha* un fienile» affermò Lucky ridacchiando.

«Sì! Ti prego, Fred! Hai bisogno di una o due mucche! E magari una di quelle capre miotoniche. E qualche gallina!» lo implorò sua sorella.

«No» disse Grover con la massima fermezza possibile, nonostante sapesse che se Sierra glielo avesse chiesto, avrebbe potuto farsi convincere a prendere degli animali da fattoria.

Devyn fece il broncio e lui si limitò ad alzare gli occhi al cielo.

Sentì Sierra ridacchiare e fu contento che non fosse lei a fare pressioni per avere un sacco di animali. Non sarebbe stato in grado di dirle di no. Ma con sua sorella non aveva decisamente problemi a rifiutare.

Dopo qualche altra battuta cambiarono argomento. Ember raccontò con entusiasmo dell'aumento delle iscrizioni alla sua palestra e di quanto fosse felice che lei e i suoi genitori si parlassero di nuovo. Per un po' c'era stata una situazione difficile tra loro, dopo che lei aveva deciso di cambiare completamente stile di vita e di trasferirsi in Texas.

Devyn raccontò di alcuni casi avuti nella clinica veterinaria e Kinley si lanciò in una lunga tirata su quanto fosse irrispettosa certa gente. Come assistente esecutiva, era responsabile dei programmi del suo capo e sembrava che molte persone non fossero molto gentili quando dovevano passare da lei prima di parlare con lui.

Mentre Gillian spiegava i dettagli di una festa che stava organizzando, Grover si chinò e chiese a Sierra: «Tutto bene?» L'aveva fatto ogni ora circa, per assicurarsi che non fosse rimasta lì per educazione. Per lui era più che evidente che le altre donne apprezzavano davvero la sua compagnia e sperava fosse così anche per lei. Se avesse voluto andarsene o ne avesse avuto bisogno, nessuno avrebbe pensato male.

«Sì» rispose. Era seduta di traverso sulle sue ginocchia, con la testa appoggiata sulla sua spalla. Nonostante la risposta, sospirò pesantemente.

«Sei stanca.»

«Un po'.»

«Dobbiamo andare» annunciò Grover quando ci fu una pausa nella conversazione.

«Sì, si sta facendo tardi» concordò Trigger.

«Ci alleniamo comunque domani mattina?» chiese Doc al loro leader. «Lo chiedo solo perché non so a che ora inizieranno i nostri turni al cancello d'ingresso.»

«Sì» rispose lui. «Almeno per domani. Mi metterò in contatto con il comandante Robinson per sapere gli orari. Ma non ha detto nulla sul fatto di arrivare in anticipo, quindi facciamo come al solito fino a quando non ci diranno il contrario.»

«Corriamo o facciamo il percorso a ostacoli?» chiese Ember.

«So che il medico ti ha dato il via libera, ma non credo sia una buona idea che tu faccia il percorso a ostacoli» le disse Doc.

«Corriamo» rispose Trigger, ponendo fine alla discussione tra i due prima ancora che iniziasse.

«Bene. Mi mancava e so di essere fuori forma» ammise Ember.

Kinley si chinò in avanti e sussurrò a Sierra: «È un po' pazza. Le *piace* davvero allenarsi.»

Lei rise. «Be', credo che ci sia un motivo se lei è un'olimpionica e noi no.»

«È vero» replicò l'altra con un sorriso.

«Dai, ragazze, allenarsi non è poi così brutto» cercò di convincerle Ember.

«Se lo dici tu. Io continuerò a mangiare ciambelle e a dormire fino a tardi» ribatté Gillian.

«Oooh, ciambelle. Le mie preferite» dichiarò Sierra.

«Possiamo fermarci a comprarle andando a casa» le disse subito Grover.

Devyn ridacchiò.

«Che c'è?» le chiese.

«Ti tiene in pugno» rispose la sorella.

«Sì» replicò lui, senza provare il minimo imbarazzo.

«Non è necessario fermarsi» ribatté Sierra.

«Se vuoi le ciambelle, le avrai.»

«Grande, ora le voglio *anch'io*» si lamentò Kinley.

«Se domani vieni ad aiutarmi in palestra, farò in modo che ci siano molti snack nella sala relax» la tentò Ember.

«Assicurati di farle specificare che *tipo* di snack» la avvertì Devyn. «È probabile che abbia solo roba sana.»

Grover sorrise, ascoltando le loro battute. Era come se fossero amiche da anni, invece che da un tempo relativamente breve. Avevano davvero legato ed era molto contento che Sierra fosse stata inclusa.

«Bene. Prometto che ci saranno delle girelle alla cannella solo per te» disse Ember a Sierra.

«Ho già detto che sarei venuta ad aiutare, non serve corrompermi... ma per la cronaca, la girelle alla cannella sono le mie preferite.»

«Lo terrò a mente. La prima lezione inizia alle dieci visto che la scuola è finita. Vieni quando vuoi. Io e Julio abbiamo sicuramente bisogno del tuo aiuto.»

«Ci sarò.»

«Perfetto.»

«A questo punto dobbiamo proprio andare» disse Grover.

Si alzò tenendola in braccio e la mise in piedi. Gli altri

decisero che anche per loro era giunto il momento di andarsene e tutti si avviarono verso la porta d'ingresso.

Ci misero un po' a salutarsi e anche quello lo fece sorridere. Una volta partiti tutti, si diresse verso casa.

Solo quando si trovò a percorrere il suo vialetto si rese
conto che probabilmente avrebbe dovuto riportare Sierra
all'appartamento. Non aveva proprio pensato a dove stava
andando.

Dopo aver parcheggiato in garage, si girò verso di lei
pronto a scusarsi e a offrirsi di accompagnarla a casa sua.

Non dovette preoccuparsi che fosse turbata, perché stava
dormendo profondamente. La testa era piegata in un angolo
strano e il corpo era sorretto dalla cintura di sicurezza.

Quando si erano fermati al negozio di ciambelle era stata
elettrizzata, si era presa il suo tempo per decidere quale
comprare, ma chiaramente era più stanca di quanto avesse
voluto ammettere, perché era crollata nel breve tragitto dal
negozio a lì.

Grover scese e andò all'altro lato dell'auto. Le slacciò la
cintura di sicurezza e la sollevò con cautela.

Lei si agitò un attimo. «Siamo a casa?»

«Sì, Bean, siamo a casa.»

«Ok.» Poi appoggiò la testa sulla sua spalla e si strinse a lui.

La sua fiducia significava molto per Grover. Per non
parlare del fatto che gli piaceva da morire che l'avesse chiamata "casa". Magari poteva non sapere che erano da lui e
pensava di essere nel suo appartamento, ma sospettava che
non fosse così.

La portò al piano di sopra e la posò delicatamente sul
letto, sorridendo quando si girò subito su un fianco e si raggo-
mitolò. Le tolse le scarpe, poi scese in garage, prese le ciambelle e controllò tutte le serrature. Tornò in camera e dopo
essersi cambiato, rimase a lungo accanto al letto a osservarla
dormire. Aveva lasciato la luce del bagno accesa nel caso si

fosse svegliata nel cuore della notte. Pensò di farla alzare per cambiarsi, ma decise che per una volta non sarebbe stato un problema lasciarle addosso i jeans e la camicetta.

Salì con cautela sull'altro lato del letto facendo del suo meglio per non farla sobbalzare, ma lei si svegliò comunque.

«Grover?»

«Sì, sono io.»

«Mi sono divertita stasera.»

«Anch'io.»

«Ne è valsa la pena aspettarti.»

Grover si bloccò alle sue parole. Se intendeva ciò che lui *pensava*, non era sicuro di potersi contenere.

«Non mi sarebbe dispiaciuto rimanere in quella caverna un altro anno se avesse significato finire qui.»

Dio. *Aveva* inteso proprio ciò che pensava.

Non riuscì più a trattenersi. «Ti amo» le disse in tono basso e roco.

Lei sospirò e si spostò ancora più vicina a lui.

Grover si rese conto che era praticamente addormentata. Che probabilmente non aveva idea di quello che gli aveva detto... o di come lui avesse risposto. Ma andava bene così. Non voleva spaventarla dicendole "ti amo" troppo presto. Non c'era dubbio che *fosse* piuttosto presto per dirlo; la loro relazione era solo all'inizio. Tuttavia... era certo di ciò che provava.

Le prese la mano e strinse le dita intorno alle sue, sentendosi più tranquillo di quanto non fosse mai stato. Poi chiuse gli occhi e si addormentò.

CAPITOLO DICIASSETTE

GROVER ERA DI BUON UMORE. Era stato svegliato nel cuore della notte da Sierra piegata tra le sue gambe. Gli aveva preso in bocca l'uccello prima ancora che lui capisse cosa stava succedendo. Poi aveva solo potuto fare il possibile per non venire troppo presto. Appena raggiunto il limite, l'aveva spinta indietro, spogliata e presa con forza e passione.

L'aveva lasciata dormire quando si era alzato per andare alla base a fare l'allenamento con la sua squadra, e una volta tornato, avevano fatto una colazione poco sana a base di ciambelle e caffè. Grover non ricordava di aver mai riso così tanto come quella mattina. Più tempo passava con Sierra, più *desiderava* stare con lei.

Negli ultimi giorni c'erano stati momenti in cui era sicuro che stesse pensando a quello che le era successo, ma poi si scrollava di dosso i suoi demoni e si concentrava sul presente. Era straordinaria, e pur amando il suo spirito resiliente, sospettava che avrebbe dovuto tenerla d'occhio per assicurarsi che stesse riuscendo a gestire le emozioni derivanti dalla sua prigionia.

Mentre parcheggiava vicino alla palestra The Modern Kid

verso le nove di quella mattina, dopo aver fatto sapere a Trigger che sarebbe arrivato un po' in ritardo al lavoro, dovette ricordare a se stesso che avrebbe rivisto Sierra quella sera. Gli aveva detto che avrebbe chiesto a Ember di accompagnarla a casa a fine giornata.

«Divertiti oggi. E se hai bisogno di una pausa non aver paura di dirlo a Ember.»

«È come il coniglietto delle pile Duracell, vero?»

«Più o meno. Doc ha faticato molto a farla stare tranquilla dopo che le hanno sparato.»

Sierra scosse la testa. «Non riesco ancora a credere a quello che le è successo. O addirittura che sto per trascorrere tutto il giorno con *Ember Maxwell*.»

Grover sorrise. Anche a lui c'era voluto un po' per abituarsi. «Passa una bella giornata. E ricorda, se non lo trovi divertente, non sei obbligata a promettere di continuare a venire.»

«Lo so.»

Le mise una mano sulla nuca e la attirò dolcemente verso di sé. La baciò a lungo e profondamente prima di scostarsi un poco. La fissò negli occhi per un momento, faticando a trattenersi dal dirle quanto ci teneva a lei.

Sierra gli posò una mano sul viso. «Fai attenzione oggi. Quei manifestanti sembrano dei veri bastardi.»

Lui ridacchiò e annuì. «Lo sono. Ma niente che non possiamo gestire. Soprattutto dopo le missioni che abbiamo fatto e l'aver affrontato alcuni dei peggiori terroristi del mondo.»

Gli sorrise. «Esatto. Il mio fidanzato grande, grosso e cattivo.»

«Non dimenticarlo» scherzò.

Sierra si sporse in avanti e lo baciò ancora una volta, poi si girò e scese dalla Cherokee. Grover aspettò che lei sparisse all'interno della palestra prima di uscire dal parcheggio e dirigersi verso la base.

Quando si avvicinò all'entrata, capì perché il loro comandante aveva assegnato una sicurezza supplementare. C'erano almeno due dozzine di uomini della Strong Foot Militia fuori dal cancello e per essere un gruppo relativamente piccolo, quel giorno erano molto rumorosi e ostili. Si avvicinavano a ogni veicolo sulla strada che portava all'ingresso, urlando contro gli occupanti che aspettavano di entrare.

Sapevano chiaramente che pur essendo autorizzati a dire ciò che volevano, anche se la gente non era d'accordo con loro, non potevano minacciare nessuno o incitare alla violenza. Tuttavia, non significava che le loro grida non fossero offensive o non incutessero paura.

«Basta essere pecore!»

«L'esercito sta uccidendo innocenti all'estero!»

«Pensate per voi stessi!»

«Il Grande Fratello vi osserva!»

«Guardatevi le spalle!»

Grover digrignò forte i denti. La fila per entrare alla base si muoveva lentamente a quell'ora del mattino, e non ebbe altra scelta che starsene seduto ad ascoltare quegli imbecilli molestare la gente, mentre aspettava di mostrare il suo documento di identità.

Un uomo si avvicinò alla sua Jeep, si mise proprio davanti al finestrino e cominciò a provocarlo.

«Ehi, guardate! Un assassino di bambini!»

Prima che Grover potesse battere ciglio, arrivarono altri due uomini. Uno era un po' più vecchio degli altri. Era quello che lui e il suo team sospettavano potesse essere il capo del gruppo. Quello che di solito stava in disparte e incitava gli altri piuttosto che attaccare il personale militare e i lavoratori. Doveva avere tra i quaranta e i cinquant'anni, era di altezza media e coperto dalla testa ai piedi da una mimetica molto usurata e sporca. Aveva la barba incolta e l'aspetto trasandato, ma era la malvagità nei suoi occhi a fargli capire che era una persona di cui diffidare, a differenza dei giovani che lo circondavano.

«Ehi, soldato, se i tuoi capi ti dicessero di piegarti e leccare loro il culo, lo faresti, vero?» chiese uno dei ragazzi.

«Certo che lo farebbe» rispose un altro. «Deve, altrimenti finisce nei guai.»

«È vero, sono come pecore, fanno tutto quello che viene detto loro senza pensarci due volte.»

«Non può pensare, è stupido come una capra!»

Grover non si sentì minimamente offeso dalle loro provocazioni meschine. Non fu nemmeno sorpreso di scoprire che non avevano la minima idea di cosa stessero parlando.

«Sta facendo quello per cui è stato programmato» disse l'uomo più vecchio. «Obbedisce. Uccide uomini rispettosi della legge che cercano solo di vivere la loro vita, e quando il nostro governo li chiama terroristi lo accetta ciecamente senza provare a vedere ciò che ha davanti agli occhi.»

Il finestrino era abbassato solo di pochi centimetri, ma era sufficiente per sentire chiaramente i miliziani e viceversa. Avrebbe voluto rispondere. Dire loro che erano degli idioti, ma sapeva che non era il caso di attaccare. Li avrebbe solo incoraggiati.

«Ehi, Cory, guarda tutte le belle decorazioni sulla sua uniforme. Probabilmente ha ucciso *migliaia* di innocenti.»

«Come ci si sente a sapere che si sta aiutando un governo corrotto a opprimere non solo i propri cittadini, ma anche altri innocenti?» chiese Cory, il più vecchio.

La tranquillità raggiunta dopo il risveglio con Sierra stava rapidamente scomparendo.

Il vento soffiava attraverso il finestrino e Grover percepì la puzza di erba che proveniva dagli uomini. Scosse la testa disgustato. «Qual è il vostro problema?» chiese, infrangendo la sua stessa regola di non lasciarsi coinvolgere. Mantenne però la voce calma, non lasciando trapelare nel suo tono nemmeno un briciolo della rabbia che provava nei confronti di quei tizi e di ciò che rappresentavano. «Siete arrabbiati perché ci sono migliaia di uomini e donne che sono orgogliosi del loro Paese e che fanno attivamente la loro parte per mantenere al sicuro tutti coloro che vivono qui?»

«Al sicuro?» sbottò Cory. «Certo. Il governo minaccia di inviare la Guardia Nazionale per farci fuori, quando vogliamo solo portare l'attenzione sul fatto che stanno cancellando i nostri diritti costituzionali.»

«Non puoi tenere il piede in due staffe» argomentò con calma. «Non puoi parlare di diritti costituzionali e un attimo dopo denigrare il governo. I due vanno a braccetto.»

L'uomo si infuriò e diventò di un rosso intenso. «No, non è vero!» insistette. «Ci stanno opprimendo e tu sei troppo stupido per accorgertene. Apri gli occhi, amico! I militari possono uccidere chi vogliono, *quando* vogliono, senza alcuna ripercussione. *Tu* sei un assassino. Vai in altri paesi, dove la gente la pensa diversamente da noi, e quando qualcuno punta un dito e dice "uccidilo", tu lo fai! Nessuno ti sbatte in prigione. No, ti danno delle medaglie e ti dicono "Ottimo lavoro!". È *ignobile*. E uno di questi giorni la gente di questo Paese si sveglierà e ne prenderà atto. Punterà i piedi e dirà basta!»

Grover capì che quell'uomo poteva essere uno squilibrato. Il fatto che si infiammasse così facilmente era un indizio. All'apparenza sembrava abbastanza normale, ma se davvero credeva che lui – o chiunque altro nell'esercito – potesse uccidere a piacimento, era un illuso.

«Ti sbagli» si limitò a rispondere.

«*No*! Ricorda le mie parole. Quando il governo e i militari non ottengono quello che vogliono, tirano fuori le armi e fanno il possibile per distruggere chiunque osi mettersi contro di loro!»

Le auto davanti a lui cominciarono a muoversi e non si era mai sentito così sollevato. Si ripromise di non permettere a Sierra di andare alla base finché quegli uomini non si fossero stancati di stare lì e se ne fossero andati. L'ultima cosa che voleva era esporla a quello schifo. Inoltre, probabilmente avrebbe perso la testa e si sarebbe scatenata contro i manifestanti. E se qualcuno l'avesse anche minimamente sfiorata, lui avrebbe dovuto reagire e sarebbe finito nei guai.

Sì, era meglio tenerla lontana.

«Mi fate pena» disse, scrollando le spalle.

Cory lo fissò e arrossì ancora di più, mentre gli altri due uomini balbettarono indignati, probabilmente cercando di trovare una buona risposta.

«Il Grande Fratello ti osserva!» esclamò uno di loro mentre Grover avanzava.

«Salva la tua anima e scappa dagli oppressori!» gridò l'altro.

Scosse la testa. Quei tizi non avevano idea per cosa stessero protestando. Sembravano dei mocciosi viziati, incazzati con chiunque dicesse loro cosa potevano o non potevano fare.

Quando arrivò al cancello, il giovane poliziotto militare si scusò per l'attesa e per le molestie dei manifestanti.

«Non è colpa tua.»

«La buona notizia è che a partire da questo pomeriggio avremo un po' di personale in più qui al cancello» disse.

«Sì, sono uno di quelli incaricati all'ulteriore sicurezza.»

«Oh, grande. Allora ci vediamo più tardi.»

Guardò nello specchietto retrovisore mentre superava i cancelli e vide gli uomini che continuavano a disturbare chiunque passasse. All'inizio aveva pensato che il gruppo fosse solo una seccatura, ma dopo aver sperimentato il loro vetriolo in prima persona e aver conosciuto Cory, aveva la sensazione che fossero più pericolosi di quanto avesse immaginato.

———

Cory osservò la Jeep Cherokee che attraversava i cancelli della base e memorizzò il numero di targa. «È lui» disse ad alta voce.

«È lui cosa?» chiese Luis.

«È l'uomo che ci aiuterà a far valere le nostre ragioni» rispose.

«Lui? Ma sembra uno... importante.»

Esatto. Il che lo rendeva perfetto. Era un soldato di grado superiore e quando Luis gli aveva fatto notare tutte le medaglie sul petto, Cory aveva capito che doveva essere qualcuno di autorevole. Dovevano scoprire dove viveva. A quel punto, non importava nemmeno se stava in un appartamento. Forse sarebbe stato meglio. Più persone da far sgombrare. Da disturbare.

Cory inizialmente aveva voluto un posto fuori mano, qualcosa di difficile da raggiungere di soppiatto, con ampi spazi da poter facilmente monitorare, simile al complesso dell'incidente di Waco. Ora si rendeva conto che l'edificio non era importante quanto la scelta della persona giusta.

La maggior parte dei soldati che avevano varcato i cancelli avevano fatto il possibile per ignorarli. Le donne e i bambini erano stati decisamente spaventati. Ma quell'uomo era sembrato *incazzato*. Come se avesse voluto saltare fuori dalla sua auto di lusso e picchiarli a morte.

Quello era il tipo di soldato a cui il governo ambiva. Quello abbastanza possente da imporsi con la forza. Se Cory fosse riuscito a indurre l'esercito a cercare di salvare un uomo importante, qualcuno che volevano disperatamente proteggere, il suo punto di vista sarebbe stato dimostrato ancora più chiaramente.

Si allontanò da quegli stronzi che faceva sempre più fatica a sopportare e tirò fuori il telefono. Compose il numero di un amico di San Angelo che lavorava alla Motorizzazione Civile. La Strong Foot aveva molti membri infiltrati in varie agenzie governative. Dovevano tenere gli occhi aperti, scoprire cos'avevano in serbo i loro oppressori, e il modo migliore per farlo era lavorare per loro.

Sorridendo alla risposta dell'amico, Cory guardò la strada dove l'uomo era scomparso. Sì, sarebbe stato perfetto... meglio ancora se avesse avuto una famiglia e dei figli da sfruttare.

———

Sierra era nella cucina di Grover e sorrideva come una pazza mentre preparava una semplice cena a base di pollo al forno. Fare una cosa così... ordinaria, le sembrava un regalo. Quando era arrivata a casa dei suoi genitori, in Colorado, erano stati loro a cucinare per lei. E anche al Rifugio non aveva dovuto preparare nulla oltre a dei semplici panini. Aveva mangiato al fast food durante il viaggio verso il Texas, e da quando era arrivata lì, aveva quasi sempre cucinato Grover.

Quella era la prima volta che preparava un pasto dall'inizio alla fine da sola da quando era stata liberata, ed era una sensazione sorprendentemente liberatoria. Era una sciocchezza, si trattava solo di pollo al forno, non di un enorme banchetto enogastronomico, ma era un altro passo verso la riconquista di tutto ciò che le era stato tolto. Il riprendersi la sua indipendenza.

Era ben consapevole di non aver ancora trascorso nemmeno una notte nel suo appartamento, contraddicendo proprio quell'obiettivo... lei che era stata così decisa ad avere un posto tutto suo, a stare in piedi da sola. Nonostante ciò, era più che soddisfatta di stare lì. Grover la faceva sentire normale. Come se non fosse Sierra Clarkson, ex prigioniera di guerra.

E poi c'era il sesso...

Non aveva mai pensato di poterlo apprezzare così tanto. Non aveva dubbi che fosse merito del suo uomo; con qualcun altro non sarebbe stato lo stesso. Erano connessi a livello cellulare. Non si sentiva a disagio quando era con lui. Dopo quella prima volta, non si era più sentita in imbarazzo per il suo corpo, i capelli o qualsiasi altra cosa.

Quando Sierra sentì il rumore della porta che si apriva, si girò per salutare Grover che entrava dal garage. Il benvenuto allegro le morì in gola quando vide la sua espressione.

Non era felice. Per niente.

Si affrettò a fare il giro del bancone per andargli incontro. «Cos'è successo? Stai bene? Gli altri stanno bene? Merda, dov'è il mio telefono? È da un po' che non lo controllo.» Si guardò intorno, cercando di ricordare dove lo avesse lasciato, quando sentì le braccia di Grover chiudersi intorno a lei da dietro.

«Stanno tutti bene» la rassicurò, appoggiandole il mento sulla spalla.

Sapeva che quella posizione non poteva essere comoda per lui, così si girò nel suo abbraccio. «Dimmi cosa c'è» lo implorò.

«È quella maledetta Milizia. Sono fastidiosi.»

Sierra lo fissò. «Fastidiosi? Mi rendo conto di non conoscerti benissimo, ma dopo aver passato due settimane con te nel New Mexico, credo di aver imparato abbastanza cose da sapere che non saresti così incazzato con qualcuno che è solo *fastidioso*.»

«Hai ragione. Sono dei maledetti bastardi che si divertono a spaventare la gente e a dire stronzate. Sono terroristi locali che fanno di tutto per diffondere paura e odio, e ciò mi fa ribollire il sangue.»

Be'... ok allora. Quella reazione si addiceva molto di più all'uomo che aveva imparato a conoscere. Gli appoggiò le mani sul petto e le strofinò delicatamente. «Che cos'è successo?»

Lui sospirò e Sierra capì che stava cercando di controllare la sua furia. «Niente che non abbiano fatto nelle ultime due settimane. Ma questa volta ho assistito da un posto in prima fila per cinque ore mentre molestavano chiunque entrasse o uscisse dai cancelli. Sono offensivi e non si rendono nemmeno conto di non avere idea di cosa diavolo stanno parlando. Si inventano le cose e stravolgono la verità per adattarla ai loro scopi distorti o, molto probabilmente, a quelli del loro *leader*. Ed è impossibile dire a cosa stiano realmente puntando. Non ho idea di cosa sperino di ottenere con le loro proteste. Non è che l'esercito abbia intenzione di chiudere la base o altro. Non mi piace non sapere cosa stanno progettando... mi rende nervoso.»

Sierra non sapeva cosa fare per aiutarlo. «Mi dispiace.»

Grover sospirò, poi chiuse gli occhi. Quando li riaprì, sembrava avere ripreso il controllo. Almeno un po'. «No, scusami per l'atteggiamento deprimente.»

«Grover, non devi essere sempre ottimista e felice. Non è così che funzionano le relazioni. Quando sei turbato, faccio il possibile per tirarti su, e quando io non sono felice, tu fai la stessa cosa. Ora dimmi cosa posso fare per farti sentire meglio.»

Parte dell'angoscia trapelò dai suoi occhi mentre la guardava. «Lo stai facendo. Sei qui. E c'è un buon profumo.»

Sierra scrollò le spalle. «È solo pollo.»

«Sai quante volte sono entrato qui trovando la cena pronta?»

«No.»

«Mai. Grazie per aver cucinato. Com'è andata la giornata?»

«Bene. Perché non vai su a cambiarti? Magari fai una lunga doccia. Ti aiuterà. Voglio dire, a *me* di recente ha aiutato quando mi sono sentita sopraffatta. Forse perché sono stata tanto tempo senza questo lusso, ma stare sotto l'acqua calda mi è servito per liberare la mente. Potrebbe farti lo stesso effetto.»

«Mi sembra una buona idea. Poi voglio sapere tutto della tua giornata in palestra con Ember.»

«D'accordo. Vuoi fagioli o mais con il pollo?»

«Fagioli. C'è anche del pane all'aglio nel freezer.»

Gli sorrise. «Va bene. Preparo tutto mentre ti cambi.»

Grover abbassò la testa e appoggiò la fronte contro la sua. «Grazie per essere qui, Bean.»

«Figurati. Sei sicuro che non ne stia approfittando troppo? Voglio dire, ho un appartamento perfettamente funzionante in cui stare.»

«No!» sbottò, sollevando la testa.

Sierra lo fissò sorpresa.

«Scusa» disse, scuotendo leggermente la testa. «Non volevo essere così... brusco. Se vuoi andare a stare nell'appartamento, terrò il broncio ma non te lo impedirò.»

«Mi sento strana perché ho parlato tanto di voler essere indipendente, di farcela da sola, e ora sono qui a dormire felicemente con te ogni notte. Non ho nemmeno svuotato tutte le scatole.»

«Ce la *stai* facendo da sola» protestò Grover. «Datti un po' di tregua. Stai cercando di capire cosa vuoi fare in futuro, ti stai facendo degli amici e vai avanti con la tua vita. In che punto c'è scritto nel manuale "Cosa fare dopo essere fuggiti dalla prigionia" che devi stare da sola mentre risolvi tutto?»

Sierra arricciò il naso. «Non voglio che pensi che ti stia usando.»

«Non lo penso. Forse sono io che sto usando *te*. Voglio

dire, hai preparato la cena stasera. E ho sentito che la lavatrice è in funzione. Presumo che tu non abbia caricato solo la tua roba.»

«Vabbè» replicò Sierra, alzando gli occhi al cielo.

«Accidenti, mi piace.»

«Cosa? Io che faccio l'antipatica?»

Grover rise. «Se quella sei tu che fai l'antipatica, allora ho sessant'anni facili davanti a me.»

Lo fissò di nuovo e poi sorrise, affascinata dal fatto che lui pensasse a loro così avanti nel futuro. Nessuno dei due sapeva cosa avrebbe portato l'indomani, figuriamoci da lì a sessant'anni, ma si sentiva tutta emozionata al pensiero che volesse stare con lei per sempre.

«Grazie, Bean.»

«Per cosa?»

«Quando sono entrato ero di pessimo umore. Lo sono stato per tutto il giorno. Quel gruppo di miliziani mi ha davvero fatto incazzare, ma ora sto ridendo pensando a noi novantenni che ci prendiamo ancora in giro. E tutto questo per merito tuo. Quindi grazie per essere qui, per essere semplicemente te stessa.»

«Non c'è di che. Vai a fare la doccia e a cambiarti, quando tornerai la cena sarà pronta.»

Grover si chinò e la baciò. «Penso che stasera dovremo guardare le stelle dal divano del soppalco.»

Sierra vide il desiderio nei suoi occhi e i suoi capezzoli si inturgidirono subito. Era decisamente disposta a fare l'amore con lui all'aria fresca del soppalco. «Mi sembra una buona idea» replicò, con la massima disinvoltura possibile.

Lui sorrise maliziosamente indietreggiando verso le scale. «Sono felice, Bean» le disse.

«Quella è la mia battuta» si lamentò lei, ma ricambiò il sorriso.

«Già.» Poi si voltò e salì le scale due gradini alla volta.

Lo fissò per un attimo, poi tornò in cucina per finire di preparare la cena. Ripensò a quello che gli aveva detto la sera prima, cioè che se avesse saputo che sarebbe finita lì, più felice di quanto avrebbe mai pensato, avrebbe trascorso volentieri il doppio del tempo in quella cella nelle montagne. Non aveva mentito, stare con lui valeva qualsiasi sacrificio. Non sarebbe stato sempre tutto rose e fiori, ma per il momento si sarebbe aggrappata a quella felicità con tutta se stessa. Sapeva meglio di chiunque altro quanto velocemente la vita poteva cambiare.

Rinnovò la promessa di vivere nel momento, sperando di avere anni e anni di "momenti" con Grover.

A partire da quella sera, con un nuovo ricordo... fare l'amore sotto le stelle con l'uomo che adorava.

Sorridendo ancora una volta come una pazza, e non curandosene, cercò nella dispensa un paio di barattoli di fagioli. Quando sentì l'acqua scorrere nella doccia al piano di sopra, non poté fare a meno di chiudere gli occhi per un attimo in segno di gratitudine. Per la prima volta capì cosa doveva aver provato Grover quando aveva ricevuto la sua lettera.

Avrebbe fatto di *tutto* per continuare ad avere quella vita. Anche a costo di mettersi in pericolo. Avrebbe fatto la sua parte per mantenere la loro relazione felice e solida.

CAPITOLO DICIOTTO

Quattro giorni più tardi, Grover stava lottando per evitare che il suo cattivo umore si ripercuotesse sulla relazione con Sierra. Sapeva che lei non voleva che le nascondesse nulla, ma i bastardi della Strong Foot Militia gli stavano facendo saltare i nervi. Era come se si fossero fissati con lui, tormentandolo in modo particolarmente sgradevole quando era in servizio al cancello.

Persino Doc se n'era accorto e gli aveva detto che forse avrebbe dovuto parlare con il comandante per vedere se poteva essere esonerato da quel compito.

Ma non voleva farlo. Non voleva lasciare che i suoi compagni di squadra facessero il lavoro sporco mentre lui restava in ufficio. Quindi stava cercando di sopportare la situazione, facendo il possibile per ignorare le provocazioni e le battute sarcastiche che gli urlavano contro.

Quello significava che quando al pomeriggio tornava a casa, non era di buon umore. Odiava essere così con Sierra. Faceva del suo meglio per mostrarsi felice per lei quando gli raccontava del tempo trascorso con le altre donne, ma era difficile. Tra l'altro, non le era sfuggito il fatto che lui non fosse coinvolto al cento per cento nella loro relazione, a solo poco più di una settimana dal suo trasferimento in Texas.

Al momento erano a letto e lei aveva appena finito di raccontargli la giornata trascorsa con Riley e i bambini. Erano andate a vedere una partita di baseball di Logan e lui aveva preso una volata ribaltando la situazione per la sua squadra. Avevano vinto otto a sette e il ragazzino era stato molto orgoglioso di sé, dicendo ancora una volta a tutti quelli che ascoltavano che sarebbe diventato un giocatore di baseball professionista, un esterno proprio come Shin-Soo Choo, il suo idolo.

Grover aveva annuito e sorriso in tutti i momenti che pensava fossero giusti, ma quando Sierra si mise a cavalcioni sulla sua pancia per fissarlo, capì che probabilmente si era distratto mentre lei parlava.

«Odio vederti così» gli disse con dolcezza.

«Odio *essere* così» ammise lui.

«La polizia non può cacciarli via? Sembra ridicolo che siano ancora qui dopo tutto questo tempo. Che continuino a spaventare la gente e a urlare stupidaggini.»

Grover non avrebbe dovuto sorprendersi che sapesse esattamente cosa lo preoccupava. «Tecnicamente non stanno facendo nulla di illegale.»

«Le molestie non sono illegali?» sbuffò lei.

«Stanno molto attenti a non oltrepassare il limite che li metterebbe in guai seri.»

Sierra si sdraiò appiattendosi sul suo petto. Gli accarezzò la pelle del collo e borbottò: «Be', li odio per come ti fanno sentire. So che non tutti i soldati sono persone rispettabili come te e la tua squadra, ma mi fa incazzare che li mettano sullo stesso piano affermando che sono "tutti assassini".»

Com'era prevedibile, la sua compassione e la sua empatia lo fecero sentire meglio. «Grazie, Bean.»

Annuì e Grover sospirò. Rimasero così per diversi minuti, poi lei si dimenò un po' e scivolò via da lui per sdraiarsi di nuovo al suo fianco, rimettendo la gamba sopra la sua e un braccio intorno al suo petto.

«Mmm, mi piace questa posizione» disse assonnata.

Grover sbuffò ridacchiando. «Anche a me, ma tra due o tre secondi avrai bisogno di spazio.»

«È vero» replicò con una piccola risatina. «Fintantoché non mi lasci la mano, sono a posto.»

Ed era così. Non aveva idea di come dormissero le altre coppie, ma non gli importava. In quelle celle dentro le montagne avevano creato un legame tenendosi per mano attraverso le sbarre, anche se non potevano vedersi.

Sierra si addormentò poco dopo e, proprio come aveva previsto, si allontanò per mettersi su un fianco con le ginocchia piegate. Ma continuò a tenerle la mano e lei si rilassò subito.

Grover si sentiva inquieto mentre fissava il soffitto. Le cose con Sierra andavano bene. Più che bene. Lei si stava ambientando rapidamente alla vita lì a Killeen e non poteva essere più soddisfatto. I suoi amici erano tutti felici e in salute, così come sua sorella. Avrebbe dovuto essere contento ed estasiato di aver trovato qualcuno con cui voler passare il resto della vita.

Ma nel profondo, la situazione con la Strong Foot Militia lo assillava. C'era qualcosa che non quadrava. Stavano protestando da troppo tempo. Non che ci fosse una linea temporale che stabiliva quanto una persona dovesse o potesse manifestare, ma tutto in quella protesta apparentemente inutile sembrava... sbagliato.

Pareva che ci fossero anche due gruppi distinti. Uno di uomini più vecchi che marciavano con dei cartelli e davano l'impressione di essere quasi annoiati, e quello più giovane, di solito accompagnato da Cory, l'uomo che Grover era ormai quasi certo fosse al comando. Sembravano appena usciti dal liceo e che ripetessero le parole di qualcun altro, non quello che provavano veramente.

Inoltre, a differenza degli altri manifestanti, davano anche la sensazione di essere... sulle spine, come se non vedessero l'ora di fare qualcosa.

Il comandante Robinson aveva fatto delle ricerche su quel tizio, scoprendo che si chiamava Cory Holliday. Aveva dei precedenti, ma solo per qualche reato minore: possesso di droga e violazione di domicilio. Era nato nel Wyoming e suo padre era stato cacciato dai Marines per insubordinazione. Non c'erano altri dettagli su di lui.

Parlando con il team avevano supposto che il padre avesse trasmesso al figlio il suo odio per le forze armate e che dopo tutti quegli anni fosse ancora impantanato in quel rancore.

Dato che la Strong Foot Militia era composta da americani, i Delta – e i militari in generale – dovevano muoversi con cautela. L'ultima cosa che volevano era provocare un incidente più grave. Ma non gli era piaciuto lo sguardo di Cory. Stava progettando qualcosa, se lo sentiva, ma fino a quando il gruppo non avesse dato seguito a ciò che aveva in mente, avevano le mani legate.

Grover non dubitava che avessero delle armi, solo che erano abbastanza intelligenti da non mostrarle mentre protestavano. L'incertezza lo tormentava. Lui e i suoi compagni Delta si affidavano alle informazioni per elaborare un piano d'azione. Senza di quelle, si trovavano decisamente in svantaggio. E dato che il gruppo sembrava essere molto interessato a lui, si sentiva ancora più a disagio.

Grazie a Dio, l'indomani avrebbe lavorato solo mezza giornata. Trigger aveva visto quanto era stressato con il fatto che Cory faceva il possibile per inimicarselo, così l'aveva messo di turno il sabato mattina. Dato che non c'erano in programma missioni imminenti, era libero di andarsene prima.

Sierra invece avrebbe lavorato con Gillian, per aiutarla a organizzare una festa per un cinquantesimo anniversario. Grover voleva fare qualcosa di speciale per lei, per compensare il suo malumore di quella settimana, tipo preparare una cena raffinata e poi magari sedersi sul terrazzo e guardare il tramonto. Non aveva molta importanza ciò che avrebbero fatto, purché avessero passato del tempo insieme.

Sierra doveva anche andare all'appartamento a prendere altri vestiti. Non si sentiva in colpa per il fatto che lei non avesse ancora trascorso nemmeno una notte lì. Avrebbe potuto proporle di stare da lei, ma preferiva la sua di casa.

Lanciò un'occhiata al comodino e riuscì a scorgere la sagoma del porta fazzoletti. La parte superiore si sollevava rivelando uno scompartimento, ma non le aveva ancora mostrato quel nascondiglio.

Sapeva che tenere in giro tutte quelle armi era eccessivo, ma preferiva essere prudente, soprattutto ora che aveva qualcosa di prezioso da proteggere.

Strinse involontariamente la mano di Sierra, che si agitò accanto a lui.

«Grover?»

«Scusa, va tutto bene. Torna a dormire» sussurrò.

«Mmm, ok.»

Quando lei si rilassò di nuovo, Grover fece un profondo respiro. Doveva smettere di vedere problemi dove non ce n'erano. Diversi psicologi che aveva visto nel corso degli anni gli avevano detto che era eccessivamente protettivo. Verso la sua famiglia, la sua squadra, la sua casa. Non era nulla che non sapesse già, ma preferiva essere iperprotettivo piuttosto che non essere preparato.

Si sporse e la baciò sulla fronte prima di sistemarsi. «Ti amo, Bean» mormorò.

Fu sorpreso quando gli rispose: «Ti amo anch'io.»

Sorridendo, poté solo scuotere la testa. Un giorno, presto, uno di loro avrebbe trovato il coraggio di dirlo alla luce del giorno, da completamente svegli, ma per il momento avrebbe tenuto le sue parole vicino al cuore. Era un uomo maledettamente fortunato. Aveva una famiglia e degli amici meravigliosi, e ora una donna che lo amava. Tutto sarebbe andato bene. La vita era bella.

———

Cory si trovava di fronte ai membri della Strong Foot Militia che aveva scelto per aiutarlo a dimostrare il controllo sempre più allarmante del governo.

«È arrivato il momento» disse al gruppo. «Domani entreremo in azione. Sappiamo dove vive il nostro obiettivo e siamo stati condotti a lui per un motivo. La sua casa è perfetta. È isolata e il governo non esiterà ad agire per dimostrare al mondo intero fino a che punto si spingerà per proteggere i propri segreti.»

«Forte!»

«Sarà divertente!»

«Staremo poco in prigione, vero?» chiese Kevin. «La mia sorellina compie dieci anni tra due settimane e le ho promesso che sarei tornato a casa per la sua festa.»

Cory trattenne a malapena un ghigno. Quei teppistelli non avevano idea di cosa li aspettava. Pensavano di seguire il soldato fino a casa, di molestarlo un po' in modo che arrivassero i media e poi di farsi arrestare in modo plateale. Non sapevano che la missione che stavano per intraprendere era molto più grande.

Sarebbero stati tutti nomi noti per gli anni a venire. Ne avrebbero scritto sui libri di storia. Avrebbero compiuto il sacrificio estremo. Proprio come David Koresh e i suoi seguaci.

Una volta che gli americani avessero visto com'era fuori controllo l'esercito, come fosse disposto a usare la forza letale sui propri cittadini per farli tacere, avrebbero aperto gli occhi. Avrebbero smesso di sostenere ciecamente un governo corrotto. Avrebbero smesso di pagare le tasse e di finanziare missioni assassine.

«Non preoccupatevi» disse Cory a Kevin e agli altri. «Domani gli americani capiranno di essere sempre stati ingannati dai loro leader. Non ringrazieranno più i militari per il loro servizio. Vedranno che si sono sbagliati, che le stesse persone a cui sono grati non sono altro che assassini. Vedranno la verità una volta per tutte. E dovranno ringraziare noi, la Strong Foot Militia.»

«Non capisco come l'occupazione della casa di un solo uomo possa fare tutto questo» mormorò Tony.

Cory si mosse prima che finisse di parlare e gli tirò un pugno sul viso, facendolo balzare all'indietro. Lo spinello che stava fumando gli volò via dalla mano e finì su alcuni vecchi giornali nell'angolo della stanza. Zeke e Cameron spensero rapidamente il fuoco per evitare che la casa abbandonata prendesse fuoco.

«Non sei qui per *pensare*» ringhiò Cory. «Faccio parte di questa Milizia da prima che tu nascessi. Non permetterti di mettere in dubbio ciò che dico, capito?»

«Sì, Cory» rispose subito.

Lanciò un'occhiata agli altri. «C'è qualche altro codardo che vuole parlare? Forse avete troppa paura per fare la cosa giusta domani. Forse siete solo dei ragazzini che non riescono a difendere il proprio Paese. È così?»

Scossero tutti la testa.

«O siete con me e con la nostra grande Nazione, o siete contro di me. Allora, cosa scegliete?»

«Siamo con te» dissero i dieci all'unisono.

«Certo che sì. E domani mostreremo al mondo che non si può scherzare con la Strong Foot Militia. Niente più cartelli. Niente più parole. Useremo le armi che abbiamo portato e acquisito da quando siamo qui. Se i militari pensano di essere gli unici ad avere una potenza di fuoco, scopriranno che si sbagliano. Giusto?»

«Giusto!»

«Assolutamente!»

«Certo!»

«Non vedo l'ora di poter finalmente sparare!»

«Riusciremo a usare il lanciarazzi?» chiese Brody.

Sorrise al giovane biondo. Aveva solo diciassette anni, ma era il più promettente tra quelli che aveva scelto per la missione. Nel cuore aveva già un odio pari al suo. L'esercito aveva fregato anche il *suo* di padre ed era disposto a fare tutto il necessario per vendicarsi. Quasi gli dispiaceva che probabilmente sarebbe rimasto ucciso, ma la sua morte avrebbe di sicuro spinto i suoi due fratelli a seguire le sue orme.

Cory faceva tutto ciò per il bene comune, e la morte di Brody per mano del loro stesso governo avrebbe fatto sicuramente insorgere altri come loro in tutto il Paese.

«Oh sì» gli rispose. «Domani useremo sicuramente la granata a propulsione a razzo.»

Brody fece un gran sorriso. «Fantastico.»

«Allora, ecco il piano...» Proseguì spiegando il ruolo di ognuno nelle attività del giorno successivo. «Ci sono domande?»

Tutti scossero la testa, lui si girò per rovistare nello zaino e tirò fuori un sacchetto di erba che aveva comprato quella mattina.

I ragazzi esultarono. Era passato un po' di tempo dall'ultima volta che avevano fumato dell'erba di prima qualità. Mentre tutti si mettevano a rollare le canne, Cory si sedette a guardarli con un sorriso soddisfatto. Era il minimo che potesse fare per quei ragazzi. Dopotutto, alcuni sarebbero morti per la causa, anche se non lo sapevano. Tanto valeva lasciarli divertire un po'.

L'indomani sarebbe stato l'inizio di un nuovo mondo, solo... non per tutti.

CAPITOLO DICIANNOVE

«Avete visto i tizi più giovani?» chiese Grover a nessuno in particolare la mattina seguente, mentre si trovavano nelle loro postazioni vicino al cancello d'ingresso.

C'erano come al solito alcune decine di uomini con i cartelli che importunavano coloro che arrivavano o lasciavano la base, ma Cory e i ragazzi che erano sempre al suo fianco non si vedevano da nessuna parte.

«No, nessuno» rispose Doc.

«C'è qualcosa che non quadra» mormorò.

«Hai anche tu questa sensazione?» chiese Brain.

Grover annuì. Gli uomini che erano lì quella mattina si limitavano a muoversi come degli automi. Non erano energici come il gruppo più giovane e nemmeno rumorosi come quando c'era Cory con loro.

«Mi godrò questa pausa dalle loro farneticazioni» disse Lucky con uno sbuffo disgustato. «Forse, se siamo fortunati, stanno pensando di andarsene.»

«Possiamo solo sperare» sostenne Brain.

La mattinata trascorse abbastanza tranquillamente e

Grover fu felice quando poco prima dell'ora di pranzo, Trigger, Lefty e Oz andarono a dare loro il cambio.

«C'è stato qualche problema?» chiese il loro leader.

«No. I manifestanti che si sono presentati questa mattina sono stati piuttosto tranquilli» rispose Lucky.

«Grazie a Dio» replicò Lefty. «Sono stufo di questa merda.»

«Non dirlo a me» concordò Doc.

«Grover?» lo chiamò il suo amico.

«Sì?»

«Cerca di rilassarti questo pomeriggio. Negli ultimi giorni mi sei sembrato molto teso.»

Lui annuì. «Va bene.»

«E saluta Sierra da parte nostra. Gillian ha apprezzato molto che abbia potuto aiutarla oggi, soprattutto perché una delle sue assistenti si è ammalata.»

«Lo farò» promise, prima di dirigersi verso la Durango di Doc. Erano andati tutti con la sua auto fino al cancello d'ingresso, quindi li avrebbe riportati in ufficio e poi ognuno sarebbe andato per la sua strada.

Nel giro di dieci minuti Grover stava andando di nuovo verso il cancello, ma con il suo veicolo. Salutò Trigger e gli altri mentre li oltrepassava, lanciando un'occhiata agli uomini con i cartelli che continuavano a molestare la gente.

Andò dritto al supermercato per prendere tutto il necessario per preparare una deliziosa cena a base di filetto e aragosta. Voleva comunque farle mangiare la pizza di cui aveva parlato quando erano in Afghanistan, ma per quella sera voleva viziarla con un piatto di carne e pesce. Dopo aver preso gli ingredienti per fare un'insalata, si diresse al reparto macelleria in fondo al negozio. C'era una fila piuttosto lunga e attese con impazienza il suo turno. Mentre andava alla cassa passò davanti ai surgelati e prese alcune delle barrette di gelato al caramello e doppio cioccolato fondente che piacevano tanto a Sierra.

Il pensiero dell'imminente serata lo aiutò ad allentare un po' la tensione. Non vedeva l'ora di passare un po' di tempo in tranquillità con lei e di lasciarsi alle spalle lo stress dell'ultima settimana.

Sentì il telefono vibrare brevemente sul fianco, ma lo ignorò visto che stava guidando. Se si fosse trattato di un'emergenza, chiunque gli avesse mandato un messaggio avrebbe chiamato.

Era una giornata calda, come al solito, ma Grover sapeva che più tardi erano previsti dei temporali. Non aveva mai avuto paura dei tornado, ma ora che Sierra viveva con lui, decise di informarsi per costruire un rifugio d'emergenza. Nella sua proprietà c'era molto spazio per crearne uno interrato. La prudenza non era mai troppa.

Percorse il suo lungo vialetto concentrato a pensare a dove avrebbero potuto andare a ripararsi nel caso fosse passato un tornado, e la vista della casa e del fienile lo rilassò ancora di più.

Finché Sierra non si era praticamente trasferita da lui, aveva considerato quell'abitazione il suo rifugio, ma lei l'aveva resa qualcosa di ancora più speciale: una *casa*.

Grover schiacciò il pulsante per aprire la porta del garage e parcheggiò dentro. Abbassò lo sguardo per prendere il telefono e leggere il messaggio che aveva ricevuto mentre guidava.

Prima che potesse sbloccarlo, la portiera venne aperta con uno strattone e qualcuno gli premette qualcosa di duro contro il lato della testa.

«Non muoverti, soldatino, o ti pianto un proiettile nel cranio.»

Grover si bloccò.

Cazzo.

Mentre degli uomini circondavano la sua auto, riconobbe alcuni dei giovani miliziani. Erano tutti armati fino ai denti:

tenevano delle semiautomatiche in mano e dei fucili a tracolla.

Capì in quel momento perché quella mattina non avevano protestato davanti ai cancelli della base. Erano lì in casa, in attesa di tendergli un'imboscata.

Con cautela, per non allarmare Cory di cui riconobbe la voce, Grover alzò le braccia, mostrando al capo della Milizia di essere disarmato.

«Esci. Lentamente» ringhiò l'altro.

Obbedì, smaniando di far fuori quello stronzo. Non aveva dubbi di poterlo sottomettere, ma con la potenza di fuoco che avevano gli altri, lo avrebbero ucciso prima che potesse occuparsi anche di loro. Se la sua squadra fosse stata lì sarebbe stato diverso, ma era da solo.

Finché non avesse scoperto cosa diavolo volevano, la cosa migliore da fare era tenere nascosto chi era e quanto poteva essere letale.

Pensò fugacemente di essere contento che Sierra non fosse con lui. Sapere che era in pericolo lo avrebbe spinto a fare qualcosa di avventato. Per il momento, sarebbe rimasto calmo e avrebbe studiato la situazione.

Quei tizi avrebbero sicuramente combinato un casino, e non appena fosse successo, si sarebbero pentiti di averlo preso di mira.

———

A Sierra faceva male la faccia per aver sorriso così tanto. Non aveva idea di come Gillian riuscisse a fare quel lavoro giorno dopo giorno. Era piena di energia positiva e il solo fatto di starle vicino era stato estenuante per lei.

Non c'era dubbio che fosse brava in ciò che faceva. Tutti avevano dimostrato di essersi divertiti alla festa, dalla coppia felice che festeggiava il cinquantesimo anniversario di matrimonio, al più giovane pronipote. Gillian aveva fatto filare tutto liscio e anche quando c'erano stati degli intoppi li aveva gestiti con così tanta facilità che nessuno si era accorto che qualcosa era andato storto.

Anche se Sierra aveva amato stare con lei e aiutarla, sapeva già che non era qualcosa che voleva fare a tempo pieno. E nemmeno part time. Stare in mezzo a così tante persone non era più facile come una volta, ma si rifiutava di sentirsi dispiaciuta o in colpa.

Quindi, per quanto si fosse divertita quel giorno, era più che pronta a tornare a casa.

A casa.

Accidenti, quando aveva cominciato a considerare sua la casa di Grover?

Avrebbe dovuto almeno provare a fingere di usare l'appartamento che Ember le aveva gentilmente concesso, ma il pensiero di abitarci senza di lui non la allettava affatto. Quindi, in pratica, si era... cosa... trasferita da Grover?

Sì, era esattamente ciò che aveva fatto.

Ma sembrava che a lui non dispiacesse.

Ripensò alla sera prima. Stava quasi per addormentarsi quando lo aveva sentito spostarsi accanto a lei. L'aveva baciata sulla fronte confessandole che l'amava. Si ricordò anche di averglielo detto a sua volta, e lo aveva fatto senza esitazione, come se fosse stata la cosa più naturale del mondo.

«Per cos'è quel sorriso?» le chiese Gillian.

«Niente. Ok, è una bugia. Stavo pensando a Grover» ammise.

«Voi due siete perfetti insieme. Siete proprio in sintonia. È difficile da spiegare, ma è come se vi conosceste da una vita. Siete così sereni insieme.»

«In effetti, ho la *sensazione* di conoscerlo da sempre» concordò.

«Be', penso che sia fantastico.» Stava per dire qualcos'altro, quando le suonò il telefono. Le rivolse un sorriso di scusa e prese il cellulare. Era tutto il giorno che squillava all'impazzata dato che comunicava con varie persone per via della festa.

«Pronto? Oh, ciao, Trigger. Sì, lei... abbiamo finito per oggi e stiamo andando alle nostre auto... Perché? Ehm... *perché?* Cos'è successo? Sai che dovrò dirle molto più di questo.»

Sierra si irrigidì. Capì, senza bisogno di chiarimenti, che Gillian stava parlando di lei. E non le piaceva il suo tono. Era preoccupata... ma non nel modo in cui lo era stata durante il giorno, quando aveva dovuto risolvere problemi e gestire i fornitori della festa.

«Sta parlando di me? Che problema c'è?» le chiese, allarmata dal cambio di espressione dell'amica mentre ascoltava ciò che le stava dicendo il marito.

Gillian scosse la testa, e all'improvviso fu travolta dalla sensazione di essere esclusa. Quando era stata prigioniera, altri avevano preso le decisioni *per* lei. Aveva odiato non sapere mai cosa sarebbe successo, cosa le sarebbe potuto accadere da un momento all'altro. E ora era più che evidente che Trigger le stesse dicendo qualcosa che Sierra *doveva* sentire.

Senza nemmeno pensarci due volte le tolse il telefono di mano.

Prima del rapimento non avrebbe mai fatto una cosa così maleducata, ma in quel momento non le interessavano le buone maniere, era più preoccupata di ottenere il maggior numero possibile di informazioni su qualsiasi cosa potesse riguardarla.

«Pronto?»

«Sierra?»

«Sì. Che cosa sta succedendo? Cosa doveva dirmi Gillian?»

Trigger sospirò. «Ho bisogno che tu vada a casa nostra con lei.»

«Perché?»

«C'è stato un incidente.»

«Che cosa significa? Smettila di girarci attorno e dimmi cos'è successo. Subito.»

«Va bene, ma sappi che abbiamo tutto sotto controllo.»

Ciò non la calmò affatto. Si aggrappò alla sua pazienza con le unghie e con i denti mentre aspettava che lui continuasse.

«Metti in vivavoce» disse Gillian.

Lo fece e rimasero chinate sul telefono mentre lui iniziava a spiegare.

«Sapete che la Strong Foot Militia ci ha rotto le palle ultimamente. Oggi hanno portato le cose a un nuovo livello. Alcuni dei membri più attivi non erano presenti alle proteste di stamattina, cosa che ci è sembrata sospetta. Soprattutto Grover sembrava preoccupato.»

Sierra avrebbe voluto urlargli di sbrigarsi a dire che diavolo di problema c'era, ma si morse la lingua.

«Lo stavano aspettando quando è tornato dal lavoro. Ora, circa una dozzina di membri del gruppo, lo stanno tenendo in ostaggio in casa sua. Ma ce ne stiamo occupando, Sierra. Lo tireremo fuori.»

Tutto dentro di lei si paralizzò. Shock e terrore puro la travolsero, lasciandola quasi intorpidita.

Eppure nella sua mente aveva un sacco di domande. Cosa avrebbero fatto a Grover? Perché lo avevano preso in ostaggio? Perché a casa sua e non nel luogo dove stavano protestando?

«Sierra? Stai bene?» chiese Trigger. «Voglio che tu vada con Gillian. Ti terrò aggiornata su quello che sta succedendo e appena lo tireremo fuori ti chiamerò.»

«Ok» replicò in tono piatto.

«Ok?» le domandò, chiaramente sorpreso che avesse accettato senza discutere... o forse era solo incredulo.

«Sì.» Era a malapena consapevole di ciò che stava dicendo.

Aveva bisogno di pensare. Voleva fare qualcosa, ma cosa? Non era un soldato. Non aveva l'addestramento della squadra di Grover. C'era un'intera base dell'esercito piena di persone che avevano più esperienza di lei nel salvataggio di ostaggi.

Ma non poteva starsene lì con le *mani in mano*.

«Bene» ribatté Trigger con un sospiro, interrompendo i suoi pensieri. «Ribadisco, ci pensiamo noi. Siamo qui insieme a un'altra squadra Delta. E ci sono praticamente tutte le forze dell'ordine che operano nel raggio di trenta chilometri. Si dice che anche l'FBI e l'ATF stiano arrivando.»

«Bene.»

«Lo tireremo fuori» ripeté Trigger.

«Lo so. Grazie per aver chiamato» mormorò.

Gillian prese il telefono e tolse il vivavoce, e Sierra la sentì parlare sommessamente. «Mi dispiace tanto» le disse dopo aver riattaccato. «So che la tua macchina è qui, ma puoi venire con me. Non dovresti guidare.» La prese per il braccio e la portò verso la sua RAV4.

«Sto bene» le disse rigida.

«Non mi sembra» mise in dubbio l'altra, sbloccando l'auto.

Una volta dentro, Sierra fece un respiro profondo e ammise con sincerità: «Non so come mi sento in questo momento.»

L'espressione di compassione e preoccupazione sul volto dell'amica la fece quasi crollare, ma deglutì a fatica e allontanò le emozioni quasi opprimenti che stavano minacciando di prendere il sopravvento. Aveva bisogno di essere lucida, doveva capire cosa fare.

Il telefono di Gillian squillò di nuovo, facendo sobbalzare entrambe per il suono improvviso e stridente.

«Pronto? No, sono ancora qui.» Sospirò. «Non è un buon momento. Puoi... Certo. No, va bene, sarò dentro tra un secondo. Tienila calma finché non arrivo. Lo so. Ne parleremo più tardi.»

Sierra la guardò con espressione interrogativa quando riattaccò.

«Era la mia assistente.» disse accigliata. «Una delle ospiti più anziane è tornata e ha detto che non riusciva a trovare la sua borsa. È convinta che qualcuno l'abbia rubata ed è fuori di testa. Deve essere la stessa donna che ha insistito che qualcuno aveva preso e buttato via il suo piatto prima che avesse finito di mangiare... Te la ricordi? Quella che andava in giro perché aveva dimenticato dov'era seduta, e alla fine il cibo mezzo mangiato era ancora dove l'aveva lasciato e nessuno aveva rubato nulla.» Scosse la testa esasperata. «Sono sicura che si tratta di qualcosa di simile. Probabilmente ha appoggiato la borsa da qualche parte e ha dimenticato dove. Naturalmente vuole parlarne *solo* con me, e sta dando del filo da torcere alla mia assistente. Non mi ci vorrà molto per risolvere la questione. Scusami tanto.»

«Non c'è problema» disse Sierra. Le serviva un po' di tempo da sola per pensare.

«Quando torno andiamo a casa mia. Chiamerò le altre e aspetteremo tutte insieme gli aggiornamenti. Ok?»

Annuì.

Gillian le mise una mano sul braccio. «Andrà tutto bene» disse con fermezza. «So che mio marito e gli altri ragazzi della squadra riusciranno a tirare fuori Grover da questa situazione. Sono bravissimi nel loro lavoro.»

Lo sapeva. Lo aveva visto di persona. «Lo so.» Le sembrava di essere un robot con le sue risposte brevi e piatte, ma non riusciva a trovare l'energia per dire più di qualche parola alla volta.

L'amica le strinse il braccio e annuì. «Torno subito.» Scese dall'auto e corse verso l'edificio.

Ora che era sola, Sierra chiuse gli occhi cercando di decidere come comportarsi.

La cosa giusta da fare sarebbe stata rimanere seduta

dov'era, aspettare che Gillian tornasse e andare a casa con lei. Sapeva che le altre donne si sarebbero unite a loro, l'avrebbero aiutata a stare calma mentre aspettavano di avere notizie di Grover.

Ma più stava seduta lì, più quell'opzione non la convinceva.

Era stata costretta per un anno intero a stare in un angolo e a lasciare che altri stabilissero il suo destino, e l'unico motivo per cui era uscita da quella situazione era stato perché Grover aveva deciso di andare in Afghanistan da solo per trovarla. Cosa sarebbe successo se lui non avesse corso un rischio così grande? Se non fosse andato contro ogni protocollo che conosceva?

Probabilmente sarebbe ancora in quella cella di montagna. O addirittura morta.

Più stava lì a pensare a Grover trattenuto contro la sua volontà, per giunta nella sua stessa casa, più si sentiva ribollire di rabbia. Era spaventata e confusa quando Trigger l'aveva chiamata, ma ora era divorata da una furia accecante.

Come *osavano* quegli stronzi della Milizia minacciarlo? Specialmente dopo tutto quello che aveva fatto per cercare di tenere al sicuro gli americani. Grover aveva messo in gioco la sua vita più e più volte, non per la fama, la gloria o il divertimento... ma perché era stato necessario. Perché era stato *giusto*.

Come poteva starsene lì e non fare altrettanto per lui?

Passandosi una mano sulla testa, sentì i capelli morbidi che stavano crescendo, e ciò la riportò a quelle grotte buie, a ripensare ai terroristi... a come li aveva manipolati così facilmente.

Sarebbe riuscita a fare la stessa cosa? Non ne era sicura, ma non poteva non *provarci*.

Guardò l'orologio e vide che erano passati pochi minuti da quando Gillian era tornata dentro. Le sembravano ore, e immaginò come quegli stessi minuti potessero sembrare a Grover.

Più restava seduta lì, più quegli stronzi avrebbero potuto fare del male all'uomo che amava.

Senza esitare, Sierra aprì la portiera dell'auto e si diresse verso la sua Impreza. La sua amica si sarebbe preoccupata, ma ormai aveva deciso.

Non aveva idea di come avrebbe raggiunto Grover, e una grande parte della possibilità di aiutarlo o meno dipendeva da ciò che avrebbe trovato quando sarebbe arrivata a casa sua, ma non si sarebbe mai perdonata se non avesse almeno tentato.

Si prese il tempo per mandare un rapido messaggio all'amica, dicendole che aveva bisogno di stare da sola e che l'avrebbe chiamata più tardi. Era probabile che Gillian non avrebbe preso alla leggera quelle parole e di certo sarebbe andata al suo appartamento per controllare. Ma per quanto odiasse ingannarla, doveva farlo. Non poteva starsene con le mani in mano quando Grover era in pericolo.

———

Dieci minuti più tardi, Sierra guardò accigliata le auto e i camion militari parcheggiati di traverso che bloccavano l'ingresso del vialetto di Grover. Era impossibile che la lasciassero passare.

Rifletté intensamente, guidò per circa un altro chilometro lungo la strada e svoltò bruscamente in un campo di erba alta, come quella sul retro della casa di Grover. Era abbastanza alta da nascondere l'auto, ma non avrebbe potuto fare nulla per le tracce di pneumatici che si intravedevano nel terreno. Sperava solo che se qualcuno fosse passato di lì, sarebbe stato più preoccupato per tutti i veicoli militari nei dintorni piuttosto che per un'auto uscita di strada e finita nell'erba.

La sua voce interiore le urlava chiedendole cosa diavolo stava pensando di fare, ma fece il possibile per zittirla. Grover aveva sacrificato la sua vita per salvarla, e all'epoca non la conosceva nemmeno. Amava quell'uomo. Non poteva *non* farlo.

Lottò per aprire la portiera a causa della vegetazione, poi si diresse lentamente in direzione della casa, grata della copertura che le piante e gli alberi le davano man mano che avanzava. Il suo cuore batteva a mille ma, stranamente, più si avvicinava più si sentiva calma.

Ci volle molto più tempo di quanto avrebbe voluto, perché dovette cambiare direzione due volte e svignarsela furtivamente quando aveva avvistato degli agenti di polizia e uno dell'FBI che sorvegliavano il perimetro della proprietà.

Al momento era a pancia in giù, a scrutare attraverso l'erba il caos assoluto che circondava la casa. C'erano camion dei pompieri e auto della polizia parcheggiate su tutto il prato che fiancheggiava il lungo vialetto. Pensò che dovessero esserci molti altri veicoli che non *riusciva* a vedere dalla sua posizione. Notò anche alcuni Humvee militari e un grande camper con la scritta "Comando incidenti" sulla fiancata.

Mentre osservava, un furgone sfrecciò lungo il vialetto sterrato e verso la scena, sollevando un sacco di polvere. Non appena si fermò, scesero una mezza dozzina di uomini, tutti con grandi lettere bianche sul retro dei giubbotti, che dimostravano fossero dell'FBI.

Con sua sorpresa, vide diverse persone uscire dal paesaggio intorno alla casa e dirigersi verso il furgone. Sussultò quando si rese conto che si trattava di alcuni dei compagni di Grover... e fino a quel momento non ne aveva notato nemmeno uno. Stavano chiaramente sorvegliando l'area, confondendosi perfettamente con l'ambiente circostante. Ora che era arrivato un pezzo grosso dell'FBI, immaginò che si fossero fatti avanti per parlargli.

Con il cuore che le batteva all'impazzata, Sierra capì che se il tizio dell'FBI non fosse arrivato proprio in quel momento non sarebbe mai riuscita ad avvicinarsi alla casa. I Delta stavano osservando, aspettando... l'avrebbero fermata in un attimo.

Quella era la sua occasione. Probabilmente la sua *unica* possibilità di entrare.

Era una pazzia. Era completamente folle. E c'era la possibilità che Grover non l'avrebbe mai perdonata per ciò che stava per fare. Sapeva che si sentiva ancora in colpa per non averla salvata prima, a prescindere da ciò che lei o qualsiasi psicologo avessero detto. Avrebbe potuto considerare le sue azioni come un tradimento verso l'enorme sacrificio che aveva fatto per lei in Afghanistan: si era fatto catturare e torturare, e ora Sierra si gettava nel mezzo di una situazione che avrebbe potuto portare alla morte di *entrambi*.

Ma non riusciva a cancellare il pensiero che se Grover fosse morto senza che lei facesse nulla per cercare di aiutarlo, anche la sua vita sarebbe finita.

Non avrebbe potuto perdonarselo se fosse rimasta lì a girarsi i pollici mentre lui era in pericolo. Forse la Sierra che era stata prima di venire catturata avrebbe potuto lasciare il compito di salvarlo a dei professionisti, ma non era più quella persona. Era cambiata.

Se poi ne fossero usciti interi e lui si fosse arrabbiato così tanto con lei da non riuscire a perdonarla... pazienza. Almeno sarebbe stato vivo. L'avrebbe fatta soffrire non poter stare insieme, ma almeno sarebbe andata avanti con la sua vita sapendo che non era morto.

Ormai decisa, studiò ancora una volta la zona. Riuscì a vedere almeno tre agenti che usavano gli alberi come copertura. C'era anche un altro uomo accanto al fienile, con il fucile puntato verso la casa. Sospettava che la parte davanti e i lati fossero ugualmente ben coperti. Era impossibile che i membri della Milizia riuscissero a uscire vivi dall'abitazione.

A quel pensiero, Sierra aggrottò le sopracciglia un po' confusa. Non aveva senso tenere in ostaggio Grover in casa sua. I miliziani *avrebbero* dovuto sapere che sarebbero rimasti in trappola, che una volta che si fosse sparsa la voce dell'accaduto la zona sarebbe stata completamente circondata.

Non sapeva chi avesse avvertito la polizia o l'esercito della situazione, ma il terrore le provocò una forte stretta allo stomaco.

Persino i suoi rapitori in Afghanistan erano stati attenti a non rimanere intrappolati nelle case in cui era stata tenuta prima di trasferirla nella cella tra le montagne. Quindi, perché mai la Strong Foot Militia si sarebbe barricata in una casa? Non aveva proprio senso...

Tutti i pensieri che aveva nella mente ebbero una battuta d'arresto.

A meno che non avessero intenzione di arrendersi.

A meno che *volessero* morire.

Merda.

Doveva muoversi. Doveva raggiungere Grover.

Una volta uscita dalla copertura dell'erba le sarebbe stato impossibile nascondere ciò che stava facendo. Molte cose potevano andare storte, ma sperava di avere un breve vantaggio, dato che gli occhi degli agenti erano incollati alla casa e non sul terreno che la circondava. L'ultima cosa che si sarebbero aspettati era che qualcuno cercasse di entrare, invece di uscire. Doveva essere abbastanza veloce da non farsi raggiungere e sgattaiolare dentro prima che potessero fermarla. In effetti, ci contava.

Trigger e gli altri avrebbero potuto terminare la conversazione con l'FBI da un momento all'altro e tornare alle loro posizioni intorno al perimetro. Doveva sbrigarsi.

Contò mentalmente a ritroso dal tre e quando arrivò

all'uno entrò in azione, correndo il più velocemente possibile verso la porta sul retro.

Gli agenti la individuarono quasi subito, urlandole di fermarsi, ma lei non aveva intenzione di tornare indietro. Non se ne parlava proprio.

Gridò spaventata quando partì il primo colpo di pistola.

Si aspettò quasi di sentire un dolore nel petto, ma quando non successe continuò a correre.

Come se il primo sparo avesse rotto il ghiaccio, sembrò quasi che intorno a lei fosse scoppiata una guerra.

I miliziani sparavano dalle finestre, ma sorprendentemente sembrava che non mirassero a *lei*. Avevano le armi puntate contro gli uomini e le donne posizionati intorno alla casa. Alcuni di loro erano usciti allo scoperto per gridarle contro, rivelando la loro posizione, e due si erano messi all'inseguimento, da quello che riusciva a scorgere dalla sua visione periferica mentre correva.

Ma cambiarono rapidamente rotta, dato che la Milizia stessa li teneva a bada sparando.

Sierra non aveva idea del perché nessuno cercasse di colpirla. Pensò che probabilmente non era molto minacciosa: una donna sola, in abiti civili, senza armi evidenti. Era un bersaglio meno pericoloso di qualcuno armato fino ai denti.

Stranamente, la Milizia le aveva fatto un favore. Avevano impedito agli agenti di raggiungerla. Di placcarla e impedirle di arrivare al suo obiettivo... cioè entrare in casa.

Più spaventata di quanto non fosse stata dalla sua prima notte di prigionia in Afghanistan, corse dritta sul terrazzo, assicurandosi di tenere le mani in alto per dimostrare di non essere armata. Era riuscita ad arrivare fino a quel punto e non aveva intenzione di sbagliare adesso. Aveva una sola possibilità di farcela, ma persino *lei* pensava che ci fossero poche speranze di riuscita.

CAPITOLO VENTI

«Ma che cazzo?» esclamò uno degli uomini nel suo salotto.

Tutti gli altri si voltarono per vedere cosa lo avesse allarmato.

Il cuore di Grover smise di battere mentre guardava incredulo Sierra correre sul terrazzo sul retro.

Non sapeva da dove diavolo fosse arrivata e chi cazzo le avesse permesso di avvicinarsi alla casa, ma era incazzato nero!

Stava per gridarle di scappare, ma non fu abbastanza veloce.

«Fatemi entrare! Sono dalla vostra parte!» urlò lei. «Vi ho osservati per settimane e voglio unirmi a voi!»

Grover la guardò sorpreso. Che *diavolo* stava facendo?

Cory spinse di lato i tre uomini che si trovavano davanti alla porta scorrevole e che la stavano fissando come degli idioti attraverso il vetro. I tizi al piano di sopra continuavano a sparare a chiunque fosse nel cortile, non permettendo a nessuno di avvicinarsi abbastanza a Sierra da tirarla indietro.

L'uomo le puntò contro il suo fucile automatico da dietro la finestra. «Vattene, cazzo!» le urlò.

«No, ascolta!» insistette lei. «Odio i militari! Mi hanno rovinato la vita! Non sto mentendo. Mi chiamo Sierra Clarkson. Cercatemi su Google e vedrete che sto dicendo la verità! Per favore, fatemi entrare!»

Cazzo!

Grover capì subito che il bastardo l'avrebbe fatto, che l'avrebbe coinvolta in quella situazione di merda.

Avrebbe voluto urlare per la frustrazione e la rabbia, ma rimase in silenzio. Quella casa era l'unico posto in cui non voleva che si trovasse.

Sapeva che ormai era troppo tardi, aveva già suscitato l'interesse di Cory. Sierra doveva continuare con il suo folle piano.

Aveva mentito sul fatto di volersi unire alla Milizia. Su quello non aveva alcun dubbio. Ricordava fin troppo bene come aveva manipolato i suoi rapitori in Afghanistan. Aveva fatto in modo che facessero esattamente ciò che voleva, senza che loro si rendessero conto di essere dei burattini al suo servizio. Sperava di fare la stessa cosa lì?

Quello non era il deserto e Cory non era Shahzada. Poteva finire male in mille modi diversi. Sapeva che lei pensava di essere d'aiuto, ma si sbagliava, aveva solo peggiorato la situazione, perché ora per lui era diventata una questione personale. Se le avessero torto anche un solo capello, sarebbe andato completamente fuori di testa.

«È lei!» esclamò Alan.

Grover aveva già memorizzato tutti i nomi degli uomini che lo circondavano. Aveva imparato tutto il possibile su quegli stronzi, nella speranza di poterlo usare contro di loro.

«Guarda» disse Alan a Luis mostrandogli il telefono. «Ha ancora la testa rasata e tutto il resto.»

«Cosa dicono?» chiese Cory, sempre con il fucile puntato verso il petto di Sierra.

«È stata prigioniera di guerra per oltre un anno. In Afghanistan. È stata salvata non molto tempo fa.»

«Interessante» disse. Poi fece un cenno a Tony con la testa. «Falla entrare. Poi perquisiscila. Se fa una mossa sbagliata, sparale.»

Il tizio si diresse verso la porta. Gli uomini avevano spostato una delle poltrone reclinabili contro il vetro e gli ci volle un attimo per scostarla.

Era l'ennesima prova che quegli stronzi non avevano idea di cosa diavolo stessero facendo. Una cazzo di poltrona davanti a una *porta a vetri* non avrebbe tenuto fuori a lungo nessuno.

«Vieni dentro» ordinò Tony a Sierra.

Lei scivolò all'interno della stanza, tenendo le braccia alzate e lontane dal corpo.

Grover notò che si muoveva lentamente, senza fare scatti, e che teneva gli occhi puntati su Cory, visto che era lui a dare gli ordini e quindi era ovviamente al comando.

«Grazie per avermi fatta entrare!» disse. Poi la sua voce si indurì. «La casa è circondata. L'unico motivo per cui sono riuscita a entrare è che quegli stupidi poliziotti controllavano se uscivano delle persone, non se entravano. Grazie per aver sparato contro di loro aiutandomi ad arrivare fin qui. Hanno una bella potenza di fuoco là fuori. Immagino che ne abbiate anche voi abbastanza per tenerli a bada.»

Nessuno rispose mentre Tony la perquisiva in cerca di armi.

A Grover non piacque che le mani dell'uomo indugiassero un po' troppo sul suo petto e tra le sue gambe, ma non lasciò trasparire nulla dall'espressione. Doveva giocare d'astuzia finché non avesse capito le sue intenzioni. Sierra aveva finto di non conoscerlo e lui doveva fare lo stesso. Se Cory avesse saputo quanto ci teneva a lei, l'avrebbe usata contro di lui.

Per un breve istante la sua mente tornò all'Afghanistan, a quando lo aveva messo in guardia proprio su quello.

Odiava che si trovassero di nuovo in una situazione simile.

«È pulita» disse Tony.

«Appena ho saputo cosa stava succedendo, sono saltata in macchina per venire qui. Non ho avuto la possibilità di fermarmi per prendere la mia roba. Le mie armi» spiegò al gruppo. Poi, guardandosi intorno osservò: «Pensavo foste di più.»

«Ci sono molte altre persone di sopra» sbottò Tony.

«Stai zitto» sibilò il suo capo con rabbia.

«Non è che una cosetta come lei possa sopraffarci» la schernì Luis.

Cory andò verso Sierra a grandi passi e Grover dovette trattenersi con tutte le sue forze per non reagire al pericolo che sprigionava quell'uomo. Non che *potesse* fare qualcosa, dato che Brody gli teneva un'arma puntata alla testa.

Prima di conoscere Sierra, non avrebbe esitato ad agire subito. Si sarebbe sacrificato affinché la sua squadra e le altre forze dell'ordine potessero fare irruzione e far fuori quegli stronzi. Ma ora che l'aveva trovata... no, doveva rimanere vivo. Aveva più cose per cui vivere di quante ne avesse mai avute.

Cory infilò la mano nella fondina che teneva sul fianco e tirò fuori una pistola.

Senza esitare, colpì in pieno viso Sierra, che cadde carponi con la testa penzolante. Ogni muscolo del corpo di Grover si irrigidì.

Poi lei alzò lo sguardo, incontrò gli occhi di Cory... e sorrise.

Fu uno sguardo agghiacciante. Se non l'avesse conosciuta bene, avrebbe pensato che fosse una squilibrata. «Ottimo colpo» gli disse con calma.

«Cosa ci fai *davvero* qui?» ringhiò il bastardo.

«Voglio unirmi a voi» ripeté. «*Odio* le forze armate, soprattutto l'esercito. Sono andata in Afghanistan per servire il mio Paese. Ero troppo bassa e debole per arruolarmi, così ho trovato un lavoro a contratto nella mensa. Pensavo che stessimo facendo la cosa giusta laggiù, che stessimo cercando di aiutare. Ma mi sbagliavo. Mi sbagliavo totalmente...»

Fece una risata amara prima di continuare. «Il popolo afghano non ha bisogno di aiuto. *Non* lo vogliono. Se la cavano benissimo da soli. L'esercito non fa altro che interferire nel loro stile di vita. Cosa direste se qualcuno invadesse il nostro Paese e ci dicesse che stiamo sbagliando tutto? Se ci dicessero che le nostre religioni sono sbagliate e immorali? Gli americani pensano che stiamo salvando la gente, ma in realtà nessuno vuole, o ha bisogno, che li salviamo.»

«Questo è vero» disse Cory con fermezza, riponendo la pistola nella fondina.

Grover osava a malapena respirare mentre ascoltava Sierra raggirare l'uomo malvagio che la sovrastava.

«Per molto tempo, dopo che sono stata rapita, ho pensato che il governo sarebbe venuto in mio soccorso. Avrebbero aiutato di sicuro un cittadino americano, vero? Ma non è stato così. Non gliene fregava *niente* di me. Chi ero io per loro? Nessuno! Un inutile lavoratore a contratto. Una *donna*. Valevo meno della polvere sulle loro scarpe. Mi hanno lasciata lì a soffrire. A essere torturata. A lasciare che sfogassero su di me le frustrazioni di un intero Paese per un anno intero! Non era giusto. Ma a loro importava? No, cazzo!»

«Ma ti hanno salvata» disse Tony. «In questo articolo c'è scritto che è stata un'unità dell'esercito a farlo.»

«È vero» concordò. «Ma solo perché avevano preso in ostaggio uno dei loro. Sai per quanto tempo è stato trattenuto? Una settimana. *Una... cazzo... di... settimana* prima che la sua gente venisse a salvarlo. In pratica hanno *dovuto* portarmi con loro quando hanno scoperto che ero lì. Ma non sono venuti per me. Sarei ancora lì se non fosse stato per quel soldato che ha avuto la sfortuna di venire catturato.»

«Mmm.» Cory stava chiaramente ascoltando... Grover notò che aveva abbassato un po' la canna del fucile e la sua postura era un po' più rilassata.

Era proprio contento che il suo ruolo nel salvataggio di Sierra non fosse arrivato ai media, che non fosse stato reso noto che era *lui* il soldato che avevano fatto prigioniero.

Ce la stava facendo.

Dannazione se non stava convincendo quello stronzo.

«Non so quale sia il vostro piano... ma voglio essere coinvolta» incalzò. «Soprattutto se ciò significa *far fuori* qualcuno di quei militari bastardi.»

Cory annuì, come se avesse preso una decisione. «Va bene... ma non sarai mai da sola.»

Sierra scrollò le spalle come se non le importasse.

«E non ti daremo un'arma» continuò.

A quello si imbronciò. «Come faccio a uccidere qualcuno disarmata?»

«Puoi fare da esca» le spiegò con un sorrisetto. «Quando ti vedranno qui dentro, saranno ancora più desiderosi di fare qualcosa di stupido.»

«Ah, forte. Ok, posso recitare la parte della damigella in pericolo» disse con un sorrisetto compiaciuto. Poi si voltò e incontrò per la prima volta lo sguardo di Grover.

Pensò che avrebbe scorto un po' di preoccupazione nei suoi occhi. Che magari avrebbe cercato in qualche modo di comunicare con lui, ma vide solo odio.

Dovette ricordare a se stesso che stava recitando una parte, che quella rabbia non era diretta a *lui*.

«E che mi dite di quello là?»

«Cosa *dovremmo* dire?» disse Cory in tono bellicoso.

«È uno di loro» sbottò con disprezzo. «È pericoloso.»

«È una mammoletta» sbuffò Brody ridendo. «Non ha

mosso un muscolo, non con questo fucile puntato sulla fronte.»

Sierra lanciò un'occhiata a Cory. «So che sono solo una ragazza e che probabilmente tu sei molto più intelligente di me, ma devi stare attento con questi stronzi di militari. Cercheranno di sorprenderti, di coglierti alla sprovvista. L'ho visto succedere più di una volta quando ero alla base in Afghanistan. Non puoi fidarti di lui, nemmeno con una pistola puntata alla testa.»

Cory sembrò riflettere sulle sue parole.

Poi lei insistette. «Non c'è un posto dove potete rinchiuderlo? Tipo un rifugio anti uragano o qualcosa del genere? Ci sono molti tornado in Texas, giusto? Questo posto non dovrebbe avere una stanza per questo? Qualcosa di sicuro?»

«C'è quella sala multimediale in fondo al corridoio» disse Luis. «Non ha finestre.»

Il cuore di Grover cominciò a battere all'impazzata. *Cazzo*, la sua donna era intelligente. Odiava che *avesse imparato* a manipolare le persone così bene, ma in quel momento era orgoglioso da morire. Voleva comunque rimproverarla per essersi messa in quella situazione, ma non riusciva a credere a come fosse riuscita in pochi minuti a ribaltare tutto lo scenario.

Certo, non avevano ancora deciso nulla, quindi c'era poco da sperare, ma avrebbe fatto il possibile per aiutare la situazione.

«Non farlo» disse allora con voce stridula.

Cory si voltò a guardarlo. «Cosa?»

«Sono stato arrendevole, sto facendo quello che vuoi. Posso restare qui.»

Lo stronzo lo guardò a lung, facendo pensare a Grover di aver esagerato, poi tornò a guardare Sierra. «Perché?»

«Perché rinchiuderlo? Perché non mi fido di nessun militare! Nemmeno per un secondo. E poi perché mettergli qualcuno che lo tiene sotto tiro e sprecare una pistola, quando potresti usarlo per tenere sotto controllo ciò che succede fuori? Inoltre, guarda la sua corporatura. A meno che tu non abbia intenzione di sparargli e basta, se *dovesse* decidere di fare qualcosa, ci vorranno diversi uomini per sottometterlo.» Scosse la testa, come se la sua logica dovesse essere ovvia. «Chiudilo in un armadio, o in quella stanza senza finestre o altro, così che non possa mandare segnali a nessuno o scappare. Non è che possa scavare un buco nel pavimento.» Sierra rise come se fosse la cosa più ridicola in assoluto.

«Giuro che non farò nulla» argomentò Grover, quasi in un lamento.

«Cazzo, amico, sei patetico» disse Brody alzando gli occhi al cielo.

«Resta qui con lei» ordinò Cory a Tony. «Se muove un muscolo, sparale.»

Il ragazzo sembrò incerto per un momento. «Ehm... ok.»

Era sicuro che il tizio non le avrebbe sparato. Dava l'impressione di essere estremamente a disagio al solo pensiero.

Cory si avvicinò a Grover, che aveva le braccia legate alla sedia e non poté difendersi quando estrasse ancora una volta la pistola e lo colpì in faccia. Poi lo fece un'altra volta e un'altra ancora.

Sentì il sangue colargli sulla guancia e gemette come se le percosse lo avessero distrutto.

Il bastardo fece un sorriso vittorioso. «Portatelo in quella dannata sala multimediale. Rimuovete tutto ciò che sembra anche solo lontanamente utilizzabile come arma. Poi chiudetelo lì dentro e barricate la porta. E sparate sulle luci.»

Infine, si voltò verso Sierra. «Benvenuta nella Strong Foot Militia, ragazzina.»

Lei fece un gran sorriso. «Grazie.»

«Se fai *qualcosa* che mi faccia pensare che non sei chi dici di essere, rimpiangerai che non ti abbiamo sparato appena sei entrata in questa casa» la avvertì.

Sierra si alzò in piedi, pulendosi il sangue dalla spaccatura del labbro dove lui l'aveva colpita. Era rimasta saggiamente in ginocchio per tutta la conversazione con Cory. «Sono esattamente chi dico di essere, e sono pronta a vedere l'esercito pagare per ciò che mi ha fatto.»

«Portala di sopra» ordinò a Tony. «Di' agli altri cosa sta succedendo.» La guardò ancora una volta. «Ora... metterai in scena uno spettacolo alla finestra della stanza sul davanti. Piangi, chiedi aiuto. È ora di far partire lo show.»

«Sembra divertente» disse con un sorriso. Poi Tony le afferrò il braccio in modo brusco e la trascinò verso le scale.

Grover avrebbe voluto che si voltasse, che potessero comunicare in qualche modo. Avrebbe voluto dirle quanto l'amava e che era orgoglioso di lei. Ma Sierra non si girò e sparì su per le scale.

«Slegalo» disse Cory a Brody.

Il giovane eseguì l'ordine, fregandosene di avergli ferito il polso rimuovendo le fascette.

Quando i legacci di plastica caddero a terra, l'altro bastardo pungolò Grover con la canna dell'arma automatica e gli ordinò: «Alzati!»

Obbedì, incespicando un po' di proposito per dare l'impressione di non reggersi bene in piedi.

«Vai a controllare la stanza, te lo porto subito» disse a Brody, poi si rivolse a un altro tizio lì accanto. «E tu, torna a quella dannata porta e assicurati che nessun altro decida di unirsi alla nostra festa.»

Quando i due uomini furono fuori portata di orecchio, si avvicinò a Grover, sollevò la pistola e gli puntò la canna sotto il mento.

Per un attimo pensò che volesse spargargli proprio in quell'istante, invece disse a bassa voce: «È un peccato che ti perda lo spettacolo, ma la stronza ha ragione, è meglio non doversi preoccupare di te quando scoppierà il caos.»

«Di cosa stai parlando?» chiese, mostrandosi il più possibile spaventato. Aveva bisogno di informazioni e aveva la sensazione che quella fosse la sua ultima occasione per ottenerle.

«Di uno spettacolo pirotecnico» rispose con una risatina cupa. «Abbiamo un lanciarazzi. Lo sapevi?»

Grover scosse la testa.

«Abbiamo preparato l'area per settimane. Tutti conoscono il nostro nome, sanno che la Strong Foot Militia è qui e che non è contenta. I media hanno fatto i salti mortali per parlare con noi, per filmarci. Quando sapranno di *questo*, della facilità con cui abbiamo sottomesso uno dei soldati grandi, grossi e cattivi contro cui stavamo protestando, vorranno essere testimoni dell'azione. Una volta che saranno arrivati, che avranno sistemato le telecamere – e sappiamo entrambi che arriveranno in massa perché nessuno vorrà perdersi la cosa più eccitante che sia accaduta qui da secoli - useremo quel lanciarazzi per dare inizio alla festa.»

Grover strinse le labbra con un'espressione abbattuta.

«Illuminerò il cielo. E nessuno sarà in grado di trattenersi dal rispondere al fuoco. La tua bella casa sarà in fiamme come se fosse il maledetto 4 luglio. *Tutti* sentiranno le urla dei poveri uomini – e della donna – intrappolati all'interno. Vedranno in prima persona fino a che punto il governo è disposto ad arrivare pur di mettere a tacere i dissidenti. Li vedranno uccidere i loro stessi cittadini... e per cosa? Per aver protestato con dei cartelli? Tutto questo aprirà loro gli occhi. Il Paese vedrà finalmente che abbiamo ragione. Il governo non è altro che un maledetto prepotente, ed è ora di ribellarsi, di insorgere contro di loro.»

«Gli altri sanno cos'hai progettato?» Grover non poté fare a meno di chiedere. Voleva far notare a quello stronzo che sarebbero morti non perché avevano dimostrato con qualche cartello, ma perché avevano preso una persona in ostaggio e usato un cazzo di lanciarazzi contro i militari.

Cory sbuffò. «Quelle mammolette? Assolutamente no. A loro interessa solo fumare erba e non dover lavorare. Ho bisogno della loro paura e delle loro urla per essere autentico. Ma alla fine saranno degli eroi. Dei martiri per la causa.»

«È pronta!» urlò Brody da in fondo al corridoio dove c'era la sala multimediale.

«Cammina» gli ordinò Cory, conficcandogli più forte la pistola sotto il mento.

Grover fece come gli era stato ordinato, non avendo altra scelta e con mille pensieri su come diavolo porre fine a quella follia senza che la sua casa bruciasse e ci fossero decine di morti.

CAPITOLO VENTUNO

«Cazzo» mormorò Brain. «Questa situazione è completamente fuori controllo.»

Trigger non poteva essere più d'accordo. Non c'era solo la sua squadra e un altro team della Delta Force guidato da Ghost, ma anche i Texas Rangers, l'FBI e l'ATF, il dipartimento per l'alcol, il tabacco, le armi da fuoco e gli esplosivi. Anche la polizia locale di Killeen si era presentata in massa.

C'era troppa gente, poca azione e tutti gli occhi erano puntati sulla casa di Grover.

Non solo, ma in qualche modo la situazione già di per sé incasinata, era andata di male in peggio quando Sierra si era gettata nel bel mezzo di quel disastro. Avrebbe dovuto essere al sicuro a casa sua con Gillian, invece no... era corsa fino alla porta sul retro ed era entrata.

Nessuno aveva idea di cosa stesse succedendo lì dentro. Non sapevano se Grover fosse ancora vivo o cosa sperasse di ottenere la Milizia.

Trigger sentì un rumore alle sue spalle e voltandosi vide un furgone di giornalisti che era riuscito a superare il perimetro esterno e stava percorrendo il vialetto verso di loro.

L'ultima cosa di cui avevano bisogno era che quella situazione di stallo venisse trasmessa in diretta televisiva e su internet.

«L'hanno pianificato» mormorò Lucky disgustato, fissando la casa.

«Sì, assolutamente» concordò Trigger, riportando l'attenzione su come far uscire sani e salvi Grover e Sierra. Avrebbe lasciato l'FBI a occuparsi dei media.

«Ma per cosa?» chiese Doc.

«E cosa diavolo sta succedendo lì dentro?» borbottò Lefty.

Quella era una domanda da dieci milioni di dollari.

Se fosse stato per il team, avrebbero già preso d'assalto la casa. Quella decina di miliziani non erano alla loro altezza, soprattutto se c'era anche la squadra di Ghost. Ma pochi minuti prima che riuscissero a pianificare l'assalto, erano arrivati quelli dell'FBI ed erano stati costretti a parlare con loro. Nel frattempo, a ogni minuto che passava, Grover poteva trovarsi in grossi guai, e l'aggiunta di Sierra significava che ora dovevano agire con ancora più cautela.

Il telefono sul fianco di Trigger vibrò facendolo imprecare. Non aveva tempo di occuparsi di chiunque lo stesse chiamando. Ma dato che sapeva che Gillian e le altre erano spaventate a morte, e al momento loro non stavano facendo nulla, con suo grande disappunto, estrasse il cellulare.

Lo guardò aspettandosi di vedere il nome di sua moglie sullo schermo, ma rimase un po' sorpreso nel vedere che il numero del chiamante non era visibile. A quel punto poteva essere qualcuno della base. Non si sarebbe nemmeno sorpreso se fosse stato il dannato Presidente a chiamare per sapere cosa diavolo stesse succedendo.

«Trigger» rispose.

«È un gran casino come sembra?»

Per un attimo pensò di essere pazzo e sentire le voci. Si

voltò e si allontanò dal gruppo degli uomini dell'ATF che si trovavano lì vicino. «Grover?» chiese incredulo.

«Ti sarei grato se riuscissi a impedire che la mia casa venga ridotta in cenere» disse il suo amico con un tono frustrato.

«Porca puttana, ragazzo! Dove sei? Stai bene? Sanno che mi stai chiamando?»

«Nella sala multimediale, sto usando il telefono satellitare. Sì. E no.»

Trigger chiamò con un cenno la sua squadra e tutti insieme si allontanarono ancora di più dal caos che c'era sul prato. «Dimmi che succede» gli ordinò.

«La squadra è lì?» chiese Grover.

«Certo.»

«Bene, allora ecco ciò che so...»

Per i cinque minuti successivi, Trigger lo ascoltò fornirgli tutte le informazioni che aveva sugli uomini all'interno della casa e sui loro piani.

«Porca puttana!»

«Già, e il bello è che Cory è l'unico a sapere che questa è una missione suicida. Gli altri pensano solo di essere qui per attirare l'attenzione e che finiranno in prigione entro la fine della serata» disse Grover disgustato.

«E Sierra?»

«Non ho idea di *cosa* stia pensando, ma è merito suo se sto parlando con te in questo momento. Ha convinto Cory che sarebbe stata una buona idea rinchiudermi.»

«Nella sala multimediale. Dove hai un sistema di comunicazione e delle armi sotto ogni maledetta poltrona» disse Brain incredulo.

«Sì. Quando le ho fatto fare il giro della casa, le ho mostrato i miei nascondigli. È una donna incredibile, cazzo, ma le farò il culo quando ci farete uscire. Trigger?»

«Sì, amico. Che c'è?»

«Farò il più possibile da qui, ma ho bisogno che tu copra

Sierra. Cory si incazzerà quando capirà che il suo piano non sta funzionando.»

«Certo.»

«Non posso vivere senza di lei» disse in tono roco.

«E non dovrai farlo.»

«Non permettere che facciano saltare in aria la mia casa. Quando faranno esplodere quel maledetto razzo, la gente perderà la testa. Su questo Cory ha ragione.»

«Ci penseremo noi» promise Trigger. «Dopo aver messo a conoscenza l'FBI del piano ed esserci assicurati che non interferiranno, entreremo subito in azione. Ti avvertirò quando saremo pronti a partire.»

«Sierra è di sopra.»

«Sì, l'abbiamo vista. La tua donna è una grande attrice. Piangeva e urlava dalla finestra aperta.»

«È tutto finto.»

«Lo sappiamo» lo rassicurò.

«Ma le *altre* quattrocentocinquantadue persone là fuori lo sanno?» chiese.

Era una buona domanda, ma a quel punto era irrilevante. In quel momento non era importante se le lacrime di Sierra fossero vere o meno e ciò che stava facendo. Quello che *contava* era tagliare la testa al serpente. La squadra l'aveva già fatto molte volte, l'ultima con Shahzada in Afghanistan. Grover aveva suggerito che una volta eliminato Cory, gli altri uomini si sarebbero rapidamente arresi.

Trigger gli credeva.

«Odio non sapere cosa sta succedendo» disse Grover.

«Presto sarà tutto finito» sostenne il suo leader. «Dammi un po' di tempo per parlare con Ghost, l'ATF e l'FBI. Ho già un piano.»

«Le ultime parole famose» scherzò.

Trigger fece un respiro profondo. Se il suo amico era in grado di fare una battuta in un momento come quello, mentre

Sierra, la sua casa e la sua vita erano in gioco, tutto si sarebbe risolto. Lo sapeva.

«Mi farò sentire. Nel frattempo, stai tranquillo.»

«Non ho scelta» si lamentò. Poi sospirò e aggiunse: «Sono ragazzi giovani e stupidi. Non dimenticare che non hanno idea di essere stati mandati in una missione suicida.»

«Lo so. Faremo tutto il possibile per *non* rendere l'attacco letale.»

Non disse che se qualcuno fosse stato così stupido da sparare contro di loro, le cose sarebbero state diverse, ma Grover lo sapeva.

«Richiamami tra quindici minuti così ti aggiorno. Ti copriamo le spalle, amico.»

«D'accordo.»

Trigger riattaccò e cominciò a dare ordini alla sua squadra. Dovevano parlare con molte persone in un breve lasso di tempo. Il sole stava rapidamente calando all'orizzonte e se Grover aveva ragione, e ovviamente ce l'aveva, Cory non vedeva l'ora di usare quel dannato lanciarazzi. E quando sarebbe successo, ogni persona che si trovava lì doveva essere d'accordo con il piano, altrimenti tutto sarebbe potuto andare in fiamme proprio davanti ai loro occhi.

Notando Ghost con il suo team, Trigger si sentì attraversare da una rinnovata energia. Tra la sua squadra, Ghost, Fletch, Coach, Hollywood, Beatle, Blade e Truck... aveva piena fiducia che le cose sarebbero andate a loro favore.

Si diresse verso l'altro leader, pronto a spiegare il piano.

Sierra si trovava in una delle stanze degli ospiti di Grover e faceva del suo meglio per sembrare eccitata come gli uomini che la circondavano. Cameron e Rob erano in piedi ai lati della finestra e sparavano a turno. Da quello che aveva capito, in realtà non stavano mirando a nessuno, stavano solo sparando di tanto in tanto per assicurarsi che nessuno si avvicinasse troppo.

Adam e Zeke stavano facendo la stessa cosa da altre finestre al piano superiore. Tra tutti loro, coprivano il retro e il davanti della casa.

«Altre munizioni, Sierra!» urlò Zeke. Era stata incaricata di assicurarsi che i ragazzi avessero sempre delle munizioni a portata di mano. Andò in corridoio e prese un'altra scatola di proiettili, poi si diresse verso la camera da letto principale. Era doloroso vedere profanata la stanza in cui era stata più felice e rilassata.

Consegnò la scatola a Zeke, poi si voltò per uscire; meno tempo passava lì dentro, meglio era per la sua sanità mentale.

Per poco non andò addosso a Kevin nel corridoio. Cory era dietro di lui.... e l'espressione sul suo viso la fece rabbrividire.

«È il momento» disse lui con un ghigno. «I media sono arrivati. C'è solo un furgone, visto che quegli stronzi tengono gli altri sulla strada, ma una telecamera è sufficiente. Il loro filmato diventerà virale in tutto il mondo.»

Kevin fece un fischio e chiese: «Posso preparare il lanciarazzi?»

Sierra avrebbe voluto quasi alzare gli occhi al cielo. Sembrava che quel tizio pensasse di giocare a un videogioco o qualcosa del genere, non di assemblare un'arma in grado di uccidere decine di persone con un solo colpo.

Cory annuì. «Certo. Sistematelo in quella piccola stanza laggiù. Ha la vista migliore sul davanti della casa, dove gli stronzi hanno parcheggiato i loro costosi veicoli.»

Sierra non sapeva cosa fare. Era da sola, mentre loro erano in undici e ben armati. Sì, era a conoscenza dei nascondigli di Grover, ma anche se fosse riuscita a prendere un'arma senza essere vista o fermata, non era certa di saperla usare. Magari aveva la sicura, o non era nemmeno carica.

Aveva lavorato duramente per far sì che quei ragazzi si fidassero di lei, e il labbro rotto lo dimostrava. L'ultima cosa che voleva era rovinare tutto, soprattutto se poteva fare qualcos'altro per aiutare i Delta.

Sapeva che Grover aveva parlato con la sua squadra. Il sistema di comunicazione nella sala multimediale era il motivo principale per cui aveva suggerito di rinchiuderlo lì. Il team doveva sapere cosa stava succedendo in casa e Grover poteva aiutarli a coordinare il salvataggio. Almeno sperava.

Non sapendo cos'altro fare, tornò nella stanza dove aveva lasciato Cameron e Rob.

«Merda, amico. Ho bisogno di erba» si lamentò Rob.

«Anch'io. Pensi che Cory ci lascerà fare una pausa tra poco?» chiese Cameron.

Dovevano essersi accorti della sua presenza, ma a quanto pareva se ne fregavano. Quando Tony l'aveva portata di sopra aveva spiegato a tutti chi era, e loro avevano accettato la storia che si era inventata senza fare domande. Più stava lì, più si rendeva conto che quegli uomini – ragazzi, in realtà – erano ancora più ingenui di quanto lo era stata *lei* quando aveva accettato il lavoro all'estero.

Non erano lì per fare del male a qualcuno, per loro era quasi un gioco. Un po' di eccitazione per un gruppo di ragazzi annoiati. E se Cory li riforniva di droga, di cibo e di qualsiasi altra cosa di cui potevano avere bisogno, perché *non* avrebbero dovuto accettare di unirsi a lui?

Guardò verso la porta e non vide il bastardo, ma lo sentì assemblare insieme a Kevin quello che immaginava fosse il maledetto lanciarazzi. Non le restava molto tempo.

«Per curiosità, come avete fatto a trovare Cory?» chiese.

Rob sparò un colpo con il fucile e rise. «Hai visto? Non

pensavo che quel vecchio riuscisse a muoversi così velocemente.»

«Guarda questo» disse Cameron al suo amico, sparando qualche colpo anche lui.

Sierra serrò i denti con forza. Odiava che quegli idioti mirassero ai suoi amici o ad altre persone innocenti perché pensavano che fosse *divertente*.

Nel tentativo di farli smettere, sbottò: «Lo sapete che moriremo tutti, vero?»

Non sapeva cosa dire, ma doveva fare *qualcosa* per distogliere la loro attenzione dalle finestre.

Cameron si girò a fissarla. «Cosa?»

«Di che cazzo stai parlando?» chiese Rob.

Cercò di pensare in fretta. «Vi ricordate di Waco? Oh, aspetta... è stato prima che nasceste. Ma ne avrete sentito parlare sicuramente. L'ATF e l'esercito, gli stessi che sono là fuori in questo momento, erano frustrati perché non riuscivano a entrare nel complesso dei Davidiani a Waco. Così hanno preso un carro armato e hanno fatto irruzione, radendolo al suolo e uccidendo più di settanta persone che si trovavano all'interno. Uomini, donne e bambini. Non vedo come le cose per noi possano andare diversamente.»

Non disse che era probabile che i Davidiani avessero appiccato il fuoco all'interno del complesso prima che il carro armato sfondasse il muro.

I due rimasero in silenzio per un momento. Poi Rob scosse la testa. «No. Cory ha detto che stiamo solo facendo spettacolo per i media. E loro sono proprio là fuori a filmare. Quando il mondo vedrà quanto è pericoloso e fuori controllo l'esercito, ci arrenderemo.»

Sierra si lasciò sfuggire una risata dura. «Lo credi davvero? Quei militari sono incazzati neri perché gli stiamo sparando addosso. Appena usciremo saremo morti. Ci spareranno e poi sosterranno che avevamo delle armi in mano. Rigirano sempre le cose per non perdere la faccia.» Scosse la testa. «No, oggi moriremo tutti. Ma per me va bene così. Sono già fuori di testa dopo tutto quello che ho passato. Preferisco morire per la causa piuttosto che vivere con gli incubi e i flashback che ho per colpa di quei cazzo di militari.»

Cameron e Rob si scambiarono uno sguardo nervoso e Sierra fu entusiasta di aver instillato almeno un piccolo dubbio nella loro mente. Era arrivato il momento che cominciassero a usare il cervello invece di seguire ciecamente Cory.

«Sierra! Mi servono altri proiettili!» gridò Adam da un'altra stanza.

«Il dovere mi chiama» disse ai due. Poi si girò e uscì dalla camera degli ospiti. Per poco non si scontrò con Kevin che stava spostando una grossa cassa di legno dallo studio di Grover.

«Fai attenzione!» sbottò.

«Stai attenta *tu*» replicò lui.

«Wow, avete già preparato tutto?» chiese, sentendosi sprofondare lo stomaco.

«Sì, non è stato difficile. Cory è quasi pronto. C'è un enorme furgone della SWAT parcheggiato proprio davanti alla casa e subito dietro c'è un Humvee militare. Pensa di poterli eliminare entrambi con un solo colpo» disse tutto eccitato.

«Fantastico! E poi?»

«Cosa intendi?»

«Quali sono i nostri piani per dopo? Probabilmente tutti quelli che sono fuori risponderanno al fuoco. Quindi cosa faremo dopo aver fatto saltare in aria quella roba?» Abbassò la voce, non volendo che Cory sentisse. Le faceva ancora male il labbro dove l'aveva colpita. Certo, quello non era stato niente in confronto a ciò che aveva subito per mano di Shahzada.

«Non lo so, ma ce lo dirà Cory» disse Kevin, preoccupato

solo di sparare con la grande arma che aveva appena aiutato a sistemare.

«Sierra!» urlò Adam ancora una volta.

Si chinò, raccolse un'altra scatola di munizioni e andò in fondo al corridoio, dove l'altro stava fingendo di essere in un videogioco. Senza dire nulla, la lasciò cadere ai suoi piedi, poi si girò e se ne andò. Lo sentì lamentarsi perché i proiettili erano fuoriusciti, ma non le importava. Non aveva mentito a scemo e più scemo nell'altra stanza. Non aveva un buon presentimento su quello che sarebbe successo una volta sparato quel razzo.

Sentì una voce urlare da un megafono. Cercava di convincere qualcuno a parlare con loro, a negoziare, ma nessuno sembrava intenzionato a rispondere. Se Cory non voleva negoziare, significava che probabilmente non gli importava di vivere o morire. O non gli importava che morissero quelli che aveva portato con sé.

Suppose che alcune delle persone che stavano guardando quel casino avrebbero pensato proprio ciò che voleva Cory. Che sarebbero state d'accordo sul fatto che il governo e l'esercito avevano reagito in modo eccessivo. A loro non sarebbe importato che gli uomini e le donne che circondavano la casa fossero stati istigati a comportarsi in un certo modo.

Sierra era a corto di idee mentre era ferma in mezzo al corridoio. Aveva fatto il possibile per aiutare Grover, poi aveva diffuso l'incertezza tra alcuni degli idioti che seguivano ciecamente quel pazzo. Ora voleva solo scappare, ma si era cacciata in quella situazione e non c'era modo di uscirne.

Kevin uscì dalla stanza in cui si trovava Cory e urlò perché tutti potessero sentire: «Tra cinque minuti si balla!»

Gli uomini che si trovavano alle finestre di sopra, come pure quelli che erano ancora al piano di sotto, fecero grida entusiaste.

Kevin incontrò il suo sguardo e sorrise. «Pronta per i fuochi d'artificio? Saranno da sballo.»

«Forte» riuscì a dire Sierra. Per fortuna era troppo eccitato per notare la sua reazione tiepida.

Pensò seriamente di prendere una delle pistole nascoste e di impedire a Cory di fare ciò che avrebbe sicuramente portato gli agenti e i soldati all'esterno a contrattaccare. Ma c'era sempre il problema che non sapeva usare nessuna arma e un'esitazione avrebbe potuto ucciderla.

Poteva solo sperare che Grover fosse riuscito a usare il telefono segreto e a prendere le pistole, e che stesse uscendo dalla "prigione" in cui lei stessa aveva suggerito di metterlo.

Si spostò in fondo al corridoio e si premette con la schiena in un angolo, come lui gli aveva detto di fare in quelle grotte in Afghanistan. Scivolò lungo la parete finché il suo sedere non toccò il pavimento. Avvolse le braccia intorno alle ginocchia e fece del suo meglio per rendersi il più piccola possibile.

Anche se al momento nessun luogo della casa era sicuro, almeno era lontana dalle finestre. Non aveva dubbi che non appena Cory avesse puntato quel maledetto lanciarazzi, avrebbero iniziato a volare proiettili.

Per un attimo le *sembrò* di essere di nuovo in Afghanistan. Intrappolata. In attesa che il suo destino fosse deciso da altri. Solo che questa volta si era offerta volontariamente come ostaggio.

Chiuse gli occhi, appoggiò la fronte sulle ginocchia e pregò.

———

Nel momento in cui era rimasto solo nella sala multimediale, Grover si era messo al lavoro. Brody aveva sparato alle luci, come ordinato, ma lui non ne aveva bisogno. Sapeva dove aveva nascosto ogni arma in quella stanza. Il suo pensiero era andato per un attimo a Sierra, ma se si fosse concentrato troppo su ciò che lei stava passando, non sarebbe stato in grado di fare nulla.

Aveva iniziato dalle poltrone reclinabili.

Ci era voluta qualche manovra, ma era riuscito a estrarre uno dei coltelli nascosto in un vano e a tagliare le fascette che l'idiota gli aveva messo dopo averlo portato lì. Aveva sentito il sangue sulla pelle nel punto in cui si era ferito togliendole e dove il bastardo lo aveva tagliato prima, senza però percepire il minimo dolore. Era stato troppo concentrato. Nel giro di un minuto aveva rimosso il telefono dal suo nascondiglio dietro la bandiera decorativa sul muro e stava parlando con Trigger, il quale gli aveva chiesto un po' di tempo.

Il suo istinto sarebbe stato quello di uscire da quella cazzo di stanza e far fuori chiunque avesse osato mettersi tra lui e la donna che amava. Ma si fidava del suo leader e sapeva che prima doveva assicurarsi che tutti fossero a conoscenza che Cory aveva un lanciarazzi ed era intenzionato a usarlo.

Aveva progettato quella dannata sala multimediale in modo che fosse praticamente insonorizzata, e ora se ne rammaricava. Non riusciva a sentire ciò che succedeva all'esterno, e nemmeno dentro casa. Per tenersi occupato, raccolse tutte le armi che poteva tenere tranquillamente in mano. Mise una pistola in una fondina sulla coscia e un'altra dietro la schiena, si legò un coltello al polpaccio e un altro alla vita, poi prese anche un fucile.

Non voleva uccidere nessuno...

No, era una bugia. Voleva far fuori Cory e se qualcuno degli altri stupidi teppistelli aveva fatto del male a Sierra, avrebbe eliminato anche loro.

Una volta completamente armato, incominciò a camminare avanti e indietro.

Dopo quella che gli sembrò un'ora, ma erano stati più o meno i quindici minuti richiesti da Trigger, lo richiamò.

«Dimmi» esordì Grover

«Sembra che Cory stia per fare la sua mossa» disse l'altro, e lo sentì respirare affannosamente, come se stesse correndo. «Ho informato tutti di ciò che sta per succedere e hanno accettato di non distruggere la casa. Faranno molto rumore, però» lo avvertì.

«Sierra potrebbe essere colpita se sparano contro casa mia!» ringhiò.

«Hanno tutti ricevuto l'ordine di sparare in alto e in basso, non contro le finestre.»

Non era esattamente contento della cosa, ma sapeva anche che era il meglio che potesse ottenere al momento.

«Li terranno occupati mentre noi entriamo da ovest e Ghost e la sua squadra da est. Il garage è un punto debole. Da quello che possiamo dire, non lo stanno tenendo d'occhio.»

«Hanno messo della roba contro la porta sul retro» lo avvertì.

«Sì, abbiamo visto. Non rallenterà nessuno degli uomini di Ghost. Tieniti pronto, Grover. Tra due minuti siamo dentro. Non irromperemo con la forza, entreremo silenziosamente.»

«Ricevuto.»

«Ci vediamo presto. Entro cinque minuti sarà tutto finito. Passo e chiudo.»

Grover infilò il telefono nella tasca posteriore e si diresse verso la porta. Gli idioti l'avevano bloccata con alcune sedie del soggiorno, ma non era un problema per lui. Dopo qualche spinta forte e il più silenziosa possibile, uscì nel corridoio.

Si fermò e rimase in ascolto, ma non sentì altro che una voce da un megafono che cercava di far parlare Cory. Grover sentì il battito del cuore rallentare mentre regolava la respirazione e scivolava piano lungo il corridoio e verso la zona giorno, completamente focalizzato sul compito da svolgere.

Sobbalzò sentendo un fortissimo sibilo, seguito da un'enorme esplosione che fece letteralmente tremare le fondamenta.

Qualcuno gridò di eccitazione in una stanza sulla parte anteriore della casa. Dei vetri andarono in frantumi da qualche parte, probabilmente a causa dell'onda d'urto provocata dell'esplosione del razzo che aveva colpito qualunque cosa a cui lo stronzo aveva mirato.

Poi l'aria si riempì del rumore di spari.

Gli sembrò di essere nel bel mezzo della Terza guerra mondiale. Non c'era più bisogno di fare piano, perché nessuno sarebbe stato in grado di sentire altro che gli spari di decine e decine di armi.

Dal piano superiore alcuni uomini urlavano per avvisare che delle persone stavano andando verso la casa dal cortile sul retro.

Sembrava che la Strong Foot Militia fosse nel panico.

Bene. Ciò avrebbe reso le cose più facili per lui e la sua squadra.

Muovendosi rapidamente, Grover arrivò di soppiatto dietro ad Alan, che stava fissando inebetito la porta sul retro con il fucile puntato verso il pavimento.

Gli coprì la bocca con la mano e gli strappò via l'arma. Il miliziano spalancò gli occhi ed emise un grugnito sorpreso, ma non oppose resistenza.

Sentendo un rumore alle sue spalle, Grover si voltò e vide la cosa più bella che avesse mai visto in vita sua.

Sei figure che entravano nel corridoio dalla porta del garage.

Era il suo team, guidato da Trigger.

Doc afferrò Alan e Grover indicò la piccola sala da pranzo sul davanti della casa. Nel giro di due minuti, c'erano quattro uomini sdraiati sul pavimento del salotto, con le braccia legate dietro la schiena e la bocca coperta dal nastro adesivo, così che non avvertissero i loro amici.

Doc rimase a sorvegliarli con un fucile, mentre il resto della squadra si diresse verso le scale. Lì sarebbe stato un po' rischioso. All'esterno si sentiva ancora il rumore di una sparatoria e Grover pregò che Trigger avesse ragione e che nessuno stesse usando proiettili veri contro la casa. Non gli importava nulla dei suoi averi, l'unica cosa che gli interessava era che Sierra non finisse nel fuoco incrociato.

Trigger gli lasciò fare strada su per le scale e lui le salì piano e con attenzione. Dopo aver fatto qualche gradino, alzò la mano per fermare gli altri, poi sbirciò oltre il bordo inferiore della ringhiera per determinare quale fosse la situazione.

Quando vide Sierra seduta in fondo al corridoio, spalancò gli occhi: era raggomitolata in un angolo.

Fu davvero orgoglioso di lei in quel momento. Aveva fatto la cosa giusta, allontanandosi dalle finestre e rendendosi un bersaglio più piccolo possibile.

Anche lei spalancò gli occhi quando lo vide e senza che le chiedesse niente gli indicò la camera da letto principale alzando due dita. Poi una di quelle degli ospiti alzando un dito. Poi fece lo stesso con le altre stanze, facendogli capire dove si trovavano i miliziani. Grover non sapeva chi fosse in quale stanza, ma al momento non aveva importanza. Dovevano essere tutti sottomessi.

Si voltò a guardare la sua squadra e non si sorprese di vedere Ghost, Fletch e Truck in fondo alle scale. Chiaramente erano entrati in casa anche loro. Ora avevano i numeri per eliminare con facilità i restanti membri della Milizia, si trattava solo di capire se sarebbero stati furbi arrendendosi senza far storie o se avrebbero fatto qualcosa di stupido.

Muovendosi rapidamente, perché tutti sapevano che avrebbero potuto essere scoperti da un momento all'altro, i Delta salirono le scale e si sparpagliarono nelle varie stanze.

Proprio mentre Grover stava per raggiungere Sierra, Cory uscì dallo studio e senza esitare la afferrò tirandola su bruscamente dal pavimento.

Lei urlò e lottò con tutte le sue forze, senza successo.

Il bastardo lasciò cadere il fucile che aveva in mano e tirò fuori una pistola. Trascinò Sierra davanti a sé e le conficcò l'arma sotto il mento, proprio come aveva fatto con lui. Quel movimento le spinse la testa indietro e Grover non riuscì a vedere i suoi occhi.

«Fermatevi o la uccido.»

Si bloccò subito con Trigger al suo fianco. Intorno a loro si sentiva il vociare degli uomini che si arrendevano, ma lui aveva occhi solo per il loro capo e impugnò la pistola con mano ferma puntandogliela contro. Ciò che gli serviva era che il bastardo gli desse una minima opportunità e sarebbe stato bello che morto.

Il rumore degli spari provenienti dall'esterno si attenuò. Uno dei Delta doveva aver comunicato che la situazione all'interno della casa era sotto controllo. Più o meno.

«È finita» disse Trigger a Cory. «Il tuo piano è fallito.»

«Non è fallito» si vantò. «Milioni di persone hanno visto quell'esplosione! Così come lo scontro a fuoco che ne è seguito. Americani che sparano ad altri americani. *Tutti* hanno visto quanto poco il governo si preoccupa del suo popolo!»

«Nessuno ha visto niente. L'unica troupe del telegiornale presente ha smesso di filmare. Sapevamo che avevate un lanciarazzi e che l'avreste usato.»

Il volto di Cory diventò rosso sotto la barba. «No!» urlò.

«Sì» replicò Trigger con calma. «Per quanto ne sa il popolo americano, i manifestanti che hanno molestato civili innocenti per settimane hanno finito per oltrepassare i limiti e hanno preso in ostaggio una donna innocente e un soldato decorato. Nessuno vede te o il tuo gruppo come vittime. Siete finiti.»

La sua donna era rimasta immobile nella stretta di Cory quando le aveva spinto la pistola contro la carne... ma Grover colse un movimento con la coda dell'occhio che attirò la sua attenzione: era la sua mano.

Sierra sollevò un dito.

Era chiaro che non volesse perdere tempo, che non avesse intenzione di dare loro la possibilità di convincere Cory ad arrendersi. Ma, onestamente, non era sicuro che quell'uomo *potesse* essere dissuaso. Era in trappola e lo sapeva. I suoi piani erano andati a rotoli.

Due dita...

Grover restrinse il campo visivo, visualizzando la propria arma tra gli occhi del bastardo. L'uomo cercava di tenersi nascosto dietro il corpo esile di Sierra, ma nel momento in cui lei avesse fatto la sua mossa, lui sarebbe stato pronto.

Nessuno minacciava la sua donna. *Nessuno.*

Cory stava delirando sulla corruzione del governo, sul fatto che magari quel giorno aveva fallito, ma i suoi seguaci avrebbero ripreso da dove lui aveva lasciato, dimostrando al mondo che l'esercito era immorale e pieno solo di assassini.

Ignorando l'ironia di quella dichiarazione, Grover vide Sierra alzare un terzo dito e poi portare una mano dietro di sé per afferrare e stringere forte l'uccello di Cory, mentre con l'altra si scacciava la pistola da sotto il mento. L'altro reagì in modo prevedibile: urlò e di riflesso la spinse via piegandosi in due.

Mentre lei cadeva, Grover scaricò la pistola addosso al bastardo.

Due corpi colpirono il pavimento di legno del corridoio a distanza di un attimo l'uno dall'altro, ma a lui ne interessava solo uno. Lasciò cadere l'arma e corse verso Sierra.

Mentre Trigger e Lefty andavano da Cory per assicurarsi

che fosse disarmato e quindi non più una minaccia, Grover la afferrò per le braccia e la trascinò in piedi. La sua mente era nel caos più totale, altrimenti non l'avrebbe mai tirata su in modo così brusco, ma voleva disperatamente essere sicuro che non fosse stata colpita.

Lo fissò mentre lui cercava freneticamente delle ferite.

«Sierra?» urlò.

Lei aggrottò le sopracciglia, scosse la testa e fece una smorfia.

«Rapporto situazione!» gridò una voce dietro di loro. Era Lucky.

«Colpi d'arma da fuoco!» urlò qualcun altro.

«Ovvio! Chi è stato colpito?»

Il corridoio era angusto e affollato mentre tutti cercavano di capire cosa fosse successo. Grover sentì vagamente qualcuno gridare di cessare il fuoco, chiaramente a chi era al comando degli uomini all'esterno, per assicurarsi che non ricominciassero a sparare dopo aver sentito altri colpi, ma poté solo fissare Sierra.

«Sei stata colpita?» le chiese.

Lei si leccò le labbra e fece un respiro profondo. Quando scosse la testa, gli cedettero quasi le ginocchia. «Sei sicura?»

Annuì e cercò di voltarsi, ma lui le prese la testa tra le mani, impedendole di farlo e obbligandola a guardarlo. «Parlami, Bean.»

«Mi fischiano le orecchie per gli spari, ma... credo di stare bene. Lui è...»

«È morto» disse Grover senza alcuna emozione.

Cory aveva avuto ragione su una cosa: l'esercito era pieno di assassini. E il più letale del gruppo era stato proprio davanti a lui.

Le sfiorò delicatamente con il pollice il labbro spaccato, dove lo stronzo l'aveva ferita. Lei a sua volta gli passò la mano sulla guancia, dove *lui* era stato ferito.

Intorno a loro la gente si muoveva, portando giù per le scale i ragazzi che si erano rintanati nelle stanze e cercando di valutare la situazione. Ma Grover riuscì solo a rimanere lì a fissarla.

Rimase scioccato quando vide le lacrime scendere lungo le sue guance.

Cazzo. Sierra non piangeva. Ne avevano parlato a lungo, tra loro e con gli psicologi.

Invece lo stava facendo.

«Sierra?» sussurrò, con voce rotta.

Con suo grande stupore gli sorrise. Aveva le lacrime che le colavano dal mento e sorrideva, cazzo.

«Sto bene!» lo rassicurò. «Sono solo sollevata che sia tutto finito!»

La attirò a sé facendo il possibile per non soffocarla mentre se la stringeva al petto. Sentì le sue lacrime bagnargli la maglietta e in quel momento provò una sensazione che non avrebbe mai dimenticato. «Ti amo» sussurrò. Le mise le mani sulle spalle e la fece indietreggiare un po'. «Ti amo» ripeté a voce più alta.

«Anch'io ti amo» disse lei, sorridendo e piangendo allo stesso tempo. «Forse stasera è un buon momento per entrare nel mio appartamento. Mi sembra che la tua casa abbia un po'... di spifferi.»

Alle sue spalle risuonò una forte risata, si voltò e vide Brain. «È perché la maggior parte delle finestre sono state spazzate via dall'esplosione del razzo» spiegò. «Penso che ci vorrà qualche giorno prima che possiate tornare qui.»

«Ci trasferiamo» lo informò Grover.

«Cosa? No, non ci trasferiamo affatto!» controbatté Sierra accigliata, asciugandosi il viso.

«Non puoi voler vivere qui» ribatté lui.

«Perché no? Non permetterò che un pazzo ci cacci da casa nostra!»

Grover la attirò di nuovo tra le braccia e si voltò per andarsene dal corridoio. Non voleva che Sierra vedesse il corpo di Cory, anche se sospettava che non l'avrebbe sconvolta come avrebbe potuto succedere a qualcun altro. Aveva passato l'inferno ed era sopravvissuta. Pensò che poche cose l'avrebbero turbata in futuro.

«Ci aspettano ore di riunioni» disse, mentre la accompagnava alle scale. «Dovremo raccontare tutto ciò che è successo qui non solo all'FBI e all'ATF, ma anche al mio comandante. Dobbiamo far sapere a Gillian e alle altre che stiamo bene. Dobbiamo anche chiamare i nostri genitori. Devo contattare una società di sicurezza perché venga a installare un sistema d'allarme con la migliore attrezzatura che hanno, poi devo trovare qualcuno che sostituisca tutte queste finestre...»

«Alle finestre ci penso io» disse Ghost, interrompendolo.

Erano ormai in fondo alle scale e Grover stentava a credere al numero di persone che si trovavano in casa sua. Pensava che lo spazio fosse limitato quando andavano lì tutti i suoi compagni di squadra e le loro mogli, ma non era nulla in confronto ai corpi ammassati all'interno in quel momento.

Grover annuì a Ghost. «Lo apprezzerei molto. Grazie per essere venuto.»

«Non avrei voluto trovarmi da nessun'altra parte.»

«Ehi, almeno la tua casa non è saltata in aria come la mia» scherzò Fletch.

Grover ricordava quell'episodio di qualche anno prima e annuì. «È vero.» Si voltò verso Sierra. «Comunque, come stavo dicendo, per un po' saremo impegnati, ma quando avremo finito, ti porterò nel tuo appartamento e non usciremo per giorni. Non sono riuscito a prepararti la cena che avevo programmato e questo mi fa incazzare.»

Lei gli sorrise. «Ti fa arrabbiare non avermi preparato la

cena, ma non il fatto che la tua casa si sia trasformata in una maledetta zona di guerra?»

«Oh, certo che sono incazzato anche per quello. Soprattutto perché ti sei messa in mezzo a questo casino. E perché Cory ti ha colpita. E perché quegli idioti di ragazzini non si sono resi conto di quello che il bastardo aveva in serbo per loro...»

Sierra gli mise una mano sulla bocca. «Ho capito.»

All'improvviso Grover fu come travolto da tutto ciò che era appena successo e non riuscì a togliersi dalla testa la visione di Cory che le puntava una pistola sotto il mento. Iniziò a barcollare.

«Datemi una sedia» gridò Sierra. Tutti intorno a loro si bloccarono e lei schioccò le dita con impazienza. «Subito!»

Grover non poté fare a meno di fare un piccolo sorriso mentre diverse persone si affrettavano a obbedirle. La sua donna era un piccolo ciclone. Era più forte di chiunque altro avesse mai conosciuto.

Si sedette trascinandola con sé. Sierra si accoccolò a lui come se non le importasse di chi la stava guardando. E suppose che fosse così, perché di sicuro a *lui* non importava nulla.

Mentre uomini e donne si affannavano intorno a loro per capire cosa diavolo fosse successo e come diavolo avesse fatto un americano qualsiasi a mettere le mani su un dannato lanciarazzi, Grover chiuse gli occhi e si strinse alla donna che amava più di quanto avrebbe mai potuto esprimere a parole. Avevano rischiato grosso e lo sapevano entrambi, ma ora era tutto a posto. E si sarebbe assicurato che rimanesse in quel modo.

CAPITOLO VENTIDUE

Sierra sollevò lo sguardo mentre era sul terrazzo sul retro. Grover era dentro casa e, come se l'avesse percepita, si voltò per incontrare i suoi occhi.

«Tutto bene?» le mimò con la bocca.

Lei annuì e gli sorrise. Si stava rilassando con Devyn, Gillian e Aspen.

L'ultima settimana, dopo che lo avevano preso in ostaggio occupando la sua casa, era stata pazzesca. I genitori di Sierra erano andati a controllare di persona che stesse bene. Anche quelli di Grover erano arrivati dal Missouri. A quanto pareva, per loro un ordigno che esplodeva nel giardino del figlio era molto più spaventoso del fatto che rischiasse regolarmente la vita in missioni top-secret per l'esercito.

Alla fine si era scoperto che Trigger aveva mentito a Cory sul fatto che i media non avevano filmato. Era impossibile che avessero accettato di non farlo, e nessuno avrebbe potuto fermarli legalmente. Persino le telecamere alla fine del vialetto avevano ripreso l'enorme nuvola di fumo nero che si era sollevata in aria dopo il lancio del razzo. Ma l'unica rete televisiva che si era avvicinata alla casa – lui e il resto del team non sapevano ancora come ci fossero riusciti – aveva ovviamente trasmesso tutto l'episodio in diretta.

Compreso il fatto che i cecchini della polizia e dell'esercito stavano sparando a vuoto, fungendo da distrazione per le squadre Delta che dovevano irrompere in casa.

Cory avrebbe voluto che il popolo americano si rivoltasse contro i militari, ma era successo il contrario. Grazie ai filmati del telegiornale, il sostegno alle forze armate sembrava essere aumentato come non mai.

Da quando era successo il fattaccio, Grover non aveva lasciato Sierra nemmeno per un secondo. Sembrava che fosse rimasto provato più di lei. Una sera aveva perso completamente la testa e le aveva urlato contro per essere stata così imprudente e sciocca. Lei lo aveva lasciato sbraitare e inveire, sapendo che aveva bisogno di sfogarsi, e quando finalmente si era calmato, lo aveva abbracciato forte. «Ero terrorizzata per te» gli aveva detto. «Non potevo lasciarti lì dentro da solo.»

«Non farlo mai più. Non mi interessa che ciò che hai fatto ci abbia salvati. Il mio cuore non può sopportare una cosa del genere» aveva replicato lui.

«Va bene» lo aveva subito rassicurato, anche perché non voleva di certo affrontare di nuovo una cosa simile.

Nell'ultima settimana tutte le altre donne erano andate a trovarla. Era stato emozionante vedere quanto ci tenessero a lei. La conoscevano da poco, ma sembrava che le amicizie nell'ambito militare fossero forti e immediate.

E a proposito di amicizie, l'altra squadra della Delta Force che aveva dato una mano quella sera aveva fatto l'impossibile per rimettere a posto la casa di Grover. Tutte le finestre erano state sostituite in un solo giorno e anche se sul giardino l'erba era bruciata a causa dei veicoli che Cory aveva fatto saltare in aria, tutto il resto era praticamente come prima.

Anche Tex aveva fatto il suo, occupandosi di far installare un cancello alla fine del vialetto, dato che i miliziani erano arrivati ed entrati con troppa facilità in casa per aspettare che Grover rientrasse. Lui lo odiava ed era probabile che in un futuro non troppo lontano lo avrebbe fatto rimuovere, ma per ora teneva lontani i curiosi.

In ogni caso, *nessuno* sarebbe più riuscito a entrare nella proprietà a sua insaputa, non con la quantità di sistemi di sicurezza che c'erano ora.

Ma a Sierra non importava. Non poteva negare che tutti gli aggeggi, campanelli e allarmi vari incutessero timore, ma restituivano loro quel senso di tranquillità che Cory e i suoi seguaci avevano quasi distrutto.

Gli uomini che si erano uniti al bastardo nel suo folle complotto erano ancora in prigione, e ci sarebbero rimasti per un bel po'. Tutti avevano sostenuto di non avere la minima idea che Cory avesse pianificato una missione suicida. Avevano davvero pensato che avrebbero solo agitato le acque, messo in scena uno spettacolo per i media, per poi ricevere una punizione una volta finito tutto.

Sierra pensava che fossero degli idioti totali, ma supponeva di aver fatto anche lei delle scelte stupide quando aveva la loro età. Non così stupide come unirsi a un gruppo di miliziani fuorilegge, ma comunque...

Le cose stavano tornando a una parvenza di normalità. Per quanto normale potesse essere per due ex prigionieri di guerra che erano stati gettati sotto i riflettori. Sierra prendeva la cosa alla giornata e cercava di non farsi sopraffare dal fatto che, ancora una volta, tutti volevano un'intervista. Ember la stava sostenendo molto, usando le sue conoscenze e la sua esperienza per aiutarla a navigare nelle acque insidiose dei media.

Quel giorno si erano ritrovati tutti a casa di Grover per celebrare la vita, l'amicizia e il semplice fatto di essere vivi. E intendeva letteralmente *tutti*. I suoi compagni di squadra e le loro donne, la squadra di Ghost con le famiglie, i suoi genitori, quelli di Grover e anche i suoi fratelli. Tranne Spencer, che era ancora in riabilitazione per la sua dipendenza dal gioco d'azzardo. C'erano anche il comandante Robinson e Winnie, l'anziana vicina di Aspen e Brain, con la nipote e la sua famiglia.

Gillian in qualche modo era riuscita a organizzare tutto con pochissimo preavviso. Aveva riscosso molti favori e rifiutato i ringraziamenti di Sierra, dicendo che per il loro divertimento tanto valeva usare i rapporti che aveva sviluppato negli anni.

C'era del cibo su ogni superficie disponibile, e sebbene non ci fossero sedie per tutti, nessuno sembrava preoccuparsene. I bambini correvano dappertutto ed era un caos totale... e Sierra non avrebbe potuto essere più felice.

«È pazzesco» disse Devyn con una risatina. «Voglio dire, sul serio, chi *sono* tutte queste persone?»

Anche se aveva detto a Grover che stava bene, lui era comunque uscito per accertarsene. Mentre si avvicinava, sentì la domanda. «Sono miei amici» rispose, mettendo una mano sulla spalla di Sierra.

«Hai degli amici? No, non è possibile. Mio fratello è un eremita» scherzò Devyn.

Tutti risero e Sierra posò la mano su quella del suo uomo e gliela strinse.

Lui si chinò per sussurrarle all'orecchio. «Sto pensando che dovremmo scappare al Rifugio. Allontanarci da tutta questa gente.»

Lei ridacchiò e inclinò la testa per guardarlo. «Per me va benissimo. Ma forse non in questo momento, sarebbe scortese.»

Con la coda dell'occhio vide i genitori di Grover avvicinarsi. Lui si raddrizzò e li salutò. Poi lo vide fare un sorrisetto malizioso prima di dire: «Allora, Devyn... quando vi sposerete tu e Lucky?»

Sierra soffocò una risata. Sapevano tutti che erano *già* sposati, tranne i suoi genitori. Non avevano avuto intenzione di tenerlo nascosto, ma era semplicemente successo. Lucky aveva voluto sposarsi per far sì che Devyn potesse godere dei benefici che l'esercito poteva offrirle in quanto coniuge di un militare, e lei non aveva avuto problemi a farlo perché lo amava moltissimo. Il fatto era che i suoi genitori volevano una grande cerimonia tradizionale nel Missouri, e quindi non avevano voluto deluderli dicendo loro che si erano già sposati e che non avevano avuto il tempo di definire i dettagli per organizzare un matrimonio e un ricevimento in grande stile.

«Oooh, sì. Parliamone, che ne dici?» disse la madre, battendo le mani con impazienza.

Devyn lanciò un'occhiataccia al fratello. «Lo faremo, mamma.»

«Promesso?»

«Promesso» replicò lei con un sospiro.

Non appena la coppia si allontanò, Devyn gli lanciò un tovagliolo appallottolato. «È stata una cattiveria, Fred.»

Grover ridacchiò. «Lo so, scusa. Ma dovevo dire *qualcosa* per farla smettere di stare addosso a me e a Sierra.»

«Quindi hai pensato di darmi in pasto ai lupi con la storia del matrimonio?»

Lui scrollò le spalle. «Ha funzionato. Inoltre, prima permetterai a mamma di organizzare la cerimonia, prima te la toglierai di torno.»

«Sì, e poi mi tormenterà per avere dei nipoti» ribatté con un sospiro.

«È una cosa negativa?» domandò Sierra.

Devyn arrossì e scrollò le spalle. «In realtà, no.»

«Sarò lo zio migliore del mondo. Riempirò i tuoi figli di zuccheri e poi li rimanderò a casa perché tu te ne occupi.»

La sorella si sedette sulla sedia con un sorrisetto. «Succederà anche a te.»

«Già.»

Sierra amava quell'atmosfera giocosa. Era difficile credere che fino a poco tempo prima la sua vita fosse così diversa. Così squallida. E ora era lì, circondata da persone che la trattavano come se la conoscessero da sempre, che si preoccupavano sinceramente del suo benessere.

«Ehi, Aspen!»

Tutti sollevarono lo sguardo e videro un'adolescente andare verso di loro.

Sierra l'aveva conosciuta poco prima. Si chiamava Annie ed era la figlia di Emily e Fletch. Era bionda e aveva gli occhi azzurri, e non appena si erano incontrate aveva dichiarato che i suoi capelli erano "una figata" e aveva detto che avrebbe chiesto a sua madre se poteva farseli tagliare allo stesso modo.

«Ciao, Annie» la salutò Aspen a voce bassa, per non svegliare il neonato addormentato sul suo petto.

«Ti va di ripassare con me la tecnica del bendaggio emorragico più tardi?»

L'altra annuì e rispose subito: «Certo.»

«Perfetto! Grazie!» ribatté vivacemente, poi se ne andò.

«A cosa si riferiva?» chiese Sierra, quando la ragazzina si allontanò.

«Annie da grande vuole fare il soccorritore militare. Ha sentito che era quello che facevo io quando ero nell'esercito e ora vuole imparare più cose possibili in ambito medico. Credo che voglia prendere la licenza di paramedico non appena sarà abbastanza grande.»

«Wow, è una cosa ambiziosa» disse Sierra.

«Sì, e ce la farà» sostenne con un piccolo sorriso. «È una di quelle persone che una volta deciso ciò che vuole, lo insegue.»

«Già» aggiunse Grover. «Ha un fidanzato che vive in California e che ha conosciuto quando aveva sette o otto anni. Dice che un giorno lo sposerà. E anche se io probabilmente perderei la testa se mia figlia mi dicesse una cosa del genere a quell'età, credo che Fletch lo adori perché significa che non è interessata a uscire con nessun altro.»

Tutto il gruppo si mise a ridacchiare.

«Non sono sicura che Oz sarebbe altrettanto incoraggiante se Bria tornasse a casa e dichiarasse di avere trovato il ragazzo che vuole sposare» disse Gillian con una risata.

«Infatti! Oddio, neanche per sogno» concordò Aspen.

«Ti va di venire con me?» le sussurrò Grover, mentre le altre discutevano su quanto sarebbe stata esilarante la reazione di Oz quando sua nipote avesse deciso di iniziare a frequentare qualcuno.

Lei annuì e non appena si alzò in piedi le prese la mano. «Torniamo subito» disse alle altre. Tutte sorrisero loro mentre si apprestavano ad attraversare il cortile.

Non dovette chiedergli dove stessero andando. Lo sapeva.

Grover la condusse al fienile e lei sorrise vedendo i box vuoti, uno dei quali si sarebbe presto riempito. La sera prima l'aveva sorpresa dicendole che si era organizzato per far sì che una mucca si unisse alla loro famiglia. A quanto pareva, era stata salvata da persone che la trascuravano e il gruppo di salvataggio aveva bisogno di un posto dove non avrebbe avuto altro che amore e tutta l'erba possibile. Sierra aveva pianto quando glielo aveva detto.

Ora sembrava che piangesse sempre. Le si riempivano gli occhi di lacrime per ogni minima cosa. Quando era felice. Quando era sorpresa. Quando era triste. Quando aveva paura. Era diventata una vera e propria piagnona ma, sorprendentemente, le andava benissimo così. Significava che stava superando gli orrori che aveva vissuto in Medio Oriente.

Grover la condusse verso le scale e la seguì mentre saliva sul soppalco. Sierra si stupì un po' del fatto che fossero soli. Che nessuno li avesse seguiti. Sembrava che ci fosse sempre qualcuno che voleva parlare con lui. Era apprezzato e rispettato da tutti quelli che incontrava.

Andarono al divano, la fece sedere e si accomodò accanto a lei. Lo guardò sorpresa. Di solito la prima cosa che faceva quando arrivavano lì era aprire le grandi porte, in modo che potessero godersi il paesaggio o il tramonto.

Ma quel giorno le prese le mani e rimase lì a fissarla.

«Tutto bene?» gli chiese titubante.

«Sì» rispose senza esitare. «Benissimo. La scorsa settimana per un po' avevo temuto di non poterlo più fare. Di non poter più stare qui con te e semplicemente esistere. Sono bravo nel mio lavoro, ma persino *io* sapevo di non poter sopraffare una dozzina di uomini. Avevo pianificato di stare al loro gioco, di aspettare un'opportunità se fosse arrivata, e se fosse giunto il mio momento di andarmene, ero confortato dal fatto che tu fossi al sicuro da qualche parte.»

«Poi sono entrata.»

«Poi sei entrata» confermò. «Non sono mai stato così spaventato e così determinato a vivere come in quel momento. E poi hai dimostrato quanto sei intelligente, come ho sempre saputo. Hai manipolato Cory portandolo a rinchiudermi proprio nel posto giusto. Non ti sottovaluterò mai. Non ti darò mai per scontata. Non smetterò mai di amarti, Bean. Siamo fatti per stare insieme e non vedo l'ora di passare il resto della mia vita con te.»

Il cuore di Sierra quasi smise di battere. Stava dicendo ciò che lei pensava? Sentì quel pizzicore in gola, ma le sue emozioni non rimasero bloccate e i suoi occhi si riempirono di lacrime.

Lui ridacchiò un po' nel vederle. «Non avrei mai pensato di essere così felice di vedere una donna piangere» disse con dolcezza. «Tanto perché tu lo sappia, non ho alcun problema se piangi, fallo pure ogni volta che vuoi.»

Sierra ridacchiò. «Non so nemmeno perché lo sto facendo. È ridicolo, davvero, ma suppongo che il mio corpo stia solo recuperando per tutte le lacrime che non ho versato dopo essere stata salvata.»

«Allora, che ne dici se ti do qualcosa per cui piangere?» le disse con tenerezza.

Aggrottò la fronte, confusa. Stava per chiedergli di cosa stesse parlando quando lui si alzò e si diresse verso le grandi porte. Ne aprì prima una e poi l'altra, poi le tese la mano agitando le dita.

Lei si alzò e fece un passo verso di lui... e si bloccò di colpo quando il suo sguardo si concentrò sul cortile.

Tutti i loro amici e familiari si erano riuniti lì sotto.

Si erano disposti in modo che i loro corpi formassero la parola "SPOSAMI".

Quando Sierra si voltò verso di lui lo trovò in ginocchio sul pavimento polveroso del soppalco. Teneva in mano una scatolina aperta, ma lei la guardò appena. «Grover» disse con voce rotta, mentre le lacrime scendevano già copiose.

«So che è tutto veloce, e so che la gente probabilmente penserà che siamo pazzi, ma sapevo che eri quella giusta per me già più di un anno fa. Non so perché, ma era una sensazione che percepivo nel profondo, e quando ti ho persa ero devastato. Ho dovuto andare avanti con la mia vita facendo finta che non mi stesse distruggendo, ma era così. Niente avrebbe potuto tenermi lontano da te una volta ricevuta quella lettera. *Niente*.

Sposami, Sierra Clarkson. Lascia che ti ami per il resto della nostra vita. Non so cosa ci aspetta, ma spero che non includa miliziani in missione suicida.»

Lei ridacchiò tra le lacrime. «Sì. Certo che ti sposerò» gli disse dolcemente.

Grover si alzò e lei si gettò tra le sue braccia. Per poco non gli cadde la scatola con l'anello mentre la afferrava.

«Che cos'ha detto?» urlò qualcuno dal basso.

Sierra girò la testa e vide che la parola ora era incomprensibile e non più accuratamente scritta come un attimo prima, dato che avevano rotto la formazione. Rise mentre i vari genitori cercavano di riportare i figli al loro posto, senza fortuna. Gillian stava cercando di farsi guardare da tutti per poter scattare una foto, ma nessuno le prestava attenzione. La scena era un caos e Sierra sapeva che non avrebbe mai dimenticato quel giorno finché fosse vissuta.

Quando sentì Grover infilarle l'anello al dito, abbassò lo sguardo e ansimò.

«Oh mio Dio, Grover! Come hai...»

«Non è l'anello di tua nonna» le disse subito. «Purtroppo, quando Shahzada te l'ha portato via è scomparso per sempre. Però è simile e ci ho fatto aggiungere qualcosa. Spero che vada bene.»

Andava più che bene. Alla semplice montatura del design originale, era stato aggiunto un diamante taglio smeraldo. Il vecchio e il nuovo insieme creavano un look unico che si adattava perfettamente a lei. «Sei riuscito a far fare tutto in una settimana?» gli chiese.

Grover scrollò le spalle. «No. Ho fatto iniziare il lavoro prima che ci incontrassimo nel New Mexico. Ho parlato con tuo padre al telefono e gli ho detto cosa volevo fare. Lui l'ha spiegato a tua madre, mi hanno mandato delle foto dell'anello di tua nonna e io ho trovato qualcuno che ne facesse una replica.»

Sierra riuscì solo a fissarlo scioccata. «Sul serio?»

«Sì. Già allora sapevo che volevo stare con te per sempre. Come avrebbe potuto essere diversamente? Sei tutto ciò che ho sempre desiderato in una donna. E dal momento in cui ti sei offerta di tenermi la mano in quelle grotte, sono stato spacciato.»

«Accidenti» sussurrò. Poi, ignorando gli schiamazzi che i ragazzi rivolgevano a Grover dal basso, gli avvolse le braccia intorno al collo e si alzò in punta di piedi.

«Ti amo, Fred Groves. Con tutta me stessa. So di essere un disastro. Ho un appartamento con tutte le mie cose in cui ho dormito solo una volta, non ho un lavoro, e in qualche modo ti ho convinto a prendere una mucca quando nessuno di noi due ha idea di come prendersene cura... ma farò tutto il necessario per essere una buona compagna per te.»

«So che lo farai, proprio come farò io con te. Non mi interessa del tuo appartamento, e non sarai mai obbligata a lavorare se non vuoi. Risolveremo insieme la questione della mucca. Tutto ciò che voglio sei tu, che mi tieni la mano, che resti al mio fianco. E affronteremo qualsiasi cosa la vita ci riserverà.»

«D'accordo.»

«D'accordo» ripeté lui, poi si chinò a coprirle le labbra con le sue.

Mentre gli amici e la famiglia acclamavano, Sierra baciò l'uomo dei suoi sogni. L'uomo che amava.

EPILOGO

«Di chi è stata l'idea?» si lamentò Grover, mentre si sistemava la cravatta intorno al colletto.

«Tua» rispose Lucky ridendo.

«Be', è stato stupido» borbottò.

Tutto il team scoppiò a ridere.

Si trovavano in una stanza sul retro della chiesa che i suoi genitori frequentavano da quando si erano trasferiti a St. Louis. Una sera, nel bel mezzo di una missione, mentre erano in Siberia sdraiati a terra aspettando che un uomo che stavano osservando facesse la sua mossa, Lucky aveva accennato che la madre di Grover stava facendo impazzire Devyn chiedendole di continuo quando si sarebbe sposata.

Lui sapeva benissimo quanto potesse essere invadente e, casualmente, aveva suggerito che forse avrebbero potuto fare una doppia cerimonia.

L'aveva accennato anche alla sorella, che a sua volta l'aveva detto alla madre... e ora eccoli lì. A St. Louis. In attesa del segnale per presentarsi davanti all'officiante e vedere le loro spose percorrere la navata.

Grover non era il tipo da fare quelle cose, e pensava non lo fosse nemmeno Sierra, ma avevano accettato perché sua madre era stata eccitatissima del suggerimento. E anche i genitori di Sierra. Prima ancora che qualcuno se ne rendesse conto, le due madri avevano organizzato tutto. Così erano volati fin nel Missouri e ora si stavano per sposare.

«Scommetto che vorreste aver fatto la cerimonia in municipio come me e Gillian, eh?» disse Trigger.

Grover ringhiò. Era irritabile. E accaldato. E non aveva visto la sua donna per tutto il giorno. Sua madre aveva insistito che si trattava di una tradizione, ma a lui mancava terribilmente.

«Ehi, io *l'ho* fatta in municipio» ricordò Lucky.

«Ne varrà la pena quando la vedrai» sostenne Lefty, ignorando il suo compagno e dando una pacca sulla spalla a Grover.

«E quando saremo alla festa... ehm... ricevimento» aggiunse Lucky.

Grover annuì. Era stanco di aspettare. Voleva che fosse già finito. Non vedeva l'ora di renderla sua legalmente, anche se lo era già in tutti gli aspetti che contavano.

Finalmente arrivò il momento di entrare in chiesa. La squadra si mise in fila e aspettò che partisse la musica.

Quando iniziarono le prime note rimase perplesso, perché invece della marcia nuziale, dagli altoparlanti posti sulle pareti risuonò "Let's Get It On" di Marvin Gaye.

Sentì Trigger ridacchiare. Poi iniziò anche Lefty. Nemmeno Grover riuscì a trattenersi e alla fine tutti i presenti risero così forte che la musica si sentiva a malapena.

Dopo che Gillian, Kinley, Aspen, Riley ed Ember ebbero percorso la navata, Devyn e Sierra iniziarono a camminare verso di loro a braccetto. Indossavano entrambe degli abiti bianchi lunghi fino al pavimento e tenevano in mano un enorme bouquet. Grover non aveva idea di che tipo di fiori fossero, aveva occhi solo per la sua donna.

Aveva un fiore infilato tra i capelli, che ora portava con un taglio pixie – almeno era così che lo chiamava – ed era assolutamente radiosa. Aveva recuperato gran parte del peso e le sue guance erano rosee, sia perché in chiesa faceva un po' caldo, sia perché aveva bevuto qualche Mimosa con le ragazze. Ma soprattutto aveva un'espressione felice.

Estremamente felice.

Grover ricordò quando si era girata verso di lui e aveva pronunciato quelle due parole. *Sono felice*. Era tutto ciò che desiderava. Avrebbe fatto il possibile perché continuasse ad esserlo per il resto della loro vita.

Non vedeva l'ora che vedesse il regalo di nozze che la aspettava a Killeen. Aveva trovato due asini nani che avevano bisogno di una casa. Si sarebbero aggiunti al loro sempre crescente rifugio di animali, composto da una mucca, due capre e innumerevoli galline.

«Accidenti, non mi sono mai sentito così fortunato come in questo momento» mormorò Lucky.

Grover non poteva essere più d'accordo.

Invece di aspettare che Sierra arrivasse fino in fondo alla navata, le corse incontro. Sentì altre risate intorno a sé, ma non distolse lo sguardo da lei.

«Ciao» la salutò quando le fu davanti.

«Ciao» gli rispose.

Poi gli porse la mano e nel momento in cui Grover strinse le dita intorno alle sue, tirò un sospiro di sollievo. Era ciò di cui aveva bisogno. Il suo amore, la mano nella sua. Sierra migliorava tutto nel suo mondo.

Lucky lo seguì e i quattro tornarono davanti all'altare per mettersi di fronte al sacerdote.

«Siamo qui riuniti oggi...»

Non sentì nemmeno le parole mentre guardava la sua sposa. Le sorrise e lei gli strinse la mano. Poi guardò sua sorella e Lucky. E dietro di loro, dove c'erano Trigger, Lefty, Brain, Oz e Doc. Lanciando uno sguardo alla sua sinistra, vide Gillian, Kinley, Aspen, Riley ed Ember. Era circondato dalle persone più importanti della sua vita...

Grover poteva dire di essere proprio felice.

———

Lucky tornò da sua moglie con il Margarita al mango che gli aveva chiesto. Sua *moglie*. Anche se erano sposati già da un po', si rese conto all'improvviso che adesso era davvero sua, non solo in segreto. Era un figlio di puttana fortunato.

Il sorriso sul suo volto svanì quando non la vide. Non era seduta al tavolo dove l'aveva lasciata.

Si guardò intorno e aggrottò le sopracciglia non riuscendo a trovarla subito.

Dopo aver posato il bicchiere si mise a cercarla per la stanza, desideroso di averla al suo fianco. Era bellissima nell'abito da sposa e per quanto quella festa elegante fosse una rottura, non avrebbe negato nulla a Devyn. Vedere quanto erano felici i suoi genitori e i suoi fratelli aveva reso il tutto più prezioso.

L'unico neo della giornata era l'assenza del fratello. Lucky non avrebbe voluto invitare Spencer, non dopo tutto quello che le aveva fatto, ma la sua donna, da persona compassionevole e indulgente quale era, aveva insistito.

Con suo sollievo, non aveva risposto all'invito. Era uscito dalla riabilitazione e a quanto dicevano i genitori di Devyn, stava meglio... ma Lucky non era ancora pronto a perdonarlo.

«Hai già perso tua moglie?» scherzò un signore anziano passandogli accanto.

«Non credo proprio» gli rispose con un sorriso.

«Be', l'ho vista andare verso la porta circa cinque minuti fa» lo informò.

«Grazie» ribatté, poi si diresse verso l'ingresso della sala da ballo. Non aveva idea del motivo per cui avesse lasciato il ricevimento. A quel punto la sua era solo pura curiosità, ma se qualcosa non andava, voleva esserci per sua moglie.

Lucky fece un cenno ad alcuni ospiti mentre passava e proseguì verso l'entrata dell'hotel. Fu sollevato di notarla appena fuori, ma il suo sollievo si trasformò rapidamente in disagio quando vide con chi stava parlando.

Accelerò il passo affrettandosi a uscire. Spinse le porte girevoli e imprecò tra sé e sé quando non si mossero alla velocità che voleva.

Stava per chiedere cosa diavolo ci facesse lì *Spencer*, quando Devyn si avvicinò al fratello e lo abbracciò.

Lucky si bloccò. Avrebbe *voluto* allontanarla dall'uomo che le aveva causato tanto dolore, ma mantenne il controllo, rimanendo dietro a loro mentre si scambiavano quel gesto affettuoso.

Devyn sciolse l'abbraccio, e percependolo alle sue spalle, girò la testa e gli rivolse un piccolo sorriso.

Spencer fece un passo indietro, infilò le mani in tasca e gli fece un cenno, poi si voltò per andarsene.

Lucky avvolse subito un braccio intorno alla vita della moglie e la attirò a sé. «Stai bene?» le chiese.

Lei annuì. «Sì. Mi ha mandato un messaggio dicendo che era qui fuori. Mi ha chiesto se mi andava di vederlo per un minuto.»

«E?» incalzò, quando lei non continuò.

Devyn si girò e gli mise le braccia intorno al collo. «Sta molto bene. Si sente in colpa per tutto quello che è successo. Ha detto che è cambiato e voglio credergli. Voleva solo congratularsi con me.»

Lui e Spencer non sarebbero mai stati amici, ma lei amava

il fratello e voleva ricucire il loro rapporto. Avrebbe rispettato la sua decisione.

«È una cosa positiva, Dev.»

«È vero» concordò.

«Ti avevo portato il drink» le disse, pronto a cambiare argomento. Pensare a Spencer proprio quel giorno non era in cima alla lista delle cose che desiderava fare.

«Ah sì?»

«Già. Ma sai, ho un'idea migliore.»

«E sarebbe?»

«Potremmo salire in camera nostra e ordinare una bottiglia di champagne dal servizio in camera.»

Lei rise e scosse la testa, ma vide il desiderio nei suoi occhi.

«Non possiamo» replicò. «Dobbiamo ancora tagliare la torta. E fare il primo ballo. I miei genitori si arrabbierebbero molto se poi non avessero le foto di tutti quei momenti.»

Lucky fece un sospiro drammatico, poi sorrise. Sapeva che l'avrebbe detto, ma non poteva biasimarlo per averci provato.

Devyn si alzò in punta di piedi e lo baciò. «Ti amo, marito.»

«E io amo te, moglie.»

Mentre entravano nella hall dell'albergo per tornare al ricevimento, Lucky si voltò a guardare nella direzione in cui se n'era andato Spencer.

In realtà era ancora lì fuori, con lo sguardo fisso sulla sorella. Quando i loro occhi si incontrarono, l'altro fece un cenno con il mento in segno di rispetto.

Lucky ricambiò il gesto e lo osservò sparire dietro l'angolo.

«Grazie per non aver dato di matto» disse Devyn con dolcezza.

Lui si chinò e le baciò la tempia. «Ha fatto un'enorme

cazzata ma ti vuole bene, e non posso biasimarlo per avere voluto vederti il giorno del tuo matrimonio.»

«E questo è uno dei milioni di motivi per cui ti amo così tanto» sostenne con le lacrime agli occhi.

«Forza. Torniamo dentro prima che i *tuoi genitori* diano di matto.»

«Non sono stata via tanto» protestò lei.

Non appena entrarono nella sala da ballo, la madre di Devyn si precipitò verso di loro ed esclamò: «Eccovi! Il fotografo sta facendo sistemare la torta per le foto!»

Lucky guardò la moglie con un sopracciglio inarcato.

Lei scoppiò a ridere. «Ok, avevi ragione.»

La baciò ancora una volta e le disse: «Vai. Arrivo subito.»

Annuì e si diresse con la madre verso il tavolo con la torta nuziale. Lì accanto c'era un altro tavolo con quella di Grover e Sierra. Gli era sembrato giusto condividere quel momento con il suo compagno di squadra. Magari non avrebbe scelto di fare un ricevimento enorme, ma era un piccolo prezzo da pagare per vedere la felicità negli occhi di sua moglie.

La vita non era tutta rose e fiori, ma momenti come quello, trascorsi con i propri cari, in un certo senso facevano svanire le cose brutte. Lucky non vedeva l'ora di vivere ogni secondo della sua esistenza con Devyn. E quello era solo l'inizio.

Due anni dopo

«Mai più!» sibilò Riley a denti stretti.

«Ok» la tranquillizzò Oz.

Quando arrivò un'altra contrazione, ringhiò. Fu un ringhio vero e proprio. «Dico sul serio, Porter. Non posso farlo di nuooovo!»

L'ultima parola fu più un lamento che altro.

A essere sincero, odiava quella situazione. Non che lei stesse partorendo un altro figlio, *quello* lo amava da morire, ma odiava vederla soffrire. Ogni anno nascevano milioni di bambini, ma vedere Riley che lottava per mettere al mondo il suo era una tortura.

Tuttavia, non poteva negare di amarli. Amava tutto di loro. Il caos in casa. Le notti insonni. Le coccole. Ma sapeva che averne tre in altrettanti anni era stata un'esperienza travolgente per Riley. Per non parlare che avevano già Logan e Bria. Erano tutti bravi, ma già quattro erano tanti, con cinque sarebbe stato ancora più difficile.

«Ok, niente più bambini» la rassicurò.

«Lo dici solo perché sono nel bel mezzo del travaglio e sai che ti farò seriamente del male se solo parli di mettermi di nuovo incinta!» infierì.

Oz sapeva bene di non dover ridere. «No. Non avremmo dovuto avere il terzo così presto.»

«Ormai è troppo tardi» gemette.

Già. E Oz non vedeva l'ora di conoscere suo figlio. Sua moglie gli aveva dato Amalia, poi Brittney. Ora era arrivato il turno di Charlie.

La discussione fu interrotta dall'arrivo del medico che disse a Riley che stava per accadere la "parte migliore".

Tre ore più tardi, la mamma teneva il suo piccolo tra le braccia. Era sudata ed esausta, ma Oz pensava comunque che fosse la donna più bella che avesse mai visto. Ancora di più perché gli aveva appena dato un altro figlio.

Dopo di che dimenticò la loro chiacchierata sui futuri bambini perché si ritrovò troppo impegnato a presentare il nuovo fratello al resto della prole. Poi a festeggiare con la sua squadra della Delta Force. Poi a dare a Gillian e Trigger istruzioni dell'ultimo minuto riguardo a cosa far guardare ad Amalia prima di andare a letto, quanto dare da mangiare a

Brittney per cena, a che ora Logan doveva essere agli allenamenti di baseball il giorno seguente, ricordando inoltre loro che la madre dell'amica di Bria l'avrebbe accompagnata a casa dopo le prove di danza.

La sua vita era frenetica e Oz non aveva un secondo per rilassarsi, ma non avrebbe voluto niente di diverso. Aveva programmato di passare la notte in ospedale con Riley e Charlie. L'esercito lo costringeva a stare lontano più di quanto gli piacesse, quindi non aveva intenzione di sprecare nemmeno un minuto.

Fuori era ormai buio, era seduto accanto al letto e stavano guardando la televisione.

«Porter?»

«Sì, Ri?»

«Dicevo sul serio. Non posso farlo di nuovo. Tre sono sufficienti per questo corpo.»

«E ho detto che ero d'accordo» le ricordò.

«Ma ciò non significa necessariamente che non voglia altri figli...»

Oz si girò per darle tutta la sua attenzione.

«Amo i nostri bambini. La nostra vita è folle, ma non avevo mai immaginato di poter essere così felice. Mi piace il caos, anche se a volte mi fa impazzire. Non dico adesso, e probabilmente nemmeno tra qualche anno, ma non mi dispiacerebbe valutare di prenderne uno in affidamento, con possibilità di adozione.»

Oz si sentì gonfiare il cuore di emozione. Cazzo, amava quella donna.

«Di' qualcosa» lo esortò, con aria preoccupata.

Si alzò e si accomodò sul bordo del letto, poi si sdraiò piano su un fianco e prese la moglie tra le braccia con la massima cautela possibile. L'ultima cosa che voleva era causarle dolore. La accoccolò accanto a sé e sospirò. «Mi piacerebbe molto.»

Nessuno dei due disse altro. Avevano un sacco di tempo per pensare a quelle cose. Il giorno della nascita del figlio non era il momento giusto per pianificare quando far entrare altre persone nella loro vita già pazzesca, ma era comunque entusiasta dell'idea. Niente gli dava più soddisfazione dei suoi figli che si rivolgevano a lui per avere consigli, aiuto, protezione. Era esaltante sentirsi necessario, essere la persona che li guidava, e non riusciva a immaginare la sua vita senza almeno un bambino.

«In futuro» sottolineò Riley, come se sapesse a cosa stava pensando.

«Va bene. Ti amo, Ri. Mi hai reso più felice di quanto avessi mai pensato di poter essere. E ogni giorno la mia felicità aumenta in modo esponenziale.» Era sdolcinato, lo sapeva, ma se non poteva esserlo il giorno della nascita di suo figlio, quando avrebbe potuto?

«È così anche per me» ribatté Riley prima di fare un enorme sbadiglio.

«Dormi un po'» le ordinò.

«Svegliami se portano Charlie» mormorò.

Oz sorrise. Ovvio. Di certo non poteva allattare *lui* il bambino. Ma invece di prenderla in giro, si limitò ad acconsentire. «Lo farò.»

Mentre sua moglie si addormentava tra le sue braccia, chiuse gli occhi soddisfatto. Se qualche anno prima qualcuno gli avesse detto che molto presto avrebbe avuto cinque figli, si sarebbe messo a ridere di gusto. Ora non riusciva a immaginare la sua vita in nessun altro modo.

Tre anni dopo

. . .

«Non posso credere di essere riuscito finalmente a convincerti a sposarmi» disse Doc a Ember. Erano a Los Angeles, nella suite luna di miele del Four Seasons. Jemila, la loro bambina di un anno, era a casa dei nonni a farsi viziare. Per quanto la amasse, era decisamente pronto per stare un po' da solo con la moglie.

Ember era una delle donne più stacanoviste che conosceva. La sua palestra, The Modern Kid, contava più di quattrocento iscritti. C'erano lezioni dalle otto del mattino alle nove di sera, e sebbene non allenasse su tutte, trascorreva lì più della sua giusta dose di tempo.

Uno dei suoi migliori risultati fino a quel momento era stato quando uno dei suoi atleti più vecchi, un ragazzo di colore che aveva iniziato a frequentare il programma tre anni prima, appena dopo l'apertura, si era qualificato per i campionati nazionali juniores di pentathlon moderno. Ember era stata orgogliosissima di lui, di quanto avesse imparato e fosse migliorato.

E proprio come aveva detto avrebbe fatto, aveva usato la sua fama a fin di bene. I suoi profili social ora erano famosi non per i selfie o per la vendita di prodotti, ma per aver aiutato a trovare persone scomparse. Nell'ultimo mese la stampa aveva attribuito ai suoi post il ritrovamento di cinquantatré persone. C'erano molti altri uomini, donne e bambini che dovevano essere ritrovati, ma al momento *cinquantatré* persone non erano più disperse, cosa che Doc trovava incredibile.

Tre mesi prima aveva chiesto a Ember di sposarlo. Jemila aveva nove mesi e stavano insieme da più di tre anni. Nessuno dei due aveva avuto fretta di farlo. Si amavano e quello era sufficiente.

Ma un giorno si era svegliato... e aveva capito che era arrivato il momento. Non gli bastava più essere solo il suo fidanzato. Voleva di più.

Così glielo aveva chiesto, lei aveva accettato e ora erano lì a Los Angeles.

I genitori di Ember avevano organizzato una bella cerimonia di basso profilo nella loro proprietà. Per fortuna si erano comportati bene, senza l'enorme ricevimento che sapevano avrebbero voluto dare, ma avevano speso molto per regalare loro una notte in quella camera d'hotel.

Avevano appena fatto l'amore per la prima volta come marito e moglie, a lungo e in modo lento e dolce, ed erano accoccolati sul letto quando il telefono di Ember vibrò per l'arrivo di un messaggio. Rispose subito, dato che la figlia era con i suoi genitori.

«È Jemila?» chiese Doc ansioso.

«No. È la fotografa. Mi ha mandato la foto che le avevo chiesto di inviarmi il prima possibile» rispose. Poi girò il telefono per fargli vedere lo schermo.

Doc ansimò. La fotografa aveva immortalato il momento esatto in cui Ember era entrata nel cortile e lui l'aveva vista per la prima volta con il vestito da sposa. Naturalmente era stata scattata da dietro le sue spalle, quindi il suo viso non si vedeva.

Era esattamente la foto di matrimonio che una volta le aveva promesso avrebbe potuto postare sui suoi profili social... ma era molto meglio, perché Ember teneva in braccio la loro bambina.

Sua moglie era stupenda. Aveva perso un po' di tono muscolare nel corso degli anni e la gravidanza le aveva riempito un po' di più i fianchi, ma per lui era ancora più bella di quando si erano conosciuti.

Mentre erano sdraiati sul letto lussuoso, Doc appoggiò la testa sulla sua spalla e le avvolse il braccio intorno alla pancia. «Hai intenzione di pubblicarla?» le chiese.

Lei sollevò la testa per incontrare il suo sguardo. «Pensi che dovrei?»

«Assolutamente sì. I tuoi follower la adoreranno.»

«Ma adesso non sono più così, non pubblico più selfie.»

«Questo non è un selfie. È la foto di una donna bella e matura che sta per sposare l'uomo che ama. Il viso di Jemila è girato rispetto alla macchina fotografica, quindi soddisfa la regola di non postare mai foto dei nostri figli.»

Ember annuì e iniziò subito a cliccare sullo schermo. Non ci volle molto. Girò ancora una volta il telefono verso di lui, in modo che potesse leggere ciò che aveva scritto.

Aveva postato la foto con una sola parola: *Felicità*.

Doc prese il telefono e praticamente lo gettò sul comodino, poi le rotolò sopra e sorrise mentre lei ridacchiava.

«Qualcosa non va?» gli chiese con insolenza.

«No. Qualcosa è perfetto. Ti amo.»

«Ti amo anch'io» replicò subito.

Doc sapeva che presto il mondo reale si sarebbe intromesso, quindi, per il momento, mentre aveva la moglie tutta per sé, si sarebbe goduto ogni minuto di quella felicità.

Quattro anni dopo

«È bellissimo» sussurrò la mamma di Lefty.

Erano tutti a Parigi. I suoi genitori avevano amato Kinley all'istante, come sapeva sarebbe successo, e il sentimento era decisamente reciproco. Quello era il loro secondo viaggio nella Città delle Luci e sua madre era eccitata come lo era stata la prima volta.

Erano davanti alla Torre Eiffel da cinque minuti, e lei e Kinley stavano lì semplicemente a fissarla. Non avevano detto molto, si erano solo limitate a osservarla.

Suo padre gli diede un piccolo colpetto con il gomito. «Per quanto tempo pensi che resteranno lì?»

«Credo almeno altri cinque, dieci minuti.»

«Come pensavo» sostenne, poi si chinò e tirò fuori dal passeggino il nipote. «Vado a fare una passeggiatina con questo ragazzo. Torno subito.»

Lefty non fu sorpreso. Suo padre adorava Dominic, e suo figlio amava il nonno. Avrebbe dovuto stare attento a non permettergli di viziarlo troppo.

Sobbalzò quando sentì un braccio cingergli la vita, e abbassò lo sguardo su Kinley. Si era allontanata da sua madre, che stava ancora studiando la torre.

«Ehi» le disse con dolcezza.

«Dominic sarà scontroso questa sera» affermò, senza mostrarsi troppo turbata dalla cosa.

«Ma sarà stanco, il che significa che si addormenterà senza problemi.»

«È vero» concordò con un sorriso. «Così avremo più tempo per noi.»

Lui sorrise a sua volta. «Esatto.» La sua mente stava già immaginando tutte le cose che avrebbe voluto fare alla moglie più tardi, quando l'avrebbe portata a letto.

Kinley fece un sorrisetto come se sapesse a cosa stava pensando, e probabilmente lo sapeva. Di sicuro anche lei aveva le sue idee. Erano ben assortiti praticamente in tutti gli aspetti della loro vita. Erano perfetti insieme.

«Ti ricordi quando siamo stati qui la prima volta?» gli chiese.

«Sì.» Era stato allora che aveva cominciato a innamorarsi di lei.

«Sono stata così maleducata» continuò, aggrottando le sopracciglia.

«Cosa? No, non è vero.»

«Sono stata seduta qui per circa venti minuti senza dire una parola. Ho solo fissato la torre. E tu me l'hai lasciato fare.»

«Mi hai affascinato. Mi è piaciuto come hai reagito al fatto di essere qui per la prima volta. La gioia nel tuo cuore era evidente e sono stato onorato di sperimentarla con te» le disse.

«So che il nostro percorso non è stato facile, ma mi sento molto fortunata a essere qui.» Kinley sollevò lo sguardo su di lui. «Ho te. I tuoi genitori sono fantastici, mi sembra di conoscerli da sempre. E naturalmente abbiamo Dominic. A essere sincera non avrei mai e poi mai immaginato di poter essere felice come lo sono oggi.»

La loro vita non era stata di certo facile. Dopo aver avuto Dominic, Kinley aveva lottato contro la depressione post-partum... e c'erano stati anche momenti in cui Lefty aveva pensato che sarebbe tornato a casa dal lavoro e scoperto che quel disturbo aveva avuto la meglio su di lei. Ma aveva combattuto duramente, e con la terapia e i farmaci giusti alla fine era riuscita a superarla.

«Ti amo, Kins.»

«Ti amo anch'io» gli disse con un sospiro soddisfatto.

Rimasero lì per diversi minuti, in mezzo al caos di turisti e della gente del posto. A un certo punto sua madre si voltò ed esclamò: «È ora di pranzo! Dov'è tuo padre?»

Lefty ridacchiò. «E chi lo sa!»

«Accidenti a quell'uomo. Ha portato Dom in un'altra avventura, vero?»

«Sì.»

Non era preoccupato per la sicurezza del figlio quando era con il nonno. Kaden Haskins era ancora più protettivo nei confronti del bambino di quanto lo fossero i genitori.

«Vado a cercarlo. Restate qui» ordinò la madre.

Kinley ridacchiò mentre si allontanava.

«Sono una rottura di scatole» mormorò Lefty.

«Sono meravigliosi» ribatté lei, infilandogli le mani sotto la cintura dei pantaloni per poi sfiorarlo con le dita appena sopra il sedere.

«Attenta, donna» la avvertì.

«Sai, questa è la città dell'amore» sussurrò con un sorrisetto.

Per Lefty era ancora difficile credere che sua moglie fosse vergine quando l'aveva conosciuta. Adesso era avventurosa e quasi insaziabile. E gli piaceva da morire. Si chinò e catturò le sue labbra in un bacio lungo e lento, cercando di dirle senza parlare quanto la apprezzasse, la amasse e la ammirasse.

Quando si scostò, fu orgoglioso dello sguardo di desiderio nei suoi occhi. Era stato merito *suo*, e anche lui si sentiva un po' stordito.

«Sei stato crudele» lo accusò dopo un attimo.

«Non più crudele di te che mi hai palpeggiato in pubblico» ribatté.

«Sai, non avrei mai pensato di poter tornare qui. Non dopo tutto quello che è successo. Ma ora credo che questo sia il mio secondo posto preferito al mondo» ammise con dolcezza.

«Qual è il primo?» le chiese.

«Ovunque ci sei tu.»

Chiuse gli occhi e sospirò soddisfatto.

«Mamma, cacca!»

A quello Lefty li riaprì di scatto e abbassando lo sguardo vide Dominic che correva verso di lui con la sua andatura instabile e traballante.

«Alla faccia del romanticismo» borbottò Kinley.

«Anche il mio posto preferito è ovunque ci sei tu» dichiarò Lefty. Poi le diede un bacio breve e duro prima di chinarsi a prendere il figlio che si stava avvicinando.

La loro vita non era noiosa, quello era certo. E non gli dispiaceva affatto.

• • •

Cinque anni dopo

Brain stava guardando con orgoglio il figlio alle prese con il percorso a ostacoli della base militare. A quasi sei anni, era un terremoto. Aveva fatto molta strada rispetto al bambino prematuro che era stato. Era estroverso e pieno di energia, e teneva lui e Aspen sulle spine dalla mattina alla sera.

Fare il percorso a ostacoli era una delle cose che preferiva, e dato che aveva ricevuto un riconoscimento dall'insegnante per essere stato "l'aiutante della settimana", Brain aveva pensato di premiarlo.

Sapendo che sua moglie aveva in programma qualcosa di speciale, si era accordato anche con Annie Fletcher per incontrarsi tutti lì. La giovane si era appena diplomata e sarebbe partita per il college entro un mese. Si era iscritta al programma di addestramento ufficiali e una volta finita la scuola, intendeva seguire le orme del padre arruolandosi nell'esercito.

Negli ultimi anni Annie aveva conosciuto Chance piuttosto bene e avevano legato grazie alla passione per la corsa a ostacoli.

Aspen gli aveva spiegato ciò che voleva fare e lui era stato d'accordo.

In quel momento, la ragazza stava aiutando il piccolo a superare gli anelli una mano dopo l'altra, e stavano ridendo.

«Sarà straordinaria» disse Aspen, con lo sguardo fisso su Annie. «So che sarà così.»

«Lo penso anch'io» concordò Brain. «Fletch mi ha detto che ha messo gli occhi sui Berretti Verdi.»

«Non ho dubbi che ce la farà.»

«Mi avete visto?» urlò Chance, correndo verso di loro. «Ce l'ho fatta! Ho attraversato gli anelli!»

«Ho visto» disse Brain al figlio.

Annie seguì il bambino con un sorriso sulle labbra.

«Ho qualcosa per te» le disse Aspen.

«Per me?» chiese, chiaramente sorpresa.

«Sì. Volevo che avessi questa.» Le porse qualcosa e la ragazza sollevò la mano per accettarla. Abbassò lo sguardo sulla spilla che le mise sul palmo, aggrottando le sopracciglia confusa.

«È la mia spilla da Ranger» spiegò. «Non è bella come il tridente dei SEAL, ma per me ha significato molto quando sono riuscita a guadagnarmela e a indossarla. Sono stata una delle prime donne soccorritore militare a essere assegnata a un'unità Ranger. Molti pensavano che non sarei mai stata in grado di farcela. Alcuni *volevano* addirittura che fallissi. Ma non è successo. So che presto andrai al college, quindi volevo che l'avessi per poterla guardare quando le cose si faranno difficili. Quando le persone diranno che non potrai fare qualcosa. Quando ti guarderanno dall'alto in basso solo perché sei una donna. Guarda questa spilla e convinciti che *puoi* farcela. Che sei abbastanza forte e intelligente da poterci riuscire.»

Gli occhi di Annie si riempirono di lacrime. «Non posso accettarla! Significa tanto per te.»

«Per me avrà un significato più grande sapere che ce l'hai tu. Che può ispirarti a essere migliore. A seguire le mie orme» sostenne con semplicità.

La ragazza annuì mentre le sue dita si chiudevano intorno alla spilla. «Grazie.»

Aspen sorrise.

«Posso vedere?» chiese Chance, tirando la maglia di Annie.

Lei rise e si inginocchiò per mostrare al bambino ciò che le aveva regalato sua madre, ma perse subito interesse e la pregò di aiutarlo ancora nel percorso a ostacoli.

«Solo un altro po'» disse Brain al figlio. «Poi dobbiamo andare a lezione di lingue.»

«Va bene!» esclamò Chance felice. Non aveva la stessa attitudine del padre per l'apprendimento delle lingue straniere, ma ci andava vicino. Un giorno sì e uno no trascorreva trenta minuti con vari insegnanti, imparando le basi di diverse lingue. Brain e Aspen ne avevano discusso, decidendo che finché il figlio si fosse divertito e avesse apprezzato le lezioni, lo avrebbero fatto continuare.

Baciò la tempia della moglie quando gli altri due si allontanarono. «Sei meravigliosa» le disse.

Aspen scrollò le spalle. «So per esperienza che non sarà facile per lei, ma credo davvero che possa farcela. Dovrà essere forte e ricordarsi che ha molte persone che sono dalla sua parte. Perché quando ti urlano contro e ti dicono che non ce la farai mai perché sei una donna, hai bisogno di tutto l'incoraggiamento possibile.»

«Ce la farà» dichiarò Brain fiducioso. «Da ciò che ho sentito dire su di lei da Fletch e dagli uomini della sua squadra, una volta che si mette in testa una cosa, la fa. Incluso il fidanzamento con il suo Frankie, come ha sempre detto che sarebbe successo.»

«Già. E accidenti se non gli è rimasta fedele al cento per cento, anche dopo tutti questi anni» aggiunse Aspen. «Pensi che dureranno? Il college può davvero cambiare le persone. Per non parlare del fatto che lei vuole entrare nell'esercito. Tutto ciò li metterà alla prova.»

Brain la girò e la abbracciò da dietro. Appoggiò il mento sulla sua spalla mentre guardavano il figlio e la ragazza in questione sul percorso a ostacoli. «Sai cosa? Credo che dureranno. Quando incontri la persona che fa per te, a volte, nel profondo, lo sai. Credo che sia quello che è successo a loro.»

«E a noi» ribatté lei.

«E a noi.»

«Penso che se c'è qualcuno che può farlo succedere, quella è Annie» disse Aspen dopo un momento. «È matura e ha avuto gli esempi migliori di come funzionano le buone relazioni, dai suoi genitori e da tutti quelli del team di suo padre. Faccio il tifo per lei e per il suo ragazzo.»

«Anch'io.»

«Ti amo» gli sussurrò.

«Non più di quanto io amo te» replicò Brain.

Otto anni dopo

Trigger era nervoso. Lui e Gillian erano stati delusi così tante volte. Si sentiva un fallito per non essere stato in grado di dare a sua moglie la cosa che desiderava di più al mondo.

Quando si erano sposati, nessuno dei due aveva voluto dei figli, erano felici e contenti di godere l'uno dell'altra. Poi, un giorno di quattro anni prima, avevano deciso che era arrivato il momento.

Ma non era mai successo.

All'inizio, correre a casa per fare l'amore con sua moglie mentre lei era nel periodo dell'ovulazione era stato divertente. Eccitante. Emozionante. Ma quando, mese dopo mese, lei non rimaneva incinta, avevano cominciato a preoccuparsi.

Ora erano passati quattro lunghi anni e Trigger temeva che fosse *troppo* tardi. Sapeva che c'erano altri modi per avere figli: l'adozione, l'affidamento, persino la maternità surrogata, se fosse stato necessario... ma Gillian voleva disperatamente avere dei figli biologici.

Si erano entrambi sottoposti a degli esami e i medici avevano detto che era improbabile che Gillian potesse concepire naturalmente. Da quel momento erano iniziati i viaggi nelle cliniche della fertilità. E ogni volta che una procedura di inseminazione falliva, Trigger vedeva il mondo di sua moglie crollare un po' di più.

Avevano deciso che quello sarebbe stato il loro ultimo

tentativo. Non poteva continuare a vederla affrontare speranzosa l'inseminazione artificiale e poi la delusione angosciante perché gli embrioni non erano vitali.

Quel giorno avrebbero scoperto se l'ultima e definitiva procedura aveva funzionato. Se gli ovuli impiantati avevano attecchito.

«Respira, Di» disse Trigger.

Gillian gli stringeva la mano così tanto che le sue dita erano bianche.

Ma inspirò bruscamente e annuì. Erano in una piccola sala d'attesa della clinica della fertilità. C'erano fiori dai colori vivaci dipinti sulle pareti e foto incorniciate di neonati e bambini sorridenti. L'ultima volta che avevano detto che la procedura era fallita, per Trigger quelle immagini erano state come un doloroso schiaffo in faccia.

«Se non sono incinta, va bene lo stesso» sussurrò Gillian, alzando lo sguardo su di lui. «Sarò felice anche se saremo solo noi due per il resto della vita. Ti amo e so di essere stata fortunata. Ho degli amici fantastici e un marito meraviglioso.»

Cazzo, la amava così tanto. Avrebbe fatto di tutto pur di darle il bambino che aveva desiderato per tanti anni. «Anch'io ti amo» replicò con dolcezza. Non riuscì a dire altro. Era troppo nervoso. Troppo agitato. Troppo spaventato per la delusione che sentiva sarebbe arrivata. Gillian avrebbe fatto buon viso a cattivo gioco, fingendo di non essere assolutamente devastata. Ma la cosa che lui odiava di più al mondo era vedere sua moglie soffrire.

La porta si aprì ed entrò la dottoressa che li seguiva. Trigger le studiò il viso, cercando qualche indizio su ciò che il test di gravidanza aveva mostrato, ma la sua espressione era completamente neutra.

«Come state oggi?»

«Stiamo bene» rispose Gillian. «E lei?»

«Sto bene. Grazie.»

Trigger strinse i denti. Aveva solo bisogno di una risposta, qualunque fosse stata.

«Non vi terrò sulle spine. So che questo è stato un percorso lungo e difficile per entrambi. Con l'inseminazione artificiale non ci sono mai garanzie e il corpo è una macchina strana e meravigliosa. Come sapete, abbiamo impiantato cinque ovuli, come ogni volta, con la speranza che uno attecchisse.»

Trigger trattenne il respiro e sentì Gillian stringergli le dita ancora più forte. Gli sembrava di essere in un lungo tunnel e di osservare la dottoressa dall'estremità più lontana. La sua voce sembrava rimbombare nella stanza e lui si preparò a consolare la moglie un'ultima volta.

«Ho fatto un doppio controllo e poi per sicurezza un terzo. Al momento, sembra che due degli ovuli abbiano attecchito. Congratulazioni, è incinta di due gemelli.»

Il respiro di Trigger uscì in un lungo e doloroso sibilo, mentre la fissava incredulo.

«Cosa?» chiese Gillian, chiaramente sbalordita quanto lui.

La dottoressa aveva un enorme sorriso sul volto. «Ho detto che è incinta. Ha funzionato! Dentro di lei non sta crescendo solo un bambino, ma due.»

«Oh mio Dio» sussurrò Gillian.

Gli si riempirono gli occhi di lacrime. Ce l'avevano fatta.

«Devo però avvertirla che è ad altissimo rischio. Deve andarci piano. Non sono in grado di dire se entrambi i bambini ce la faranno finché non passerà qualche altro mese, ma per ora gli embrioni sembrano a posto.»

Trigger annuì. Avrebbe fatto in modo che Gillian stesse tranquilla. Per i prossimi mesi non avrebbe mosso un dito.

Si voltò verso la moglie e vide lo sguardo di stupore ed eccitazione che sicuramente aveva anche lui.

Lei gli asciugò le lacrime dalle guance. «Ce l'abbiamo fatta» mormorò.

Con cautela, la prese tra le braccia e nascose il viso sul suo collo. «Ce l'abbiamo fatta» sussurrò.

Sentì vagamente la porta chiudersi, ma non si mosse dal suo posto. Sapeva che più tardi, una volta metabolizzato lo shock di avere non uno ma due bambini, avrebbe avuto un milione di domande, ma per il momento aveva bisogno di tenere stretta sua moglie.

Il percorso per arrivare lì era stato lungo e difficile, come aveva detto la dottoressa, ma Trigger non poteva essere più felice. Si tirò indietro e prese tra le mani il bellissimo viso di Gillian.

«Sarai sempre la mia Wonder Woman» le disse.

Lei scosse la testa e gli sorrise. «E tu sarai sempre il mio Steve Trevor.»

«Ti amo, Di.»

«Ti amo anch'io.»

Vent'anni dopo

«Non posso credere che siamo qui!» esclamò Riley eccitata.

«E che siamo in un box privato!» aggiunse Devyn.

«O che Shin-Soo Choo sia seduto *proprio laggiù*» sussurrò Aspen.

Oz ascoltava la moglie e le sue amiche chiacchierare allegramente. Per quanto riguardava lui, non riusciva a distogliere lo sguardo dal campo davanti a sé. Gli sembrava che il cuore gli stesse per scoppiare nel petto.

Logan ce l'aveva fatta.

Aveva lavorato duro al liceo e ottenuto una borsa di studio per un'università che aveva una squadra in prima divisione. Lì un talent scout lo aveva notato e lo aveva fatto giocare nelle leghe minori per qualche anno, prima che venisse scelto da quelle maggiori.

E ora eccoli lì. Alle Olimpiadi.

Logan era stato chiamato a giocare per la squadra degli Stati Uniti e lui aveva invitato tutti a vederlo. I Giochi Olimpici si tenevano a Dallas e tutti gli amici avevano fatto quel viaggio per vedere realizzarsi il sogno del loro giocatore di baseball preferito.

C'erano Gillian, Trigger e i gemelli. A quasi dodici anni, erano diversi come il giorno e la notte. Joe era atletico ed entusiasta di essere a vedere le Olimpiadi, mentre Josie era più interessata a osservare le persone e cosa indossavano.

Erano presenti anche Kinley, Lefty e Dominic, il loro figlio, e poi Aspen, Brain e Chance, anche se il ragazzo era seduto con Shin-Soo e la sua famiglia a chiacchierare in coreano. Anche se non conosceva tante lingue come il padre, ci era andato molto vicino.

Devyn e Lucky erano seduti alla sua sinistra. Non avevano avuto figli, per scelta, ed erano totalmente felici di viziare quelli degli altri.

Ember, Doc e Jemila erano seduti proprio dietro a Oz. Gli occhi della ragazza erano enormi mentre osservava la folla. Stava per entrare all'ultimo anno di liceo. Era bellissima, e sebbene tutti continuassero a incoraggiare Ember a lasciare che la figlia facesse la modella, lei si era rifiutata. In ogni caso, nemmeno Jemila era interessata a farlo. Era sicuramente figlia di sua madre e da anni faceva faville nel pentathlon moderno. Oz non si sarebbe sorpreso se in futuro si fossero ritrovati tutti seduti in tribuna a guardarla gareggiare alle Olimpiadi.

Sierra e Grover completavano il gruppo. Non avevano mai avuto figli, ma avevano dato una casa temporanea ad almeno due dozzine di bambini in affidamento. Per lo più adolescenti che avevano avuto bisogno di un posto sicuro dove stare, mentre la loro famiglia risolveva i propri problemi. Alla fine se n'erano tutti andati, ma la maggior parte si erano tenuti in contatto con la coppia che aveva dato loro amore incondizionato nei momenti più confusi e instabili della loro vita.

Avevano anche riempito la loro proprietà di animali che erano stati maltrattati e trascurati. Grover aveva ampliato il fienile, aggiungendo altri edifici, e ora ne ospitavano circa una cinquantina tra cavalli, mucche, asini, capre... persino qualche maiale. Oz non aveva mai visto due persone così in sintonia con gli animali. Nel corso degli anni la loro casa era stata sicuramente la preferita dai figli di tutti gli amici. E perché non avrebbe dovuto? In pratica avevano uno zoo da visitare ogni volta che volevano.

Rivolse l'attenzione alla propria famiglia. Amalia e Brittney sembravano quasi gemelle. Avevano solo un anno di differenza ed erano molto legate, quanto potevano esserlo due migliori amiche e sorelle. Al momento stavano intrattenendo i due ragazzini che Oz e Riley avevano preso in affidamento.

Nel corso degli anni avevano accolto più di quarantasei bambini, spesso due o tre alla volta... anche quattro. Alcuni erano rimasti solo un mese o poco più, altri molto più a lungo. Alla fine non ne avevano adottato nessuno, il che andava bene. Era estremamente orgoglioso ogni volta che un bambino poteva tornare dai membri della sua famiglia che lo amavano.

Ma niente superava l'orgoglio che provava per il giovane uomo che suo figlio Charlie era diventato. Era alto e bello, intelligente e gentile, e sembrava molto maturo in quel momento, mentre parlava con Grover.

Anche Bria era ormai diventata madre. Aveva incontrato e sposato un militare, e all'inizio Oz non era stato molto contento semplicemente perché sapeva quanto fosse dura quella vita. Ma lei e suo marito erano davvero felici e l'anno precedente lo avevano reso nonno.

Il vociare della folla lo fece voltare. I giocatori stavano

entrando in campo, e vedere Logan vestito di rosso, bianco e blu gli fece venire le lacrime agli occhi.

C'era riuscito. Dopo tutto quello che aveva passato. Dopo l'inizio difficile della sua vita, aveva realizzato i suoi sogni più grandi.

Non importava se gli Stati Uniti avessero vinto o perso quella partita. Logan ce l'aveva fatta.

Sentì un braccio cingergli la vita e capì subito che si trattava di sua moglie. Era così piccola rispetto a lui, e avrebbe riconosciuto il suo tocco ovunque. Tuttavia, non staccò gli occhi da Logan. Non voleva perdersi nemmeno un secondo.

Riley appoggiò la testa sul suo braccio e disse: «Ce l'ha fatta.»

Oz non si sorprese che i loro pensieri fossero così in sintonia. «Già.»

«È bello che Shin-Soo sia venuto con la famiglia» continuò. «So che per Logan significa molto la sua presenza qui. Ricordi la prima volta che lo ha incontrato? Dio, pensavo che sarebbe svenuto. E ora sono amici. È pazzesco.»

Lo era davvero. Ember aveva reso possibile quel primo incontro, e tra il veterano e il giocatore emergente era nata un'amicizia che sarebbe durata tutta la vita. Sembrava inverosimile, come quando, vent'anni prima, Oz era diventato padre di un bambino di dieci anni. Ma eccoli lì.

Tre ore più tardi, era ancora impressionato come all'inizio della partita. Gli Stati Uniti avevano perso, ma Logan aveva preso un'incredibile volata, portandoli a un solo punto dalla vittoria. Ci sarebbero state altre partite e il tempo avrebbe detto se lui e la sua squadra si sarebbero guadagnati una medaglia, ma per il momento era orgoglioso come non mai.

Tutto il gruppo aspettò fuori dai cancelli che Logan andasse a salutarli prima di tornare al villaggio degli atleti con i suoi compagni, e poi avrebbero fatto ritorno alle loro rispettive case. Quando alla fine uscì, Oz attese pazientemente che salutasse tutti.

Una volta arrivato il suo turno, si ritrovò senza parole. Si ricordò di quando era solo un ragazzino spaventato. Di quando si arrabbiava ogni volta che sbagliava i lanci. Di quanto era stato felice quando aveva preso la sua prima volata in una partita. Ora era un uomo adulto, aveva una relazione seria con la sua ragazza, e Oz aveva la sensazione che prima o poi sarebbe diventata sua nuora. Ma Logan sarebbe sempre stato il suo bambino.

Lo abbracciò e lo strinse forte, cercando di trovare le parole per dirgli quanto fosse orgoglioso di lui.

Ma non aveva bisogno di dire nulla, Logan lo sapeva. Si tirò indietro e porse la mano allo zio. Teneva una palla da baseball.

«È l'ultima che ho preso. Ho pensato che la volessi.»

Oz ridacchiò. A casa ne aveva esposte più di una dozzina. La sua prima palla da fuoricampo. Quella che aveva preso durante la partita di campionato del liceo e che aveva fatto vincere il titolo alla sua squadra. Una della sua prima partita al college e altre sei o sette provenienti da partite importanti che aveva fatto nel corso della vita. E ora aveva quella, l'ultima che aveva preso nella sua prima partita olimpica. «Grazie» mormorò con un nodo in gola.

«Sei stato fantastico» disse Riley, infilandosi tra loro e abbracciando con forza il ragazzo. Lui la sovrastava, ma nessuno dei due sembrava notare la differenza di altezza.

«Niente male per un fratello rompiscatole» affermò Bria, infilandosi anche lei tra loro.

Oz li abbracciò tutti e tre. Sentiva gli altri parlare in sottofondo, ma quel momento era prezioso per loro quattro. «Vostra madre sarebbe stata davvero orgogliosa.»

Logan e Bria annuirono.

«Il giorno più bello della mia vita è stato quando voi due

siete diventati miei» confessò. «Ammetto che non ero pronto a diventare padre, ma una volta che mi sono ambientato, non sono più riuscito a immaginare niente di meglio.»

«Vuoi dire dopo che hai implorato Riley di darmi del cibo spazzatura quella prima mattina» scherzò Logan.

«Già. Sarei stato perso senza di lei» concordò subito.

Avrebbe voluto rimanere lì con i suoi figli per sempre, godendo del momento, ma qualcuno urlò il nome di Logan e lui si scusò dicendo che doveva andare. Era troppo presto per lasciarlo, ma lo guardò correre verso i suoi compagni di squadra. Poi, Bria lo abbracciò e disse che doveva portare a casa il bambino, visto che era tardi. Lentamente, tutti cominciarono ad allontanarsi verso il parcheggio, ma Oz rimase fermo lì, a guardare dove Logan era scomparso.

«È difficile credere a quanta strada abbiamo fatto, vero?» sostenne Trigger avvicinandosi a lui.

«Come diavolo abbiamo fatto a essere così fortunati?» chiese Lefty.

«Io lo so perché *sono stato* fortunato» disse Lucky con una risatina. «Sta tutto nel nome.»

«Certo» borbottò Doc, alzando gli occhi al cielo.

«Oggi è stato fantastico» aggiunse Grover.

«Credo che Shin-Soo abbia detto a mio figlio che se vuole un lavoro nell'azienda multimilionaria che suo genero dirige in Corea del Sud, è suo» disse Brain. «Ora devo preoccuparmi che il piccolo vada dall'altra parte del mondo, dove non potrò vederlo così spesso.»

Tutti risero. Oz spostò l'attenzione dal punto in cui Logan era scomparso agli uomini al suo fianco. Con la coda dell'occhio vide le loro famiglie che attendevano a poca distanza.

Era passato un po' di tempo da quando si erano ritirati dall'esercito, ma lui era ancora legato a quegli uomini come lo era stato vent'anni prima, forse di più. Insieme avevano attraversato l'inferno e ne erano usciti, e quella era la loro ricompensa.

«A rischio di sembrare sdolcinato, vi voglio bene ragazzi» disse Oz.

Nessuno dei suoi amici lo prese in giro.

«Anch'io» concordò Trigger.

«Non so cosa farei senza di voi» confermò Doc.

«Non posso immaginare di non avere uno di voi nella mia vita» ribatté Lucky.

«I migliori amici sono la cosa migliore» aggiunse Brain con un sorriso.

«Vi voglio bene anch'io» ammise Lefty.

«Siamo dei vecchietti sentimentali stasera. Ma che importa? Siete i migliori amici che abbia mai avuto» disse Grover.

Poi il motore di un'auto scoppiettò dietro di loro e il momento svanì. Tutti e sette si mossero all'unisono, dirigendosi verso le loro donne e i loro bambini, desiderosi di tenerli al sicuro da qualsiasi malvagità potesse essere in agguato nel buio, anche se si trattava solo di un'auto che aveva bisogno di manutenzione.

La vita era piena di alti e bassi, ma Oz sapeva che i suoi amici la pensavano tutti come lui: non avrebbero cambiato nulla di ciò che era accaduto loro. Nulla di ciò che avevano visto o fatto, se avesse significato finire dov'erano in quel momento, con le loro donne e le loro famiglie accanto.

* * *

Spero che la serie Team Delta Due vi sia piaciuta... e nel caso vi stiate chiedendo dei ragazzi del Rifugio... SÌ! Tutti loro avranno una storia!

I libri uno e due sono già disponibili!

Meritare Alaska

Meritare Henley

E... SO che stavate tutti aspettando la storia della dolce Annie Fletcher! Potrete scoprire se è riuscita a diventare un Berretto Verde e se è ancora insieme a Frankie nel libro *Salvare Annie*.

E se non avete ancora dato un'occhiata all'altra mia serie, basata su ex militari che formano la loro squadra di ricerca e salvataggio, dovreste farlo!
In cerca di Lilly

Trovare Kenna
Trovare Monica
Trovare Carly
Trovare Ashlyn
Trovare Jodelle

Armi & Amori: verso il futuro

Soccorrere Caite
Soccorrere Brenae
Soccorrere Sidney
Soccorrere Piper
Soccorrere Zoey
Soccorrere Avery
Soccorrere Kalee
Soccorrere Jane

Delta Force Heroes

Salvare Rayne
Salvare Emily
Salvare Harley
Il Matrimonio di Emily
Salvare Kassie
Salvare Bryn
Salvare Casey
Salvare Sadie
Salvare Wendy
Salvare Mary
Salvare Macie
Salvare Annie

Armi e Amori

Proteggere Caroline
Proteggere Alabama
Proteggere Fiona

Il Matrimonio di Caroline
Proteggere Summer
Proteggere Cheyenne
Proteggere Jessyka
Proteggere Julie
Proteggere Melody
Proteggere il Futuro
Proteggere Kiera
Proteggere i figli di Alabama
Proteggere Dakota

Mercenari di Montagna

Difendere Allye
Difendere Chloe
Difendere Morgan
Difendere Harlow
Difendere Everly
Difendere Zara
Difendere Raven

Ace Security

Il riscatto di Grace
Il riscatto di Alexis
Il riscatto di Bailey
Il riscatto di Felicity
Il riscatto di Sarah

Una raccolta di storie brevi

Un momento nel tempo

BIOGRAFIA

L'autrice best seller del *New York Times*, *USA Today,* e *Wall Street Journal*, Susan Stoker ha un cuore grande come lo stato del Texas, dove vive, ma questa tipica ragazza americana ha trascorso gli ultimi quattordici anni vivendo nel Missouri, in California, in Colorado, e nell'Indiana. È sposata con un ex militare dell'esercito, che ora la segue in tutto il Paese.

Ha debuttato con la sua prima serie nel 2014, seguita dalla serie SEAL of Protection, che ha consolidato il suo amore per la scrittura, e la creazione di storie in cui i lettori possono perdersi.

Se ti è piaciuto questo libro, o qualsiasi libro, per favore considera di lasciare una recensione. Gli autori lo apprezzano più di quanto tu possa immaginare.

www.stokeraces.com
susan@stokeraces.com